我叫盛君殊，岂弟君子之君，
遗世殊伦之殊。
君字辈的人很多，但君殊
天上地下，只有我一个。
你要因为这个喜欢我，
师兄才会高兴。
因为我也是这样喜欢你。

一百种神们听你一

君心渡

白羽摘雕弓 著

图书在版编目（CIP）数据

君心渡 / 白羽摘雕弓著. — 广州：广东旅游出版社，2024.5
ISBN 978-7-5570-3175-6

Ⅰ.①君… Ⅱ.①白… Ⅲ.①长篇小说-中国-当代 Ⅳ.①I247.5

中国国家版本馆 CIP 数据核字 (2024) 第 029763 号

君心渡
JUN XIN DU

出 版 人：刘志松
责任编辑：陈　吉
责任校对：李瑞苑
责任技编：冼志良

广东旅游出版社出版发行
地址：广东省广州市荔湾区沙面北街 71 号首、二层
邮编：510130
电话：020-87347732（总编室）　020-87348887（销售热线）
投稿邮箱：2026542779@qq.com
印刷：三河市兴博印务有限公司
（地址：河北省廊坊市三河市杨庄镇大窝头村西）
开本：880 毫米 ×1230 毫米　1/32
字数：285 千
印张：9
版次：2024 年 5 月第 1 版
印次：2024 年 5 月第 1 次
定价：49.80 元

【版权所有　侵权必究】

本书如有错页倒装等质量问题，请直接与印刷厂联系换书。印厂联系电话：15311915357

目录

第一卷 生死夙愿

楔子 ... 001

第一章 阔别千年 ... 005

第二章 垚山师妹 ... 035

第三章 橡胶工厂 ... 082

第四章 天书合一 ... 118

第五章 丹境幻象 ... 150

目 录

第二卷 兴旺	176
第六章 黎家怪案	177
第七章 豪门秘事	203
第八章 因果循环	241
番外 相逢如旧	276

楔子

生死夙愿

早在数万年前,这个世界除了生活着人类,还有一些妖魔流窜其间,为非作歹,伤害无辜百姓,于是诞生了以除魔卫道为己任的垚山派。他们参悟天地之道,修习法术,斩妖除魔,守护苍生。

"师兄,师兄。"低微的女声钻进耳中。

盛君殊睁开眼,侧头,看见睡前已经闩住的门开了条缝。一道清秀的人影撑着门,立在门口:"师兄。"

是衡南。

盛君殊应了一声,半梦半醒着,目光扫向那个熟悉的面孔。衡南的上半张脸掩在檐下的阴影中,下半张脸则被屋内的夜明珠照得近乎透明,脸是雪白的,唇是浅红的,唇角带着黑红色血渍的伤口,便显得触目惊心。

盛君殊觉得这个伤口刺眼,心下一紧,睡意全无,立刻摸向了床头的佩刀:"出什么事了?"

他想一跃而起,去门口看看师妹为何吐血,可惜身体沉重得像浸足了水的海绵,无论如何都使不上力气。

衡南看在眼中,却无动于衷,反倒将嘴角一勾。盛君殊这才发现,她的脸上伤痕累累,深可见骨。

"你不必着急。"衡南微笑着说,"我只是来同你告别的。"

"衡南!"

盛君殊眼睁睁地看着她的身影化作青烟,撞向四野。撞碎的瞬间太过惊人,他不禁闭上眼睛,再睁眼时,门紧紧地关着,他躺在床上,眼前既没有人,也没有光。夜安静得诡异,唯独心脏在胸腔里跳动不休。

倘若这是梦，那一定是个可怕的噩梦。

他有一张美玉般的脸，可惜生性迟钝，喜怒不形于色，略显木然。他握紧被冷汗打湿的刀柄，将牡棘刀抱在怀里，拿袖子慢慢地擦拭刀身，想借此将混乱的思绪抚慰平整。

然而，他忽然停下动作，意识到方才那并不是梦，乌黑的瞳孔如受惊一样，一点点缩起来。

那是师门的独门秘术"出窍"。在儿时，师兄妹几个羡慕志怪传说中神仙的"梦中点化"，缠着师父要学这样的神通，师父就教了这样一招元神出窍法，可以用来在梦中"点化"他人，传递讯息。见到出窍之人，就像被托了梦。

但师父又叮嘱大伙儿不得乱用，因为人的元神不能轻易离开肉身。唯有生死关头，夙愿未消，才可以勉强一试。

生死关头，夙愿未消……

瞬间，师妹那张伤痕累累的脸连同一些被忘怀的带着伤痛的记忆全部挤进脑海。盛君殊周身的血脉好像被火流窜过一遍，他腾身而起，将门一把推开。

风自旷野涌入室内，整个垚山，漫山遍野，火光冲天。巨大的匾额摇摇欲坠，喊杀声与外门师弟、师妹们的哀号冲撞着耳膜，山谷的雾气中纠缠着一股湿热的血气，不断地侵袭他的口鼻，令他的后脑一阵一阵地发痛。

原来他又一次回到了师门被屠灭的那一日。

悲愤、急切的情绪再次涌上盛君殊的胸口，爆裂开来，化作双肩橙红色的灵火，向上飞蹿。他夺门而出，持长刀的身影如猎豹般在黑夜中狂奔，直奔那个藏着天书的山头。

这一天，在天书藏洞，他永远地失去了二师妹衡南。盛君殊颈部的动脉颤动，迎向乌云一般的拦着路的敌人。落在身上的刀刺破皮肤，血浸透了衣裳，他的刀上灌注了巨大的力量，将迎面而来的鬼面人震倒，杀出一条血路。他们像蝗虫一样追上来，他无心缠斗，只想着要快，他要在衡南跳崖之前把她救下来。

天书藏洞在泼天血雾之中越来越近。终于，他看见了衡南的影子，她立在崖顶上，像一抹白色的幽魂，身后围着数十个鬼面人。在那个瞬间，她似乎也回过头来，望见了他。

衡南怀中的垚山之宝"天书"正在发光。她像抱着一轮明月，面孔被映照得发白。然而还没等他开口，那轮"明月"便陡然坠下，他甚至没有看清她的表情。

盛君殊觉得心中什么东西坠到了底，随天书一起四分五裂，发出阵阵的闷响，周边的一切都变得缥缈起来，眼前的一切化作黑暗，纷纷溃散……

这已不知是师门覆灭后，盛君殊第几次陷入同样的梦魇，当日细节历历在目，他看清了每个人的表情，却依然救不了师妹，救不了师门，改变不了任何事情。

所有人都不在了，天地之大，只剩下他一个人。

他身为大师兄，无力阻止师门倾覆，无法救出师弟、师妹们，眼睁睁看见师门至宝天书坠入深渊，他很想随师门而去，但他不能。

仇人究竟是谁？为什么要这么对待垚山派？以垚山众人的实力为什么事先毫不知情？他必须查清楚。

既然他还活着，说不定还有其他弟子没死，他一定要找到他们。

还有，垚山派覆灭，至宝天书也消失，长久以来被压制的怨恶之气必然会祸害人间，他必须继续承担师门职责，去镇压那些趁机作乱的怨气能量。

盛君殊在心中不断告诫自己，他还有未完成的使命。但连日来紧绷的神经，和未能缓解的疲惫，让他脚步不稳摔倒在地，躺在熟悉的山坡上，摸着身下被烧焦的野草，困意再次袭来……

这一次，他梦见自己活了很久。

岁月变迁，高楼叠起，他在梦中变成西装革履的样子，他终于找到了几个同门弟子，甚至找到了经常来师门偷吃的小狐狸，但始终没找到衡南，于是他一直在寻找，从未放弃过……

第一卷 寄生

第一章
阔别千年

盛君殊的身子重重地弹了一下，他清醒过来。他感觉自己被包裹在座椅中间，阳光温热地照在自己的眼皮上，像宿醉初醒，他头痛欲裂，不禁皱了皱眉，手下抓住个坚硬的东西，不是刀柄，而是——方向盘。

车窗外，绿树摇摆，校门口的学生来来往往，一只巨大的棕熊玩偶在发传单。阳光照在眼皮上，是踏实的温热感。

盛君殊穿着中灰色高定西装，皮肤冷白，下颌线条分明，已经从少年变成成熟的男人，侧脸有一股矜贵的冷峻。他漆黑的眼睛看着外面的景象，指骨微动，沉默地将方向盘攥紧，额头上全是冷汗。

"白日做、做梦，不祥之兆啊。"坐在副驾驶的秘书张森探着脑袋，继续小心翼翼地安抚他，"老板，梦、梦见什么了？"

"不仅是白日梦，还是梦中梦。"盛君殊垂下眼，没什么起伏地说。他抓过风挡玻璃前的山鬼娃娃，放在手心。

娃娃是染色的手工木雕，勉强能看得出是个长头发、吊梢眼、穿古装的妖娆少女，只是那块木头不知是因为破碎后修修补补，还是因为年代久远腐朽，表面上斑驳不堪，看上去显得有些可怕。

盛君殊的指尖向肩上一点，借一点灵火的暖意，小心地将它剥落的"衣裳"烘烤如新。

张森看着专心致志补娃娃的老板，没有催促。他知道盛君殊心里烦乱的时候，就喜欢拿这个娃娃修修补补。这毕竟是衡南留下的唯一的遗物，当日清点尸骸，衡南尸骨无存，唯有这个当日挂在她腰带上的娃娃四分五裂地躺在一片焦土中。

当时盛君殊注视着娃娃的表情,至今令人印象深刻。

如今盛君殊补好了人偶的衣裳,沉默地看着它,张森便有些怜悯地说:"老板,又梦到垚山了?这个案子,咱们要不然就、就不跟了,叫公、公安那边派子烈来盯梢,咱们直接掉、掉头回去睡一觉,都连轴转三天了。"

"不用。"

"老板,你都白、白日做梦了,这说明你的精力,已经接、接近透支!这种状、状态,从你眼前晃过去几个人,你也看不清,坚持反而没效率。"

盛君殊抬眼,显得疑惑:"看不清?三十四个人,一只熊。"

张森一口气哽在喉咙处,无言以对,又企图质疑:"熊?什么熊?"

他往窗外瞅,看到清河职业学校门口的人群里,真的有个穿棕熊玩偶服的工作人员。"熊"正在笨拙地发传单,几个女生嬉笑着从它的身前和身后绕过去,有人拍它的肚子,还有几个人在拍照。

耳边,盛君殊继续喃喃着道:"我梦见衡南了。"

张森了然:"你想、想小二姐了。"

"这么多年,我从来没梦见过衡南,差点忘了她长什么样子。"盛君殊说,"在今天的梦里,她用了'出窍',专程来与我告别。可是当年,我们甚至没有告别。我不知道,她是不是怪我,在那个关头,没有来得及救她。"

张森沉默了一下:"小二姐是、是为了保住天书,这也是她、她的选择,不是你、你的错。"

盛君殊没有说话,眼神罕见地浮现出几分锐利,再次握住娃娃。张森一把按住他的手腕,阻止他:"这个娃娃上,真、真的没有小二姐的魂魄,你已经试了无数次,浪、浪费灵火。"

垚山派弟子当初修炼出的双肩灵火,还有当初淬炼的宝物,都可以辅助他们感知世间残留的人的执念,盛君殊总想试着从这个娃娃身上感应到衡南的存在。

但衡南一千年来都没有消息,生还的可能性极为渺茫了。

今时今日,距离那个波诡云谲、妖魔横生的时代已经过去了千年,世间变得祥和的同时,这种法力已经随着时间的推移而减少,且难以再生,这样盲目的尝试,未尝不是一种能量的浪费。

时光如流,滚滚向前,当初那个痛彻心扉、令人惊悸的夜晚,在千年的岁月中悄然褪色,变成一根长在肉中、引起钝痛的刺。活着的人,总得更好地生活,这也是张森希望他早点放下的原因。

"其他人是情有可原。可我不一样,我比旁人都更对不起衡南。"盛君殊仍然捏出指诀,自指尖亮起一团光。

张森明白他的意思,衡南,毕竟是他名义上的未婚妻。

"可是,你、你不是本来也对小二姐没有感情吗?都是你师父包办的姻缘。那一夜死了那么多兄、兄弟姐妹,你没办法全救下来。"

盛君殊不予评价:"你还记得那件事吗?"

"哪件事?"张森小心地问,盛君殊这个人平时极为理智,将工作看得比什么都重,就更显得今天的他好似中了什么邪。

盛君殊说:"师门倾覆以后,我看了许多典籍,其中一本有记载,天书有灵,损毁后能吸取天地灵气,自动拼凑复原。当时我想,倘有一日,天书复原,说不定衡南也能……"

张森:"我当然也这、这样希望,可是都这么多年过去了,连、连个天书的鬼影都没看着。"

盛君殊叹了口气。

丝丝缕缕的灵火徐徐从他口袋内的小木弓中涌出,汇成一脉,慢慢扩散到整个车内,张森惊讶地张开嘴:"老板,你还借子烈、烈的灵火?我们不是正、正在协助公安办案吗?"

盛君殊在金光之中闭目不语,过了一会儿才开口,说:"我感觉到衡南了。"

张森咋舌,一股寒意顺着后脊往下跑:"你、你没发烧吧?小二姐抱着天书死了,不可能被感觉到。老板,你到、到底怎么了?"

话音未落,盛君殊已经发动了车子。

张森吓得脸都变了颜色,头发也被车窗外的风吹得向后卷起。

黑色的车子在道路上如醉酒般蜿蜒前行,以一种危险的姿态靠近人行道,发出刺耳的刹车声,引得路边拿传单的学生尖叫着向旁边躲避。那只圆圆胖胖的棕熊愣了一秒钟,转个身,拔腿就走。

黑车再次发动,紧跟上去。

"老板?"

屋漏偏逢连夜雨,张森的手机铃声大作,肖子烈暴躁的声音从话筒那端传过来:"怎么回事?你们是不是借走我弓上的力量了?你们耽搁我大事了,知

不知道！我本来能直接把长海医院的'东西'消灭的。"

张森警惕地看着车窗外，棕熊扭着屁股在前方走，疑惑地回过头两次，确定这辆车是在跟着自己，干脆一扭一扭地加快了步伐。再看一眼双肩灵火盎然上涨的盛君殊，张森感到仿佛在梦中，道："小、四哥，别生气，听我解释……"

肖子烈暴怒："你把电话给盛君殊！"

"现在，不、不太方便。"

"不方便？"肖子烈狐疑地问道，"他在干吗？你们不是在盯人吗？"

"他——"张森眼睁睁地看着那只熊越走越快，最后甩着腿尽全力跑了起来，他亦随着汽车猛然地加速，"现在在街上追熊。"

肖子烈的语气显得不可思议："你说我师兄在追什么？"

"熊。"

肖子烈愕然地看了看手机。电话被挂断了。张森回答的话太过难以理解，让他怀疑是这个小东西的信号不好，串了线的缘故。他随手将手机揣回裤子口袋里，刚迈出一步，肩上就被人重重地一拍："肖专员？"

肖子烈抬手就将蒋胜的手拨了下去。

老民警蒋胜也不生气，似笑非笑地道："你们的秘法管不管用啊？真能知道我们辖区清河小区三、四户一楼的防盗窗到底是谁给卸下来的？"

肖子烈穿一件黑色的上衣，衣服的后背画着一个骷髅，下身穿着一条破洞牛仔裤，脚上蹬一双高帮球鞋，再配上一张怒目而视、不服管教的白脸，在蒋胜看来，活生生就是个社会青年。

所以当他知道肖子烈来自某个古老门派，专门辅助有关部门办案，他便觉得有些过分神秘了："监控都拍不到的怪事，让你'感觉'一下就能知道原因吗？"

肖子烈扯了扯衣服："你等着看吧。"

蒋胜："你应该查一下清河小区，排查一下周围的邻居、目击者，怎么查到长海医院来了？"

"信就信，不信就算了。"肖子烈冷笑一声，"就许你们有流程，我们不能有独家秘诀？"

"别生气。"蒋胜见他不悦，又赔笑道，"我这不是好奇嘛。"

"我跟你说，要不是因为盛君殊拿走我的弓，借走了我的力，我现在已经抓住罪魁祸首了。"肖子烈按捺住暴躁的情绪说。

"哦？你的弓是……"

"是我的法器,就像你们的武器。"

肖子烈顿了顿,觉察到对方话里的调侃意味,又深吸口气:"我告诉你,我们垚山派,可不是江湖骗子,本来就是旨在除魔卫道、维护百姓平安的组织,从几千年前就开始协助衙门办案了。"

"我知道,没别的意思。"蒋胜表示"你真厉害",接着道,"为这件事情,清河小区的住户总是担惊受怕的,报警又解决不了问题。你要是真能把这事儿解决了,我高兴还来不及呢。"

蒋胜还要再说什么,肖子烈侧了侧头,感知到什么,打个手势,让蒋胜跟上来。两个人一起随着熙熙攘攘的患者慢慢地上楼。

等到人群渐渐变得稀疏,蒋胜小声问道:"你跟的是前面那两个女生?"

在他们前方,有两个打扮时尚的女孩,其中一个女生穿着棒球服,戴着棒球帽,脑袋垂着,双手捏着背包带,显得有些拘谨,另一个女生穿着短裙,搂着穿着棒球服的女生的肩膀,时不时拍一下,好像在安抚她。

肖子烈:"右边那个女孩是从清河小区三号楼出来的,'神秘能量'一开始跟着她。我刚要困住它,弓上的灵火的力量就被我师兄借走了,所以它又逃了。"

蒋胜听到与案情有联系,脸色变得严肃起来。只是一抬眼,看到牌子,他忍不住道:"专员,再往上走是妇产科了。"

肖子烈:"没事,假装给你看不孕不育。"

蒋胜笑了一声:"我这年龄也不合适啊,不如这样,一会儿你进去,就说你是那个姑娘的男朋友,想办法把话套出来。"

两个女孩已经钻进诊室,反手将门关上了。

"姓名?"

"衡……衡南。"

"什么?"

"衡南。"

"多大了?声音大点儿。"

"二十二。"穿棒球服的女生低着头,声如蚊蚋。

一旁的帘内的患者忽然发出一声呻吟,吓得穿棒球服的女生抬起头,一张惨白的脸对着医生。真是病猫一样胆小!医生皱了下眉,绕到帘子后查看情况:"我去看另一个患者,你稍等一下吧。"

　　穿棒球服的女生神色有异，立刻站起身想走，马上被同行的女生按住："梦梦，别这样，梦梦。"

　　"我都跟你说了，我找了一个小诊所，那里医生都说了，现在是孕早期，吃点药就可以流掉。"穿棒球服的女生神色痛苦，"都已经确定不要了，还拍什么B超？我不想看见它，我得回去了。"

　　"这怎么能行呢？小诊所多不安全，作为你的朋友，我也不放心。"

　　"那我们好歹换一家偏僻点的医院，长海医院离学校这么近，万一有人看见我，让刘路知道了，小凤，我可真完了。"

　　"你怕什么。"徐小凤有些不耐烦，从烟盒里抽出一根烟，却没敢抽，"报的名字也不是你的，用的证件也不是你的，有人问你，你就说你叫衡南，刘路问起来，就说看错了人呗。"

　　李梦梦笑了一下，缓了缓，有些隐怒地问："小凤，你今天非得陪我做检查，是真的担心我的身体？还是为了替季哥盯着我？"

　　徐小凤立刻变了脸色："李梦梦，我补考都翘了陪你来做检查，你可真是好心当成驴肝肺啊。"

　　"我们不是好朋友吗？好朋友当然要关心彼此了。你来清河，第一顿饭还是我请你吃的。我有什么挣钱的机会，哪次不是第一时间想着你。"徐小凤平静了一下，打量了几眼李梦梦漂亮的脸，眼中闪过的神色，不知道是妒忌还是意味深长。她拿手指夹住李梦梦的领口，扯了扯，提示什么一般地说道："梦梦，做朋友讲究投桃报李。当时我把你介绍给季哥，让你混到了'白富美'的圈子里。你钓到了金龟婿就不玩了，让我怎么跟季哥交代？"

　　"季哥……"李梦梦一下子萎靡下去，"当初我对季哥也是真心的，你知道的，谁知道他到处惹风流债，而且他的背景太复杂，还犯法，我担惊受怕。我和刘路是奔着结婚去的，小凤，你帮我跟季哥说说吧，我想和他彻底断了。"

　　"梦梦，你的胆子真大，从来只有季哥腻了甩掉别人，没有女孩敢甩他。"徐小凤看向李梦梦的肚子，"而且，你这样，不得做一下亲子鉴定，看看到底是谁的孩子，万一是季哥的呢？"

　　李梦梦觉得更加崩溃了："不是！多半是刘路的，即使是刘路的我也不会要！我还这么年轻。你就让我悄悄地解决了这件事，别告诉他，行吗？"

　　突然传来"哐当"一声巨响，将两个人都吓得一回头，原来是医生摆在桌上的热水壶滚落到地上，内胆碎裂。不知何时起风了，蓝色的窗帘被风吹起来飘在空中，像挺起个巨大的孕肚。

刚才去帘子后面检查患者情况的医生还没有回来，诊室里显得极为安静。太阳被阴云遮住，诊室里变得昏暗下来，李梦梦搓了搓双臂，感觉有些冷了。

门口站着一个佝偻的人影。

一个身穿蓝色衣裳的老妇人，个头矮小，一只眼睛溃烂，侧着头，拿另一只正常的眼睛直勾勾地盯着她们。

因为独眼的关系，注视着她们的视线使人感觉不太舒服。两个人一起闭上嘴，把目光挪到一边。

老妇人却一瘸一拐地走了进来，一只手里还捏了一只空纸杯，杯口朝她们晃了晃，嘟囔着什么。

"没钱，我们没钱。"徐小凤将她当作了乞丐，避开了纸杯。

老妇人一动不动，表情不变，声音大了些，还把纸杯举起来，央求着道："妹，我好渴。有没有水？"

被独眼盯着的滋味让李梦梦有种不舒服的感觉，她说道："这里是诊室，饮水机在对面开水房。"她指向门外。

老妇人看了她一会儿，迟钝地转身，像一台破损的机器向外挪动。她的左胳膊无力地垂在身侧，身子倾斜着，一只脚掌外翻，黑色皮凉鞋的金属扣子碰撞在地上，发出"啪嗒""啪嗒"的声响，逐渐走远了。

"你自己好好想想吧。"徐小凤给李梦梦撂下一句话，去掀诊床的帘子，"这位医生也真是奇怪，一去不返了，刚才那么大的动静也没惊动她，我去喊她。"

李梦梦搓着胳膊站在原地，觉得周遭冷得过分，回想起那个讨水喝的老妇人空洞的眼神，似乎含着阴鸷、憎恨。她为什么要那样看人呢？

李梦梦的目光落在滚落在地的暖水壶上。这时，她忽然看见瓶口汩汩流出了黏稠的黑红交织的液体。

李梦梦的喉头一哽，没叫出声，空气中奇怪的腥气蓦然变浓，逼到了鼻尖。李梦梦的瞳孔放大，眼睁睁地看着已经走到了门口的老妇以极快的速度倒退着朝她撞过来，仿佛想要将她狠狠地钉进桌子里！

腰撞在桌沿上，感觉到尖锐的疼痛，李梦梦惨烈地大喊了一声。

徐小凤和医生吓得一起钻出帘子。

有两个人更快地破门而入，身穿黑色T恤的肖子烈结成剑的手指收回，一道纤细的光射到窗帘上又弹回来，化成一支箭落在他的手中。肖子烈的目光

锐利，打量空荡荡的诊室。

"跑了？"蒋胜拿起电话，"我叫人过来。"

"这是怎么摔的？"医生看着被挪动位置的办公桌还有一片狼藉的地面，很是讶异。

李梦梦坐在地上，惊恐地跟徐小凤说："壶里流血了……你快看啊，壶里有血！"当她看到从热水壶中泼出来的是一地水，眼睛便瞪得极大，露出惊恐的表情。

徐小凤觉得毛骨悚然，又觉得很尴尬："你是不是助眠的药吃多了，产生幻觉了。刚才怎么回事？为什么把警察都招来了，这到底怎么回事？"

李梦梦顾不得回答，捂着肚子，表情痛苦地扭曲着。见此情景，肖子烈一把将她抱了起来，往医生指的检查室走："你叫什么名字？"

李梦梦面白如纸，靠在他的怀里，在昏厥前艰难地说："我叫……李梦梦，肚子疼……"

"你叫李梦梦？为什么病历上面写的名字是衡南？"肖子烈空出一只手拿着病历本，眼神变得有些阴郁，"衡南是谁？"

蒋胜一眼便看见两个女生慌张的神情，也问道："衡南是谁？"

徐小凤只好不情不愿地道："是我们的室友，也是清河职业学校的学生。身份证是借的她的。"

肖子烈直勾勾地看着身份证上的照片，神色变得有些莫测。

"你认识啊？先把李梦梦送到医生那里。"蒋胜叮嘱肖子烈，继而厉声同徐小凤道，"你跟我回局里，现在打电话，把那个衡南也叫过来！"

上午十点过后，迷你甜品店里变得门可罗雀。

门猛地被人推开，店里的风铃发出急促的声响。拖地的阿妹直起身，就看见一只棕熊像一阵风似的冲进来，差点把她的长条拖把踢飞。

"跑什么呀，被鬼追啦？"阿妹笑嘻嘻地拍了一下熊的屁股，棕熊已经挤进狭小的工作间。

甜品店是迷你小店，工作间也很小，摆了一张长条形的椅子，对面是员工存放个人物品的铁皮柜子。

棕熊慢慢地卸下头套。巨大的头套之下是一张巴掌大的、瓷白色的脸，湿透的头发丝贴在耳郭上。她抹了抹额头上的汗，从柜子里取出一只不停振动的手机。

"徐小凤"发来许多条短信，前面几条短信是要将她介绍给一个叫"季哥"的人做女朋友，随后是对她不识抬举的辱骂，不过她一条也没回复。最新的一条，徐小凤的口吻突然变得严肃，内容是：衡南，请你现在立刻来清河派出所一趟。

衡南盯着短信内容看了一会儿，屏幕上的文字似乎幻化成了森然扭动的虫影，她似乎听见一阵窸窸窣窣的笑声。衡南害怕地闭上眼睛，幸好，那幻觉不是冲她而来，很快便消散了。她歪过头，破天荒地回复了那条消息：你们好像被'什么东西'缠住了。

徐小凤立刻回复了一条消息，恼羞成怒地道：你有病吧！说什么疯话，警察叫你来派出所！

衡南面无表情地将手机放回柜子，将背带卸下来，手臂伸到身后去拉玩偶服的拉链，却碰到一双微冷的手，她陡然僵住。

那双手已经将拉链"刺啦"一声拉下来。一个男人讨好的声音从背后响起："要帮忙也不说一声，顺手的事情。"

人偶服装从身体两边滑落下去，盛夏时节，女孩仍旧穿着浅杏色棉麻长衫长裤，因为被汗水打得透湿而贴在身上，隐约勾勒出纤细的腰线。

那只手扯住长衫，轻轻扯动透气："热吧？小衡？我早说让你看店，给你多开工资，你就是不肯，大夏天的非得在外面奔波，多受罪啊。"

光头胖子是甜品店的老板，一双眼睛贪婪地打量着衡南藏在衬衣里面的年轻身体。

衡南捉住他的手，反手将他推个趔趄，自顾自地朝外走，摘下挂钩上的绿色围裙，熟稔地挂在脖颈上，走向了柜台。

迎面而来的光线，从下颌开始，慢慢地落在她的脸上，勾勒出一张没什么表情的脸。眼尾上挑，黑漆漆的，如点墨，像千禧年流行过的山鬼玩偶。

胖子背着手，跟着女孩走出了工作间。

拖地的阿妹悄悄抬眼窥探。衡南个儿高，皮肤又白，漂亮得出挑。她知道衡南在店里，老板就爱黏着衡南，想占衡南的便宜。

果然，胖子又拉起衡南的手，女孩的手指又纤细又柔软，胖子吹嘘自己腕上的佛珠："上礼拜在庙里求的，正经的小叶紫檀。"

衡南低着头，长而浓密的睫毛垂着，没有任何反应。

这是个怪胎。当初她找兼职的时候，这条街的老板没有一个敢留用她，他

们怀疑她的精神有点问题，总是旷课来打工，不说话，不理人，一点活气都没有。

而胖子留用她，是为美色所惑，图谋不轨。

"这串佛珠我戴着小了，我看衬你，你试试。"胖子说着，将那串佛珠从自己的手腕上滚到了她的手腕上，顺带着摸了摸那雪缎子似的手背。

衡南用冰凉的手指推着，将那串佛珠又给他滚了回来。

胖子的脸色一僵。

"叮咚"一声，清脆的迎客铃声响起，衡南立即收回手指，垂着头站在柜台后面。

衡南不喜欢生人，好在收银台电脑架得很高，柜台上摆满了瓶瓶罐罐，遮住了她的半张脸，也挡住了她对外界的恐惧。

临近中午，甜品店里又忙起来。

衡南喜欢熟客，自己懂得看菜单，点单很顺利。就怕生客问东问西，更可怕的是，她和客人都在等对方先说话，沉默的间隙令人感到尴尬。

收银台电脑显示屏右下角贴了张旧的标价签，边角翘起来，她的指尖反复抠着翘起的边角："请问要点什么？"声音低而急促，好像是被一股脑挤出来的。

客人沉默着，她能感觉到对方的目光静静地落在她的脸上，那是含着某种情绪的目光，不同于以往的轻浮、好奇、欣赏和鄙夷的打量。她稍稍抬起眼睛来，看见对方西裤上闪亮的金属皮带扣。男人的手臂上搭着深色的西装外套，露出价值不菲的腕表。

她有些愣住了，并不是因为穿戴，而是因为她感觉到一阵炽热的气息扑面而来，将她笼罩在其中。

这是个阳炎体。

小时候，小区里一个四处游历的老人曾经说过，民间传说，人的双肩和头顶各有一把命火。这三把火的强弱因人而异，若人受到惊吓或遭遇打击，命火就会熄灭，影响人的状态。还说她之所以爱生病，是因为生来没有命火，一把命火都没有，是罕见的至阴体，才会体质差，精力不济，时常出现幻觉。若是能和命火旺盛的人在一起，就能阴阳调和，她也就不会再多病。命火最旺的人，三把火都是真灵火，这样的人叫作阳炎体。据说只有传说中的垚山派弟子，修炼秘法者，才有阳炎体，身体强健，百毒不侵。

可惜她的母亲不信，见到她与那位老人说话，便骂个不停，捡起石子儿朝她的身上扔，叫她滚回家，以至于她没有听到结果。

其实那位老人说得不错。她从小到大，遇见过一些阳炎体，每次遇见，她都能感知到对方身上的能量与温度。仿佛自己是暴露在阳光下的湿衣服，贪婪地吸收对方身上的热量，然后感觉自己的身体变得轻盈，她留恋这种感觉。可惜阳炎体太少，也没有哪个能与她一直在一起，等他们走了，她又回到了阴暗的角落里。

眼前的这个人，则是她从小到大见过的最强的阳炎体。她心里阴冷、沉重的感觉，在眼前这个人的气场中尽数溃散。

衡南再向上看，对上一双狭长、俊秀的眼睛，这是个长得俊朗的男人，脸上带着一种冷静沉着的气质。对方也正在打量着她，似乎在审视着什么，两个人的目光相撞，她心中一悸，像石子儿投进深潭里，竟有种眩晕的感觉。

胖子看看衡南，再看看那个男人，面色不悦，将衡南推到一边，热络地招呼男人，道："小衡，怎么学不会招待客人？来，看看我们家的新品。"

盛君殊的目光在胖子的手上停留片刻，他接过菜单。他耽搁得久了一些，身后的人小声地议论起来。倒不是因为不耐烦，而是这个男人的身材和穿着格外引人注目，那个柜台后的女孩也有一双极漂亮的眼睛，两个人沉默地对视半晌，不免让人联想到一些光天化日之下的艳遇。

"老板，别在那儿站着，都在看你的笑话呢，你、你把她带出来，想、想个办法确认一下。"蓝牙耳机里传出张森的声音，盛君殊犹豫片刻，再次抬眼，对上衡南的眼睛："你喜欢吃什么？"

真的是搭讪啊！身后议论的声音猛然拔高，还有女生在捂着嘴窃笑。胖子露出气急败坏的表情。

衡南没什么表情地打单，她知道有一些顾客的确懒得自己挑东西："我？酸奶水果捞，你吃吗？"

盛君殊停顿了一下，说："我要两份，带走。"

等东西做好，他将其中一份摆在柜台上，推到衡南面前，她这才意识到什么，彻底愣住。盛君殊又回头看了她一眼，那一眼表达的东西很复杂："我的车在外面，N920，你下班后过来。"

众人的起哄声中，盛君殊勉强维持住表情，快步走出店门，耳根都红了。若不是为了师妹的事，他大概这辈子都不会去主动搭讪的。

盛君殊拉开车门，张森满脸敬佩地朝他竖起大拇指，那副表情因为过于生动而显得有些猥琐。还没等对方夸出口，盛君殊便道："闭上嘴。"

张森抿抿嘴巴，又要张口，盛君殊再次堵住他的话："她的老板人品有问题，你去给点教训。"

张森"哦"了一声，迎面看见衡南从店里出来。二十岁的女生，身材瘦削，拎着一个破旧的黑色书包，走路不敢看人。

张森打量她半天，她默默地绕了个大圈，绕开了他。紧随其后的是心有不甘地追出来的胖子。张森龇着牙，一把搂住胖子的脖子。

衡南对身后前老板的叫骂声充耳不闻，慢慢地走到盛君殊的车前。她认得这辆车，刚才追着她跑了好几条街的就是这辆车。这个人是怎么知道穿玩偶服的人就是她的？

衡南沉思片刻，直接拉开车门坐了上去，阳炎体的能量场瞬间笼罩了她，紧张的气氛也瞬间笼罩了一千年不近女色的盛君殊。

"怎么不吃？"盛君殊见她把水果捞抱在怀里，试探着问道。

衡南就像没听到一样，盯着风挡玻璃下的山鬼人偶。

盛君殊对她的反应不意外，自从第一眼看见她，他就判断出她是没有命火的至阴体质，这样的人，往往因为经常产生幻觉而精神衰弱，很难打起精神。

下一秒，衡南冷不丁地伸出手，一把抓住那个人偶。人偶从未被别人碰过，盛君殊条件反射一般用力地按住她的手，想抢回玩偶，但又在摸到她的手的瞬间，像触电一样立刻松开。

衡南就将人偶捏在了手里把玩："你看上我了吗？"她虽然被幻觉困扰很久，但并不傻，知道自己的相貌出众，这种烦恼从高中开始就缠绕着她，她很明白，别人想从她的身上得到什么。

盛君殊被这句直白的话问得措手不及："我……"他不禁看了衡南一眼。在他的印象中，师妹的性格温婉大方，还有些羞涩，和眼前的人完全不同。但刚才命火的感知，应当不会有错。真的是她吗？

衡南的电话再次振动起来，她将电话放在耳边。

"清河职业学校的衡南？"对面传来一个熟悉的大嗓门，"你可真是喊不动啊，现在赶快过来一下，清河派出所。"

"你真的叫衡南……"盛君殊心中一震，劈手拿过她的手机，"蒋胜？"

蒋胜刚叫了一声"盛总"，电话又换了主人。肖子烈的声音很着急："盛君殊，我这里拿到一张衡南的身份证，她长得和二师姐很像……"

"知道，我接到她了。"盛君殊冷静地打断，但两个人的呼吸中都带着些颤抖,"这次,应该真的是你二师姐回来了。"

"老板,蒋、蒋胜那边抓到人了?"回去的路上,张森从副驾移到了后排,手里把玩着一串佛珠。

盛君殊:"人家没犯罪,怎么能说是抓?配合调查而已。肖子烈跟的人是衡南的室友,拿了衡南的证件去看病。那个叫李梦梦的女生被'神秘能量'干扰,受了点惊吓,在医院输液。"

说到"衡南"二字时,盛君殊瞥了一眼在副驾上蜷缩着睡着的衡南,语气放轻了些:"我已经回复了蒋胜消息,她不用去,我来问话就行。"

"真、真是小叶紫檀。"张森转了转佛珠,笑着道,"让胖子道个歉,看他、他吓得那熊样,差点给小、小二姐跪下去叫姑奶奶。"

盛君殊说:"扔了。"

张森顿了顿,赶紧把佛珠塞进衣兜里。手臂撑着前座,忧虑地看向靠着副驾睡着的衡南。

"小二姐是一点儿记、记忆也没有剩下啊……"

教训胖子时,他说衡南"有病""是疯子",还令张森摸不着头脑,但见着衡南的人就全明白了。小二姐的样貌没有大变,但脸色苍白得像是涂了厚厚一层粉一样,眼圈一周浅淡的乌青色,一对大而映丽的眼睛很黑却无神,使得这副漂亮的容貌显得很诡异。就这么跟着才见一面的陌生人走了,还在车上睡着,心也太大了。

盛君殊看了衡南半响,无声地叹口气:"她应该是二十多年前才苏醒,醒来后完全失忆了,甚至变成了婴孩的模样,可能是被人收养了,就过起了普通人的生活。但是,好像过得不太好。"

蒋胜发来的学生档案记录了衡南崭新的抛物线一样的人生:贫困学生,初中以优异的成绩特招清河市一中,保送至高中部,初中三年担当芭蕾舞剧女主角,被冠以"班花""芭蕾舞女神"等头衔无数。可惜从高二开始,她的学习成绩一落千丈,旷课、早退,被警告,三进三出精神病院,才勉强进入清河职业学校。

"就算是失忆……小、小二姐以前又美丽又聪明,怎么会这样?"衡南睡着了,濡湿的发丝、汗水和细小的伤口在脸上混杂成一片,看起来狼狈不堪。张森想给衡南整理一下头发,想了半天都没找到地方下手。

此刻凑近了,那股酸腐的味道更是直冲肺腑,张森捂着鼻子:"她都弄成

这样了,那胖子也能下得去手?"

盛君殊一向有洁癖,此时坐在好多天没洗澡的衡南身边却毫无感觉,毫不犹豫地抹开女孩被汗濡湿的头发,小心地捏起衡南的下巴,仔细检查:"你不知道她为什么不敢洗澡?"

"哦,她的精神出现过问题,在浴室这样的封闭空间独、独处,容易被、被神秘能量扰动,也容易产生幻觉!"张森抓了下头发,"小二姐是造、造了什么孽,怎么就弄成至阴体质了?"

盛君殊说:"大概是那时候,天书在她的怀里碎了,那股力量影响了她,熄灭了她双肩与头顶的命火。但倘若没有天书,她也不可能回来了。"

"那现在小二姐回、回来了,天书又在哪儿呢?"

"不知道,再说吧。"盛君殊看着眼前这张脸,阔别千年的师妹就睡在他的车里,他心里的局促、茫然一时竟然压过了激动与欣慰。

衡南没能保住阳炎体,也没有保留从前的记忆,这使她成为和他记忆中的师妹完全不一样的人。

可悲的是,关于师妹的细节,已经在千年的寻找中渐渐模糊。他已经不确定,原来衡南的眼角有没有美人痣,上妆前,是不是和眼前的女孩一样有着毫无血色的菱形唇。

年少时他醉心练刀,对女孩不感兴趣;长大之后,又忙着避男女之嫌,再之后便是定下婚事,他心中迷茫,又在赌气,以至于从未认真地端详过衡南的脸。所幸今天找到了衡南,护住她,他身为师兄和未婚夫的责任,终于完成了一半。

盛君殊用一只手握住了女孩冰凉的手腕,她现在的身体是至阴体质,最容易受到能量波动的影响,产生幻觉,能与命火正常的人靠近,对她来说就是好的,所以即使男人占她便宜……

盛君殊没来得及想太多,衡南醒了。

她太安静了,悄无声息地睁开眼睛,眼神死气沉沉的。

哪怕此时此刻,盛君殊的身子前倾,一只手抬着她的下颌,另一只手握着她的手腕,是个十分冒犯又极为尴尬的姿势。

张森想要辩解一下,盛君殊已经顺势开口:"你,你觉得我怎么样?"他的声音低沉,两张脸靠得极近,近到衡南的鼻尖能感受到空气里微妙的震颤。

张森狠狠地掐了一把大腿,他就没见过这么尴尬的开场白,也就是老板长得好看,若换成胖子,不被一拳打在脸上,算运气好……

衡南任他抬着脸，眼帘却缓缓地向下垂着，声音沙哑地开口："挺好的。"她说了实话。这个阳炎体的精神力极强，只是坐在他的身边，就能让她享受久违的安全感，以至于积压的疲倦袭来，甚至靠着副驾驶的车座睡着了，还睡得挺安稳。

盛君殊沉默了片刻："那，跟我结婚？"

张森闻言，心道：你们才认识第一天啊！张森握拳，用力地捶了捶盛君殊的椅背。盛君殊瞥过来，看见张森"你矜持点"的暗示，又很快转回去，心里七上八下的。

衡南用一双黑漆漆的眼睛凝望着他，眼神呆滞得像是在发呆，让人疑心她根本就没睡醒。

"好。"她回答得干脆利落。

车里死寂一片。盛君殊闭了嘴，衡南闭上了眼睛，张森无声地咬住了自己的拳头。

片刻后，盛君殊面无表情地摇醒了衡南："我说的是结婚。"

衡南盯着他看了半天："我还用上班吗？"

"随你。"

"上学呢？"

"也随你。"

"我得跟你住在一起？"

"当然……"

"那好啊。"她答得很爽快，再度闭上了眼睛。能和这个阳炎体长期绑定，在他的影响下做回正常人，谁会不愿意？至于其他的那些，对现阶段的她来说已经没有那么重要了。

盛君殊的喉结轻轻地动了一下，他瞧着她："那么，近期我会通知你的家里人，办手续。"

衡南翻过身，背对他蜷缩着靠在座椅上，点了一下头，齐肩的短发下露出一点苍白的脖颈。

盛君殊把靠近衡南的空调冷风关闭，闭上双眼，松了口气。

没错，衡南在他的面前一直是很好说话的。无论他说什么，她对他从来都只有从容的回复，"好""好的""知道了，师兄"。

那一次，师父把他叫过去，谈起同师妹的婚事，他看见她提着灯站在暗处，

灯笼映着她鲜艳的裙角。衡南甚至不敢抬头，目光淡淡地、略有哀愁地扫在他的鞋面上。

待他跪直身子，说了"弟子没有意见"之后，她才露出很浅的喜色，走过来轻轻地跪在他的身边，笑容如春风拂过玉山："弟子也觉得很好。"

她一向是很好说话的。只除了师门倾覆那一次，他加急传音四次"衡南过来"，衡南没听，她冲出去，就没再回来。这个婚约，也因此欠下了一千年。

黑色轿车慢慢地向前开动，水杉的影子从风挡玻璃上掠过。

他还是选择履行这个让他愧疚了千年的承诺。

年少时他还有所困扰，不明白师父为什么要把他们两个凑成一对，那时的他还根本不懂什么是爱情。然而经过了千年的光阴，他已经不想再思考这个问题。他背负着太沉重的使命，即使不是衡南，他也从未想过与其他任何人在一起。

盛君殊很庆幸，失忆后的她依然如初，没有拿走属于他的殊待。两个人知根知底，胜似亲人，婚姻关系是他能想到的、最安全也最周全的庇护她的方式。

"牙膏，太太，您手上那个是牙膏。"郁百合兴冲冲地踮起脚尖，递上化妆品，麻利地撕去外包装，"这个才是洗面奶，我给您拆开。"

水龙头里的水，"滴答滴答"地落在石纹洗手池里，发出清晰的声音。

别墅的浴室很大，多是冷硬风格的大理石装饰，被几只瓦数很高的化妆灯一打，显得奢靡而明亮。

衡南注视着镜子，镜子里的自己穿着白色蕾丝睡衣，凌乱的头发堪堪落在双肩上，淡淡的黑眼圈像两团乌云，盘踞在苍白的脸上。

身旁的阿姨已经把洗面奶、爽肤水、护肤乳、护发套装和身体乳摆成了一条长龙，然后说："这些东西都是我照最贵的买的。太太只管用，老板有钱。"

衡南只是垂下眼睛，不笑，也没有作声。

郁百合的好心情丝毫没有被挫败，她回身给浴缸里放水："太太一会儿泡个澡？早上起来洗澡舒筋活血，精神百倍！"

郁百合今年四十八岁，是盛君殊这栋复式别墅里的保姆阿姨。盛君殊一年到头地忙碌着，每晚九点钟才进家门，夜里只住一个卧室，其他房间连弄乱的机会都没有。早晨七点钟他又离家而去，像上了发条的钟，连吃早餐都要听着电话会议，根本同她说不上话。她一个人每天待在这套空荡荡的别墅里，憋闷得快要疯了。

所以，当她听说他的太太要来，尽管她从来没见过这么古怪、这么脏的小女孩，她还是欣喜若狂，一大早就兴冲冲地起来工作了。

郁百合将花洒放在浴缸边拿得到的位置，含笑退出了浴室："换洗的衣服在左手边，脏衣服您随便扔在我找得到的地方哦。"快要关上的门缝里，少女伸长双臂，把衣服沿臂膀褪到头顶。她的黑发散乱地搭在肩上，小巧的肩胛骨从缎子似的肌肤下凸出来。她有着不盈一握的细腰，一双腿长而笔直。

太太的身材是真好，极其少见地好。郁百合在关门之前，在心里想。门"咔嗒"一声落锁，衡南的瞳孔应激性地微缩了一下，她怕独处，尤其怕密闭的浴室。

她闭上眼睛，仿佛就能看到曾经墙上、镜子上赫然出现的无数手印，耳畔是年少的自己慌不择路的尖叫声、拍门声，还有啜泣声。那些都是她生病时产生的幻觉和幻听。但是现在，她所站的地方还缭绕着阳炎体留下的一点儿余热，也许盛君殊习惯于每天站在镜子前的这个位置剃须，她站在这片余热里，感到尤为安全，竟然不再害怕了。

新的生活，也许要开始了。

浴室外，郁百合还是不放心，搬了个小板凳坐在门口守着，竖起耳朵，听见太太在里面打电话。

"南南，明天没有时间。你就是回家，也没有人在家，改天吧。"电话里的女人说道，"你弟弟六年级家长会，小升初的关键时期你懂吗？"

衡南蜷缩在浴缸里，水滴顺着发梢流下来："妈妈，我要我的户口本。"

"户口本那么重要的东西，又不是只有你一个人在上面，你爸爸和弟弟不都在上面，你拿着干什么，丢了怎么办？"

"我要结婚了。"

对方愣了半天，吸一口冷气："结什么婚？和谁？"

衡南听到电话那边的人继续说："孩子爸爸，你过来听听啊，我们南南突然要结婚啊。"

衡南的父亲拒绝、躲避了几次，电话没递出去，电话的另一边传来厌恶的男声："你去跟那个疯婆娘说，丢人现眼，我不听。"

"喂。"电话里传来的依旧是女人的声音，"南南，怎么突然闹着要结婚啊？也没听你阿姨说——"

"阿姨已经离职一年了。"衡南冷笑着打断，"生活费也断了一年，你们管不管我的死活？你们是不是只记得自己有一个儿子，忘了我？"

曾几何时,她也是父母的骄傲,可是,不是所有父母都能接受女儿与旁人不同。在她得过精神疾病,治疗无望后,他们迫不及待地练了个"小号",那时她才知道,她不是父母亲生的,而是这对难以生育的夫妇在外面捡来的。现在这对夫妇终于怀上了自己的孩子,生病的她忽然就变得可有可无了。

衡南的妈妈心虚地停顿了一下:"现在不是说你结婚的事,怎么绕得那么远。你……是不是怀孕啦?你懂什么叫怀孕吗?你疯掉的时候,有没有男人碰你……"

"对。"衡南气愤地掐断电话,眼泪和水一起淌下来。

什么跟什么?郁百合简直听得肝胆欲裂。衡南已经面无表情地从浴室里出来,出浴美人的皮肤在自然光下白得几近透明,又孱弱得好像下一秒就要晕倒。

郁百合看不过去她被父母伤害,怜爱地说:"太太,楼上第二间是你的房间,你先去那里等一等,空调吹得冷,我给你拿一床厚被子来。"

衡南只是反应有些迟钝,并不傻。果然,她愣了一会儿,几不可闻地道:"麻烦你。"

郁百合从柜子里抱了崭新的床上三件套来,敲了敲门:"太太?"

"太太?"郁百合推开门一看,屋里空荡荡的,床上、地上,哪里都没有衡南的影子,她立刻慌了神。

"太太!太太?"

太太不见了!

蒋胜叩了叩办公室的门:"盛总,久仰。"

盛君殊伸手请他坐到对面的沙发上:"蒋警官客气,对接资料还让您专程跑一趟。"

"怎么听肖专员说,那天你把他的弓给没收了,导致他把神秘能量给放走了。"蒋胜开玩笑道。

盛君殊惭愧地道:"确实是我因为一些私人事情影响了案子,不好意思,这件事我一定负责到底。"

"盛总言重了,哪儿有怪你的意思?这些年你们一直无偿协助我们办案,解决群众的生活困难,我们感激还差不多。再说了,也没耽误事。"蒋胜将一摞资料递给盛君殊,"开始是清河小区的住户投诉,一楼的防盗窗总是往下掉。肖专员探查了一下,他说这件事大概和六楼的住户有关。这一户是租户,户主姓刘，叫刘路，今年二十三岁，据说是开公司的，有个女朋友叫李梦梦，在清河职业学校读大三。两个人经常出双入对。"

盛君殊："李梦梦，就是她在长海医院被能量波动影响了？"

"对，那天我和专员一路跟着她，她和室友徐小凤进了妇科诊室，就在医生去查看另一个患者的工夫，她看见一个残疾老人，对方问她要水喝，还攻击她，把她撞到了桌子上。据徐小凤说，她也看见了那个老人，但那个人就是个路人，徐小凤不太相信这个人会无缘无故地袭击李梦梦，也没看到李梦梦摔倒的过程。对了，徐小凤说，李梦梦最近睡得不好，一直在服用助眠类药物，说不定是药物的副作用让她产生了幻觉。"

"监控没有拍到她们描述的那个老人吗？"

"没有。不过长海医院视频监控的盲区多，也说不上来。"

盛君殊点了点头，开始翻看李梦梦的资料，照片上的李梦梦妆容精致，手里提着墨绿色的呢绒手袋，如果没记错，是一个月前某奢侈品牌推出的复古款新品。

"这个女孩的家境很好？"盛君殊问。

蒋胜摇了摇头："她是贫困生。哦，不过她在网络上小有名气，是一个'网红'模特，可能赚了点钱吧。她那个男朋友也曾经是她的粉丝，据说家里有钱，长得有点帅，也很宠她。李梦梦的同学说，她的男朋友经常送她些香水、口红之类的礼物。"

"有钱还在清河小区租房。"盛君殊质疑道，"那个小区很旧，租的还是一室一厅。"

蒋胜感觉膝盖中了一箭："就你有钱是吧，人家节俭、低调不行吗。"

盛君殊忙闭上嘴，继续看资料。徐小凤的资料和李梦梦差不多，她打扮得光鲜亮丽，精致性感，经常拍模特照。

"看起来，是徐小凤先做了'网红'，也许成为室友之后，她介绍李梦梦入行，后来两个人经常在一起玩。"盛君殊说，"这两个人已经离开派出所了吗？"

"当然！她们又没有犯罪，能以什么名义限制人家的自由。那个李梦梦尤其激动，十分不配合，自己都受伤了，还说是吃药导致的幻觉，坚决不要我们干预，输完液就跑了，医药费还是肖专员垫的。"

"她们那天看的是什么病？"

"妇产科，去做孕检。"

"怀孕了?"盛君殊感到有些意外。

"在上大学,确实是小年轻,但人家毕竟有男朋友,也没什么不妥。怎么?你觉得哪里不对?"蒋胜忙把牛皮纸袋递给他,里面装着病历,"确实有件奇怪的事,李梦梦看病用的是她室友衡南的名字和身份证。"

盛君殊说:"李梦梦最近在服用安眠镇静类药物,肯定不是有计划的备孕。既然用了别人的名字,应该是怕检查单之类的东西被身边的人发现。她已经不在寝室住了,搬去和男友同居,却让室友而不是男朋友陪她检查。她为什么这么怕她的男友知道她怀孕?"

蒋胜笑道:"你的意思……孩子不一定是那小子的?这层我也想到了,但毕竟是道德层面,跟案情无关。"

盛君殊说:"我在想那个老人和李梦梦到底是什么关系。"说到这里,他又跟蒋胜解释,"如果那个老人跟神秘能量有关,我们就要弄清楚她到底是谁。李梦梦说,老人故意把李梦梦撞倒,可以理解为一种敌意,但她究竟是想攻击李梦梦,还是想攻击李梦梦的肚子?又为什么要讨水喝?"

蒋胜陷入沉思。

盛君殊:"按照我们的经验,如果是神秘能量,就还会有能量波动。子烈去查它的来源,我跟着李梦梦,十五天内,一定把隐患解决。"

蒋胜满意地起身:"爽快人。跟盛总合作就是舒服,效率高。不过,我也想问你一件事。就是,那个衡南……到底是你的什么人啊?"

盛君殊一怔,示意蒋胜站起来,两个人一起到了落地窗正对着的画框装饰墙面前。这面装饰墙极大,挂着一幅巨大的水墨山水,深蓝的色调,不知道是哪位艺术家的作品。画面上大半留白,山峰云雾缭绕,显得神秘莫测。

蒋胜伸手摸了一下,仿佛在触摸画上的云雾,眼神也变得深邃了:"这就是肖专员说的,你们那个师门从前的所在地?叫什么名字?"

盛君殊黑漆漆的眼睛里倒映出画中蓝黑色的山水,他声音极轻地说:"垚山。"

"垚山。"蒋胜咂摸了一下这两个字,问道,"肖子烈那小子是你几师弟?"

"子烈是六师弟,是'子'字辈里最小的。"

"你们还排辈的,那你是'君'字辈。"蒋胜笑道,"不对,不同辈还能称兄道弟?"

盛君殊说:"同辈弟子,出于各种原因夭折得多,留下的实在很少,师父就把我们两辈凑在一处，勉强称师兄弟了。"

"那衡南呢？"

"衡南，是我二师妹。"盛君殊陷入沉思，"出于一些原因，最近才找到她。"

"原来是师妹，失敬了。那应该与你们一样，又俊俏又厉害。"蒋胜好奇心起，"什么时候给我见见她长什么样子？"

盛君殊想到衡南的状态，不想让旁人再惊扰她，无奈蒋胜太过热情，只好推辞道："最近不方便，我的师妹快结婚了，杂事缠身。"

蒋胜听了大为震惊："你们还能结婚？"

"当然。"

"盛总也结婚了吗？"

"我也快了。"

"哎哟，一点风声都没有。您跟谁结婚？"

"师妹。"

蒋胜："盛总厉害了。"

盛君殊："过奖了。"

又是一阵尴尬的气氛笼罩了盛君殊。对于人际交往，他总是不得其法，经常将自己绕进去，所幸千年以来，脸皮练厚了不少，即便心里感到羞耻万分，表面上还能平静无波。

忽然响起的电话声拯救了他，可惜电话的内容是一个惊变："老板，太太在别墅失踪了！"

盛君殊的心头猛地一跳，他抬眼看向蒋胜，蒋胜了悟，摆摆手："我知道，我理解，杂事繁多，你赶快回去准备结婚吧。"

别墅里。

郁百合垂着脑袋，在盛君殊将近一米八五的身高映衬下显得愈发萎靡："太太和家里打完电话就不见了，我将整个屋子都找遍了。"

盛君殊听见吸鼻涕的声音，忍不住道："你不要哭。我能感觉到，她没离开，就在房间里。"

"啊？"

盛君殊难以解释他的命火对衡南的感应："你去忙吧，我来找。"

"衡南。"盛君殊叫了一声。

没有应答。盛君殊推开一扇又一扇的房门。衡南的房间内阳光充足，萦绕着松香的气味，双人床上，被褥凌乱地堆在一边。

盛君殊的目光扫过阳台、茶几、妆台和床，福至心灵，手扶着足有一面墙大的嵌入式衣帽间的门，慢慢推开，撩起了挂在最外面的一排色彩各异的女装。

脸色苍白的女孩穿着白色吊带睡裙，正抱膝蜷缩在柜子里，一动不动，宛如箱子里放置的人偶娃娃。

盛君殊忙俯下身，半是担忧半是疑惑地道："衡南，出来。"他凑近一看，才发觉女孩的脸上满是交错的泪痕，让光一照，亮闪闪的。

盛君殊感到浑身发麻，然后愣住了，他身为垚山派的大师兄，从小到大不怕刀光剑影，唯独惧怕女性的眼泪。他放在身侧的手指僵硬地动了动，好半天才蜷起来，动作不大熟练地在她温热的脸颊上擦了两下。

谁知道衡南被人一碰，眼神登时有了焦距。暴戾和恨意一块袭来，突然传来的剧痛让盛君殊条件反射般地抽回手去，他看见拇指上出现了两排小而深的牙印。

衡南哭得满脸泪水。

他这是被那个最温柔大方、从容镇静，同他说话时眼里带光、温声细语的师妹……咬了？

盛君殊沉默地摩挲着伤口，转念一想，便明白衡南对他的敌意从何而来。

她同意结婚，同意和陌生人同居这个荒谬的条件，不过是以为从此以后在阳炎体的庇护下可以过上正常人的生活。他一走，她可能又陷入了某种无助的感觉中。

眼前的这个人只是一个宛如惊弓之鸟的、身为普通人的师妹。

盛君殊还不太有和女孩亲密接触的经验。

"对不起！我不该在你适应别墅之前，把你一个人留在这里。"盛君殊忐忑不安地说完，见衡南还是不理会，他趁机弯下腰，一手塞进她的膝弯，一手捞住她的后背，在衡南开始剧烈挣扎之前，快速把她从衣柜里抱了出来。

在他的怀里，衡南简直就像被扔上砧板的鱼，拼命地挣扎着，盛君殊将这副细弱的骨架抱紧，防止她掉下去，转过身寻找房间里的床。

好，床单是湿的。

他出门，随便在走廊里进了一个房间，拿脚推开门，把衡南扔在了床上，张开被子一盖，将她掩在底下，松了口气。

这个别墅，最不缺的就是房间。

但有一点坏了，他好像把师妹惹恼了。下午四点钟，穿白色蕾丝睡衣的女孩躺在床上，盖着被子，一直在望着天花板抽泣。

她哭得太厉害，哭声盘旋在房间内，听得人心里好像有一只爪子在挠。

虽然已经看过衡南的档案，知道她有精神问题导致的社交障碍和性格障碍，但盛君殊的心里还是乱成一团。他斜坐在她身边，用膝盖压住她的被角，心绪紊乱，以百米冲刺的速度回了几个部门经理发来的邮件。

衡南的身上弥散着浓郁的玫瑰沐浴液的味道。盛君殊百忙之中瞥了她一眼，见女孩的睫毛濡湿，眼泪不住地顺着眼角滑落，把枕套洇湿了一大片。

他忍不住撩开被子，单手拎着衡南的前襟，把她拽了起来："要不坐起来哭，眼泪流进耳朵里容易得中耳炎。"

衡南温热的眼泪"吧嗒吧嗒"地落在他的手背上，滚烫如沸水。

盛君殊僵硬地拿纸巾擦了一下，看了她半晌，感觉水分流失得太多，他合上笔记本电脑，端起床头柜上的装热水的玻璃杯，捏着她的脖颈给她灌了几口。

衡南的手攀附上来，握住了杯子，不一会儿便把水杯里的水"咕咚咕咚"地喝光了。

难过了一整天，她也是真的渴了。

两个人终于从容相对。盛君殊将证件递给她："你的证件，为什么拿给徐小凤她们？"

衡南拿着杯子，眼角和鼻尖都泛着红，将头扭向一旁："她们自己拿走的。"

盛君殊没有松手，微微侧头，几乎看到她的心底："她们欺负你？"

衡南直接将手缩了回去。

"不想说就算了。"盛君殊还是将证件递给她，"结婚的事情，我听百合阿姨说了，我会让子烈和你的父母沟通。你不用担心。"他想了想，又说，"之前派出所叫你过去，其实没什么事。我可以看看你的手机吗？"

衡南想都没想，就把手机摸出来丢进他的怀里。

一方面，盛君殊想了解一些关于李梦梦和徐小凤的内情；另一方面，如果李梦梦和徐小凤联合起来霸凌衡南，他得保留一些证据。

意外的是，还真让他从短信记录里找出些许蛛丝马迹。一开始，徐小凤热情地给衡南介绍一个叫季哥的人，徐小凤说季哥是直播经纪人，很有钱，只要和季哥搞好关系，季哥可以把她捧成"网红"："季哥说你的条件好，这么缺钱，

真的不要这个机会吗？那我给李梦梦了哦。"

因为衡南一直不回复，徐小凤的态度从热情，到恼羞成怒，再到羞辱谩骂。

衡南直接回了一百多个混乱的字符。

此举大约把徐小凤吓到了，她觉得衡南有病，不敢再辱骂衡南，但几个人也变得互相不说话。

盛君殊暗暗地将季哥的号码记下来。这个徐小凤年纪轻轻的，没想到是个如此跋扈的人。

短信的最后一条，是衡南回复徐小凤的：你们好像被'什么东西'缠住了。

发短信的时间，正好是李梦梦在医院出事后不久，盛君殊的心头一震："你能感觉到神秘能量？"

衡南面色苍白，一直盯着他的动作，说："你感觉不到吗？"

衡南想到那些幻觉，越想越怕，瞳孔猛地一缩，一头撞进盛君殊的怀里。

因为热，盛君殊原本把西装外套敞开来，猝不及防一双冰凉的手伸进外套，把他的衬衣在手心揉成一团。盛君殊长这么大，从未被人这么摸过，浑身绷紧。但是怀里的衡南感到极度安全，如同抱着一块浮木。

感觉到师妹在发抖，盛君殊心里一软，揪着衡南领子的手硬生生地松开，顺着她突出的后背摸了摸。

衡南一直抱了他半个小时，才放松下来，感到困倦。

盛君殊拉开被子，把她摊平放倒，轻轻按一下她的发顶："你在这里好好休息，师兄就在隔壁房间办公，有事叫我。"

师兄？

衡南蜷缩着侧躺，无趣地撩了下眼皮。这个人多半是把她错认成什么别的人了。要么就是精神上跟她一样有问题。可惜涌上来的困倦支撑不住她多加思考，她再度闭上眼睛。

盛君殊的衬衣被衡南捏得皱皱巴巴的，还扯出了大半，他单手打开腰带，把衣服调整好，顺带按了床头的铃。

郁百合听见了服务铃，"噔噔"地上楼来，就看见太太衣衫凌乱地蜷缩在被子里，眼角发红，好像个没有生气的破布娃娃。再回头，老板则在一边扣皮带搭扣一边冷着脸吩咐："看好太太，今天晚上之前尽量不要下床，晚饭也送到这个房间来。"

"好……"郁百合凝重的目光在这两个人之间徘徊，她"咕咚"一声咽了一口唾沫，复杂地点了点头，"好。"

下午，郁百合来看了衡南几次，衡南都是枕着手臂，背对着她很沉地睡着，睡得无声无息。

年轻人怎么能有那么多觉好睡？一定是累着了才会那么困。

真没想到老板是这样的人，每天早上晚上都要来一次，害得太太睡一天……

郁百合叹了口气，掀开锅盖搅了搅煮沸的汤，热腾腾的水蒸气涌出来。

盛君殊经常加班，一天之中，只有早餐才需要她做，做得太花哨，盛君殊还嫌铺张，十八般武艺使不出来，实在憋屈。还好，现在有了太太。

可惜，太太命苦。

衡南让郁百合叫醒的时候，橙红色的晚霞透过落地窗泼进房间，照在崭新的床铺上，美得恬静。她看了好一会儿，才意识到这不是美梦，而是现实。床上搭了个便携式小桌子，三菜一汤装在小盅里，卖相精致。

"芝士焗生蚝。"郁百合拿毛巾垫着，又给她盛了一碗汤，"山药银耳羹，这两个都是补肾、补气的。"郁百合叹了一口气，"太太，躲不了的事情就别躲了。男人都是那样的，与生俱来的征服欲。你越跑，他越要强取豪夺，你不跑，说不定还有一线生机……"

这汤很鲜美，脆皮乳鸽也好吃，虽然不知道她在说什么，但衡南在郁百合爱怜的注视下，囫囵听着，狼吞虎咽地全吃光了。

衡南的妈妈忽然又打来电话。可是这次，她的态度却发生了大转变："好南南，你的男朋友联系我了，你从哪里钓来这么个金龟婿啊？不是要户口本？地址给我，妈妈给你送过去？"

"你别过来。"衡南忽然心生抵触，回答的声音疏离而抗拒，"快递过来就行。"

"你这孩子……"对方笑着道，"这么重要的证件，哪能快递呢，我在路上了，给你送来。"

傍晚，也正是盛君殊回家的时候。张森开门上车："老板，您咋又走这、这么晚？车库里都没、没车了。"

盛君殊抬起手腕看了眼表："不是才七点半吗？"

盛君殊的圣星公司发展到今天，已经有四个分部，总部办公室就有一栋大

楼。外人看来，盛君殊是靠奋斗发家的，身家千万依然事事亲力亲为，很多人猜测他这样有野心和毅力，是要给子孙后代创造一个庞大的财富帝国。

只有他自己知道，这点进账填补着半死不活的、苟延残喘千年的师门的窟窿，钱只有嫌少，绝不嫌多。他几乎每天都是午夜才回家。

张森把座椅上的档案袋拿起来，一屁股坐在了副驾："一起吃烧鸡煲？"

"不吃了。你小二姐在家害怕，天黑之前我必须回去。"

"叮咚"，手机振动了一下，屏幕亮起来，红色加粗置顶的"衡南"闪烁，提醒着回家的时间，盛君殊发动汽车，心里有一种奇妙的感觉。

衡南的到来，打破了原有的生活。他面对的不再仅仅是一个用于睡觉的别墅，别墅里还有一个等着他照顾的……胆小的活物，生活忽然开始充满难测的意外。

"我今天去、去了小二姐家。"张森捂住发出"咕噜"声响的肚子，"敲她家的门，没人开。邻居说她的爸爸打牌去了，她的妈妈下午就出去了，一直没回来。"

盛君殊目视前方："你饿？抽屉里有一盒蛋黄月饼。"

张森大喜，找着抽屉摸过去，拆开礼盒。

盛君殊："别掉在我车上。"

"谢谢老板……"

"不谢，你说衡南家怎么了？"

"小二姐很惨啊。"张森摇了下头，"十六岁时，她的父母非得把、把她送精神病院，小二姐就往家跑啊，哭、哭啊，身上都是一道一道的伤。原本就不是亲生的，又有病，那对夫妻干脆不、不认她了。"张森回过头，"她家还有个小的，您知、知道吧？带病的大女儿就更受委屈。"

盛君殊沉默不语，似乎想到什么，黑眸微微一动。

"喂，我到了，盛总！"

车子慢悠悠地停在清河城市公园门口。前后无人，车门打开，一只栗色的毛皮光滑的小动物"嗖"地一下窜出车门，用长而蓬松的尾巴甩上车门，向前奔窜，消失在灌木丛的阴影处。

黑色轿车也启动，消失在橘黄色的街灯下的公路尽头。

指纹锁一打开，陌生女人的笑声由客厅传到玄关。盛君殊停顿了片刻，差点以为自己进错了房门。

有陌生人在？他看到靠近玄关的柜子旁摆放的两盒礼品和水果，还有鞋柜上摆放的一双陌生的女士皮鞋，鞋头上是陈年的泥灰。

盛君殊往里走，把车钥匙放在矮柜上，看向出现在家里的陌生人。

客厅里很热闹，沙发上肩并肩地坐了一对年轻男女，对面是一位四十来岁的干瘦的妇女，怀里坐着一个小男孩。妇女摸着小男孩的脑袋，正兴高采烈地和对面的人说话。

那个陌生的小男孩时不时地挣脱出母亲的怀抱，拿牙签戳走一个小橘子，仰头往嘴里抛，掉地上了，就拿脚尖一踩，把小橘子"咕叽"地踩成一摊金黄色的汤汁。

"捡起来。"女人短发及肩，声音冷淡、清澈，这是衡南。

中年女人的笑容僵住，她瞥见了小孩的"杰作"，佯装恼怒："看这地上弄的，脏不脏呀。"说罢，又抬起头来，笑着同对面解释："男孩就是这样，调皮……"

"捡起来，或者擦干净，这不是你家。"衡南说。

客厅里又沉默下来，一时气氛有些尴尬。坐在衡南身边的男人伸出手臂揽住她的肩膀，修长的手指在她的肩膀上宠溺地摩挲两下，似乎是安抚的意思。

中年女人撩了撩头发，话里带刺："南南，你弟弟又不是故意的，这么凶干什么啦。你不会觉得自己现在很了不起吧。"她瞪了一眼衡南，又眯着眼睛朝另一个男人笑着道："她就是这个样子，脾气直的，你多包容一点……"

那个穿着正装的男人笑着点点头。

"你看，户口本给你们带来啦。"中年女人低头在包里翻的时候，小男孩猛地伸出塑料鞋，照着那摊金黄色的汁水猛踢一脚，被踩扁的小橘子"咕噜噜"地滚了一圈，金黄色的汁水溅到对面的沙发上。他仍不满足这样的"杰作"，撑着沙发往下一踢，一脚蹬在衡南的膝盖上，见她没躲，实实在在地印了个脚印。他得意极了，撑着沙发"哧哧"地笑了。

中年女人只当没看到。倒是衡南身旁的男人弯下腰，细致入微地帮她擦净腿上的污渍。衡南一动不动地坐着，扔了张纸巾在地上："你给我捡起来，擦干净。"

中年女人的动作停顿下来，她终于忍不住皱起眉头："衡南，犯病啦？"

中年女人怒气冲冲地把包拉上，望见侍立一旁勉强保持微笑的郁百合，伸手一指："不是有保姆吗？麻烦你来擦一下好啦。"

小男孩晃荡着腿，神色骄傲地从盘里叉了一颗小橘子来吃。

搂着衡南的男人一言不发，放在她背后的手把玩着一支用草做的箭，指头一弹，把箭弹飞出去。

小男孩受惊，发出一声剧烈的咳嗽，仰起头来，双手紧捂着脖子，一句话也说不出来，两腿乱蹬起来。

中年女人吓得呆住了，抱着孩子的肩膀，手足无措地尖叫起来："卡住了吧？被橘子卡住了！"

盛君殊实在看不下去，冷着脸走出暗处，往那个孩子的背上用力一拍。

"啵"的一声，那个小橘子划了一道弧线，飞弹出来，滚落在地板上。男孩瘫软在女人的怀里，愣住了，过了几秒钟，身子一抽，才爆发出一阵撕心裂肺的哭声。

中年女人吓出一身冷汗，这才缓过劲来，含着泪照着小孩的背后一顿狠打："要你吃！要你贪吃！可吓死我了！"

郁百合看见盛君殊出现，宛如见到了大救星，两眼放光地奔了过来："老板！"

这一声叫出来，坐在沙发上的几个人都愣住了，纷纷回过头来。

中年女人的眼泪还含在眼里，尤其讶异："你是谁啊？"

"你好。"盛君殊走到茶几前，眼神克制地扫过肖子烈拿发胶梳得人模狗样的头发和他挑衅地笑着的表情，接着道，"我是衡南的男朋友。"

女人看他半晌，脸都绿了。

不久前，一个衣着光鲜的年轻人登门拜访，显得又温柔又礼貌，说他是衡南找的男朋友，还把他们母子请到市中心的豪宅里来，她还没来得及高兴呢，眼下又来一个西装革履的俊朗男人，也说是衡南的男朋友……

"阿姨，不好意思，我跟您开了个玩笑。"先前那位"女婿"率先跳起来，揉了揉衡南的头发，弯起唇角，笑得邪气四溢，"他是我的表哥，所以衡南就是我的嫂子了。"

女人的目光在这两个男人之间徘徊，慌乱地道："那个，南南不是怀孕了吗？那孩子……"

盛君殊面无表情地打断："我的。"见她愣住了，又补充了一句，"这套房子也是我的。"

肖子烈便在旁边点头，眉梢眼角带着淡淡的笑意。

这两个人站在一处，相貌像明星一样耀眼，这么好的条件，偏上赶着要娶她这个精神有问题的女儿，女人越想越觉古怪，想起以前一个令人毛骨悚然的新闻：说是一对双胞胎兄弟有特殊的癖好，喜欢扮演成一个人和妻子相处，他们打着有钱人征婚的幌子，欺骗涉世未深的小姑娘结婚……

　　中年女人目光复杂地瞥过衡南。怪，是很奇怪，这个孩子真有几分异性缘。她和丈夫捡到这个孩子时，这个孩子的身上没有任何可以证明身份的物件。衡南小的时候还算平凡，越长大越美艳。衡南还正常、还在跳芭蕾舞的时期，就不知道被追过多少人，现在都生病了，居然还能一次引来两个……

　　她想起衡南上小学的时候，有一天，她放学去接衡南。突然下大雨，母女二人不得已在一个塑料棚下面避雨。小区里有个四处游荡的老人，也在那里躲雨，老人盯着衡南看，说她是天生媚骨。那时她就觉得不像什么好词："媚骨什么意思？"

　　"媚骨？呵，这个孩子肌肤如玉鼻如锥……"

　　衡南仰起头，一双黑黝黝的大眼睛似懂非懂地看着她。虽说衡南不是她亲生的，她当时也是把她当闺女养的，听到老人的话很生气，抓着衡南的肩膀，气愤地走入雨中，回头骂道："呸！对六岁孩子说这个，老变态！"

　　暴雨像豆子一样砸在塑料顶棚，噼里啪啦的，那个"老变态"还在瞎喊："不是所有人都能死里逃生的！全赖天书续命，敏锐善感。孩子，今生你要惜福，多多行善……"

　　后来，那个老人就走了，再也没有见到过。

　　可是衡南背着书包放学，路过那个地方，还是总是停下来侧头看过去，不知道看什么。

　　现在想来，和衡南相关的种种都让她觉得很诡异，很晦气。女人警惕地退了一步："你们，你们，不会是变态吧，想两个人玩弄我的女儿。"

　　肖子烈"扑哧"一声笑了，在心里感叹她的想象力丰富，嘴上却不怕死地开玩笑道："是又怎么样？阿姨，你不同意？"

　　盛君殊呵斥他："你给我闭嘴。"

　　衡南母亲的脸色蓦地涨红，好似悲愤至极，过了许久，她闭着眼睛道："那你们得给双倍彩礼。"

　　衡南眼里的泪终于静静地滑下去，唇边却勾起浅浅的笑，像是在讽刺。

　　肖子烈却笑不出来了。盛君殊的脸色极为难看，两根手指夹着一张银行卡，放在茶几上，推了过去："一百万，彩礼钱。"

衡南的母亲咽了口唾沫，后面的话也跟着咽了下去。一百万，一辈子都赚不到的一百万。

盛君殊已经把户口本拿过来，递给身后的郁百合。他的年纪不大，身上那股威仪却惊人："你也好歹把衡南拉扯到成年，我要感谢你们的付出。"说着，他又放下一张卡，加码，"两百万，双倍彩礼钱。"

衡南的母亲大喜过望："我就这一个女儿，你们可要好好待衡南。"

盛君殊侧过头，漆黑的眼睛奇怪地看了她半晌："我还没说完这钱干什么用。"他直起身，轻飘飘地道，"两百万，协议费用，请你在这张保证书上签名，以后衡南与你们一家不再来往，不许再联系她，不许来找她，不许在外面说你们是衡南的父母，你们不配。"

说完，他拎着沙发上躺着的小男孩的后衣领一提，将他丢进目瞪口呆的衡南的母亲怀里："走吧，不送。"

第二章
垚山师妹

入夜的急雨持续到了后半夜。

郁百合在雨声中默默地打扫"战场",竖着耳朵听着师兄弟二人激烈的争执。旋即,她被盛君殊拉了起来,扯到一边:"你不用擦。"盛君殊指着地板上一摊小橘子汁液,对肖子烈道:"你亲自给我弄干净。"

肖子烈瞥见盛君殊的耳根发红,他刚才放狠话时没红,智斗丈母娘也没红,这个时候红了,以他对师兄的了解,盛君殊真的动了肝火。他不敢顶撞盛君殊,"唰唰"地抽了两张抽纸:"擦就擦呗。"

盛君殊的洁癖严重,谁在他车里吃饼干掉一点渣,他都会变一下脸色,更别说在他的房子里制造垃圾了。

肖子烈拉了拉裤腿,认命一般地跪着,正要擦,空气中有"咻"的一阵疾风拂来,肖子烈缩起脖颈,一鸡毛掸子结结实实地抽在他的背上。

盛君殊动手,用三分力气就已经难以抵抗,肖子烈后背的外套连带衬衣"哧"的一声绽开,一道血痕出现在他瘦削的脊背上。

"老板!"郁百合吓得拉住盛君殊的袖子,刚才老板把她手里的鸡毛掸子抢过去,没想到是拿来打人的。

盛君殊一抖袖子,将她轻松地震开:"你先回房间。"

郁百合毕竟是受过训练的,瞥见老板的脸色,十秒钟内消失在"家暴现场"。

疾风吹起衡南的发梢,她挪了挪屁股,无声无息地坐到沙发的另一边去。

肖子烈的手搭在沙发边缘,冷汗顺着脑门往下淌,觉察到沙发的震动,他心里委屈地想:师姐好狠的心,刚才师弟明明帮你出了气,结果你一点都不关心师弟的死活。他定了定神,抖了抖脊背,扬声道:"师兄,你的刀呢?鸡毛掸子挠痒痒似的，没劲儿。"

盛君殊冷笑一声，单手解开外套。

鸡毛掸子"咻咻"抽了几次，肖子烈愕然觉察到大师兄的功力又有大进益，即使他刻意收了力，自己一时竟然也应付不住了，不好托大，便含着眼泪大嚷起来："师兄违规！我师门规定，惩戒弟子，必须有同门见证。"

盛君殊停顿了片刻，环视四周，真的在现场抓到了一个同门："衡南？"

衡南正拿叉子戳盘里的慕斯小兔子，被他一喊，"啪嗒"一声，吓得掉了叉子。只不过，她侧过头来看了看他，又扭了回去，眼下她对这两个男人的兴趣还不如看一块颤动的慕斯小兔子来得大。

盛君殊忍不住走过去扳正她的脸："衡南，"见她的眼里有惊恐的神色，停顿了一下，耐心地解释，"你看着我打他，不要转回去。"

衡南沉默了片刻，回头拿起慕斯小兔子，放在膝盖上，侧坐着，有点不情愿地边看边吃。

盛君殊一掸子打下去，鸡毛飞舞："师门祖训第一条，垚山派术法，不得伤人害命。"

肖子烈跪着，"哼"了一声，冷汗滚落，大师兄的呵斥在耳畔变得模糊，被打蒙的瞬间，还以为是千年前在山上受罚呢，含含糊糊地道："弟子知错了！"

盛君殊听见他认错，停顿了一下，将鸡毛掸子摆在一边，拉了拉衬衣的下摆，歇了口气，才指着他道："再有下次，我赶你出师门。"

肖子烈清醒过来，觉得十分意外：大师兄比从前不知道温柔了多少。以前拿刀背抽，现在就拿根鸡毛掸子，打了不到十下，一听他认错，就把他放了……

他眼眶一热，一声不吭地把地上的秽物擦净了，这才抖了抖肩膀，吊儿郎当地站起来："擦干净了。"

盛君殊："给我滚回去，以后别墅大门的密码锁删除你的指纹。"

肖子烈瞬间又被点燃了怒火："我的东西还没要来，凭什么走？你先把弓还给我。"

盛君殊盯着他沉默了片刻，回头瞥了一眼低着头的衡南，又扭过来看他，似乎很费解："你是来要桃弓的？直接找我要不就行了，为什么这样作弄你师姐？还跑到你师姐家里去假扮她的未婚夫，你是怎么想的？你是不是欺负你师姐现在糊涂着，不知道你在干什么！"

肖子烈听见他提衡南，也火了："我怎么作弄师姐了？我还替师姐出气了！

要不是你不把师姐的事情放在心上，拖了一千年才想起来找她，她至于被人欺负这么多年吗？"

盛君殊的拳头蓦然捏紧。这一千年，他寻找衡南的下落多次，皆无所获，这件事情几乎成了他的一块经年累月的心病。到了肖子烈这里就变成"拖了一千年才想起来找她"。

愤怒之下，他扭头去看衡南。只见衡南抱着膝盖窝在沙发上，蕾丝睡裙下露出十只玲珑的脚趾，垂着眼睛，正专心地吃那只慕斯小兔。

两个万里挑一的阳炎体在她的身旁吵架，那命火伴随着愤怒愈加旺盛，她好像更加惬意了，背靠大树好乘凉，用小勺挖掉了兔子的两个耳朵，正专注地挖那条小尾巴。

盛君殊的怒火忍不住烧到了衡南的身上。她是不是根本不知道他叫什么名字，也分不清他长什么样子？只要是阳炎体就可以了吧？刚才肖子烈搂了她的肩膀，还摸了她的头发，身边都换了个男人了，一点儿反应也没有啊。

在这种极端不理智的情绪中，他俯身捏住师妹的下巴，尽量温柔地道："衡南，你自己说……"

还没说完，就被肖子烈的吼声打断了："盛君殊，你不要拿师姐撒气！"

盛君殊的太阳穴突突直跳，他回头喝道："你给我闭嘴。"他从怀里摸出一块被细渔线拴着的浅黄色玉佩，像掰饼干一样掰成两块。他取了一块挂在衡南的脖颈上，把她乱转的脸扳回来："衡南，有事不必求别人，只管叫师兄，师兄立刻、马上，赶到你的身边，明白了吗？"

肖子烈："谁是别人？"

盛君殊不搭理他，把玉佩塞进衡南的衣领，起身上楼去了。

待他一走，肖子烈立即跳到衡南的身边，把玉佩拽出来在手里摩挲，忍不住笑了。

这块黄色玉佩颜色浑浊，乍看好像不值什么钱。然而实际上，此物名为"灵犀"，是上古的灵石矿所做的宝物。垚山派的师父给每个弟子求得一块，佩在身上，以后可以打造成厉害的攻击性武器。但若一分为二，灵犀就从攻击性武器转变成普通的联络宝玉。亲密无间的两个人，只要各拿一块玉佩，就可以传递彼此的声音，找到彼此的位置，大概类似于一个不受信号覆盖区限制的手机。

衡南原本的那块玉佩已经碎了。没想到，今晚师兄把自己的灵犀送给师姐，也算师姐赚了。

肖子烈的眼睛一转，他又将玉佩塞回了衡南的领子里，摸了摸衡南的脑袋："师姐，这块玉一定要戴好，千万别丢了。"

衡南的眼里如同含着水光，竟然乖乖地点了一下头。

肖子烈觉得手心发烫，把手蜷缩起来，一时间竟不敢再去触碰衡南。

千年之前，他只及衡南师姐的腰高，印象最深的就是她带着香气的青色裙摆。年纪小的弟子都喜欢衡南师姐，因为她温柔亲切，从来不拿架子。有一回，她从教习坊路过，见他面带忧愁地坐在路边，就停下来询问。

那时他才入师门，对衡南既倾慕又害怕，骤然挨得这么近，不知道该说什么，半天才憋出一句话："师姐，我再过三天就要洗髓啦。"

衡南抚摸着他的脑袋："别紧张，一切听大师兄的嘱咐，会顺利的。"

"师姐，洗髓疼吗？"

"还行，熬过去就好了。"衡南安抚道，"垚山派弟子，人人都要洗凡髓换仙骨，才能变成强健的阳炎体。只有阳炎体才能得到师父的亲传；如果不能顺利洗髓，就只能抱憾做外门弟子了。子烈，你的根骨好，洗髓时多忍一忍，以后做了内门弟子，搬进来和我们同住。"

一想到能同最厉害的师兄、师姐住在一起，肖子烈兴奋极了。

衡南摊开手掌，变戏法似的拿出几块形态各异的麦芽糖，有的像小兔子，有的像绵羊。她含着笑意道："挑你最喜欢的拿，吃了就不怕了。"

当年那么好的师姐变成这样，让人怎么不惋惜？肖子烈叹了口气。

"肖子烈。"盛君殊下楼来了。他站在楼梯上，定定地看了肖子烈半晌，丢给他一张成年人巴掌大的桃木弓。

肖子烈伸手接住，瞪大了眼睛愣了片刻，抱着弓作个揖，笑出一对酒窝来："还我啦？谢谢师兄！"

盛君殊皮笑肉不笑地勾了勾嘴角："从今天开始，李梦梦换我盯着，你去整理资料，不许翘课，不许顶撞老师，不许贸然出手，否则我还没收你的弓。"

"哼……"

衡南上楼来，盛君殊忍不住拉住她的手臂："衡南，今天的事你别往心里去，是他们先一步放弃和你的关系，根据师兄的经验，若不及时断掉，以后他们还会一次又一次地伤害你。子女父母之间，也讲求缘分，不是所有的家长都有福气享受天伦之乐。"

肖子烈也忍不住说："是啊，师姐，他们不在意你，可我们在意你，以后我们就是你的亲人。"

衡南的睫毛轻轻颤抖着,她感受到手臂上的暖意,心里流淌过异样的感觉,像一场美梦砸下来,正在渗透她竖起的重重屏障。可是她不能确认,他们口中的"师姐"抑或"师妹"到底是谁,这使她有一种偷窃了他人东西的感觉。这份对待,也早晚会收回的吧?

她轻轻一挣脱,盛君殊立刻松开了手,看了看手指,与她拉开一点距离:"不早了,你快回房间休息吧。"

入夜了,闹钟的秒针"咔嚓咔嚓"地响。李梦梦睁着眼睛躺在刘路怀里。刘路刚低头亲了一口她的脸颊,李梦梦就把他推开。

"你都好几天不让我碰你了。"刘路不高兴地说。

"这不是这几天都不舒服嘛。"李梦梦悻悻地道。她把手搁在自己尚且平坦的小腹上,感觉像一颗火种盖在手掌下,只要一天不处理掉,它就烧得她心焦。

"没事吧?"刘路问,"要不别吃助眠的药了,我看那玩意儿把你弄得精神恍惚。"

"不吃能睡得着吗?"

"学习别那么拼啊。"

"哪儿是因为学习啊!"李梦梦恨恨地道,"刘路,我们什么时候搬走?自从搬到你这套房子,我晚上就使劲儿做梦。"这个卧室只有一扇很小的窗户,还被对面楼的凸起部分挡住半边,夜里伸手不见五指。

"你不是说我们九月份就能换大房子了吗?都八月份了。"李梦梦抱怨道,"这房子又不透光又小,我们两个根本住不下,我都快抑郁了。"

刘路说:"本来就是一个人住的房子,两个人住当然挤得慌。"

李梦梦一愣:"你不想跟我住?"

刘路听见她的话语中带了哭腔,忙把她抱紧:"没没没,我想跟你住,我想天天跟你住……不是说住不下吗,要不你先搬回寝室调整两天?"

恋爱的初期,两个人恨不得每天黏在一起,但同居的日子久了,刘路也在甜蜜中觉出些腻烦。李梦梦不喜欢他通宵打游戏,也不喜欢他请朋友来家里玩,就跟多找了一个妈一样。

李梦梦小声抽泣起来,除了委屈,还有发愁。现在她哪儿敢搬回寝室?上次她丢在寝室卫生间的早孕测试盒都让徐小凤刨出来发现了。幸亏徐小凤忌惮她有钱的现男友刘路,才没把她意外怀孕的事透露给季哥。

刘路哄道:"别哭了,梦梦,我开玩笑的,没真让你回寝室。"

"你手上不是有五十万存款?"李梦梦道,"要不,我们先付个首付,把婚房买下来。"

刘路沉默了一会儿:"咱们现在才谈几个月呀,没么么着急吧。忘跟你说了,创业初期,公司需要资金,我先拿去周转了。"

"什么?"李梦梦仍然觉得不甘心,"那要不你带我去你家,你家不是有别墅吗?"

刘路露出勉强的笑容,支支吾吾着道:"不太好,我借我爸妈的钱创业,还没闯出个名堂,先带个女朋友回去,他们会断了我的资金的。梦梦,你就先坚持一下,咱们现在还年轻,创业就是为了以后更好的生活。"

李梦梦实在觉得憋屈,用力捶打刘路的胳膊。刘路一把搂住她,又是哄又是亲,忙把脖子上的长命锁摘下来,强行给李梦梦戴上:"这是我妈求的,纯金的,上万呢,来,送你。"

李梦梦手里攥着温热的长命锁,往下拽:"这是你妈给你的长命锁,我不要。"

刘路握住她的手掌:"拿着拿着,我不用长命,我的宝贝长命百岁就够了。"

李梦梦"哼"了一声,捧着刘路的脸,对着这张年轻俊朗的脸,实在发不出火,只好算了。她吃了两片安眠药,起身去洗手间。镜子里的她脸色苍白,眼底发青,最近确实憔悴了不少。是怀孕的缘故吗?李梦梦感觉心跳得厉害,她摸着胸口上刘路送给她的长命锁。

手机收到了一条短信,李梦梦一看就变了脸色。

梦梦,我从南城出差回来了。好久没见了,挺想你的。听小凤说你最近忙,毕业有这么忙吗?咱俩见一面呗。

李梦梦删了这条短信,手颤抖起来。

季哥已经消失了好几个月,她以为季哥有了新欢,已经把她这个前任情人忘了。可是他们毕竟没有正式分手,意外怀孕,更是一颗不知道什么时候会炸响的大雷。

小凤,明天你陪我去打掉孩子吧。求你看在我们朋友一场的分上,千万别告诉季哥这件事。回头我和季哥说说,把他给我的资源都让给你,可以吗?

李梦梦心事重重地给徐小凤发短信,没有听到蝉鸣阵阵中传来"哐当"一声闷响。一楼的金属防盗窗再次毫无征兆地砸在了水泥地上,不动了。

洗手间的灯泡闪了一下,李梦梦皱着眉关掉了灯。

黑暗中,镜子上好像泛起一层浅浅的青雾。

早上七点十五分,郁百合戴上隔热手套,将樱桃吐司从烤箱里取出来。

往常这个点,是盛君殊雷打不动的上班时间。她习惯了在分针对准一刻钟的那个瞬间,听见盛君殊下楼梯时不轻不重的脚步声。

但是今天没有。

郁百合轻手轻脚地上了二楼,门缝里,阳光散落在宽大的双人床上,柔软的羽绒被卷起来,女生散落的黑发陷进枕头里。

男人俯身,单手撑在床上,下颌线条背光,两张脸贴得很近,保持着一个令人脸红心跳的姿势。

郁百合觉得自己看到了不该看的画面,"哐当"一下关上了门。

盛君殊正捏着衡南脖颈上的灵犀查看,闻声回头,愕然看见门把手上的平安符震得来回晃荡。还没反应过来,衡南冰凉的手指握住了他的手指。

盛君殊扭过头,衡南也被惊醒了,漂亮的眼睛像猫的眼睛一样冰冷,充满警惕和戒备地望着他。

四目相对,盛君殊意识到,一个男人一大早出现在女孩子的床头,拽着人家脖子上戴的佩玉,看人家睡觉,确实有点变态。他觉得有必要解释一下:"我去上班⋯⋯"前看一下你有没有把我的灵犀戴好,看看灵犀有没有认主。

衡南眉眼一敛,毫无兴趣地翻了个身,打断了他的话。盛君殊面对着一个后脑勺,开始反思自己行为的必要性。他会不会太爱操心了一点,有必要这么一大早上赶着来看吗?

眼前,衡南身上轻薄、蓬松的真丝睡衣被压得充满褶皱,背上绣了只日漫风格的开怀大笑的熊,再向上,是衡南散落的黑发,还有发丝间光洁的肌肤,苍白得不像活人。

闹钟"嗡嗡"作响,打破寂静,盛君殊单手伸向怀里,按掉。

极其宽大的双人床,衡南只蜷缩在被子里,占了个小角落。

盛君殊看着她的背影,想到千年前出早课的往事。

鸡叫第一声,大家就得起床。他身为大师兄,会准点在静室里等一刻钟,如果人不齐,他就会一间间地踹开师弟和师妹居住的小屋,冷着脸拿着剑柄从床头敲到床尾，像打地鼠一样惊醒一窝揉着眼睛的小崽子。还有没醒的，剑柄就招呼在他们的屁股上。但是他从来没有叫二师妹衡南起床的记忆。

衡南从来都不用人叫醒。天蒙蒙亮时，他路过衡南的房间，被褥已经叠得整齐，屋里打扫得纤尘不染，门窗紧闭，空无一人。

他走回静室时，大鼎内香熏燃起，烟雾幽幽袅袅，如同小蛇一样向上盘旋。

衡南坐在他常坐的靠窗的座位上，素手捏着一块白色的丝帕，仔细地帮他擦拭桌子。她的手指纤细而修长，纱衣上笼罩着一层薄薄的晨曦，画面雅致得像在举行某种重要的仪式一般。

察觉到他走近，衡南便慢慢停下了动作，从容地从他的座位上起身，绕到了后一排，在自己的座位上坐下。她将丝帕叠起来揣进袖中，翻开线装书，垂眸看着，睫毛微动："师兄早安。"衡南长久地表现出来的安静的、恰到好处的体贴从不给人任何压迫感，而后来他发现，师妹这种比同僚情谊多出一分的体贴，只针对他一个人。

时间长了，他觉得单方面承受着师妹的厚意，心里很过意不去。于是，他分果子时多留给二师妹一个，吃饭时停一刻钟等衡南练符归来，出门历练时回头看一眼人在不在。

然后，他就发现……其他师兄妹总是在他们两个人同时出现的场合自动回避到一边。而衡南既不沾沾自喜，也不觉得羞涩，就在他的身边，默默地并肩而行。

于是，日子就这样一天天过去，直到师父觉得他们的感情很深，把他们叫过去订了婚。

衡南的性子真的有些奇怪。即使那时他已经答应了婚约，他们并肩跪在一起，衡南的发丝蹭过他的肩膀，衣袖碰着他的衣袖，她也没有表现出特别的亲密模样，甚至连他回头看着衡南的时候，她都是浅笑着，不与他眼神对视，平平静静的，给人若即若离的感觉，直到她死。

直到她死，他也没弄明白，师妹对他到底是一种怎样的喜欢，又为什么喜欢。想到这里，盛君殊无声地叹气，揪着被子盖上了女孩的后背，挡住了睡衣上的小熊。

作为普通女孩的衡南没有关于垚山的记忆，完全不认识他，更无尊重可言，她不再躲避他的注视，而是像炸了毛的猫充满戒备，半步不退地与他对视，眼神里带着审视，带着抗拒，还有一丝警告。

盛君殊不觉得难过，反而觉得这样相处很舒服，更平等，也省下他许多愧疚和负担。

盛君殊轻手轻脚地起了身，忽然听到被子里传出不大不小的声音，直截了当地道："你给我妈的钱太多了，我还不起。"

这就是衡南想了一宿后想要对他说的话。听这个语气，倒好像是抱怨。毕竟是二十多岁的小女生，很有骨气，却不够现实。盛君殊笑着道："两百万，你兼职工作一个月两千七百块，要挣六十年。你还想着还？"

衡南不吭声了。

盛君殊顿时觉得后悔，他活了太久，时常不经意地显示出一种居高临下的刻薄，顿了顿，仔仔细细地对师妹解释了一下自己的想法："这是垚山派答谢他们照顾你，养育你成人，是应该的，不用你还。"

过了一会儿，他注意到缩成一团的蓬松被子微微起伏着，衡南好像又睡熟了。

她这种什么都不在意的姿态，让盛君殊蓦然有种冲动，想把她揪起来问一句："还记得我叫什么名字吗？"

衡南半长的头发散落在枕头上，柔软干燥，像黑丝绒一样绽开。盛君殊真的走过去，顺手拢了拢。女孩子的头发摸起来像是小猫的毛，毛茸茸的，盛君殊揉了两把，又改变了主意。

目光转向床头柜上放着的几个白色小药瓶，他皱着眉头看了看说明，把它们丢进垃圾桶里。

"太太没病，所有精神类的药物都给她扔了。"

"好的呀。"郁百合小心地瞄着挂钟，心想，今天迟到这么久，不要紧吗？

盛君殊："再联系一下家具公司，给我换一个新的沙发。"

"哦，知道了。"那家人坐过的，他果然还是嫌弃……

郁百合跟着盛君殊走到门口。他的脚步停住，又微微转身，最后叮嘱了一句："那个兔子，再给太太做一个。"

郁百合瞧着他，迷茫地张开嘴巴。

盛君殊扣上袖口，瞥了她一眼："会抖的那个。"

郁百合张开的嘴马上化作了意会的笑容："哦！"

衡南不是故意不理人，只是又在梦魇，她也无法控制。衡南的脸蛋藏在蓬松的被子中，显得格外孱弱，额头上布满冷汗。她的双眸紧闭，湿润的睫毛微微颤动，发白的指节痉挛地抖动着。

心脏很痛，仿佛有一捧玻璃碴在她的心口搅动——又来了。

十六岁那年夏天，她的人生被突然出现的、查不出任何缘由的胸口剧痛改变。胸腔里好像藏着几片碎玻璃，它们试图拼凑在一起，在拼凑的过程中划破了她的血肉。等它们拼好以后，她的精神变得格外衰弱，经常出现幻觉，能看见别人看不见的东西，能听见别人听不见的声音。

父母、同学、老师，满脸担忧地看着她的脸，嘴唇一张一合。她瞪大眼睛，仿佛失聪，什么也听不到。与之相对的是，她的感觉却变得极为敏锐，她能从文字中看出发信者的经历，能从建筑表面看到场地原本的历史，能分辨出身边经过的每一个人的命火强弱，是不是阳炎体。

但这些东西，在正常人看来都是她的幻觉。她作为普通人的童年经历慢慢褪色，前半生出现在生命中的人在记忆中变得逐渐模糊，正常的感情像流沙一样退去，一股阴冷的、长久的、像暴雪一样的孤寂将她笼罩其中。

她变得极其冷血，不会再为师长亲朋的哭泣或失望感到一丝一毫的怜悯。他们也在她无助哭泣的数百个夜晚离她远去。

"我们家也不是大富大贵，你怎么偏得上富贵病……"

"配合电击治疗，医生怎么会害你？"

"都是心理上的幻想，坚持坚持不行吗？你这孩子怎么这么自私……"

"实话告诉你吧，你不是爸爸妈妈的孩子，是我们捡来的。我们已经仁至义尽了！"

雨夜里，她撑着伞，漫无目的地走在街上。她怀疑自己上辈子是生活在下水管道里的野猫，不然怎么会有着与生俱来的苟且偷生的本能？

她聪明地辨认人群中对她有利的人，尽量和精神力强的人多相处一会儿，抵抗幻觉的侵袭。

霓虹灯下的城市，车与人川流不息，马路上积水如明镜，衡南踏进积水里，她在水面上看见了一个不同的自己。倒影中，她身着双层长裙，鸦青色的鬓发，木簪斜插，手里提着一盏橘黄色的灯。

她到底是谁？

"喵"的一声，黑猫嘶哑地叫着，踩过水面，再度平静后，水面只倒映着衡南茫然的面孔。

"太太没有病……"盛君殊的声音传入耳中,这是很多年来,第一个笃定地说她没有病的声音。

一阵热流涌入胸口,包裹着她,安抚了她,她不再感到疼痛,坠入新的梦中。

她躺在一张窄小的床上,外头是夏夜虫鸣的声音,一条肉乎乎的胳膊扒着她的腰身,一个七八岁的女童说:"师姐,山上有蚊子,还有臭虫。你怎么睡得着?我好想回家。"

听到有虫,衡南浑身的汗毛倒竖,从小到大她最怕虫。她的手摸过去,摸到一颗毛茸茸的脑袋,还有肉乎乎的脸颊。

梦里的自己将女童抱在怀里,轻声安抚,好像是个师姐的样子,就算自己怕得要死,还要安抚年纪更小的师妹。

等天亮了,"自己"又带着这个师妹去山下杀敌。竹叶飒飒摇动,兵戈作响,有个和盛君殊很像的声音,从背后喊了一句"衡南",抓住她的手臂往回一拽,他的力道极大,她整个人踉跄几步,一头撞在他的怀里。

她的额头抵在他的颈下,少年的身上很热,混杂着松香气味,这个味道和盛君殊身上的一模一样。他的手将她的脑袋按在胸口,骨节分明的手敷衍地在她的鬓发上揉了一下:"这种怨恶之念你还应付不了,不要冒进。"

刀光乍现,风声过耳,旋即背后"扑哧"一声,有热血溅在她的裙摆上。

他的手腕无意中碰到她的耳尖,她的心就狂跳起来。世界仿佛就此寂静下来。她感觉到自己的心脏在胸膛跳动的声音被无限放大,扑通扑通的,在那个怀抱里,一种濒死的紧张和耻辱的快活压倒性地覆盖了一切疼痛。

她的手无意识地紧握着那枚灵犀佩玉,越攥越紧,仿佛要将它捏碎一般。

"太太!"

衡南猛地坐起来,梦魇后大汗淋漓,万物的声音灌入耳中,觉得自己的精神好了不少,竟然有种沉疴去除的感觉。

除了在梦里疯狂地暗恋着盛君殊让她感觉有些别扭。衡南整理了一下头发。

郁百合兴冲冲地反手关上门:"太太,今天有惊喜。"她的手从背后伸出来。

衡南看着托盘里乳鸽大小的白兔布丁,慢慢地瞪大眼睛。郁百合灿烂地笑着,手腕一抖,衡南目不转睛地盯着波浪般翻滚的巨型兔子。

"给您做了个大的,喜欢不?哎哟,喜欢死了哟。"

衡南接过盘子:"你的老板呢?"

"太太问盛总啊?"郁百合说,"他这几天好像需要跟着一个人,所以有一点忙。"

衡南将叉子插进布丁里："他跟的是个女人。"

郁百合的嘴张成一个"O"形，忍不住四下嗅了嗅，难道说太太嗅到了什么不该有的香水味？她也没闻到呀，怎么就知道是个女人。

衡南的嘴角微微勾起，像小姑娘一样得意，又像冷清的嘲讽："我就是知道。"

"这个李梦梦对医院是有、有点执念啊。"张森跟盛君殊汇报，"怎么又来医院的妇产科了，还是上、上次那个徐小凤陪着。"

十五天消解神秘能量的军令状立下后，这些日子，张森一直跟着李梦梦，把她的日常摸得了如指掌。

她除了上课，就是回清河小区的出租房，偶尔在小区门口的水果摊买点水果。直到今天，李梦梦戴上棒球帽和口罩，一大早就全副武装地出了小区，上了徐小凤的车，去了三十公里以外的医院。

"这、这还舍近求远，换家医院，瞧这档次。"这家医院是高端私立医院，张森一进门就被拦住，笑不出来了。

盛君殊当场掏出名片，解决了需要预约的问题，但是又被管理严格的护士强行推到男士等候区，只能看见妇科诊室的牌子。

张森有点挫败感："咱们原本不用这、这么费劲地等那'东西'，早知道把小二姐带上一起。"

盛君殊瞅了他一眼。

"首先，小二姐是个女、女的，跟人方便；其次，她不是变成至、至阴体质了吗，对能量波动特、特别敏感，整个就是一个活、活的指示剂。"张森正乐着，后脑勺重重地挨了一下。

匆匆赶来的肖子烈骂道："说什么胡话？我师姐都那样了，你还想折腾她！"

盛君殊也说："她对那些幻觉怕成那样，不要惊吓她，让她在家里好好休息。这个等级的神秘能量，我们搞得定。"

能重新找到师妹是莫大的幸运，他从来没有想过让衡南再为他做任何事，只想像收纳易碎的夜明珠一样好好地把她护在家里。

"她们进去了？"肖子烈看了一眼诊室。

"嗯，上次受了惊吓，李梦梦还要坚持来妇产科，要么感觉不舒服，要么想主动引产，但不想让刘路知道她怀孕的事。"

肖子烈："你确定神秘能量今天会出现？它主要在清河小区活动，这里离清河小区很远。"

盛君殊说："我刚才预约的时候，看到了记录本上李梦梦问诊预约的签到时间，就是那个时间前后，十三号一楼的防盗窗再一次受能量波动影响掉进了绿化带。神秘能量出现的时间，似乎每一次都和李梦梦的怀孕检查有关。所以我猜，今天它可能会来。"

"也是。"肖子烈把玩着桃弓，"只是我上次差点消灭了它，它这次不会那么容易出现了，到现在为止都还感知不到。"

这时，两个女孩一起出来。李梦梦换上病号服，走进另一间诊室，徐小凤提了提裙子，稍显不耐烦地跷起二郎腿，坐在了门口的等候椅上。

盛君殊和肖子烈对视一眼，盛君殊冲他轻轻挑眉，肖子烈深吸一口气，只好由他做出牺牲，扮作李梦梦的男友，去护士台探听消息。

牺牲自我的肖子烈很快跑回来，神情变得严肃："她要做引产，手术马上就能安排，就在半个小时之后！"

消毒水弥漫了狭小而肃穆的手术室，李梦梦侧躺在床上。护士站在架子车旁边，镊子碰着钳子，发出令人心惊的声响："裤子脱了，截石位躺好。"

李梦梦看见床旁边摆放着一个灰色的大型仪器，钳子和镊子闪烁着寒光，忍不住问："手术要多久？"

"没多久，最多十分钟。但是肯定会疼的，小姑娘，以后不想要孩子，一定要做好措施啊，手术都是伤身的。"

李梦梦的呼吸变得急促起来，她长这么大，还没做过手术呢。

"大夫，要是我做完手术之后两三天就跟人见面吃饭，对方会不会从我的气色中看出来我身上发生了什么？"

"你在说什么呢？谁逼你刚引产就要去见面吃饭？"护士转过身，厉声问道，"你的男朋友？这么糟践女朋友的身体？"

李梦梦赶紧否认："不是。"

"确定要流产啊？"护士看她犹豫的神色，无奈地道，"那你再考虑一分钟吧。"

护士走到帘子后面配药，李梦梦隔着帘子，能看着她推动针头的朦胧的身影，开始后悔自己的粗心大意和轻率，以至于这么年轻就要遭遇不必要的创痛。

等她回过神，一分钟早就过了，护士还是没有进来。

李梦梦抬起眼，帘子后面的影子一动不动，而且形状发生了一些变化，萎缩矮小，四肢狰狞，像趴在墙上偷窥的黑色壁虎。

李梦梦盯着它看了半晌，额头上蓦然冒出一层细汗："你是谁呀？"

"这个手术的时间很短，最多十分钟。"肖子烈神色凝重地望着两个人，让他们拿主意，"要不要拦？"

"我来吧。"盛君殊深吸一口气，盯着手术室门口的一盏小绿灯。幸好这家医院十分规范，从灯的颜色可以看出手术是否正式开始。阻拦李梦梦做手术只是有些冒犯，但要是在手术中途被打断，造成伤害就不好了。

"行。"肖子烈也没有托大。

一阵悠扬的手机铃声响起，坐在手术室门口的徐小凤起身离开座位，和人打起电话。她的表情时而妩媚娇嗔，时而义愤填膺，时而又透着紧张之色。盛君殊制止住肖子烈的动作，向她的身后走去，听见徐小凤说："我和梦梦在医院呢，她没生病，她就是……我很感慨，你可不要总是觉得是你玩弄了别人，谁玩弄了谁还说不定呢。现在的人，谁都想从你身上得到点什么，只有我是真心实意地希望你好。"

资料里说，徐小凤从读高中开始就结交一些社会上的朋友，其中最有名有姓的就是那个季哥。季哥大名季东城，曾经是清河有名的社会青年，有过抢劫的案底，出狱之后广交朋友，在清河做了不少生意，最近还开了一家做线上直播的公司。

徐小凤名义上是季哥的干妹妹，可实际上，季哥是她的初恋男友。她不甘心被他因为喜新厌旧而抛弃，宁愿认季哥做干哥哥，以一种卑躬屈膝的方式和他保持联系，继续享受这个圈子中她能得到的一切。

季哥倒也没亏待如此"懂事""讲义气"的妹妹，他的公司签约的第一个模特就是徐小凤，把她包装、捧红。徐小凤春风得意过一段时间，直到后来，公司里签了越来越多的年轻漂亮的模特……

"哥，我跟你说件事，关于梦梦的，你听了千万不要生气……"徐小凤骤然被人捏住手臂，她惊讶地看向来人。这个男人西装笔挺，长相英俊。徐小凤从上到下扫了他一眼，冲他使了个眼色，可是这个男人就像没看见似的，一副现在就有话说的样子。

电话里，季哥问："你到底要跟我说什么？"

"有点事，一会儿给你回过去。"徐小凤匆匆挂了电话，半是戒备，半是紧张地盯着盛君殊。

盛君殊看向她手里握着的手机，徐小凤察觉到他的视线，有些心虚地把手机握紧了些。

盛君殊："你要跟他说什么？"

"关你什么事？"

盛君殊想了一下，说："警察让我来问你的。"

徐小凤一听，神色就变得激动起来："怎么？还是长海医院那件事吗？是她李梦梦自己吃错药产生的幻觉，关我什么事？我还嫌晦气呢。"

"不是。"盛君殊定定地看着她说，"是你在清河违规开设赌场的事情。"

徐小凤愣住，咄咄逼人的神情一下子放松下来，肖子烈早就跨过来，一只手抓住她的胳膊，一只手捏住她的手机放进证物袋里："走吧，先跟我回派出所。"

"我没开赌场，我只是帮别人看场子，只是干个暑期工……"徐小凤没想到这么快就被抓到，被这突如其来的事情打乱阵脚，语无伦次地道，"我想打个电话！我要打电话。"

"不行。"肖子烈顽劣地笑笑，"还能让你给季哥通风报信了？"他与盛君殊默契地交换了一下眼神，把徐小凤带下楼，交给叫过来的警察，看起来徐小凤的背后还牵扯着其他案件。在李梦梦的事解决之前，必须抓住那个季哥，不能再牵扯进来更多的人。

张森看看手表，又看看仍然是绿色的灯，诊台的几个护士也交头接耳起来。

距离手术预计结束的时间已经过去两分钟，但灯仍然是红的。

盛君殊低着头，双手插在口袋，沉默地站了片刻，他感觉周围的温度降低了一些，肩上的命火像被风吹得轻轻一拂。

不好，盛君殊推开门冲了进去。

手上的荆棘条变大，骤然变成一把宽大的刀，刀身上滚动着上古文字汇成的橘红色纹路，像淬过火一样。神秘能量从帘子里钻出来的瞬间，似乎感知到危险，向后溃散了，它逃了！

盛君殊的牡棘刀怎么肯放过它，毫不犹豫地斩向帘子。气泡破裂的窸窣声中，"咔嚓"一声剜掉一块像雾气一样的东西，盛君殊看见了，掉落的是一只鞋。出乎他意料的是，神秘能量没有如往常一样被牡棘刀一斩而散，反倒凭空消失了。

李梦梦的尖叫声忽然转低，盛君殊陡然转头，正看到她脖子上的一条细细的长命锁的金属链被扯出来，缠在了旁边的管道上，以一种诡异的角度勒住了她的脖子。李梦梦仰着头，两个指头与之抗衡，手指都被勒红了。

"嘎嘣"一声，刀尖斩断了金属链。

长命锁断裂，坠落在地上，李梦梦的梦魇才结束。

她"哇"的一声哭出来，一旁的帘子被掀开，护士惊愕地跑出来："我就推个针头的工夫，怎么了？这位男士，你又是怎么回事？谁让你进妇科诊室的，给我出去！"

与此同时，蓝牙耳机中，郁百合大惊小怪的声音也传出来："不好了，盛总！太太又躲进柜子里了，怎么叫也不肯出来。太太今天早上说，你去跟一个女人了，会不会因为这个吃醋了呀？"

盛君殊站在原地，正处于失手的愤怒中，被护士劈头盖脸地骂了一顿，对郁百合的话感到愕然，有些冷硬地打断："我在工作。"

"是……我昏头了。"郁百合的声音一下子低下去了，变得小心翼翼，"对不起！老板，我忘记不能在您的工作时间打电话的，我挂了。"

盛君殊捡起长命锁，退出了诊室，关上门。

口袋里的灵犀仍然冷硬而沉默。如果衡南需要他，应该会通过灵犀向他求助，但她没有。他此刻感觉愧疚涌上心头。正因为单身太久，忙于工作太久，他几乎忘记家里有一个人要照顾是怎样的情形。刚才那一瞬间的迁怒，会不会传递到她那边，他该怎么面对这个性情大变、全然陌生的师妹呢？

这一千年来，不畏艰险的盛君殊第一次有了左支右绌的感觉。

"哟，盛总解决完啦？"盛君殊迎面遇到从楼下上来的蒋胜，看见他的表情，马上收敛了笑容，"怎么回事？不顺利？"

盛君殊的表情十分严肃："没有，家里有些事情。"

蒋胜马上露出会意的表情："能理解，有老婆的生活就是这样。"

盛君殊在心里叹口气，坐下来摆弄那枚断掉的长命锁，一边思忖，一边用手在上面点了一下,极轻的接触,锁身上面的刻字却像是被加热的铁片触碰而收缩,出现一个很小的旋涡,最后形成一枚几不可见的标记,这是垚山派的标记,它令此物不能再伤害李梦梦。他把长命锁给蒋胜看:"这是李梦梦的东西,能不能先封存一下,或者交给我们?"

蒋胜掂了掂:"这个不能没收啊,你看,它是金的,值万八千块钱了,属于大额财物。怎么说也得经过当事人同意。"

"患者让你们进去一下。"护士走出来说。

李梦梦已经转到普通病房,消瘦的手背上扎着针,像被霜打了的蔫茄子,一看到盛君殊他们,就露出了既迫切又戒备的神色:"小凤呢?"

"她有事先回去了。"

李梦梦还想说什么,盛君殊取出本子和笔:"你放心吧,她在派出所,暂时没办法联系到她。"

李梦梦好像松了口气,但预料到更多的事情会被人知道,脸上又露出几分难堪的神色。

盛君殊大致记下了前因后果,特别是李梦梦看到的神秘能量的样子。所谓的神秘能量,其实是他的"老熟人"姽丘派遗留于世的怨恶之气,吸取将死之人的执念,而做出一些伤害人类的事情。他是看不见神秘能量的面貌的,出手的过程中只看到了一只鞋。只有与怨恶之气所吸取的这份执念相关的人才能接收到能量波动,在半梦半醒的状态中看到一个"人"的面目。只有弄清楚这份执念的真正归属,才有助于将它完全消解。

李梦梦看到的就是上次那个老妇人,六十岁左右,白头发,皱纹多,穿蓝色外套,一只眼睛患疾,一只胳膊垂着,一只脚有残疾。

"蓝色外套,可以具体一点吗?"

李梦梦回想片刻,不太确定地说:"有点像……电梯工的衣服。"

"电梯工?"

李梦梦茫然地皱着眉:"或者是水暖工?但后背有个白色的花的标志。"可以确定的是,那是一件女工的工作服,衣服的背面印着一朵花。

"你以前见过她吗?"

李梦梦很肯定地摇头:"没有。"

"李梦梦,"盛君殊想到了警方提供的资料,"你六岁时父母离异,母亲改嫁外地,再没联系。如果再让你见到你的母亲,你认得出来吗?"

"你什么意思?"

李梦梦的脸色因为愤怒而涨红,大声道:"你怀疑那是我妈?是我妈的话我能认不出来吗?再说我妈为什么要伤害我呀?"

盛君殊被她呵斥,只是颤动了一下睫毛,脸色都没变。确切地讲,他还沉浸在思索中。倒是蒋胜道:"稍微冷静点,我们了解得越清楚,问题解决得越快。"

李梦梦握在手中的手机一直在振动,不知道是刘路的电话还是几近暴露的秘密令她感到烦躁,她说:"我没事了,我想休息,不想再配合调查了,你们可以走了吗?"

盛君殊和蒋胜对视一眼,倒是对当事人反复无常的态度毫不意外,他把长命锁拎出来:"这个东西可以暂存我这里吗?"

李梦梦一把拿走:"不可以,这是我男朋友送给我的,如果不见了,他要跟我发火的。"虽然这个东西刚才也吓到了她,但是李梦梦最近缺钱,把它卖给金店也是有用的。

"这个东西是你的男朋友刘路送给你的?"盛君殊若有所思地问。

"他妈妈送的。"

李梦梦下了逐客令,盛君殊和蒋胜起身,蒋胜替李梦梦掖了掖被角:"好好休息,和我们保持联系。"

"你们不要给我打电话。"

"不会随便给你打电话的,但是李梦梦,我想提醒你一句。"盛君殊递给她一张名片,还是说了出来,"这几天,暂时不要试图做引产手术,如果要做,提前联系我,否则你可能还会有危险。"

果不其然,这句话戳到了李梦梦的痛点:"这是我的权利,我的隐私,你们凭什么管我?"

二人退出病房。门关上,李梦梦才从被子里拿出滚烫的手机,贴在耳朵边。刘路的声音很烦躁:"你总挂我的电话做什么,是不是背着我在外面有人了?你现在在哪儿?"

"不是,刚才警察在这里……"

"警察?"刘路的声音忽然提高了,"你惹来警察了?"

"没……是,是小凤惹了麻烦,她被带走了。我没事。"

刘路松了口气:"你以后少跟她接触。对了,我想告诉你件事。"刘路的声音有些支支吾吾的,"最近投资的事情……合伙人也出了些问题,不过没大事。"

要是有警察,或者有别的陌生人联系你,说我欠了债,你别相信,就说什么也不知道。"

李梦梦随口应了。

"李梦梦,手术还做吗?"

李梦梦闭上眼睛靠在墙上,心里烦乱,对护士说:"今天算了,先帮我改到下周吧。"

正是饭点,小酒馆里觥筹交错,热闹至极。蒋胜开了瓶酒,笑得开怀:"盛总,说不跟我喝酒吧,还是逃不掉吧。早就想请你了,这家馆子我常来,今天喝个痛快。"

盛君殊的耳边充斥着喧嚣声:"不好意思,我不沾酒。"

当了总裁,就免不了应酬,一开始拒绝别人的时候,他还面红耳赤、内心犹疑,次数多了就习惯了,两片嘴唇一碰,张口就来,反倒从骨子里透出一种疏离和冷漠来。

蒋胜一挑眉,自酌一杯:"徐小凤那里问出来了,她是季东城的前女友,李梦梦是季哥的现女友,是徐小凤介绍的。这是什么女孩子啊,能做到这份上,把自己的室友介绍给她的前男友,还以为这是后宫争宠呢。不过我看这个徐小凤是个狠角色,她不一定是余情未了,可能就是心有不甘,李梦梦做'网红'之前是个小城来的大学生,但谁让她的模样生得比徐小凤好看,后来受到的吹捧和宠爱比徐小凤还多。徐小凤自己觉得,没有她牵线搭桥,引人入行,李梦梦还在那儿当土妞呢。她暗地里总想欺负李梦梦,但是碍于李梦梦那个有钱的男友,她不敢。李梦梦这个孩子多半是季哥的,季哥现在还不知道,徐小凤就是拿这件事要挟李梦梦。"

盛君殊说:"不能让他知道,你们这边得跟好李梦梦。"

"季哥那里派人盯着了,但是他涉及的是大案了,又是清河有一定身份的人了,需要找到足够的证据。"蒋胜抽了口烟,"麻烦的是,这个李梦梦见我们和见瘟神一样,我们没有权利跟着她保护她,她一个举报电话,我们都得挨批评。"

"别说我们了,"蒋胜似笑非笑地道,"你之前跟我说十五天能把神秘能量解决,今天已经是第六天了,看起来有点棘手啊,跟以前不一样。怎么?你那把大刀砍不动这次的神秘能量?"

盛君殊解释道："一般的神秘能量很浅很淡，以我们的秘术都能轻易解决。但这次的不一样，让它逃了两次，说明它很深重，必须得把源头解开，才能消除。"

"有什么区别？"蒋胜皱眉想了想，"是那个长命锁有什么说道？"

"长命锁象征着什么？"盛君殊反问。

"一般都是父母给刚出生的子女打的，包含着父母的爱吧。"

"有爱，有寄托，是最麻烦的。"盛君殊顿了顿说，"给你讲一个外国故事书上的故事。一个父亲带着三岁的女儿坐船，想把孩子送到妻子那里。路上遇到海盗劫持，在混乱中，这个父亲感觉自己被枪打中了胸口，有血渗出来，但是没有看到子弹。船上的医疗条件很差，没有医生，他只能自己把伤口缠住，为了不吓到女儿，装作若无其事的样子。此后的每一天，他都感觉胸痛不止，呼吸困难，脸色也变得越来越白。但他的女儿太年幼了，他实在不放心留下她一个人，只能硬撑着。直到三天以后，船到达目的地，他在甲板上看到了妻子在岸边冲他们挥手，才力竭倒下去死了。医生解剖他的尸体的时候，发现那枚子弹正好打穿了他的心脏，也就是说，中枪的一瞬间他就应该死了。那么我问你，这个父亲硬撑的那三天，他算是死了还是活着。"

"死了……呃，活着。"蒋胜的额头上冒出汗珠，叹了口气道，"只能说是精神力量太强带来的奇迹。"

"对我们来说，解决神秘能量就是消解这种无法解释的执念，它的残留会被有心之人利用，导致短期的能量波动，甚至影响到活着的人。有的人执念弱，很容易消散。但父母对子女的爱，往往是最无私也是最深重的，所以很难解决。"

盛君殊吃了几口饭，忽然想到李梦梦说长命锁"是他妈妈送的"的样子，心头一颤，好像抓住了什么："查一下刘路的资料，特别是他父母的情况。"

"没问题，我立刻让人去查。"蒋胜满口答应。

有了突破口，那种紧张的感觉便放松下来。天色暗下去，霓虹灯开始闪烁，盛君殊的侧脸在昏暗中，仍然有些心事重重的样子。蒋胜很少见他这副犹豫不决的样子，把鸡排往他那边推了推："盛总，好好吃饭，你老婆的事情也别太挂心。我听肖专员说了，你老婆以前应该很厉害，现在呢，据说是连人都怕，连门都不能出。你得接受这个落差。"

蒋胜又接着说："我弟弟的老婆现在也没工作，还有糖尿病，我弟弟一个人养家是累啊，还要耐心地陪护，有时他也想着，要像别人那样夫妻二人一起干活，日子就能好过很多。我就批评他，咱们男人就要有养家的自觉，婚姻是百年修得同船渡，千年修得共枕眠，这都是缘分……"

"不是。"盛君殊抬起头，那双黑漆漆的眼睛里第一次出现了艰涩难懂的情绪，"我没有嫌弃她，对我来说，只要她还在，哪怕她变成一株植物，我都愿意供养在家里。"

但是手机静静地躺在那里，郁百合没有再打来电话，灵犀也没有动静。尽管盛君殊反复质问自己那一刻的心情，确定自己绝没有嫌弃衡南的意思，只是那一瞬间的不耐烦产生的愧疚也刺痛了自己。

"但是你就是逃避，对吧？"蒋胜似乎看穿了他的心事，笑笑说，"人就是麻烦啊，不麻烦就不是人了，你说把老婆当植物养，人又怎么可能是植物呢？"

这句话像窗外的闷雷一样砸进盛君殊的心里，随后落下的便是"哗哗"的雨。

"你怕她。"蒋胜继续发挥刑警的敏锐力。

"我不怕她，自小到大我没怕过谁。"盛君殊说，"她和以前不一样，我不敢轻易面对她，我是怕……"他停顿了一下，艰难地说，"我知道自己缺根感情的弦，我是怕又因为我的关系，伤害了她。"

千年前，衡南抱着天书那一跳，给了他极大的伤害。他虽然不懂什么是喜欢，却能感受到离散带来的撕裂，梦魇醒来的惊痛，能感觉到愧疚碾轧在胸口的酸涩。因为再也没有了赎罪对象，他在这一千年的时间里的无数个间隙翻来覆去地自我反思。过去交往的每一个瞬间，也许都是衡南受了委屈，而他未曾察觉。

"我不懂为什么你要说'伤害'这个词，你想对一个人好，那就按你的方式对她好。那个人就算是铁石心肠，都能给你焐热了。除非你不愿意对她好。"

盛君殊沉默着，端起绿豆百合汤抿了一口。汤入口带着植物的清香，一瞬间令他神游到过去。

从前在垚山校场，他练刀认真，每晚都是最后一个走，冷不丁抬头一看，天都黑透了。校场上的人都走光了，旁边只剩一个人。

那个人……是衡南。

当时，他欣慰于师妹的刻苦，还特地让她练给他看，顺带着指导了一下衡南的剑法。衡南仰着头听他指点，听得特别认真，他让怎么做就怎么做。这一练便练得晚了，他见天上冷月一弯，蛐蛐儿已经唱起来，赶紧催促衡南回去。

衡南走了两步，蓦然又回过头来，侧脸映着月光，眼睛很亮："师兄，你渴不渴？要不要喝点绿豆百合汤？"

练了两三个时辰刀法，他也确实很渴，就顺便跟去了。他站在她的闺房外面，等师妹小心翼翼地端了一碗出来，接过来就喝了。绿豆软糯，百合清甜，全化在汤里。他酣畅淋漓地喝了一碗，意犹未尽，抹了抹嘴，问衡南："还有吗？"

衡南犹豫了一下，摇头笑道："师兄，绿豆性寒，不可多饮。你下次想喝，再跟我说。"

"那好吧。"他也很快地接受，嘱咐衡南早些歇息，将刀往肩上一扛，转身走了。

"师兄！"衡南忽然又在背后唤了他一声。

他转过来的时候，仿佛看见她满眼惶然，好像一个被丢下的孩子，但天色太暗，看不仔细。等再仔细看过去，衡南敛着眉眼，表情平静，她伸出手，手上的圆形灯笼散发的光照在海蓝的绉纱裙摆上，好像一轮黄澄澄的圆月亮照在江面上："天暗了，师兄掌我的灯回去吧。"

…………

回忆到此处，盛君殊蓦地起身结账："我先回家了。"

蒋胜愕然地看了一眼面前几乎没动过的食物，再看窗外，在五颜六色的雨伞中，盛君殊双肩挺直，穿过雨幕，快步上了车。

盛君殊一回家就问："太太还在柜子里吗？"

郁百合看了看盛君殊的脸色，脸色凝重地点点头，伸出两个指头比画："我把那个柜门开了个小缝，就怕把太太闷到了。"

盛君殊点了点头，洗干净手，径直往衡南的房间走去。郁百合跟在后面，卧室的房门就在她的眼前"咔嗒"一声关上了，吓得她心惊肉跳，双掌合十，祈求盛君殊不要动怒。她还记得上一次太太钻了柜子，老板进去以后，这样那样……喀，太太哭得那个惨哦。

"残暴"的盛君殊，此刻正静静地站在房间里。

房间里只开着一盏复古式的台灯，有些昏暗，但他知道衡南到底还是怕黑，不然不会每天晚上都开着灯睡觉。

"衡南？"盛君殊的指尖摸到了郁百合开的那个门缝，轻轻一拉，里面的人惊觉响动瑟缩了一下，好像在树下踩到了落叶，惊动了其间栖息的野猫，他立刻停住。

昏暗里，衡南感觉一股干燥温暖的热气扑面而来，阳炎体就在柜子外。

衡南知道对方要叫她出去了，即使她不愿意出去，他也会直接把她抱出去，摆在空荡荡的房间里，确认她正常地吃饭、睡觉，然后匆匆离去。他好像总是很忙，总在赶时间。衡南自己也知道，这是非亲非故的人，他不是因为贪图她的美色而对她这么好，实在令人迷惑。

所有人都在自己的轨道上运行，除了她。她每天住在这套大房子里。不用工作，不用上学，没有人会理解她心中的惶恐。

衡南绷紧肩膀，但是柜门并没有像她想象的那样直接被拉开。

过了一会儿，外面传来窸窸窣窣的声音，盛君殊竟然在昏暗中跪了下去，又坐在地上，手掌扶着柜门，隔着柜子说："我今天没有去公司，去了医院。我确实在跟着一个女生，你的室友李梦梦，但这是因为她被神秘能量影响，我在协助警方办案。徐小凤给你发短信的时候，你感觉到过，对吧？"

衡南抱着膝盖，紧攥着衣角，鬓角冒汗。她对郁百合说的话原本是玩笑，但当对方真的向她解释这件事，她又紧张至极，不知所措。

"就是那件事情。"原来盛君殊根本没指望她回答，继续语气平和地说，"我和肖子烈是配合公安机关办案的，要在十五天内把那种影响消除掉。今天晚于七点回家了，我向你道歉。之前霸凌过你的徐小凤，涉嫌违法被抓。今天开车走了二十公里，回家、医院、派出所，再回来，走了个五角形。我说蒋警官绕路了，他不信，后来证明是导航错了。"

盛君殊一边说，一边想到蒋胜的那句话，他要对衡南好，就不该藏着掖着，又畏怯。他坐在这片昏暗中，话匣子一打开，竟然也顺利地进行了下去，不那么紧张了。

"晚上我喝了绿豆百合汤，但不如你曾经做过的好喝。"

盛君殊坐在昏暗的屋子中，眼皮渐渐地发沉，可也无端地觉得放松下来，难怪衡南喜欢往柜子里钻。门一关，柜子就是整个世界。外面的一切纷扰、矛盾、难题、生离死别……都渐渐远去，与他无关。

"衡南，你想要什么，都可以告诉我，你要是不说，师兄也猜不出来。"

柜子里传出了女生清晰的声音："我只想知道，我是谁。"他的头才蓦然抬起。

"这几天，我睡觉时总是胸口疼。"隔着柜子，衡南好听的声音和口吻都带着一股寒意，像极了记忆中的那个二师妹，"我梦到许多画面，我好像梦到了你，还有你的师妹。"黑暗里，她看不见对方的表情，只能感觉到阳炎体的气息守在柜子外。

"你就是她，你们是同一个人。"盛君殊说话虽然平铺直叙，但自带一种笃定的感觉，令人信服。

"原来是睡得不好，那我让郁百合给你做点安神的汤。"盛君殊想到那大概是天书导致的梦魇，"虽然我不知道该怎么跟你解释，但你曾经确实是我的师妹。梦里的就是被你忘记的，以前发生过的事。"

衡南沉默了一会儿，好像真的信了："那，我们以前是什么关系？"

盛君殊实在开不了口说师妹以前暗恋他，只好道："就是普通师兄妹的关系。"

"那为什么结婚？"衡南感到有些疑惑，又好像恍然大悟，"你需要一个空壳婚姻？"

"不是……"盛君殊闭了闭眼睛，"我们本来就该结婚，这是师父赐下的姻缘。"

"师父？"

"以前你和我都是垚山派的弟子。我们师父来自丹东，入门派时，我十岁，你八岁……"

衡南缓慢地眨了眨眼睛，她已经见过那么多可怕的幻觉，盛君殊描述的离谱过往便不足为奇，甚至还有一点真实。她开始回忆梦里的画面，甚至真的幻想出她在垚山的过往。

年少时遭遇委屈，谁没有幻想过自己拥有隐藏的身份？她也在日记本里幻想过有人能将她带出那个冰冷的家，带她到该去的地方。如果是那样，倒像是当年噙着泪埋下的伏笔终于生效。即便有了一桩包办婚姻，也不影响她的心情。

盛君殊等了半晌，见衡南没答话，不禁有些忐忑："你要是不愿意结婚，有其他想法也行，我们……"

"要结。"衡南打断，"我不想再碰见'小叶紫檀'那样的人。"

盛君殊愣住，所有打好的腹稿都忘了个干净。

衡南在沉默中等了一会儿，迟疑地问："你不愿意？"

盛君殊坚定地说："下周一就结婚。"

郁百合的耳朵贴在门上听了半个小时，里面一丝声响也没有，心中担忧，那种感觉像被猫爪子挠一样。门忽然被推开，撞得她后退数步，捂着额头，目瞪口呆地看着眼前的两个人。

衡南垂着头，白皙的手被盛君殊牵着，衣冠整齐，脸上也没有泪痕。

老板今天没有那么"禽兽"，竟然走了温柔路线，令她非常意外。

盛君殊的目光疑惑地扫过郁百合额头上的红印："吃饭吧。"

"好的！"郁百合看了眼前的一对璧人一眼，奔向厨房。

盛君殊按遥控器，把餐厅墙上的投影仪打开，回头问衡南："有没有想看的节目？"

衡南拿筷子戳着糯米丸子，摇了摇头。她已经将近四年没有看过电视了，对现在流行的节目和明星也漠不关心。

盛君殊的情况也和她差不多，想了想，问："那看案卷？"

郁百合的笑容僵在脸上，这大好的浪漫夜晚，两个人一起看案卷？衡南竟然点了点头，把丸子送进嘴里。

盛君殊说："有点吓人，要不还是算了。"他忽然想到，如今衡南应该很怕那些东西。

衡南向他那边靠了靠，摇了摇头，意思是有阳炎体在，她无所谓。

让师妹慢慢有胆量接触人，早日回归正常生活也好。抱着这样的想法，盛君殊把U盘递给郁百合，以前他经常在晚饭时间看案卷，郁百合早已见怪不怪，把U盘接过来，插到投屏下方的一台主机中。

在盛君殊的牵头下，垚山派的弟子先一步用上了国外的最新科技，可以根据当事人的文字描述，利用人工智能绘制出画面，连缀成视频，这样就能还原当事人眼中神秘能量出现的全过程。

郁百合看着那个帘子后像壁虎一样的人影，摸了摸手臂上的鸡皮疙瘩。从帘子后一闪而过的人确实是一个佝偻着的，穿着蓝色上衣的老妇人。她虽然跛脚，可奔向李梦梦的速度快得不像人，盛君殊按了暂停键，似有所感，看向自己身旁的人。

衡南的勺子悬在空中，一双猫儿眼直勾勾地盯着画面一动不动，眼里映照出一抹亮色。

盛君殊有些紧张地问："怎么了？不舒服吗？"

衡南的指尖点在蓝色上衣背后的白色玉兰花上："舞蹈鞋。"

"什么？"

她跳舞十年，不知穿废了多少双软底舞鞋。压腿练功，穿鞋脱鞋，低头时总会看到的……

"是芭蕾舞鞋的商标。"

蝉鸣阵阵，艾诗橡胶厂被掩映在墨绿色的树丛中。

"芭蕾舞鞋的鞋底里面有一块橡胶鞋板，鞋底外有一块皮质底，我们艾诗主要生产橡胶制鞋板，还有一个分厂，生产皮革，刚好是一条产业链。"艾诗橡胶厂的负责人介绍道，"所以玉兰所有的舞鞋都是委托我们厂生产的。"

盛君殊和艾诗橡胶厂的负责人走在太阳炙烤的街面上，后面跟着亦步亦趋的张森。盛君殊向院内看去，迎面三三两两的女工相携而行，上身穿的就是李梦梦见到过的绘有白玉兰的蓝色工厂制服。

负责人听闻他们的来意，面露难色："我们厂的女工有三千多人，流动性很强，有很多人只干几个月的短工。要找一个以前在这里工作过的人，难度太大了。"

盛君殊："她的一只眼睛坏了，左手臂骨折，一只脚掌外翻，应该很好找。"

负责人愣了一下，忍不住笑了："盛先生，我们厂有规定的，不招残疾人。"

盛君殊沉吟片刻，停下来侧头看着他："工伤呢？"

负责人仰头沉思了一会儿，摇了摇头："这几年工伤赔偿的，没有伤得这么重的。再早的我就不清楚了，那时候我没调过来，厂子记录也查证不了。"

盛君殊和张森对视一眼。

线索似乎断了，张森忍不住露出一脸愁苦的表情："老板，这艾诗橡胶厂找不到人咋、咋办？"

盛君殊沉默了片刻，转了个方向："回长海小区，看看有没有水。"

"为啥呀？"

"你还记得神秘能量第一次出现时，李梦梦听到的话吗？"

张森："'妹，我口渴。'对了，她说她、她口渴！既然要、要喝水，估计就会去找、找水。"

长海小区建成的年代久远，是外国投资商早年建的，几栋以连廊连接在一起的居民楼围出一个狭小的中庭，楼道里常年散发着发霉腐朽的味道。

盛君殊扫了一眼，楼房连得密不透风，中庭小而阴暗。

长海小区在建设之初有过一个喷泉，但没过多久，喷泉就因为资金问题停止运行了。张森伸着脖子看了一眼，池子里被填了垃圾和土。

"喷泉没了,就只剩下排水明沟了,但不下雨,明沟也、也没水。"

盛君殊仰头看看楼宇圈出的小块灰白色的逼仄的天空。这个小区就没有一处有水的地方吗?那名老妇人说口渴,到底是什么意思呢?

两个人在长海小区外的小餐馆解决午饭。店是张森选的,黑板上拿粉笔写着"本店特色:古法烧鸡",旁边画着一只鸡腿,张森一看,就馋得走不动路了。

盛君殊看见他的样子,直接走了进去。

头顶吊扇"呼哧呼哧"地扇着热风,坐在小板凳上,等待上菜的过程中,盛君殊看着手机,一言不发。

张森放松地看着菜单。这么多年来,一旦盛君殊想不通什么,就会有一段时间不大说话,其实是在脑子里捋线索,整个人是放空的,这时候就算跟他说话,他也是敷衍着回答,张森习以为常,不去打扰他。

但是不一样的是,盛君殊从前只是自己发呆,这还是第一次玩着手机沉默。

张森有点儿好奇,无声无息地绕到盛君殊的后头,想看看老板在玩什么,结果看见了一排扎眼的粉红色的按钮:"与TA通话""给TA喂食""自动发球"。

这熟悉的界面,张森一双三角眼微微睁大——这、这不是宠物摄像头的界面吗?

盛君殊看着手机屏幕。他并不是故意选这一款摄像头。只是因为满足伪装成小盒子,还能在暗处角落将晃动的物体拍得很清楚,同时还能随时在手机上同步这三个要求的,只有一款多功能的宠物摄像头。

宠物摄像软件有个功能,一旦红外摄像头感知到前面有物体晃动,就会自动开机,同时给他的手机上发送一条信息,提醒主人"不要错过美好的瞬间"。

刚才收到推送的这个是安装在床底下的那个摄像头发出来的。他下意识地点开的时候,里面还是一片黑暗。盛君殊迟疑地看着这片黑暗。片刻后,镜头前忽然有了一缕光,一张小小的人脸出现在镜头里。

张森倏地被吓跑了,捂着脸坐在对面的小板凳上。

盛君殊不知道衡南为什么会出现在床底下。

衡南是趴着进来的,手上握着一个手电筒,衡南的胳膊肘撑着地,身上只穿了一件薄荷色吊带睡裙,衣领松垮垮地垂下来,露出大片瓷白色的肌肤。

非礼勿视,盛君殊立刻伸出手挡住了镜头下方,自己给画面裁了个边,疑惑地看着一切。

衡南钻进了床底后,翻了个身,躺平,竟然闭上眼睛安然入睡。镜头中,他能看到她长长的睫毛随着呼吸浅浅地起伏。

盛君殊不禁分了神，心想：那么大的双人床，为什么要到床下睡呢？床下有没有打扫干净？难道又做噩梦了？又想，他得多了解衡南，才会在床下也装上了摄像头。

盛君殊的手指僵硬，不慎碰到下面一个按钮："和TA通话。"

此时，桌上"咣"的一声，放下一个大盘子，店主中气十足地道："来，二位的古法烧鸡。"

盛君殊觉得头皮一麻，再低下头，一阵强光射过来，手机又白屏了。片刻后，镜头被一张凑近的、狐疑的脸蛋占据。

离镜头太近的物体都会产生一些畸变。衡南举着手电筒，几乎贴在镜头上，显得眼睛硕大，下巴尖细。

那双眼睛干净明亮，浓黑的睫毛添了几分妩媚之感，瞳孔像是一对宝石，像是被霜雪洗过，透着冷漠和戒备的神色。

盛君殊从来没有这么近距离地观察过衡南的眼睛。

原来的印象里，衡南总是温温柔柔地笑着，始终端庄示人的她竟然有这样一双漂亮而……无情的眼睛。

下一刻，这双无情的眼睛里闪过一丝轻蔑地笑。

摄像头发出"刺啦"的一声，彻底黑屏了。

盛君殊心道，完了，解释不清了。

床下的狭小空间是衡南的安全领域。在那么短的时间里，她还真的做梦了。

她梦见盛君殊所说的"师父"。徒弟们在旷野里盘着腿，分坐两旁，在一片蛐蛐儿声中听师父授课。老人的脑袋后面是一轮明晃晃的圆月，将他纷乱的发丝和长须镶上了银边，他抬起枯瘦的手臂讲道："秘术共有六种，容我给你们一一介绍。第一是'出窍'，就是你们嚷着要学的'神仙托梦''梦中传信'；第二是'感应'，你们修炼本门功法，已是阳炎体魄，使用感应术，就能比常人更敏锐地感受到双肩命火的变化，并从这种变化中知道四周是否有怨恶之气或精神执念；第三是'通感'，至阴体质能看到精神执念中残留的回忆和画面，而你们阳炎体能量太强，几乎和通感无缘啦。不过没关系，我们垚山派存放的至宝是这世间难求的通感宝物。"他说着，摊开膝上小小一册玉雕成的宝书，将手放在书页上，登时有华光从指间盛放，他的目光也变得明亮而深远，好像看到许多画面,"世间精神执念的辛酸苦难,悲欢离合,皆由天书感知。读取天书,如亲身经历他人的人生……"

衡南被耳边的噪声猛地惊醒,险些撞上床板,她敏捷地翻个身,一手捂着脑袋,精准地找到那个装在床下的摄像头,"咔嚓"一下就把它掰下来。

衡南在郁百合的大呼小叫中从床下钻出来去洗澡,一脚踩过了破碎的摄像头。她一边抚摸着自己的胸口,一边咂摸着这个梦。

天书……那是什么东西?和她有关系吗?

"古法烧鸡,没上错吧?"老板纳闷地看着两个直勾勾地看着自己的男人。

张森流着口水说:"没、没错。"

盛君殊已经将手机收起来,拆开一次性筷子的纸皮,就听到张森嚷嚷着道:"老板,筷子发、发霉了,给我换一双。"

盛君殊略微皱眉,因为他手中的那双筷子也沾染了些许黑色的霉印。

"哎哟,先扔了吧,我去拿新的。"老板看着两双筷子,露出歉疚的表情。

过了一会儿,他取来了好几双筷子,撕开时骂了一声:"哪里来的假冒伪劣货,我肯定上消费者协会投诉他去。"

盛君殊打量着这些筷子包装上残留的些许印记,忍不住问道:"你们的筷子平时放在哪儿?看上去好像被雨水泡过。"

"屋里的用光了,这些是从公用厨房的柜子里拿的。"老板想了想,一拍大腿说,"肯定是巷口那条水管子漏了,水沿着墙皮渗到柜子里了。我再去隔壁借两双去。"

张森道谢,盛君殊忽然道:"等一下。"

老板战战兢兢地回过身,盛君殊问:"巷口有水管?"

"是呀,没有水管,水龙头不就出不了水了吗?"老板乐了,"水池在我们几个店共用的室外厨房里头。"

十分钟后,三个人站在水泥垒成的水槽前面。水槽里放了个塑料盆,水龙头套了一段白色的塑料软管,还在滴滴答答地滴着水。

张森盯着那个小小的水龙头,感叹道:"这就叫、叫踏破铁鞋无觅处,得来全、全不费功夫。"

小店老板拿着桶接水,有点害怕的目光在两个人之间徘徊:"咱、咱一会儿还在店里吃饭不?"

盛君殊拿了几张崭新的零钱折起来,揣在老板的衣兜里:"有点事,一会儿回去。先把钱付了，桌子麻烦别收拾。请你抽根烟。"

老板笑道："客气客气，那我给你们热饭去。"

等老板走了，张森转头四望，"坏了，这条巷子里没、没有摄像头。"

盛君殊说："用不着那么高科技。"他用指节不轻不重地敲了敲水龙头，发出"嗡嗡"的声音，"看这儿。"

张森把头凑过去，忽然反应过来，不锈钢的水龙头表面倒映出了他变形的脸："行啊，这个水龙头能、能反射！"

垚山派秘术"留影"，除了以命火感应之外，就是借着镜子这样光滑能反射成像的物体把神秘能量的影像映出来。

张森从口袋里掏出一小瓶酒，两个人各喝一口，含在嘴中，驱动术法，将手放在水龙头上，闭上眼睛，盛君殊看到一个身形，它果然来取水了。

老妪的人影无声地一瘸一拐地挪过来，以扭曲的姿势坐在水池上，嘴伸到水龙头下面，直到喝得腹部胀大、再胀大，掩在衣裳下面，宛如快要破了的气球。直到身体胀破，红花儿四散，幻象也消失了。

盛君殊睁开眼睛，在短短几秒钟之内尽可能地记下看到的所有的特征，然后迅速掏出本子记录下来，还画出了他看到的幻象，又翻一页，描摹下一个"对钩"似的图案："这个是她裤子上的标志。"

张森凑过来看："这、个裤子看起来也像工服，就、就不知道是哪个厂。"

盛君殊把手机举高，对着纸张垂直地拍了一下。

张森张大嘴巴："老板，可、可是需要请小六哥商议，一起调查？"

"不。"盛君殊把照片拖进引擎框，"手机识图就可以了。"

盛君殊熟练地运用着新兴的网络搜索引擎，从网页中一溜近似的图片里选了和照片最相近的一个，点进去，图标旁边有一行小字：*清河轻工纺织城*。

等张森回到桌前大口啃着鸡肉时，心里想，今天的收获还不错。

但是蒋胜那边却不那么乐观："那个刘路通过网络上的认证资料查到了，他是清河一个企业家的二公子，家里有钱，平时比较低调。最重要的是，人家的父母健在，身体倍儿棒。"

盛君殊："有没有别的女性亲属，残疾的？"

"没有，近亲都是清河市人，都很健康。"

这就有些奇怪了。

盛君殊："我还是觉得那个用金子打的长命锁有点蹊跷，你可以问问刘路小时候的长命锁是谁送的吗？"

"这得是小婴儿时的事情吧，我怎么能调查到……行行行，我帮你问问。"

挂了电话，盛君殊发现餐馆老板坐在不远处，拿着报纸扇风，目光灼灼地看着他。

"怎么了？"

"我刚刚听你们说什么长命锁。"老板先是感谢了盛君殊递过来的烟，然后道，"我家在清河市郊的一个村，老家有打长命锁的传统，但城市里面好像很少有，我小的时候就有长命锁，我的孩子就没有了。我觉得你们说的那个人不太可能是有钱人。"

盛君殊和张森对视一眼，问道："怎么说？"

"有钱人的长命锁多半打银的，你想，金的那么沉，那么大的一把锁，每天挂着，多勒脖子。有钱人心里面，舒服可比体面重要多了。要么它就和其他首饰一起放在抽屉里，锁在保险柜里，换着戴。只有不富贵的人家才会天天戴着，因为只有这么一个值钱的东西，放在家里又怕贼惦记。当然了，这只是我的一点猜测。"

盛君殊的目光一闪，谢过了他，离开时脸上露出若有所思的表情。

入了秋，天黑得更早。盛君殊回到别墅时，电视开着，衡南已经端坐在餐桌前吃饭了。

郁百合一路小跑过来："老板回来了！"她的声音十分响亮，明摆着是叫给别人听。盛君殊顺着她的视线看向衡南。

衡南在纸杯里插了根小吸管，好像什么也没听到。

"今天太太表现得特别好。"郁百合笑着道，"主动下楼，还说自己想吃八宝饭。就是过了六点钟，您还没回来，我问太太等不等您，"她不好意思地看向盛君殊，"她说不等，所以就直接开饭了。"

盛君殊脱下西装外套，神色如常地递给郁百合："不怪她，是我回来迟了。"

他先上楼去了衡南的房间，从床下找出了已经成了碎片的摄像头，再推开衣柜，衡南果然聪明，藏在衣柜里的这个摄像头也没能幸免。盛君殊把两个损坏的摄像头处理掉，叹了口气。

"你不要误会，我没有其他意思。"餐桌上，盛君殊斟酌着开口，"我装那个是想——是想——"他闭了闭眼睛，自己也觉得离谱，"我只是担心你的安全。"

"我代老板给太太道歉！"郁百合同衡南说，"他怎么能在太太的房间里装摄像头呢？万一拍到了什么不该拍到的，比方说太太换衣服……"感觉到盛君殊用难以置信的眼神盯着她，郁百合清清嗓子，话锋一转，"但我相信，老板绝不是这种人，他只是太爱你了！上一次你躲进柜子，把老板吓得不轻，怕你在里面闷坏了。他怕你又藏在什么角落里找不到了，所以看着你一下。"

衡南正在吃篮子里的烤银杏，闻言呛得不轻，郁百合连忙停下，给她倒水。

盛君殊摁着眉心，眼看衡南把银杏果又捡起来，径直往嘴里塞，连忙截住了她的手。衡南转过来看着他，表情冷淡，还有点疑惑。

盛君殊把她手里拿着的银杏果夺过来，不太熟练地快速剥去里层的皮："不记得了？这里面也是要剥的。"

垚山盛产银杏。银杏转黄时，银杏叶飘落，落在地上像是铺了一层厚厚的毯子，饭桌上也常有银杏果，是师门中的美味，但盛君殊从来不碰。

这是因为，他年少无知时吃过师弟递过来的一颗烤银杏，苦得咽不下去，吐不出来，从此留下个银杏很苦的印象，从此以后就不吃了。

有一回新年大宴，他坐在师父的右手边，外门师兄因为他的年纪小，都慈爱地给他夹菜。衡南坐在他的身侧，见他盘子里堆得高高的烤银杏山，悄声问："师兄，你怎么不吃银杏果？"

他小声回应："一会儿吃。"

衡南又问："师兄，你是不是嫌银杏苦？"

见他不答，她伸手拿了一颗银杏果，指尖微动，娴熟地捻碎去皮，将饱满的果仁干干净净地剥出来："师兄，没剥干净的银杏才是苦的，剥干净了就不苦了。"

银杏果"当啷"一声落进他的碗里，随即是第二枚、第三枚……他一个低头的工夫，碗里盛满了银杏果，衡南拍拍手，去除粉屑，捏起玉箸安静地吃饭，好似什么也没发生过。

盛君殊犹豫着尝了一颗，最后，吃了一整碗他从来不吃的银杏果。

剥干净的银杏果的确是不苦的，还有股淡淡的清香。

眼下，盛君殊手里这枚银杏果，因为他的指甲实在修剪得太短，不好着力，剥得有些不干净。但师妹的眼神落在他脸上，看着他的动作，他先将果子抢过来，这会儿有些进退两难。

停顿了片刻，他利落地把这枚不完美的试验品塞进自己嘴里，又从篮里拿了一颗银杏重新剥了许久,才把如玉般光滑的银杏果递给衡南。

岂料衡南有些警惕地向后一靠,不伸手来接。

"你尝尝。"盛君殊还是不习惯被师妹这么干脆地拒绝,直接把银杏果抵在她紧闭的唇缝上。

男人的手指散发着清淡干燥的香皂的味道,混杂着烤杏仁的清香。

衡南垂眼,张嘴叼走了果仁,缓慢地嚼了一会儿,忽然一停。盛君殊的心也跟着猛然一停。

衡南回头冲他一笑,笑得非常满意,毫无戒备。

盛君殊不动声色地看着她,脑子里"嗡"的一声,停摆了。

"还吃吗?"他按捺住有些跃动的心情,从篮子里再次捏起一枚银杏果剥完送过去,衡南目不转睛地看着电视里的欧美女模走秀,极其配合地张嘴。

盛君殊心无旁骛地剥了一篮子银杏果,一边剥一边在想,让衡南高兴竟然是这么容易的一件事吗?

衡南依旧不同他说话,不过两个人就这么一剥一喂,倒是让盛君殊感觉出了几分趣味。这便跟练功练刀一样,越剥越凝神。有一枚银杏果不慎从他指尖滚落,衡南看着电视,低头咬住了他的手指。

倒是不疼,小小的舌尖无意扫过,一点痒痒的润湿感从手指上晕开。衡南察觉出不对劲,马上松开嘴:"今天看案卷吗?"

盛君殊收回手指,这才回了神:"不用,看你喜欢的电影就好。"

衡南舀起盘子里的八宝饭。八宝饭黏稠,她以勺代刀,先把它用力切开,毕竟是从前拿剑的手,承了力,血管凸现在苍白的手背上,手指依旧漂亮有力。

盛君殊说:"不用分,一整块都是你的。"

衡南没理会。盛君殊看了片刻,伸出筷子头压住前端,身子前倾,右手握住她拿勺的手,向下稍一加力,八宝饭筋骨寸断,横着再来一刀,利落地分成四份,他才收回手去。

衡南夹起摇摇欲坠的四分之一块八宝甜饭,"扑通"一声扣进盛君殊的碗里。

盛君殊以为她弄掉了,准备给她舀出来。衡南已经远远地端坐回另一边,眼睛不住地眨着,好像在为这投桃报李的行为而紧张:"是甜的,你吃。"

早上,郁百合来叫衡南起床,惊讶地发现她已经坐在梳妆台前,头发还带着水汽。

"太太……"

"你来得正好,帮我化个妆,盛君殊说你会。"

"没问题!我很会化妆的。"郁百合快步拿来专业的化妆包,将衡南的脖子用环形颈托固定住,把一张脸微微仰起,看向镜子,"可是,太太,今天是什么日子啊?"

"我结婚。"

"啊?"郁百合怀疑自己听错了,"结、结婚?结婚!老板怎么说的?"

"没怎么说,"衡南闭着眼睛,"他昨晚提醒了我,今天要结婚。"

这个时间,盛君殊一早就上班去了。郁百合掏出围裙里的手机,果然看到盛君殊给她发了信息,说今天要办手续,事无巨细地交代了要她做的事情,包括给衡南化妆,还有挑一件正式点的裙子。

郁百合深深地被震撼了,一方面是为老板这种工作中插空结婚的行为,另一方面是感慨太太的淡定,这就是快节奏的爱情吗?

不过她很快适应了角色,低头给衡南化妆。衡南闭着眼睛,浓密的睫毛在眼睑上投下一片小小的阴影。

在别墅休息了这些日子,衡南不再有幻觉,睡得也好,黑眼圈淡得几乎看不出了。

郁百合拉开抽屉,架子上摆放着各个大牌的口红,按照色号分类,像是套装水粉颜料一样成排摆放,都是盛君殊给钱,她为太太准备好的。

一般人都会为这近乎浪费的排场而心生荡漾,可惜衡南除外,她除了吃和睡,好像什么都不太在乎。

郁百合心里觉得惋惜,自作主张地为大日子挑了一支正红色的口红,她用指腹挡着,一点点沾在衡南的菱形唇上。

"沾个喜气。"她将红色晕在眼梢。

"再沾点喜气。"摩拳擦掌,又扑在双颊。

原本苍白的面孔,靠着星点的红色,仿佛被注入许多生机。衡南睁开眼睛,注视着自己的脸。

不得不说,盛君殊和郁百合将她照顾得很好。自从生病以来,她很久没化过妆了,骤然一打扮,差点没认出来。镜子里的女孩肤白唇红,竟有种光彩照人的意味。

衡南怕水,怕幻觉,怕与人交往,甚至怕看到镜子里自己憔悴的样子。她曾经以为这一辈子都要藏匿在灰暗中苟活，所以看到自己如此鲜活的模样，心里同时涌上酸楚和动容。

"叮"一声，门铃声响。

郁百合放下工具，匆匆地跑下楼去。过了一会儿，一楼传来一阵嘈杂声。来人七手八脚地抬着摄像机、打光板，还带着电线等沉甸甸的工具。

衡南蓦然站起来，从抽屉里取了七八个粉红色的小盒子抱在怀里，"噔噔噔"地下了楼去。

盒子里是她昨夜分好的糖果。

郁百合见她主动下楼，感到有些惊讶，忙解释道："这是我们家太太。"

来拍照的人动作停了下来，面面相觑，好奇而拘谨地仰头看着她。

衡南停在楼梯上，骤然见了这么多生人，心脏狂跳。

郁百合见衡南停在楼梯上，心里也直打鼓："太太，下来吗？"

衡南慢慢地走下来了。她的头低着，眼睛往下垂，不看他们的脸，看到的只有几双穿着皮鞋的脚。她把怀里的小盒子往他们手里塞："谢谢你们过来。"

不知道出了什么差错，他们的说笑声停止，连呼吸都没有声音了。衡南的背后出汗，发糖果的动作越来越快。终于，她把剩下的一个糖果盒子搁在茶几上，如释重负地掉头走向了卫生间，坐在马桶盖上，长长地呼了口气。

客厅里的人这才在郁百合的招呼下慢慢地坐下来。趁郁百合倒茶的工夫，几个工作人员侧头道："这也太好看了吧。"

"好眼熟，盛总的太太是'网红'吗？"

有人把那个粉红色的纸盒子打开。

"哟，喜糖啊。"

有人捏了一颗喜糖："她好温柔啊，看着不像有问题。"

两个女生还在轻声争论："好像不是网红。"

"我看着像。"

"绝对不是。"

郁百合准备好茶点，冲客人们笑笑，正担心盛君殊忙着工作忘记了时间，他便已经开门回来了，一分钟都不晚。

客厅里的人见了盛君殊，急忙站起来，亲切地与他握起手。

"谢谢你们。"盛君殊挨个儿过去握手，"让你们破例跑一趟。"

民政局通常是不上门办理结婚登记的，特殊情况除外。是蒋胜不知道从哪听说衡南的精神问题严重,怕见生人,专门帮他申请了特殊情况办理。盛君殊的心情很微妙,因为上一对让民政局上门办结婚手续的是一对高位截瘫、动不了的残疾人。

"不客气呀。"工作人员笑嘻嘻地晃了晃手上的小盒子,"嫂子还给我们发了喜糖,盛总就别客气了。"

盛君殊怔了怔,他以为自己不去叫衡南,她是不会下楼来的。

"来了来了,嫂子来了。"

盛君殊侧头过去,正看见衡南无措地站在走廊的阴影里。

她穿了一身深蓝色的连衣裙,带衣领,衬得脖颈修长,脸上化了妆。盛君殊看着她,愣了片刻,随后才发觉衡南的神色局促,像是被扔进了陌生环境里的孩子,望着他的时候,黑眼珠盛着光。

看见衡南远远地站在阴影里,盛君殊心里像被针陡然刺了一下,他招了招手:"衡南,来拍个照就好。"

衡南慢慢地从走廊走过来,沉默地走到他的身边,他伸手去牵她的手,衡南的手冰凉如玉笋,挣扎了一下,他稍一握紧,她便任他拉到了椅子前。

移动背景墙慢慢铺开,鲜艳如旗帜。

两个人坐在临时搬来的凳子前面,没怎么费劲就拍好了一张照片。

盛君殊小心地调整了一下坐姿,双手放在膝上,客气地问:"可以了吗?"

摄影师皱眉看着镜头:"稍等一下。"

几个工作人员都凑到镜头前,似乎是出了什么问题的样子。过了一会儿,几个头挨头的人忽然爆发出一阵窃窃的笑声。

盛君殊问:"怎么了?"

"盛总,买一送一,趁着这个背景,再拍一张亲密一点儿的,留个纪念呗。"

盛君殊想拒绝。

几个工作人员便起哄:"都是专业的摄影师,盛总放心。"

盛君殊回过头看衡南,身旁的衡南直挺挺地坐着,望着面前的空气发呆。盛君殊沉默了片刻,朝着衡南的方向挪了挪,伸手从背后轻轻揽住了她的肩膀。

"这是什么姿势呀,不够亲密。"几个工作人员指导起来,"头再靠近一点儿。"

"肩膀再靠近一点儿。"

"别那么严肃。"

有好事者夹在其中高喊了一句："嫂子亲一下盛总。"

盛君殊刚想婉拒，忽然感觉颊边有一阵极轻的香气扑过来，整个人便僵住了。

"好好好！就这样，太好了！"

衡南自然没有直接亲上来。她侧着头，嘴唇在靠近他侧脸一厘米的地方极有技巧地停住，她那轻浅的呼吸淡淡地扫在他的脸颊上。

盛君殊坐着，目视前方，半边身子都麻痹了。

太近了。

即使是以前最亲密时，衡南和他也不过肩膀挨着肩膀，有一搭没一搭地说说话，从来没有用嘴唇靠近过他的脸。衡南知礼而矜持，他也从无任何逾矩。

更何况，这一千年，除了百合阿姨以外，没有任何女人和他近距离讲过话。

这若有似无的鼻息，像慢条斯理地吐着芯子缠上来的蛇，又像一缕盘旋的轻烟，萦绕在他的脸侧，钻进他心里。

随后，盛君殊被一阵笑声惊醒。

摄像机前的人挤成一团，憋着笑看他，像在看一个笑话："正在盖章，还有十分钟，二位就是合法夫妻了。盛总可以不用绅士手。"

"行，好。"盛君殊顶着无数道嘲笑的目光，把悬空的手掌放下来，自然贴住衡南的肩膀。

两个女孩耳语调笑："还这么局促。没看出来，好纯情哦。"

郁百合拿着鸡毛掸子扫过真皮沙发背，笑而不语。

纯情？那是你们不知道，太太每天晚上都被折腾得睡一整天哦。

衡南的睫毛微微动了一下。先前盛君殊碰她，她要么失魂落魄，要么情绪激动，竟然从无觉察，属于阳炎体的干燥灼热的暖流竟然可以沿着他温热的掌心，缓慢地从接触的肩膀，一点点流转过她的周身。而她像植被向往阳光一样，无法抵抗这种可以驱散一切阴暗潮湿的暖和。

盛君殊觉察到身旁的人僵直的身体慢慢变得柔软，倾倒向他，仿佛要融化了一般。他顿了顿，轻轻搭在她的肩膀上的手一点点加力，变作了扶正她坐姿的"捏"。

工作人员一拍手："好啦。"

盛君殊让衡南坐好，站起来。在一阵恭喜声中接住了两个烫金小红本，打开看了一眼，他又忍不住放在眼前看了一眼。他总算知道为什么他们窃笑之后，还非得再给他们拍一张照片了。结婚证上的两个人，男的英俊而面色严肃，女的貌美而眼神放空，中间隔了一大段距离。整个合照上，写满了四个大字：貌合神离。

送走了工作人员，盛君殊把证件递给衡南："衡南，这就结婚了。"

衡南低头扫了一眼照片，略微沙哑地"哦"了一声。

盛君殊的心情有些复杂："不要跟师兄客气，以后想要什么，缺什么，就跟百合阿姨说。"

衡南点点头，没说其他的。盛君殊对于她的反应也没什么意外。

"我帮你们收起来吧，这么重要的证件可不能丢了。"郁百合说。

盛君殊："找个画框把内页裱起来，摆在太太的床头柜上。"

郁百合神色微妙地看了他半晌，控制住脸上的表情："哦。"

上一次肖子烈假扮衡南的未婚夫给盛君殊留下了深刻的印象，他唯一的期望只不过是衡南能够把结婚证上他的照片，还有他的名字深深地记住，以后在外面不至于认错了老公，随便跟着别人跑。

盛君殊的身子一倾，他顺手拿起了桌上另外一张照片。这张快印照片是一个瞬间抓拍的，他垂下眼睛，衡南回过头来亲吻他的侧脸，齐肩短发遮住耳朵，只露出红唇和一部分翘起来的睫毛。阴差阳错，虚假的暧昧，却显得分外和谐，比结婚照那张显得和谐得多。他盯着看了好一会儿，把皮夹里的公交卡抽出来，把这照片塞进透明层里："那我先回公司了。"

衡南看了他一眼，仍旧坐在沙发上按动遥控器，把声音开大一点。电视的声音充盈了空旷的别墅。

不知道是因为上午刚结婚，下午就去上班的行为属实有些离谱，还是因为衡南的背影太孤单柔弱，盛君殊的脚步怎么也无法迈开。他快步上楼去，拿了个粉红色的盒子下来。

去艾诗橡胶厂调查时，负责人一定要送一点厂里的产品给他，盛情难却，盛君殊就要了一款新的舞蹈鞋。他知道衡南从前喜欢跳舞，穿的就是这款鞋底带玉兰花标志的舞蹈鞋，他知道师妹鞋子的尺码。

"这个送给你。"盛君殊把盒子放在桌上。

衡南有些意外地看了他一眼，慢慢地把盒子掀开，柔软的粉红色的芭蕾舞鞋一点点露出来，她的动作停住，眼里的笑容褪去，蓦然变了脸色。

这一秒钟仿佛整个世界都变得寂静下来。

"衡南？"盛君殊惊疑地问。

衡南霍然站起来，转身上楼，盒子被她紧紧地捏在手里，捏得几乎变形。那绝不是一个喜爱的、高兴的姿态。

"衡南！衡南……"

"太太呀？"

盛君殊和郁百合换着敲门，里面没有丝毫应答。郁百合从锁孔往里看了看，给盛君殊使个眼色，示意没事，她可能只是突然心情不好。

盛君殊看着紧闭的门板，退了两步，不再敲门，只是说："有什么需要的，告诉师兄。一起吃晚饭。"

他放心不下师妹，公司是去不了了。盛君殊满怀心事地留在家里办公。郁百合又试图进去几次，衡南只说想睡觉，让她不要打扰自己。

晚上，衡南也没有出来吃晚饭。

郁百合发了愁，盛君殊总觉得这件事情有问题，他叫张森重新联系上衡南的母亲，给她发了一条信息：衡南跳了十年芭蕾舞，为什么不跳了，最后却学了服装设计？

门的另一侧，衡南抱着膝盖坐在床上，眼睛一眨不眨，摆在旁边的是装着浅粉色的芭蕾舞鞋的盒子。她不知道自己这样坐了多久，终于有勇气颤抖着手把舞鞋拿出来。她把绑带拆开，小心翼翼地弓起脚背穿进去，系好绑带，随即慢慢站起，拉了拉裙摆。

身子绷直，向前微倾，脚背弓着，向上一立，足尖立在地面上。这曾经对她来说最熟悉、最轻松的动作仅坚持了两三秒钟，她的身体应激性地战栗起来，脸色和嘴唇都变得苍白，额头上滚落下了豆大的汗水，顺着睫毛渗入眼睛里。

"嘭"的一声，她失去平衡跌坐在地上，两脚相抵，迅速蹬掉鞋子，捡起来，愤怒地将它们一只一只地砸到了门边。

衡南趴在床上，将头埋进蓬松的被子里，眼泪啪嗒啪嗒地落下来，从交叠的指缝渗进被子里。

房间的顶灯扑进了一只蛾子，灯影闪了闪的刹那，一道云雾般无实形的黑影贴着墙壁上金色的踢脚线迅速掠过。

午夜，尖叫声划过别墅时，半个别墅的灯都亮起来。

衡南一直把自己关在房间里,盛君殊原本就没睡踏实,听到声音,眼睛立刻睁开,怀里的灵犀也有了感应。随即,台灯"啪"的一下亮起。盛君殊顾不得师妹的隐私了,直接将门撞开。

衡南的房间里灯火通明。衡南抱着被子坐在床上,哭得浑身发抖,连带着被子一起簌簌发抖。

盛君殊的心里一沉,弯腰去看衡南的脸:"怎么了?"

手刚触到衡南的肩膀,一双手臂骤然搂住他的脖子,随后肩膀猛地一沉,衡南像树袋熊一样挂在他的身上。

盛君殊被这力道一冲,后退几步,托住了师妹。衡南的膝盖夹着他的腰,发梢扫着他的脖子,气息凉凉的,不住地颤抖着,显然吓得不轻。

郁百合披着外套冲上来:"太太怎么了?怎么了……"一看到盛君殊抱着衡南,她愣住了。

衡南搂着盛君殊的脖颈,在他怀里小幅度地颤抖着。她知道这样丢人,非常丢人,但是顾不得这么多了。阳炎体一靠近,她就像溺水的人抓住了一块浮木,完全被温暖笼罩,她才能感到狂乱的心跳慢慢平缓下来。

"有虫。"衡南满脸泪痕地说。

"哪里有虫?"盛君殊顿了顿,放缓了声音问,又看向郁百合:"找一下?"

"看到了!"郁百合指着地上的好几条虫尸声音尖厉地道。

她满脸郁闷地转过脸:"怪了,这个房间怎么就有蟑螂呢?"

一只蟑螂也就算了,关键是有一队蟑螂,蟑螂妈妈带着小蟑螂压马路了。

每个星期都有家政公司来别墅清洁打扫,是她盯着给每个房间消毒杀菌,换洗地毯,换过床上用品,现在出现了蟑螂,吓哭了太太,不是打她这个保姆阿姨的脸吗?

"换个房间睡?"盛君殊问衡南,衡南的脑袋顶住他的颈窝,不说话。

"要不让太太去您的房间里睡吧?"郁百合担忧地说,"您那个房间每天都打扫三遍,应该不会有虫……唉!这真是,我明天一早就去买蟑螂药!"

"衡南。"盛君殊低头想看看师妹的脸,想征求一下意见,他一动,衡南就像受惊的猫,紧紧地抓着他不放,不一会儿,颈窝里传来热乎乎、湿漉漉的触感。

盛君殊一见人哭就心慌,更何况是离他这样近,这样惨烈的哭法,他不再废话,单手抱着衡南,迅速拿起衡南搭在椅背上的外套将她一裹,走向自己的房间。

阳炎体百毒不侵，虫蛇避之不及，他的房间绝对没有任何昆虫撒野。

盛君殊拉开被子，把衡南放在床上，整理了一下她的头发："你在师兄这儿凑合一晚，我就在旁边不走，绝对不会有虫了。"

衡南把被子盖到鼻尖上，两只手攥着，只露出让眼泪洗得水润透亮的黑色眼睛，眼尾还留着浅红。他手掌覆下来的时候，衡南闭上了眼睛，浓密的睫毛轻轻颤抖了一下。

盛君殊的动作停顿了一下，抽回了手，只是坐在一旁。

郁百合已经将客厅的灯依次熄灭。

盛君殊忽然想起三师妹白雪初入师门时，不适应山上的生活，半夜让一只爬上床的螳螂吓得又哭又叫的事情。

那时白雪才十一岁，和衡南同住一间屋子，是衡南把她抱到自己的床上睡了一宿，才慢慢安定下来。

翌日校场练功，他在最前面指导，眼见站在第二排的衡南在烈日下一晃，他眼疾手快，在师妹晕过去之前撑住了她。

那时衡南的脸色苍白，目光也十分涣散，过了好半天才回过神，脱开了他的怀抱，垂着眸，神色慌乱地整理了一下头发："不好意思，师兄，天太热了。"

他见衡南的脸色极差，不顾衡南的拒绝，把她拽到阴凉处逼问了半晌，衡南一向怕他，可让他问得眼睛都红了，还没有说实话。

中午吃饭时，他把这件事悄悄告诉了肖子烈。

肖子烈人小鬼大，没大没小，用泥巴捏了只大蟑螂，悄悄放在师姐的碗边，衡南起身的时候，脸色煞白，六神无主，直接没拿住碗，将碗摔在了地上。

盛君殊这才明白了，白雪的怕，只是初次住在山上不适应；衡南的怕，是每夜都不敢合眼，睡不安稳的怕。

其实，人人都有命门，都有短板，有人怕刀光剑影，有人怕鬼怪传说，这些衡南都不怕，她只是怕虫而已。

师妹怕虫，这也没有什么，原本也不至于这么羞耻。

此时，衡南的眼睛闭着，止住了抽泣，盛君殊摸到台灯的手停顿了一下，想到衡南习惯留灯，就留了一盏。

橘色的台灯投出黯淡的椭圆的光晕。盛君殊挪开些距离，在她旁边和衣躺下。一切尘埃落定，他闭着眼睛，眼珠转动，心里忽然想：其实师妹这样倒是挺好的。怕也不用忍着藏着，想哭就哭，想笑就笑。这一辈子也算自由快乐。

女孩子用的沐浴露香味格外浓郁，空气里飘散着浅淡的玫瑰香气。

衡南睡熟了，盛君殊在这股气息中却怎么也睡不踏实，脑子止不住地乱想，想到他和师妹以前也不是没有一起睡过，那还是垚山派弟子从前下山做任务的事。

弟子单独的任务称为"出秋"，一般是由年长弟子带着年少的弟子，以保障安全。衡南"出秋"那次就是他盛君殊带的。那次运气不好，目的地是山中小镇，户与户之间隔着二三十里，中间又要上山下山，一天下来，饶是他都感觉要断了腿，回头看一下师妹，衡南正把裙子挽着，揉着脚丫，漆黑的大眼睛闪烁，面如土色，同他对视几秒钟后，忍不住嗤笑出声。

夜宿客店，只剩下一间空房，他知道师妹怕虫，把床让给衡南，自己也不讲究，铺了席子，抱着刀睡在地上。盛君殊躺下去，突然发现屋顶上有光，不禁道："这房顶还是破的。"

衡南躺在床上"嗯"了一声，一点也没有抱怨："我看见月亮了。"

结果晚上山里降温，深秋时节，竟然飘起大雪。阳炎体也不代表完全不怕冷，两个人被西风吹得瑟瑟发抖。

衡南实在睡不着了，翻个身起来，从怀里的布袋里倒出几颗麦芽糖递给他。

盛君殊顺手接了，也把酒囊里的酒倒出来分给师妹，两个人吃着糖，喝了几杯酒，又有一搭没一搭地聊了几句，因实在太累了，聊着聊着就睡了。

那时要多狼狈有多狼狈。不过有个伴陪着，心里总感觉踏实一些。两个人在一起，反而能心无旁骛，顺顺利利地完成了"出秋"。

盛君殊独居有一千年了，没想到物是人非，师妹依然睡在他的身边。他不应该感到紧张，而应该感到庆幸才对。盛君殊忽然感到前所未有地踏实，好像今日"出秋"已经尽力了，闭上眼睛安心等明天就好。

被子里发出窸窣的响动，衡南翻了个身，落下的手指尖碰到了他的衣角，似乎是感觉到了什么，眉头皱起。再然后，她又滚了一圈，自然地滚到了他的怀里，额头抵在他的心口处。

被子滑落半边，衡南毫无感觉，她的手臂搭上来，一点点箍紧了他的腰，整个身子钻进他的怀里，上上下下磨蹭半响，调整了个被完全抱好的姿势，眉头慢慢地舒展开来，呼吸均匀、沉重，睡得熟了。

盛君殊身体僵硬地让她抱着，手一伸，轻轻地牵起被子角，盖住她的脊背。

自古以来，异性相吸，阴阳互补。衡南现在这副至阴的身体，在没有意识的时候,完全控制不了地被阳炎体吸引、趋向、靠拢。即使是个阳炎质的木头桩子,她也会不由自主地抱上来,这不能怪她。

反正左右睡不着,盛君殊顺便帮她调理一下身体。

他把衡南贴在自己胸口的那只冰凉的手掰下来握着,暖了片刻,右手五指嵌入她的指缝,扣紧,令两个人掌心相贴。热气顺着经脉运转,周而复始,但到了某一处,脉门滞涩,他这股能量被堵住了,居然怎么也过不去了。

盛君殊揽住衡南的肩膀,抱着她坐起身,寻到脉门位置,大概是右脚到右腿之间。他的掌心贴住她的脚踝,向上试探,隔着皮肉,竟然隐约摸到一处断口。

盛君殊冷汗涔涔,握住衡南的小腿试探,她的右腿靠近脚踝的位置有旧伤,不是寻常的骨裂、骨折,是皮肉之下骨头生生拗断,正骨的时候又没接准,竟然到现在还错位着!

盛君殊握着衡南的脚腕正诧异着,却没注意到他这一摸,把衡南给摸醒了。

衡南记得自己是躺平睡下的,专门睡在豪华大床的边缘,两个人之间隔了小半米的距离,是互不打扰、相互尊重的安全距离。

黑沉沉的夜里醒来时,她靠在他怀里,一只手让他紧紧地扣着,一条腿让他触摸着,当下浑身颤抖,汗毛倒竖。

盛君殊反应十分敏捷,在她咬过来之前错开了肩膀。

盛君殊还扣着衡南的手,松开她的脚踝,迅速将另一只手腕也扣住,反身把她摁在床上:"不是,你听我说……"

手决不能松,他能预感到衡南的动作,巴掌他挨得住,但是师妹的指甲还没剪。

话音未落,衡南一脚蹬在他的肋骨上。

盛君殊愣了一下。倒不是衡南的力气有多大,她现在这副身体孱弱,拳打脚踢落在他的身上都像挠痒痒。盛君殊做了近一千年的垚山派掌门,不说无敌,起码也从没给任何敌人近身机会,更何况是毫不设防地,让人快准狠地蹬在靠近心口的位置。

这第一个人是他师妹。

盛君殊撒开了手,衡南一跃而起。她从床上爬起来,猛推了一把盛君殊的肩膀,将他推个仰躺,一屁股坐在了他的肚子上,一把揪住他的领子,把他睡衣领口的扣儿都揪掉了,那狠绝的劲儿隐隐约约还带着点千年前干架的姿势。

但是千年前,衡南从来没有这么野蛮地干过架啊。

盛君殊愕然望着她,反应了一会儿,才猛地一翻身,把局势扭转。

他翻过来的时候顾忌自己的力气,用手撑了一下床,怕压到师妹。衡南却钻了空子,从他的手臂间钻出来,抬起腿从背后跨坐到他的身上,坐直了,再次驭上了他这匹烈马。

风声过颈,盛君殊感觉到头皮微麻,下意识地低头,不过他猜错了,衡南没有恶劣到揪他的头发,只是向后勒住了他的领子,扣子又崩掉了一颗。

盛君殊的脑子一团乱,他把扣子捡起来握在手心里,听到她又哭又喘,让她歇了两秒钟,自己也冷静了两秒钟。他估量了一下到床头的距离,一个翻滚,把衡南抛落在床上。

衡南趁他没起身,又爬起来,一脚往他的脸上踩去。盛君殊利落地往侧边一滚。床是意大利生产的,相当柔软,衡南一脚踏空,就像小孩踩蹦蹦床一样,向前扑了床上。那个瞬间,盛君殊把她掀起的裙摆快速拉下来盖住腿,抓住她的肩膀把人掉转了个方向,他扣住她的两手,把她摁在床上,回归了最初的姿态。

盛君殊黑漆漆的眼睛看着她,声音含着点恼怒:"还打吗?"

衡南别过头,眼泪"簌簌"地往下滚,枕头上洇湿了一片,两眼通红,只抽抽搭搭地哭。

盛君殊放开她,狼狈地捏住敞开的、几乎变成时尚深V领的睡衣,掩住胸膛上露出的皮肤。

"没想到你还挺凶,看样子是吃不了亏了。"盛君殊无奈地勾了一下嘴角,才问,"我没想对你怎么样,刚才摸到了你的腿上有旧伤,才起来看一下。怎么回事?是骨折过吗?"

不问还好,这句话问出口,衡南的瞳孔一缩,像被触到了逆鳞。她把颈间的渔线拽断,扬手一扔,盛君殊来不及阻止,小小的佩玉在空中划了道弧线,砸在墙上,发出清脆的声响。

盛君殊眼睁睁地看见落在地上的灵犀碎成两半,没想到衡南能不懂事到拿法器撒气,怒火顿时直冲头顶,扬起手:"你——"

衡南冷冷地偏过头去,把头发拨开,挑衅地给他送上半张苍白的脸,让他打。

盛君殊深呼吸,再呼吸,感觉还没打人,自己好像先挨了巴掌一样憋屈,手指蜷缩,捏成拳头,最终还是把手收了回去。

他下床，把碎成两半的灵犀从地上捡起来，越发确定她腿上的伤和她异常的状态有关，深吸一口气，还是尽量缓声道："今天太晚了，先睡吧，明天再说。"

　　盛君殊刚拉开被子，衡南坐起来，赤足踩着地面。

　　"干什么？"盛君殊警惕回头。

　　衡南垂下眼睛，背对他摸了摸空荡荡的脖颈，也冷静下来，咬咬嘴唇，低低道："我走了。"

　　盛君殊把被子一撂，厉声道："回来睡觉。"

　　衡南让他一凶，愣了一下，然后一声不吭地躺回了床上，僵硬得好像一尊雕塑。

　　盛君殊躺在床上，衣衫狼狈，手心里捏着两枚纽扣和两枚碎玉，微抿薄唇，越想越睡不着，扭头冷冷地瞥了衡南一眼，坐起来关掉了原本留着的台灯。

　　衡南在黑暗里瑟缩了一下，不过也识趣地没吭声。

　　后半夜，窗外花园里虫鸣作响，万物沉眠。被子里窸窣的声音响了片刻，微凉的柔软身体滚了几下，又蹭到他的怀里，箍紧他的腰，小脸安然靠着他胸口，呼吸匀而沉稳。

　　盛君殊顿了顿，过了半晌，冷着脸摸了一把师妹后脑勺冰凉的软发，给她盖了一角被子。

　　这一晚总算过去，第二天衡南还没醒，盛君殊就起了，交代郁百合把衡南房间里的东西搬到他的房间。

　　"纺织城过往员工排查过了。"肖子烈双手插裤兜进了门，见盛君殊坐在桌前，手里捣鼓着物件，歪着头倒着走回门口，抬手敲了两下门。

　　盛君殊把手里粘好的黄色灵犀轻轻地搁在绿萝叶子下的桌面上："再不进来就别进来了。"

　　肖子烈走进来："师兄，你的脸色不好，昨天晚上纵欲过度了吧？"

　　不说这话还好，一听见这话，盛君殊的气不打一处来："别乱说话。"

　　肖子烈一直睨着他，跟着愉悦地笑了一下，把一沓厚资料撂在他的桌上，在沙发上仰靠着坐下："裤子是三年前的工服，现在已经停产，黑色裤子只发了两年，所以范围很小。"

　　盛君殊翻开文件夹，文件里记录了两个纺织厂员工的档案，一个叫洪二妹，一个叫陈媛。

　　"只有这两个是有工伤记录的女工。陈媛，三十六岁，七年前进厂，第二年因为操作缝纫机不慎,手指断裂,十级伤残,赔了两万,一年后离厂。洪二妹,五十岁,七年前进厂,进厂当年因为抢救失控机器,左手手臂粉碎性骨折。八级伤残,因为护厂有功,老板亲自赔付的,算上奖励一共有十万,当年就离开了工厂。"

盛君殊回忆起那个老妇人残疾的臂膀,点了点纸面:"查这个洪二妹。"

"查了。师兄,你猜怎么着?"肖子烈看过来。

"名字是假的。"

"哇,真聪明。"肖子烈笑了一下,没规矩地反坐在他办公桌上,掐他桌上那盆绿萝的叶子,"工厂招工时的身份核对不严格。洪二妹这个名字是假的,查不到任何身份记录。你怎么猜到的?"

"她身上那么多处伤,不像是先天的,都像是意外伤害。是个很神秘的人。"盛君殊靠在椅背上,没有回答,而是继续问道,"左胳膊是在纺织城伤的,剩下腿和眼睛哪个是在橡胶厂伤的?"

"我猜是眼睛,橡胶厂有高压高温的机器,要是橡胶溅在眼睛里那可不得了。她的脚外翻,感觉不像机器伤的,机器一般是绞、卷、压,会把骨头弄碎,而她还能走路,更像是外力冲击。"

盛君殊:"外力,车祸?"

"身上好像没有碾压伤。"

"那就是坠亡。"盛君殊做出了判断。

坠亡,可能没有明显外伤,脏器衰竭之前,人短时间内还死不了,但内脏破裂大量失血时会觉得干渴。救护车上因坠落送医的患者在休克前,会控制不住地向护士要水喝,但是没有人敢给水喝,才会留下一个想要喝水的残念。

"做什么工作,可能会低空坠亡?"

肖子烈:"女人的话,家政擦玻璃,保洁擦栏杆……你确定她是工作时坠亡的,而不是在家晾衣服不小心掉下去什么的?"

盛君殊:"先按这个方向找吧。"

半响,没听见肖子烈应声,盛君殊疑抬起头,见肖子烈一手掀起绿萝叶片,定定地看着桌面。

"子烈?"

"这是什么?"肖子烈拿起办公桌上的佩玉,咄咄逼人地道,"这不是你给师姐的那一半灵犀吗?"

盛君殊："是啊。"

肖子烈注视着他，眼睛中慢慢带上一股冷冷的笑意，胸膛起伏着："盛君殊，从前你是阳炎体，师姐也是阳炎体，我大可以给你找个理由，你们两个人属性相撞，所以你不喜欢。现在师姐体质至阴，对任何一个阳炎体都有生理吸引，你还是没办法喜欢师姐，对不对？"

盛君殊一脸莫名其妙地看着压抑怒火的小师弟。

"盛君殊，你不喜欢她，凭什么还娶她？"肖子烈蓦然暴怒，声音高了八度，"你有毛病吧？你不喜欢师姐，你把师姐让给我，让给任何一个喜欢师姐的阳炎体……"

盛君殊霍然一拍桌子："你给我滚出去！"

肖子烈被这拍桌子的声音一震，愣了片刻，可看了看手上的灵犀，再度恶向胆边生，指着他的鼻子喝："你不喜欢师姐，师姐就喜欢你吗？赶紧跟她离婚，别耽搁她喜欢别人！"

盛君殊站着，指骨捏得"咯咯"作响："喜欢别人，她自己来跟我说，我放她走，师兄给她出嫁妆。"

这句话不说还好，越说肖子烈的眼睛越红，他缓慢地点了点头："盛君殊，我看清楚了，你没有心。师姐在你眼里连一个法器都比不上。"

肖子烈的脸色如黑云压城，向后退去，摔门而出。盛君殊眼睁睁地看着粘了一早上的灵犀让他一把砸在墙上："送出去的礼物都能要回来，我佩服你。别要了！"

盛君殊拿起桌上的茶杯摔过去，撞碎在肖子烈甩上的门上。

瓷片纷纷落下，将张森吓得倒退三步。

这一千年来，这兄弟俩总是吵架，多是肖子烈小娃儿不懂事，单方面气盛君殊。盛君殊骂他打他，肖子烈都还克制着，从没气得摔过东西。

张森眼睛闭了一下，颤抖着准备抽身而退，里面的人又把他叫住："张森，"盛君殊蹲着，拼了几下后，发觉灵犀已经碎得用灵火都凑不到一块儿了，闭了闭眼，忍了又忍，尽量平和地吩咐道，"去，去买点502胶水来。"

第三章
橡胶工厂

灿烂的阳光照进别墅里。八点半,盛君殊把窗帘轻轻地拉上,阳光被阻挡在外面。

衡南还没睡醒,头微微歪着,黑色的头发散落在枕头上,被子蹬掉一半。

盛君殊冷眼看了她半天,感觉以衡南真实的性子,恐怕和肖子烈才是亲姐弟。肖子烈还想和她在一起,简直胡闹!

他用一只手揽着她的脖子轻轻抬起,小心地把粘好的灵犀挂上去,还专门把灵犀转到前面,摆进锁骨中间的小窝里,把空调的温度调高,他把被子拉起来给她盖好。

他的手机振动起来。

"喂?"盛君殊压低声音,轻手轻脚地离开了房间,反手关上房门。

"盛先生吗?"艾诗橡胶厂负责人的声音传出来,"找着符合条件的伤了眼睛的女工了!"

盛君殊的眉眼稍敛起来:"我马上到。"

办公室里,盛君殊看着档案,档案上的人叫作洪小莲。

"肯定没问题。"橡胶厂的负责人恳切地说,"我们厂里的人事这方面审核很严,身份证肯定是真的。"

身份证复印件上的女人短发,烫了小卷,圆鼻头,小眼睛,和李梦梦看到的影子确实有七八分相似,但面相年轻得多,头发还是黑的,也没有那么重的眼袋和皱纹。

"这个洪小莲是十四年前到我们厂里的,在我们厂里干了四五年。她之前没干过，从头学起，但人踏实，还拿过一次生产标兵。十年前，有一次同车间的女工在操作打鞋样机器的时候操作失误，差点把机器烧坏。洪小莲为了救机器里的零件，被喷出来的橡胶碎片灼伤了左眼，当时是七级伤残。"

他把另一份记录推过来："除了给了一次性补助金十万外，因为是护厂英雄，我们厂长从私人账户里又给了她十万，一共是二十万。考虑到她落下残疾，厂长还承诺会终身聘用她和她老公。"

盛君殊的目光短暂地扫过"护厂英雄"几个字，心里一颤，洪小莲在纺织城得到过如出一辙的荣誉。

"她老公也在你们厂？"

"对，他们俩都是清河市八里村人，一块招工来的。"负责人把另一份档案递给盛君殊，照片上是个满下巴胡楂的微胖的中年男人，"她老公叫刘大富，是我们厂里的司机。像这样的打工夫妇，我们厂里有不少。

"可惜的就是，虽然许诺了要雇佣他俩，但他们出了事没多久就说要回老家照顾孩子，还是辞职走了。当时洪小莲还哭了呢。"

老实巴交的洪小莲鼻子通红，眼睛也通红，握着厂长的手，一个劲儿地鞠躬，说厂子待她好，厂长是个好人，在边上围着的其他女工看得动容，也都拿袖子擦着眼泪，相当不舍。

盛君殊把资料拢了拢："谢谢你了，我带回去？"

"没问题。"负责人一直将他送到了门口。

盛君殊拿出手机。

艾诗橡胶厂的厂长并不知道，洪小莲夫妇并没有回老家照顾孩子，而是直接到了纺织城，用新的身份继续打工。

是什么原因让洪小莲放弃稳定的工作，坚持要以残疾之身，换假名字，去另一家厂子打工呢？

手机那边传来了肖子烈吃枪药一般的呛声："干什么？"

"女工真名叫洪小莲。"盛君殊说，"左胳膊不能用，眼睛也只剩一只，还有档案污点。这种情况还能进什么厂？"

肖子烈沉默了片刻："正规厂子是进不了的，顶多做做临时工。"

"你去查查三年内，长海小区附近大楼的临时工有没有因为坠亡赔款的，受益人是她老公，叫刘大富。"

那边又沉默了好半天，说："你怀疑洪小莲这些年是故意……骗保？也是，怎么会换了两个厂，都因为护厂受伤，还伤得那么重。"肖子烈摸了摸发旋，忽然想起自己和师兄还在冷战中，"呵呵，我跟一个没有心的人废什么话？我会去查的，挂了。"

盛君殊靠在车座上，忍不住冷冷地说："我对你师姐好得很。昨天晚上，她还骑着我打了一顿。"

肖子烈沉默了许久，好像更生气了，咆哮着挂了电话："你跟我说这个干什么？"

中式餐厅海晏楼，正是用餐时间，一片觥筹交错声。穿旗袍的侍者穿过热闹的大厅，走进二楼包房。把玻璃转盘正中间的插花移开，在桌上摆了个超大锅的鸡公煲。

"我就、就喜欢吃这个。"张森乐得开怀，刚要拿筷子，被一双大手按住了手臂，他扭头道，"王阿姨，我……"

"谁是你阿姨啦？"张森身边一位穿着中式布衣、五十来岁的妇女说，"这不是掌门还没来吗，哪有你先动筷子的规矩？"

张森委屈地放下筷子，王娟身边的莫飞只是宽容地笑笑。

盛君殊推门进来，几个人都站了起来，盛君殊忙叫他们坐下，扫了一眼，除了肖子烈、张森、王娟、莫飞，几个人都到齐了。

王娟质朴惯了，看看雅间里璀璨迷乱的玻璃吊灯，又看看桌上淋了油的鲍翅海参，局促地说："掌门，我早说了，咱们随便吃吃就好，不用这么好的地方，多浪费钱啊。"

"不浪费。"盛君殊说，"今天是特别的日子，我们垚山派的旧人是应该庆祝一下的。"

张森嘟嚷着道："对啊，老板辛苦赚、赚那么多钱给谁花，那还不是……"

王娟翻了个白眼，张森就住了口。

王娟在公司里有职务，明面上是负责总裁的膳食。关于她的投诉，从来没少过，因为员工看到过她做的饭，平平无奇也算了，全是大鱼大肉、高蛋白、高油脂。盛君殊办公室在大厦顶层，除部门经理外很少有人见过，就像帷幔后面的皇帝，人人都存了几分敬畏。就这种水平也配给总裁做饭？

盛君殊的信箱里塞满了投诉，他倒出来扔了，全然没放在心上。因为他的身体，吃什么都行。虽然王娟原本只是门派里一个洒扫的侍女，现在垚山派缺人手缺得厉害，有一个扫地僧能用，是必然要放在身边待命的。

王娟既羞愧，又感动，又恼怒，急忙劝道："大哥儿，乱了规矩。"

盛君殊把烤鸡往张森那边一推，随口应道："有个头的规矩。"

这一句话差点把王娟噎死。所谓尊卑有序，君臣纲常，自打大哥儿年纪轻轻地继任了掌门，这一千年来，垚山派的规矩越来越歪，越来越乱，最后连带着掌门的为人一起全乱了。

盛君殊叫张森先吃，自己接过莫飞递过来的名单。莫飞说："师兄，这是我最新找到的三位外门师兄的身份，也都是苏醒后失去记忆了，成了普通人。"

莫飞是外门弟子中剩下的唯一一个人。

盛君殊把名单递给张森："张森，还按老规矩，找点法子把钱汇到他们账上，不要让人看出来是我们在接济。"

张森应了，王娟好像很难过，又似乎抱怨地说："拼命赚钱给谁花，都还了垚山派的债。当年折在垚山的哥儿姐儿有三百个，苏醒后都成了普通人，你也不打算联系他们。你这个掌门当牛做马，人家还一点儿不知道，一点儿不能领情。"

盛君殊刚喝了一口茶，闻言呛住："我怎么当牛做马了？"

当年为垚山派而战的外门弟子都是手足。比他大的给他喂过饭，比他小的他教过剑法，这些人能有机会苏醒并过着普通人的生活，哪怕擦肩而过，素不相识，还能提供物质上的帮助，就算是了却他的心事。

只可惜，修习垚山秘术变成了阳炎体的内门弟子，虽然身强体壮，百毒不侵，却是尽数折在那场覆门之灾中无法苏醒。盛君殊捏着杯子的指节收紧："哪怕外门的兄弟姐妹不记得我们，能给他们送钱，知道他们过上了新的生活，也是好的。可惜子竹和白雪，再也没有机会了……"

"哐当"一声，张森跳起来，抽了好几张抽纸擦干净桌上的酒，瞟了一眼盛君殊："吃、吃鸡太激动了。"

盛君殊扶正杯子："不说了，快点吃吧，菜都凉了。"

于是大家干了一杯酒，吃完了午饭，莫飞问："师兄，六师兄怎么不来？"

盛君殊一想到肖子烈就头疼："他有事不想来。"

王娟好奇地问："对了，您刚才说今天是特殊的日子，是什么日子啊？"

盛君殊沉默了片刻，才有些郑重地答："我结婚了，这次吃饭是想要正式地通知诸位。"

这下轮到莫飞被茶呛到了。王娟愣住了,脸色狐疑地问道:"结婚?"

盛君殊说着就将钱夹里的照片拿出来。照片正是红色背景那张,齐肩长发的衡南偏头亲吻盛君殊的侧脸。

他拿出来的时候,想起这张照片亲密得有些不妥,但还是拿了出来。

王娟凑过去睨了一眼,脸色却一变。

"盛哥儿,"王娟的声音有些颤抖,"您结婚的对象是小二姐?"

盛君殊怔了怔,这才反应过来,因为衡南怕人,王娟还不知道她回来的事情:"是的,我找到她了。"

眼见王娟脸色急切得发红,盛君殊解释道:"当年师父给我们订下婚约。"

王娟好似越发急了:"盛哥儿,千年前跟千年后不是一回事。"

盛君殊说:"我知道,衡南记不得以前的事情,我其实不应该强行剥夺她的姻缘。可她眼下遇到点麻烦,在家里和学校都待得不痛快,她在我眼皮底下,我看着放心。"

"您不放心,可以接她出来住,也可以像给外门的兄弟姐妹一样给她钱,我们都可以照看着小二姐,你为什么非要娶她?"

这倒把盛君殊给问愣了。

师弟和王姨为什么都强烈反对他和衡南结婚。难道他真的做错了不成?

王娟见盛君殊沉默下来,心里也知道自己这话说得僭越,可开弓没有回头箭,就一股脑地说了出来。

曾经在垚山派上下,没人不喜欢衡南,就是因为她的举止太完美,人们只看见一面,没看见另一面。而她恰恰看见过被衡南隐藏着的阴暗面,认定她是一个心性不正、善于伪装的人,她若真的嫁给盛君殊,盛哥儿这样一个善良简单的人,恐怕会为她所害。

衡南命薄,没能熬到结婚。没想到千年后,盛君殊不但把人找回来了,还直接把婚结了。

"我知道咱们垚山派就是护短。但现在不比当年,您是大派掌门,现在的小二姐,一点……"

"王姨。"盛君殊打断她时,脸色很不好看。

他知道王娟绝无恶意,这么多年,她都是真心实意地尊敬掌门。可他们师兄妹几个一块长大,一起在山顶看过星星,坐在树下烤过地瓜。衡南第一次"出秋"是他陪的,在他还不是垚山派的掌门的时候,甚至在他还没有拿到属于自己的佩刀,还是一个挥汗练习劈竹子的少年的时候,衡南就已经陪在他身边了。就算没有男女之情,这年少情谊也不是随随便便代替得了的。

盛君殊第一次直接起身离席:"单买过了,我回去了。"

门一响,衡南的脊背立刻挺直,心里有些忐忑。她虽然只有二十来岁,平时孤僻,却不代表不理解基本的人情世故。她知道房子是盛君殊的,也知道她每天能吃好喝好都是拜他所赐。虽说床头柜的相框里还封着个小红本,标明她在饭桌上的合法席位,但这个男人有钱有势,这样的人通常脾气都不好,她昨天晚上和他正面冲突,万一他直接要离婚,把她赶出去,那她也没办法。

盛君殊坐在她的对面,旁边传来一阵窸窸窣窣的声音。衡南惊讶地抬头,正看见盛君殊提着棕熊玩偶的胳膊,摆在她旁边的椅子上。盛君殊的身子倾斜,把熊摆好后,他与衡南睁大的眼睛对视了。他避开那双眼睛,面无表情地训斥道:"看什么,吃饭。"

衡南的睫毛一抖,她握着筷子,继续用力往下吞郁百合做的糯米丸子,万一真的被扫地出门了,她就吃不到了。其实她不是真的怕盛君殊,她心里好像认定了他不会对自己怎么样一样,不然昨晚她也不敢真的动手。可是对于他的疾言厉色,她的骨子里却仿佛镌刻着一种怯懦的本能,他的脸一沉,她的心便慌了。但这种怯懦并不是恐惧。在巷子里被醉酒的流浪汉吼了,那是恐惧;因为考试不及格,站在客厅里被父亲吼了,这才是怯懦。

衡南怀着这种讨厌怯懦的心情吃完了晚饭,把盘子一推,站起身来。

"衡南,"盛君殊又叫住她,"熊是给你买的,抱上去吧。"

衡南看都没看,抬起下巴,很有骨气地上了楼。

盛君殊看着她的背影半响,气得撂了筷子。

郁百合刚凑到桌前,本来想说太太的房间已经杀好蟑螂了,目睹这个场面,顿时控诉道:"跑了好几家店,蟑螂药没买着。"

盛君殊同她说话时语气还挺温和:"没事,就让太太在我那里先住着。"

"好的呀。"郁百合拼命压住上翘的嘴角,"老板,您看太太现在恢复得好多了,自从跟您一起睡后,连顶嘴都会了,可真是太好了。"

盛君殊手中的筷子停顿了一下,冷笑了一声。

吃完晚饭,盛君殊夹着熊回了房间。

这只泰迪熊是某个奢侈品牌新出的形象大使,眼睛是两块黑琉璃,鼻子是一簇碎钻，脖子上系着深红缎带，缎带上印着品牌名称。本来他大约是不会注意到这只熊的，只是王娟说的那一番话堵在他心里不上不下的，使他开车分了心，路过街边实体店就停了车。

他想起初见衡南时，她穿着熊的玩偶服在街上发传单，夏天闷在玩偶服里，应该非常辛苦。就连垚山派的旧人也不体谅师妹，他心里有一些不平，迫切地想要做点什么来抹去这份不平，于是他买下了这只熊。

房间里的台灯开着，他的房间里没有人，侧过头，柜门倒是开了条缝。

原来和他吵架，衡南也会心情不好。师妹的举止古怪，但盛君殊已经找到规律，她心情不好时就往柜子里躲。

柜门被人推开，衡南的背向后抵住了柜壁，脚缩了又缩，缩到了一排熨得顺滑的西装背后。但是他没进来抓她，一只骨节分明的手提着熊耳朵，从缝里塞进来，塞在她的旁边，然后把柜子门又关上了。

柜子被占了，盛君殊卸了领带，脱下来的衣服只好放在床角。

他的房间里有一个单独的浴室。从前他一个人住，为了节省资源，便于郁百合整理，平时都用客厅外的公共卫生间。衡南搬进来后，这个浴室正好给她用。

房间里的浴室还萦绕着淡淡的热气，浴缸边上摆着一瓶开了封的玫瑰味沐浴乳液，显然是已经用过了，他也不想浪费热气，关上窗，干脆就在这里洗澡。

二十分钟后，盛君殊穿好睡衣，从浴室出来。

床上的人已经睡熟了。

衡南的身材也算高挑，但是跟怀里的等身玩偶硕大的熊头一比，特别显小，细细的手臂紧紧勒着熊脖子，侧脸埋进熊脑袋里。

这幅画面显得既静谧又孤独。

盛君殊发梢上的水不住地渗进衣领里。他站在床边默然地看了一会儿，然后擦干自己的头发，叠了衣服，轻手轻脚地关灯上床。

本来这床十分宽阔，睡两个人加一只熊绰绰有余，可到半夜里，玩偶的吸引力自然不如阳炎体的体温，衡南不自知地往盛君殊这边靠。

盛君殊睁着眼睛，不由得往旁边让了让，她拱着熊，又逼近一步。

两个人一进一退到了床边，退无可退，熊压在了盛君殊脸上。盛君殊挪开熊脸的工夫，衡南撒了手，整个人从大熊底下灵活地钻过来，像抱着熊一样抱住了他。

盛君殊不敢动了。但他让毛茸茸的熊偎着，热得慌，忍了半天，抓住熊耳朵一提，扔到了床尾，随后抬起师妹的腰，两个人一起挪回床的正中央，任她抱着自己睡了一宿。

早上起来上班前，他又把熊捡回来，小心地给衡南放回怀里，做出一个熊从未离开的假象。

第二天，意外发生了。

张森说："刚、刚从长海小区回来，房东说房、房子退了，连租房时的押、押金都没退！李梦梦和刘路一起搬走了。"

盛君殊立刻联系李梦梦的学校，被告知近日她也没来上课。盛君殊挂断电话："搬走了，失踪了还差不多。"

"换班让你的人盯了两天就出事了，为什么不及时告诉我？"盛君殊质问蒋胜。

"这不是你师弟，肖专员说你忙着结婚，不让我拿工作上的事情打搅你嘛。"蒋胜赔着笑说。

"这么说，肖子烈早就知道？"

电话被肖子烈抢过去："你放心吧，李梦梦没事，我跟着呢，她上了一辆黑色的车，现在人在半公里外的未央小区八单元十四楼。"

"一夜之间搬走，押金都不退，这能是正常的搬走吗？是不是季哥的人把她带走了？"

"嗯，应该是。"

"徐小凤被看管着不能报信，只要李梦梦自己不说破，季哥怎么会知道她……"盛君殊深吸一口气，"所以你都看着，为什么不阻拦，你为什么不告诉我？"

"师兄，"肖子烈的声音愈发冷漠，"李梦梦没有怎么样，季哥没有动她。我们在布局，师兄，你清楚得很，怎么越活越婆婆妈妈了？"

盛君殊沉默了几秒钟，沉声道："不行，去找李梦梦。"

他垚山派数百年的传承基业，终其一生除魔卫道，不过是为生民立命。山可以崩，旗可以倒，有些事情不能变。

蒋胜劝道："盛总，你别生气，肖专员是跟我们商量着来的，你现在不能干涉。第一，李梦梦是自愿跟着季哥离开的，两个人没有发生冲突，走的时候手挽着手，看起来感情尚可，未央小区是个高端小区，里面都是别墅，我们在对面派人盯着，李梦梦暂时没事，情况在我们的掌控中。"

"你们说她自愿，她就是自愿了？李梦梦突然离开了我们的掌控，人身安全没问题，但又被神秘能量影响该怎么办？"

"第二，"蒋胜的声音变得强硬了一些，"徐小凤已经交代了，季哥涉嫌违法开地下赌场，她还有其他几个公司签约的模特都去那儿看过场子，其实是做酒托，强制消费。徐小凤已经落网，我们也马上要抓捕季哥和他的团伙，只等拘捕令，但是他的消息很灵通，你不能在这个时候打草惊蛇。就剩两天了，还希望盛总理解。"

"我理解你，也请你理解我们，要真的到了需要出手时，哪怕是耽误了你们捉人，为了李梦梦的安全，我还是会尽我的职责。"盛君殊面色不悦地挂了电话，正看到王娟在门口畏畏缩缩地站着。

"掌门。"她走进来说，"昨天晚上，我想了想，我说话是冒犯您和小二姐了，向您赔个不是。"

盛君殊确实对王娟说的话感到生气，但此时见到她愧疚的样子，不免心软："没事。"

王娟的脸色好看了许多，眼睛也亮起来，她自告奋勇地道："盛哥儿，那个，您要是信任我，我能想办法去未央小区看着那个李梦梦！不能让人家说什么就是什么。"

盛君殊不禁看向她，心内也想着是个好主意："王姨，你要小心谨慎，但也不能怕事，随时告诉我李梦梦的状况。"

"你放心吧，我心里一直记着老祖的教导，咱们垚山派弟子，要是不保护百姓的安全，那就不配为垚山派的继承人。"王娟从包里掏出一副宽大的墨镜，不熟练地戴上了，"你看，这行头怎么样，我这就将功折罪去。"

盛君殊和张森对视一眼，张森已经忍俊不禁地点了点头："行。"

未央小区，一个年轻女孩和一个五大三粗的男人走在路上。女孩正是李梦梦，穿着肥大的外套，墨镜遮了大半张脸，嘴唇没什么血色，显得很憔悴。男人默默地跟在她身后，像个保镖。

李梦梦走到了单元楼下，瞥见一个梳发髻、戴墨镜的中年女人，目光一闪。

中年女人正是乔装打扮的王娟。她快步跟着李梦梦走到了楼下，过不了密码锁，碰了一鼻子灰，只好退了出来。

李梦梦开门进屋。

别墅里空间很大，但堆满了外卖和垃圾，显得有些杂乱。

保姆正瘫在沙发上在看电视，哈哈直笑，另一个文着花臂的强壮男人在抽烟，烟灰缸堆满灰黑的烟头。

"把烟灭了！"李梦梦把烟灰缸拿走，"你想让孕妇吸二手烟？"

保镖回身拿着烟头往她蛾脸上比画，吓得李梦梦往后躲："你以为你是谁？告诉你，老子不是谁的狗，老子也是季东城花钱雇的！他欠了我三个月的工资，我现在还在这里就是为了等他来，惹急了我，老子先收拾你。"

李梦梦哆嗦着往后退，退进房间里关上门，把骂骂咧咧的声音挡在外面，腿一软，坐在了地上。她心里又害怕，又委屈，小声抽泣起来。

时间回到两天前，她像往常一样回到清河小区，回到了她和刘路的家，看到坐在沙发上的人，手上的水果一下子掉在地上，摔烂了好几个。

李梦梦两手撑在膝上，在黑暗中笑看着她的人不是刘路，而是季哥！

"梦梦，很惊讶吗？"季东城打量着花容失色的李梦梦，"我也挺惊讶的。"

"我，我……"

"放心，你没走错屋，我也没走错。"季东城笑了一声，起身走来，攥住李梦梦的胳膊，把她拉进了房间，目光扫过双人床上的情侣玩偶和床头柜上李梦梦的自拍照，"想知道是怎么回事吗？"

"昨天晚上，有人来场子里玩牌，一把输了二十万，没给钱。"季东城点了一根烟，"这个人账上已经有五万的借款，他赌红了眼，还要再借。没有办法，我就让兄弟们给他一点教训。没有半个晚上他就愿意还钱了，他说自己交了个'网红'女朋友，她有钱，让我们问他女朋友要，还给了我们家里的住址。我们就放他走了。"他笑着说，"我拿起照片一看，哟，这还是个熟人。他这个女朋友——好像是我的女朋友啊。"

"季哥，我知道错了。"李梦梦已经泣不成声，"你去出差，很久没联系我，发消息也不回，我以为……我以为我们已经分手了，你有别的相好了，才侥幸和别人在一起的。我是不对，可我绝对没有劈腿！"

"你是在怪我？"季东城阴沉着脸说，"那我前几天联系你，你怎么还是一副讨好的样子，怎么不说你已经和别的男人睡在一张床上了呢？我在清河混了这么多年，从来都是和女朋友好聚好散，还没有哪个女的敢背叛我。李梦梦，你真让我刮目相看。"

"你不能动我。"眼看季哥暴怒,李梦梦尖叫一声,将手挡在脸上,"我现在怀孕了,是你的孩子。"

季哥还真的停住了,表情有点蒙,这句话显然在他的意料之外:"你怀孕了?"

"真的。"李梦梦翻箱倒柜,庆幸她做检查的报告单没扔。

季哥看看报告单,又看看李梦梦,表情变得耐人寻味起来:"可以。你先跟我走,咱们看看你肚子里这个到底是不是我的种,要是,你就给我生下来;要不是,看老子怎么收拾你。"

李梦梦被恐吓得一哆嗦,随后像小鸡崽一样被季哥揽着出了门,上了车。李梦梦看着窗外向后退的景色,表情从惊恐慢慢冷静下来。

她决定先稳住季哥,不要激怒他。怀胎十月,她大概能有一段时间的安稳日子,在这段时间里,她找个机会逃跑或者报警。随后,她就被带到了季哥住的别墅,由两个保镖和一名保姆看管和照顾。

季哥遵守诺言,确实没有对她怎么样。他违法开设的赌场好像被盯上了,他忙得焦头烂额,已经很久没有回到别墅,别墅里也人心散乱。

身心备受煎熬的李梦梦有了大把的时间反思男友的背叛。刘路长了一张讨女孩喜欢的俊脸,笑起来坏坏的,出手大方阔绰,两个人热恋时恨不得天天黏在一起。

她从来不知道他所谓的"创业"是赌博,还欠了债,还会在被追债时,无情地把她推出来挡刀。她曾经幻想过嫁入豪门的场景,好像一个被她日日捧在手心的蜜果,突然间从内里腐烂溃败,那肮脏的汁水毫无防备地沾染在她的手上、身上。

"哕——"李梦梦扑到马桶边吐酸水,她开始有了严重的孕期反应。

不知道是不是神思忧虑的缘故,李梦梦吃不下,睡不着,总是做噩梦,越来越恍惚。

她无力地趴在马桶上,戴在脖子上的长命锁摇晃着,在泪光的晕染下一个变成了两个,她握住了它,在眩晕中听见一阵"咯咯"的幼儿笑声。

李梦梦一惊,想出去,却拧不开门把手。她环顾四周,发现卫生间的场景变了。

这是个小而老旧的卫生间,没贴瓷砖,地板是水泥铺的,水池是砖头垒的。卫生间里一扇窗都没有,像个窄窄的棺材。

衡南
Heng Nan

心渡

姓名：
衡南

别称：
小二姐、师妹

身份：
圣星公司老板娘

特点：
偏执冷艳"嘤嘤怪"

君恋渡

Heng Nan

JUNXIN DU

盛君殊待办事项清单

关于衡南:

定期喂。★

不能丢。★★

有耐心。★★★★★★★★

慈渡

盛君殊
Sheng Junshu

姓名：
盛君殊

别称：
掌门、大师兄

身份：
圣星公司 CEO

特点：
雅正霸总，喂养师妹

JUNXIN DU

水泥墙上，小孩用粉笔拙劣地画了一个大人拉着一个小人儿的画面，幼儿的笑声还在继续："咯咯，妈，妈，咯咯……"

马桶里满是秽物，但是李梦梦顾不得作呕，她捂着耳朵，坐在地板上尖叫。

眼睛一睁，她忽然惊醒过来，头上的热汗向下滴到了胳膊，她跪坐在地上，原来是大梦一场。

李梦梦撑着板凳起身，板凳旁摆着一个不锈钢盆，盆里装满泡发的黄豆芽，几枚黄豆皮漂浮在水面上。

李梦梦呆滞地看了看自己的手，手心是湿的，手上还捏了一根豆芽，好像在回神之前，她正坐在板凳上挑豆芽。

她这么想着，下一刻就坐在了低矮的板凳上，眼前是深红色旧橱柜，橱柜红得像放久的血一样，橱柜上有一口大铁锅，锅旁边乱七八糟地摆满了沾满油污的瓶瓶罐罐。几个敞开口的白色塑料袋，里面有什么东西解冻了，正在一滴一滴往地上滴着散发着腥味的水。

厨房在夕阳的笼罩下，泛着油凝的黄，这黄却暗沉沉的，脏而旧，好像凝固的猪油。

外面隐隐传来了婴儿的哭声，哭声尖厉刺耳，带着怨气，开始只是隐隐约约的；再后来，那个婴儿好像会飞了，会走了，哭声越来越近，越来越近，好像嵌在墙里，环绕在李梦梦的耳边。

李梦梦扔掉豆芽，像无头苍蝇一样乱撞，可是这间厨房，三面都是橱柜，另一面是墙，竟然没有一扇出去的门。她在挣扎的时候，不慎踢翻了地上的盆子，水泼了她一身，一股浓郁的腥味发出来。李梦梦的脚趾浸在血泊里，她低头一看，原来盆子里不是豆芽，而是一只正在放血的死鸡。

婴儿的哭声骤然骇人地变大，瓶瓶罐罐掉在地上摔得粉碎，李梦梦呜咽着，手脚并用地爬上了橱柜，一把拉开了窗户。往下看去，夜色里只看到成片的树顶和星星似的街灯。夜里的冷风像刀子一样刮在她脸上。让冷风一吹，她清醒了，也有些怕了。

好高。往下看去，下面的车都成了米粒大小，让人感觉头晕目眩。

她手脚冰凉地扶着窗框，慢慢地想要缩回去，背后忽然有一股大力，将她一把推了下去，它在她的耳边："咯咯，妈，妈，咯咯……"

马路迅速靠近，"嘭"的一声，骨骼四分五裂。

"啊……"

李梦梦像溺水的人漂浮在海面上，张大了嘴，好半天才从嘴里溢出一声破碎而痛苦的呻吟。她睁开眼睛，脸色煞白，浑身是汗，好像是从水缸里捞出来的。眼前一左一右，站着保镖和肥胖的保姆。

保姆扒着她的手臂，急切地在说什么，她听不懂。

一股暖流顺着腿蜿蜒而下，她听见保镖的喊声："不好了，流血了！快送医院！"

衡南换上一件粉绿色的吊带裙，又在外面套上破洞牛仔衣，然后对着镜子整理好飘起来的发丝。因为起得早，她睡眼惺忪，手腕放下来的时候，衣服往一边歪，雪白的肩膀露出来，她也没管。

"衡南。"盛君殊在外面喊。

衡南"啪"的一下把梳子放下，拉开抽屉，随便涂了一支深红色的口红，出了屋。

盛君殊的目光落在吊带裙下缘："裙子……就这样出门？"

裙子离膝盖还有好长一段距离。料子也软，带点闪光，像睡衣的材质，勾勒出了臀部的曲线，还暴露出一双白而修长的腿。

他怎么记得这件衣裳买回来的时候并没有这么短。他第一次看到师妹的腿就这么暴露在光天化日之下，视觉冲击力确实很强。

衡南的手揣在宽大的牛仔衣口袋里，她疑惑地问："我裁的，怎么了？"

"没事。"盛君殊想起她读的是服装设计专业，又考虑到年轻人的潮流，咽下了所有的话。他一抬头，又发现衡南涂的深红色口红。

衡南的皮肤极白，涂了口红便十分显眼，何况还是这么深的颜色，而且她涂得乱七八糟，不少口红擦在嘴唇外面，让他产生了某种不好的联想。

盛君殊皱起眉，抽了张纸，倒了点水沾湿："你过来，我给你擦一擦。"

衡南很不情愿地凑近了，仰起脑袋，盛君殊扶着她的后脑勺，顺着嘴唇的轮廓擦了过去："怎么不穿长裤了？"

衡南百无聊赖地玩着他的领带，古怪地看了看他："今天外面四十摄氏度。"

她曾经一年四季都穿长衫长裤，那是因为被幻觉纠缠怕了，害怕把自己暴露在外。现在身边有个阳炎体罩着，她的精神好了很多，自然是想穿什么就穿什么了。

盛君殊自觉自己问的话很愚蠢，他松开衡南的脸，衡南也松开了他的领带，把手揣回兜里。

郁百合站在身后，带着一脸灿烂的笑容目送他们："玩得开心，晚点回来哟！"

王娟对衡南的评价令盛君殊有些耿耿于怀。今天王娟会来办公室报告李梦梦的情况，盛君殊思来想去，决定趁此机会带着衡南和王娟一起吃顿饭，解开她们之间或许存在的误会。

至于衡南，办理结婚手续那天，她算是迈出正常交往的第一步。盛君殊带她去办公室，对她来说也是一种锻炼。

衡南没有什么意见。反正对她来说，只要是在盛君殊的身边，去哪里都很好，因此她跟着盛君殊上了车，系好安全带。起得太早，衡南有些犯困，这一路上一直靠着座椅打盹。

车开到了地库，稳稳地停下，衡南才醒。醒来时，发现自己的腿上盖着盛君殊的西装外套，丝绸内料滑滑的。

她侧眼看他，盛君殊穿着衬衣，还在看着左后视镜倒车，倒得很专注，没注意到她。

衡南看了他好一会儿，在他回头之前，拉下挡光板，抬起下巴照了挡光板上的镜子，整理了一下头发，忽然就觉得嘴上的口红很不好看。她的爱好向来也跟情绪一样多变，一会儿一个样，此时就觉得这款口红的颜色不好看，必须得立刻擦掉。

盛君殊靠在椅背上，满脸复杂地看见师妹抓着自己的西装外套的袖子，迅速地擦掉了口红。

待衡南扳回了挡光板，盛君殊才扭回头，开车门锁："下车吧。"

衡南把外套递给盛君殊，盛君殊说："你冷了就先穿着。"

衡南伸着手："我不冷。"

盛君殊只得把外套接过来，不过也没穿，只是搭在手臂上。

盛君殊每天上午九点都有例会要开，他让衡南坐在办公室里，怕衡南乱跑，心想，得给她找点事做。他把电脑打开，在桌子上随便抽了一份报表递给衡南："把这个帮我输进去，一会儿我出来检查。"

衡南非常配合，手指按着文件夹，盯着屏幕，开始慢吞吞地敲键盘。

"这里有吃的，饿了就吃一点。"

盛君殊把外套披在她背后的椅子上，见衡南看到了零食盒子，才关上门走开。

待他一出门,衡南盯着屏幕,关掉 Excel(表格文档),面无表情地把面前的报表一推,打开了游戏界面。

盛君殊这会开得久,衡南玩了四五轮游戏,想上厕所,就从椅子上站起来。她想找人问问,可一路上连个人影都没见到,便自己在大楼里找到了洗手间。

圣星的楼最初设计时,让盛君殊改过布局。衡南和盛君殊师出同门,堪舆学的是一样的,如果让当初的衡南摆一个卫生间,她也会选择摆在同样的位置。因此,她根本没注意总裁办公室里带着一个私人洗手间,单凭直觉走到了每层楼对应的公共洗手间。

衡南从洗手间出来时,却看见洗手池前站着一个陌生的女人。她穿浅灰色套裙,踩着十几厘米的细跟高跟鞋,缎子似的长直发披散在背后,身子前倾,正在对着洗手池前巨大的化妆镜补口红。

感应水龙头出水。衡南眼角的余光瞥见洗手台上放了一摞蓝色的塑料文件夹。

同性,尤其是外貌出众的同性之间,总是波动着一种无形的气场。哪怕只是站在一起,都会暗自窥探彼此。此时此刻,这女人也在瞟着镜子,衡南不动声色地抬起头。

"衡南?"带着讶异的一声。

衡南扭过头,茫然地看着她。

"真的是你啊。"女人吸了口气,指了指自己的脸,"你记得我吗?原来在一中五班的,林安,我们一块排过节目。"

衡南回想了一下,似乎有点印象,点了下头。

"没想到还能碰到你。"林安抱起文件夹,跟上来,跟她并排走,"高二你退学之后就没你的消息了,最后你去了哪个学校啊?"

林安问这句话其实是故意的,全校都知道当初的"芭蕾舞女神"最后连三本线都没上,灰溜溜地上了个职业学校。她这么问的时候,衡南垂下眼,装作不在意的样子,心却"怦怦"直跳。

林安跟衡南有些过节。当初元旦文艺会演排练节目的时候,是衡南负责排高一年级的集体舞,当时衡南是全校的"芭蕾舞女神",个性张扬冷傲,总是独来独往,站在前面领舞的时候,看见第一排有个女生动作跟不上,就把她调到了第二排。

这个女生就是林安。林安是三好学生、优秀班干部、人见人爱的优等生，只是手脚有点不协调，跟不上大家的动作而已，她也努力地去练了，只是学生的文艺会演而已，衡南却非要较这个真，见她在第二排也扎眼，又把她换到了第三排、第四排、第五排……

最后，林安被调到了倒数第一排，衡南每次一朝她走过来，就要把她往后调，她周围的女生都会哄笑。林安觉得手脚发凉，她把这份当众承受的屈辱铭记在心，和一班的衡南有了过节。即便衡南已经离开她的生活，很多年后，她还在打探衡南的近况，这个假想敌一直伴随着她的青春。

林安的成绩非常好，她发奋读书，高考考上了国内的名牌大学，后来又去国外当交换生，最后凭借出众的简历应聘到圣星，试用期一结束就取代了原来的组长。她得知衡南一路滑坡到了尘埃里的时候，心情别提多微妙。

林安忍不住说个不停："大家组织同学聚会，你怎么一次都不来参加？你还记得当时表白被你拒绝，差点想不开的徐臣吗，他找女朋友了，是个美人，还是 A 大的直博。当时我们还开玩笑说，幸好你没答应他，不然他就不会有这么优秀的女朋友了。我的手机里还有照片，你要不要看？"

衡南只管往前走，不答话。

林安追着她走。她上到顶层，原本有正经事办，她和上司因为提案产生一些分歧，心里不服气，听说总裁对公司的事务十分关心，也没什么架子，就想上来碰碰运气，直接越级向总裁提议，顺便给高层留下好点的印象。

可是在这里她碰见了衡南，没有灰头土脸，反而比高中更明艳的衡南，衡南不经意的美丽像一根刺，林安被这根刺刺中，心魔涌出，竟然忘记了自己的来意。

谁知道衡南居然根本不理她，径直向前走。直到衡南进了总裁办公室，林安才有些惊疑，停在门口："快出来，这是总裁办公室，里面有资料，不好乱进的。"

衡南却不理她，径直走到了桌子旁边。她身上的超短裙和牛仔衣并不是工作的装束，不可能是上班，圣星怎么会要一个职业学校还没毕业的人呢？

靠门的茶桌旁边放了一个红色保温袋。衡南把保温袋拉开，从里面拿出几个餐盒。林安心里有了数，眼睛里闪过一丝怜悯，她是来送外卖的吧？

"天这么热，你也辛苦。要不，你在外面等我一会儿，我们一起吃顿午饭。"

衡南按在餐盒搭扣上准备打开的手停住了，看了她一眼："我约了人。"

"那好吧，下次有空再聚。"林安并不意外被她拒绝，顺手把文件夹放在茶几上，"这个楼进来要打卡的，你怎么进来的？"

衡南："跟着别人一起。"

林安"哦"了一下，她和已经沦落到社会底层的衡南的确没了共同话题，便整理了一下衣服，打一遍腹稿，静静地站着等衡南走开。

衡南也静静地站着打量着她。

彼此看了一会儿，林安感到有些尴尬："你……还不走吗？"

"跟你有什么关系？"四目相对时，衡南漂亮的眼睛像是琉璃珠，那是属于猫科动物的眼睛，带着冷漠的敌意，"你怎么不走？"

林安心里一股邪火顶到了喉咙，在刹那间，她仿佛明白了什么。谁送外卖会穿超短裙？谁说衡南一无所有？当年衡南的抽屉里塞满情书。只要衡南愿意，脸蛋、身材，哪个不是资本？跟别人一起混进楼，留在总裁办公室制造偶遇，这年头，飞上枝头变凤凰的女生还少吗？

难怪衡南拿这种憎恨的眼神看她，她今天来，不经意坏了衡南蓄谋已久的好事了。

"衡南，说句心里话，你这么年轻，努力工作比什么都靠谱，走捷径都是有代价的。这个大楼顶层的都是久经商场的男人，没你想得那么好骗。"

"我骗谁了？"衡南问。

林安笑笑："那天，我表姐看见你去妇产科了。我表姐在长海医院当护士，你还记得吧。你怎么一个人去做检查？你男朋友都不陪你一下？你男朋友也放心你穿成这样去送外卖？"

衡南还不知道李梦梦冒她的名去医院做检查给她造成了麻烦，连打开零食盒子的兴致也没有了，只觉得脑袋"嗡嗡"响，很烦："不知道你说的是什么，我没有去看过妇产科。"

林安目光复杂地掠过她的肚子，不想跟她争辩："你肯定吃过不少苦，也是交友不慎，才会越来越堕落。但那也不是你走歪路的理由，要想让我们看得起，就和我一样堂堂正正靠努力进圣星，而不是像你这样。其实你的条件不差，你的腿恢复得比我想象中好多了。当年从那么高的台子上摔下去，连我爸都说，估计是要残……"

衡南双眼赤红，猛然转过身，"啪"的一声甩了她一巴掌。

林安向侧边踉跄了几步，身子"咣当"一声撞在后面的资料柜上，资料柜晃了晃，雪片似的纸张掉了一地。

不是林安装柔弱，而是衡南甩过来的胳膊带着惯性，行云流水，像舞水袖似的，结结实实地挥在她的侧脸上，直接将她扫出去，掼到了柜子上。

盛君殊三分钟前才接到王娟的电话，说把李梦梦送到了医院，三分钟后，他看见办公室里一片狼藉。地上掉落的全是纸片，一个陌生的女人捂着脸靠在柜子边上。而衡南脸色和眼睛都是红的，手足无措地站在纸片堆中间。

看见他，衡南的眼睛一眨，扑簌簌掉下两行眼泪。

盛君殊心一跳，一把将衡南护在身后，浑身紧绷地转向林安："你是谁？进我办公室干什么？"

林安耳鸣阵阵，脑袋发昏，好不容易定下神，一抬起头，就看见总裁站在面前，拿拇指指腹给衡南抹眼泪，一边抹一边压着火气道："别哭，怎么了？"

他有些心烦，因为衡南的眼泪越擦越多，越擦越让他觉得自己混蛋。这就好比养花，辛辛苦苦养得快开花了，一个转头的工夫，就让人给踩蔫了。

"盛总……"林安嘴唇翕动，发出微弱的声音。

外面一阵骚动，几个安保人员举着警棍，已气喘吁吁到了门口："盛总，谁闯总裁办公室了？"

盛君殊看向林安："她。"

"盛总！"林安脑袋里的"嗡嗡"声消失了，她能动弹了，把手掌移开，脸上鲜红的五个指印，还有裂口的半边嘴唇，口齿不清地哭诉道，"她没事，明明是我被打了……麻烦帮我叫下救护车！"

医院。

"就是外部冲击导致的脸部充血。这个程度的患者是可以自愈的，配合外伤药膏就好。但是呢，还是希望以后注意，毕竟人的头部是很脆弱的……"

盛君殊沉着脸，手里紧紧攥着衡南的手腕，强迫两个人并排在诊室的板凳上坐着。盛君殊回头看衡南："听清楚了吗？"

衡南脸上的泪痕还没干，脸蛋微有些发红，眼尾也红红的，怏怏地点了点头。

盛君殊："把医生的最后一句重复一遍。"

衡南垂着脑袋："人的头部是很脆弱的。"

盛君殊的脸色缓和了一些，他转过头同医生道谢。女医生的目光在两个人表情各异的脸上徘徊,忍不住笑了一声,继续低下头记录:"现在可以进去看患者了。"

到了病房门口,衡南说什么也不肯挪步子。盛君殊拉了半天拉不动,只得回身,扯着她坐在了病房外的排椅上。回头看着师妹泪水斑驳的表情怏怏的脸,盛君殊带着研究意味地看了她半天,怎么也想不明白,侧过身子:"你来打我一巴掌。"

衡南抬起漆黑的眼睛,一脸莫名其妙地看着他。

盛君殊冷着一张俊脸,微微侧过头:"你来,师兄不躲,打一下试试看。"

衡南愣了半天,捏住他的下颌,轻轻转了个方向:"我拿左手打。"

盛君殊压住火,青筋直跳,任她操作:"行,左手。"

衡南抬起手,"啪"地打了一下,盛君殊的睫毛跟着颤抖了一下。那巴掌跟扇风似的,一点内力都没有。这就更奇怪了,他问道:"你到底是怎么把人打得耳膜穿孔的?"

衡南垂下眼嘟囔着道:"你又没惹我。"

盛君殊靠在椅背上,声音蓦然放缓了:"她怎么惹你了?"

"她不让我打游……"衡南的话停顿了一下,她目光一闪,口齿清晰地说,"不让我输报表。我想着你要检查,我太着急了。"

盛君殊自责不已,都怪他思虑不周,编什么要检查的瞎话,看把师妹诓成这样。他伸出手,面带愧疚地揉了揉衡南后脑勺的软发:"还有呢?"

"她说以前为了我差点活不下去的男生娶了个比我漂亮、还比我学历高的老婆,说我去妇产科检查,她还说我是个送外卖的,不让我吃东西,让我滚出办公室,说我的裙子太短露屁股就是为了勾引你。"

盛君殊动作顿住,脸色发青,听得简直几欲喷火。病房里面躺着输液的林安,隔了一堵墙,听见衡南的话,面如死灰——她刚才是这样说的吗?

"行了。"盛君殊站起来,按住衡南的肩膀,"你不用进去了,在这儿坐一会儿。"

病房里面,桌上放着几个果篮,还有一束百合花,包装上都印着"圣星"的logo(标识),是张森临时从仓库里取来的慰问品。

盛君殊坐下来,还没开口,林安就抢先说话了:"盛总,我能问您一个问题吗?"

"你说。"

"您跟衡南是什么关系？"

盛君殊看了她一眼："衡南是我太太。"

林安的脸色一阵青一阵白，最后她自嘲地笑了笑。学得好，不如嫁得好，嫁得好，不如命好。衡南就是那个命好的人，真是气人。

"你的医药费，公司会全部报销。打人毕竟是不对的，我代我太太向你道歉，并且会三倍赔偿精神损失费。至于你……"

"你别说了。"林安赶在他"判死刑"之前，眼泪滚下，"我会自己辞职的。"

盛君殊看向林安，他的眼睛很黑，没什么多余的情绪，反倒很慑人，让人为无端的猜测感到歉疚："你没有工作上的失误，为什么要辞职？难道你觉得，圣星会因为私人的恩怨解雇你？"

林安一时语塞。

"公是公，私是私。公司不会解雇你，也不会处罚你。但你对我太太的言语冒犯，你得给她道歉。"盛君殊随手拨正了床头的百合花，"我还想问你一件事，请你尽量告诉我。高中时，衡南是怎么伤的腿？"

与此同时，盛君殊终于收到了衡南母亲的回信，与林安的解释相互印证，补全了事实。

高二参加文艺会演，衡南表演芭蕾独舞时从近两米的升降台上摔下来，折了腿。从此之后，她就再也跳不了舞。

衡南说，她不是自己摔的，她看到了许多黑气，黑气凝成了一只手，抓住她的脚踝，把她拽下了台。可无论是监控录像，还是现场的观众，都没能看到所谓的黑气。她是自己踩空摔下来的。

没有人相信衡南的话，从那以后，她就变得很暴躁，医生说她是精神问题导致的幻觉，已经不能继续原来的学业，她也不愿意再跳舞，自己选了服装设计专业。

听到关于"黑气"的叙述，盛君殊骤然抬眼，脸色变得很不好看。

衡南坐在外面的椅子上。夏天的医院，眼前有一男一女架着一个穿长衣服的人从她眼前经过，她站起来，跟了上去。

"李梦梦。"她小声叫道。

被裹在衣服里的女人难以置信地回过头，望着她的眼神闪动一下。李梦梦没想到，自己陷入这种境地中，看到的竟然是昔日的室友衡南，心头涌上无比复杂的心情。

"你还好吗?"衡南问。虽然徐小凤欺负衡南时,李梦梦从来不说话,但是看到她这副样子,衡南并没有表现出幸灾乐祸的神情。

"我……"下一刻,两个保镖露出警惕的神情,李梦梦已经被吓破了胆,什么也不敢说,只是摇摇头,摸了下脖颈,又被他们架走了。

衡南却看得很清楚,那个瞬间有闪光的东西落地。她从地上捡起了那把长命锁。

"衡南!"盛君殊找过来,一把攥住衡南的手,一出门她就丢了,他想说衡南几句,临到嘴边,又变成了平和的叙述,"医院里的人太多了,你别乱跑。"

衡南扭过头,往盛君殊的身边凑了凑。

盛君殊揽住她进了最近的诊室,出示了协助调查的证件:"医生,刚才那个姓李的女孩什么情况?"

"先兆流产,不过没事,已经开药稳住了。"

"谢谢。"听到这番话,盛君殊却没有露出高兴的神色。

从李梦梦的状态能判断出神秘能量又来了。只要李梦梦的这个孩子还在,它就会一而再、再而三地出现。可是蒋胜那边的拘捕令还没下来,他还不能轻举妄动,这让每个人的压力都很大。

他去抓衡南的手,她将手藏在身后。盛君殊就像对待闹脾气的小孩,耐心地绕到她的腰后去捉。抓住她的手的瞬间,他感觉到衡南的身子颤抖了一下,盛君殊意识到什么,将她的右手抓起来,展开一看,脸色都变了。

"这是怎么回事?"

怎么会有人打了人,手心比被打的人的脸还肿?

"哎哟,哎哟,老板,您小心些。"郁百合半弯着腰,心疼地看着衡南,"太太不痛,吹吹就不痛了啊。"

衡南的掌心向上,摊在桌子上,盛君殊沉着脸坐在她的对面,一只手轻轻扶住她的手腕,一只手拿根棉签帮她涂药膏。

药膏下面,掌心肿得老高,衡南却一声不吭,"啪嗒啪嗒"地直掉眼泪,好像个关不上的水龙头。

盛君殊拿过纱布,郁百合说:"不能包,不能包,捂着不好。"

盛君殊只得把纱布挪开,收起了医药箱。听见郁百合扶着衡南咬耳朵:"太太身娇,下回不拿手打她,打痛了怎么办,应该拿杯子里的茶水泼她的脸!"

盛君殊飞过来一道意味深长的眼风,郁百合立即住了口。身旁的衡南却垂着眼忽然嘟囔道:"好弱。"

"什么?"

衡南看着自己的掌心,不太高兴地小声说:"我太弱了。"

小时候练舞,一口气也能做十个后滚翻,靠一只手臂就能在杠杆上吊着,那种核心力量,打趴下一个人是没问题的。可是现在,稍微动一下就受伤了。

听到这句话,郁百合心疼得眼泪汪汪的,盛君殊却没忍住,弯了一下嘴角,很快又收敛了。

师妹以往从不挑事,但就算挑事,在垚山上有师父罩着,在外有他护着,从来吃不了亏。衡南的根骨好,又是阳炎体,多年来一直是骄傲的王者模式,就算是沦落成这样,还有一分傲气。

也许蒋胜是对的,张森也是对的,他不应该把衡南想得如此娇弱,把她当成一株植物养在别墅里,而是应该遵照她的心愿,让她变回以前那种神采飞扬的样子。

"盛总,拘捕令下来了,下午就去抓人,你别担心,但别走漏了风声。"蒋胜打电话说,"还有那个刘路也在我们局里,他在季东城那里赌博被抓了,还欠了一屁股债。"

"欠债?"盛君殊感觉有什么呼之欲出,把长命锁交给张森,"去把这个锁交给刘路,问一下它的来历。同时查一下刘路和洪小莲的关系。"

盛君殊给衡南盛着汤,回头看见衡南抹了药的右手颤抖着捏着筷子,好不容易夹住了一颗花生,还掉在了盘子边缘。盛君殊忍不住从她的手里把筷子一把抽掉了。

郁百合忧心忡忡地向前走了一步:"我来喂太太吧?"

"不用。"盛君殊把衡南转了个方向,想都没想就拒绝。

依衡南的性子,盛君殊喂她吃完饭肯定要很久。郁百合是要吃饭的,他又不用,有的是时间同她磨。好在晚餐是艇仔粥配菜,衡南能左手拿着勺,慢吞吞地舀着喝。

盛君殊拿了干净勺子,夹了盘子里的菠菜、胡萝卜、黄瓜放在勺子里,在她喝粥的间隙,很有耐心地一口一口喂她。

衡南也很乖地张嘴吃了,每一口都努力地吃干净,就是咀嚼得有点慢,过于细嚼慢咽,这饭足足吃了一个半小时才算结束。

衡南看盛君殊松口气,收了勺子,看了看他,欲言又止。

盛君殊侧头瞧她:"怎么了?"

衡南低头揪着桌布,憋了好半天才小声说:"……可不可以吃乳鸽。"

盛君殊这才瞥见桌子边上还摆了一道完整的脆皮乳鸽,因为摆得较远,又是得用手抓着吃的,不好放在勺子里,他一直回避,回避的次数多了,就给忽略了。

郁百合过来收餐盘,见盘子里的菠菜、胡萝卜、黄瓜,差不多空了,目瞪口呆地道:"老板……太太不喜欢吃蔬菜的。"

衡南挑食,尤其不喜欢吃蔬菜。但郁百合必须保证膳食均衡,维生素充分,所以每顿饭都会做蔬菜。每次蔬菜都会剩到最后,郁百合哄着劝着,让她吃一筷子,吃一筷子而已,她都要皱眉头。结果老板,直接把这三盘子都喂空了?

盛君殊拿着勺子的手僵在空中,只觉得头皮发麻,坐立难安:"……你怎么不说?"

衡南不说话,胳膊伸着,左手拇指钩着边上的乳鸽,一点点地,往自己的方向拖,拖到一半,让盛君殊伸手给截住了。

盛君殊转向郁百合,顿了顿,将盘子一推:"去给太太热一下。"

夜幕降临,衡南悬着赤足,百无聊赖地坐在床边,右手还是让盛君殊给缠上了。

盛君殊怕她夜里不小心碰到了手,加重手心的伤,而且……盛君殊抬眼瞥了师妹一眼,又不太自在地挪开眼。

衡南晚上会乱抱人,不包起来,手心上的药膏就会全蹭在他的脖子和衣服上。

衡南低头看着自己包裹得厚重的手掌。盛君殊把大熊给她抱过来,摆在床中间,把台灯调到了最暗,回头看着衡南,拍了下熊的肚子,轻声道:"睡吧。"

被子发出窸窸窣窣的声音,衡南慢慢地抱着熊躺下。

夜里,衡南蒙眬中感觉到自己的姿势已经由侧躺变成趴着,肚子下面一片冰凉。

再睁开眼睛,眼前的夜色浓黑一片,肃杀的冷风不住地从她的耳边卷过,面前泛着光的是一排一排如同硬鳞似的房瓦,往上倾斜,一直升到龙骨似的屋脊上。

衡南眨了一下眼睛,背上蓦然出了一层冷汗,她趴在房顶上。

倒不是因为她在屋顶上怕高,而是怕黑。檐上有个大洞,洞里透出些暖光来,她想都没想,从那个洞里钻了进去。从房梁挂到屋架,裙摆飘飞,脚底像是长了猫的肉垫,落地时利落而无声。

套屋外留的一盏矮烛,火苗乱晃。月光从窗口泼进来,屋里一片安静。

衡南贴着墙走,越走越觉得不对,腿脚酸软,一直在发抖,太阳穴一下一下随心脏跳动。仿佛她知道屋内关了猛虎猎豹,稍有不慎就会惊醒了它。

她无声地一步一步走到里间,汗水已经把鬓发湿透,弯下腰,在角落里堆起的杂物中快速翻捡起来,里面有陶瓷罐子,有瓷瓶,有木头段,由大到小,堆得十分整齐。

她翻了一会儿,停下动作,抬眼一看,不知道看到了什么,心中一阵狂喜。

衡南莫名其妙地感受着内心的狂喜,踮起脚尖,在一堆杂物顶上小心翼翼地捧下个圆圆的物件抱在怀里,转身快速折返。

她明白了,原来她在梦中是个女盗贼。这么想着,脚尖不小心碰到了陶罐。

发出的声音打破了沉默,帐里发出一阵窸窣的声音,似乎有人转醒,翻了个身。衡南贴在了墙上,如坠冰窟。

房间里有张床,主人还躺在上面睡着,主人不大喜欢朦胧帐幔,悬起来利落地挂着,她一回头就能看到床里面。床上躺着的是个少年人,睡相很安稳,被子仅在肚子上盖了一个角,手轻轻压在被子上。这是一只漂亮的手,骨架比别人略大,指节修长。

衡南盯着那只手,走不动了。屋里的空气像是不能流动一样,她觉得胸闷腿软,冷汗一阵阵往外冒。

床上的少年双目紧闭,嘴唇的血色很淡,若是没有那两排秀气的睫毛,整张脸的杀气很重,令人望而生畏。

这个人……好像就是那个每天晚上陪她吃饭,还跟她在一张床上睡觉的男人,她的老公。

衡南抱紧了怀里的财宝,脸色复杂地盯着他,拧着眉苦苦思索。

她不明白,她怎么总是梦到盛君殊,而且在梦里,她心跳得这样快,好像暗恋他。

盛君殊说过，她想要什么，告诉他就可以。现在把他叫醒，直接问他要，不就不用偷了吗？

可是身体里仿佛有个声音在崩溃地哭泣哀求："求求你快走，快走，别让师兄看见……"

衡南慌不择路地转身，以逃命的速度连滚带爬地从洞里爬回了房梁上，才仿佛重获新生。仿佛被浪推到沙滩上的溺水者，缓了半天，虚脱地翻了个身。

天上一轮明月，苍穹中无数星子。

衡南躺在月光照射着的房顶上哭了一会儿，一半是因为生理反应，一半是因为委屈。她用手背擦了擦泪，低头看自己偷出来的财宝。

圆圆的，纸糊的，里面有柔韧的铁丝撑着，敞开的口里露着半截烧到了尽头的蜡烛，黑乎乎的。

灯笼？

她还不甘心，晃了晃，又拍了拍，对着月亮看，看到了薄纸下透出的一根弯弯的铁丝脊骨，就是个普通的灯笼。她仰起头，茫然地看着漫天星子。

到底是在干什么？费这么大劲，偷个灯笼？

就这么气醒了，衡南睁开眼睛，入眼就是那张闭着眼睛的侧脸，和梦里长得几乎没有区别。

如果有，不过是下颌变得趋向成年人的成熟，脸上的肃杀之气已如宝剑入鞘，学会了收，变作了平静的、深不可测的漠然。

两张脸挨得这样近，梦里的羞怯还未退去，衡南一阵心慌，想往后退，却发现自己的手臂圈着他的脖子，腿跷起来搭在他的腰上，整个人像八爪鱼一样缠着他，贴住了他。

衡南愣了一下，这个姿势不可能是盛君殊摆的，只能是她自己干的。

因为盛君殊的睡姿一如少年时规矩，两手搭在腹部，浑身上下都写满了"我被动"。

衡南慢慢地撒开他，想了一会儿，翻身一推他的肩膀："醒醒。"

盛君殊头一次大半夜被人叫醒。

这一千年来，他都睡得浅而警惕，轻微的响动也可以使他立刻睁开眼睛。

但是自从床上多了一个师妹之后，不知道是操心她太累了，还是衡南身上的气息误导了他，他总是感觉自己回到了千年前，练完刀筋疲力尽，睡得又踏实又沉的时候。

所以睁开眼睛时，他的睫毛颤抖着，眸光还有些涣散，半晌才凝了神，因为自己睡得这样死，有些着恼。他的目光转到衡南的脸上，又赶紧去看衡南包成熊掌的手。那只手举着，绷带没有掉，他放下心。

衡南睁着眼睛，脸色发红，她哭久了的时候，脸蛋和眼尾总是会发红。她目光复杂地看着他，有些委屈地说："我好像……以前偷过你一个灯笼，明天赔给你。"

盛君殊说过，她做的梦都是往事，是实实在在发生过，不是虚构的。

盛君殊看着她，大脑放空，过了许久后才疑惑地"嗯"了一声。衡南的耳朵被他低沉的声音弄酥了片刻，她脸色一沉，夯着毛滚远了。

盛君殊却睡不着了，看着天花板，睫毛还颤抖着，琢磨了半天没头没尾的灯笼，得出个结论。衡南必定是说了梦话。

肩膀一沉，衡南和他隔得老远，以一种"明早起来必定落枕"的姿势，蒙着被子偎在他的肩膀上。

盛君殊叹了口气，把被子拽下来，伸出手臂将她捞过来，认命地往自己的怀里一贴，盖上被子："你好好睡，天亮了还要跟我一起去村里，没有精神可没地方补觉。"

寂静的深夜，马路上连车也变少了。

小巷里的墙面上挂了一串霓虹灯。

灯是彩灯，红的和蓝的间隔，光线混合起来发紫，光芒微弱而妖冶。灯下，一个老汉搂着一个穿着暴露的女人，女人踩着高跟鞋，喝了不少酒。

老汉拉着女郎走得很慢，空无一人的马路上，落下扭成一团又松开的影。一抹黑色的影子不紧不慢地跟在后面。

不一会儿，前面的老汉扭过头来。肖子烈就斜倚在墙上，一只手插在口袋里，一只手抽烟，毫不避讳地看着他们。

让人这么盯着，二人觉得心里发毛。老汉就朝那个煞风景的影子吐了口唾沫，骂了句脏话。

脚步声十分凌乱，再回头一看，那个影子还跟着，他们走得快他也走得快。

那个老汉骤然一停，回头骂道："看什么看？我骂你呢，听到没有？"

"啊"的一声惨呼，还有凌乱的风声、女人的尖叫，人影乱晃，再睁开眼睛时老汉的脸已经被人磕在冰凉的马路上，吃了一嘴苦涩的沙砾。他只觉得胸口剧痛，血气往上翻："你……你怎么打人？"

女人跑了。肖子烈没有管她，用一只手将老汉的双手反剪在背后，另一只手揪着他的寸头，含着抹蔫坏的笑低头问道："刘大富，是你吗？"

"是……是我。"刘大富仰起头，又叫喊起来，"你是谁啊？老马头叫你来的？老子都说了，这个月底就还他……"

"光找女人不够，还赌呢？"肖子烈笑着问道，"你们父子俩可真是一脉相承，老婆入土才几个月啊？"

刘大富打了个哆嗦，连挣扎都忘了："你不是要债的，那到底是谁啊？"

"骗来的钱花起来爽快吗？"

"胡说什么！我们从来没骗过钱……"话音未落，他又被按下脑袋去。

肖子烈单手展开一张纸，慢悠悠地问："从玉兰厂到纺织城，夫妻本是同林鸟，你怎么游说洪小莲只牺牲她自己的，教教我？"

刘大富瞪着眼睛，老牛一样喘着粗气，似乎半晌没能反应过来，头发又被人狠狠地揪起来，头皮撕裂般地锐痛。

"你们还有个儿子叫刘吉祥，今年二十三岁了，人呢？"

刘大富听到"刘吉祥"三个字，闭着眼睛大喊大叫起来："我不知道他在哪儿，早就断了联系啊！"

"胡扯。"

"没骗你啊！"刘大富的鼻子和脸通红，哭腔都带上了，"小兔崽子，好吃懒做，就知道问他爸他妈要钱，他妈死了他也不悔改呀！我就知道他个坏玩意，还好当初把钱分了，再也不来往，现在他在外头欠了钱咋还有脸……咋还有脸再来找我啊？"

刘大富认定今天是因为儿子欠债才挨了打，恨得"嘭嘭"地拿拳头砸地。

肖子烈冷眼看着，待老汉累得捶不动了，像死鱼一样趴在地上喘气，才将他的脑袋揪起来，把那张打印出来的李梦梦的彩照拍在他的脸上："那你认识她吗？"

刘大富看了一眼照片上打扮得像仙女一样的小女孩，赶紧移开视线，涨红了脸说："不认得。我，我就是找女人……也不可能找到这种啊。"

肖子烈揪着他的领子喝道："仔细看！"

让他一吼，刘大富抖如筛糠，哆哆嗦嗦地看了半天，嘴巴慢慢张开，半晌才出了声:"是儿媳妇?"

肖子烈的神色一变,手中垂下一条纯金的长命锁:"这个呢?认识吗?"

"是,是孩子妈给吉祥的满月礼……"

天蒙蒙亮时,盛君殊开车进八里村。

清河的气候适宜,润泽的小雨打湿了村里新修的大路,两边都是土黄色的田垄,在远处是一排排新修的三层小楼,刷着白漆。

雨刮器一下又一下地擦去落在风挡玻璃上的雨点,玻璃上隐约映出盛君殊搭在方向盘上的指节,还有副驾女孩挂着耳机线的侧脸。

肖子烈说:"李梦梦是刘吉祥两年前在社交平台认识的。"

"李梦梦是'网红',粉丝不少。两年前刘吉祥才拿到她的联系方式,他就拿着李梦梦的照片到处吹嘘,说他们已经见过面,亲过嘴,睡过觉了,这件事情村里人,连刘大富都知道。"

盛君殊转了一下方向盘,拐到了坑坑洼洼的小路上:"刘吉祥现在人在哪儿?"

"不知道。洪小莲死了半年,刘吉祥嫌他爹干涉他用钱,和他爹分掉了家里的积蓄,一人五十万,然后就出走打工,没回来过。"

肖子烈的声音从蓝牙耳机的另一端传出,懒洋洋的,有些失真:"师兄,你觉不觉得我们有点倒霉,总是差一步。"

盛君殊"嗯"了一声,车子停在了路边。

车窗外是一栋三层坡顶小楼。小楼上贴着白瓷片,挂着红色的福字,福字有些旧,让雨淋出了一道道红泪。院子外面还种着高低不齐的黄杨树。

刘大富家在村里本来算赤贫,一家五口挤在二十世纪五十年代盖的土坯房里。但恰好那时洪小莲伤了一只眼睛,拿到了二十万赔款,在那个年代,算是一笔大钱,这笔钱使得他们家有了一栋相当体面的房子。

村支书哈着白气一溜小跑过来,叩了叩车窗:"盛总来了?先到村委会坐坐?"

盛君殊婉拒,忙下了车,给副驾开了车门,不一会儿,一只手搭过来,慢吞吞地拽出来一个穿着防晒衣和牛仔短裤的姑娘。白白嫩嫩的,一双乌黑的眼睛,就像动画片里的婴儿一样。让牛毛细雨拂面,她眯了眯眼睛,睫毛也跟一排扇子似的。

村支书关心地道:"冷吧?咱们这儿比市区低几度。"

盛君殊摸了摸女孩的肩膀,把外套脱下来披在她身上。衡南也没什么表示,偏过头看着远方的田垄,西装上很快凝了细细的雨雾。

村支书一开始看见盛君殊出来还带个不爱说话的女孩很是意外,过了一会儿也习惯了,当她不在,继续说:"洪小莲,再没有比她更好的媳妇,没有比她更好的妈。"

盛君殊的步子放缓了:"怎么说?"

"唉!嫁给刘大富,说实在的,是她的命不好。"

洪小莲嫁过两次人。

年轻的时候,她虽然算不上漂亮,但胜在手脚勤快,贤惠老实,因此第一次嫁人,如愿以偿地嫁给了村里一个小学老师。

结婚才三天,刮风下雨,学校的库房塌了,那个老师碰巧就在里面数粉笔,让塌下来的房梁压死了。窗户上的大红喜字还没撤下去,门口就挂上了白花。

洪小莲的命不好。如果库房塌得早一点,她还没嫁人,就不至于落成"二手货";库房塌得晚一点,就算是寡妇也好再嫁,不至于被人背地里说成克夫的婆娘。

但事情就落在她的头上了。洪小莲夜夜哭,哭过了二十八岁,还是没人敢娶她,她想自己一定要嫁人,要生孩子,要像别人一样正常地活着,咬咬牙,嫁给了村里的懒汉刘大富。

"省里扶贫的人来过三拨。其他人都扶起来了,就这个刘大富烂泥巴扶不上墙。"村支书摇头,"爱赌,好色,人又懒,不是洪小莲嫁给他,只怕没人会嫁给他。结婚以后,家里的大事小事,也都是洪小莲操持。"

洪小莲像个陀螺一样忙进忙出,天不亮下地,深夜还要给瘫痪的公公洗脚翻身,脸发黄,比旁人老得早,总是一脸苦相。就算是邻居想跟她闲聊逗趣一会儿,她也多半推脱,一来她嘴笨,不太会聊天;二来她实在疲倦,有这点时间,宁愿窝在炕头睡一觉。

"偶尔也有忍不了的时候,一吵架,刘大富就喊,'当初如果不是我娶你,谁敢娶你?我把你娶了,给你个儿子,你还有什么不知足的',洪小莲就不吭声了,也觉得他说得对,想想当年的事情,反而对他更纵容。"

洪小莲三十岁才有了儿子刘吉祥,生得白白胖胖的,长得像她,还爱笑。

生了孩子以后，她才算长舒一口气，觉得自己的人生圆满了，人生也有了希望，有了寄托。她越看这个孩子越爱，走到哪儿就把孩子抱到哪儿。

"有一回刘吉祥发烧生病了，洪小莲就跟疯婆子一样，披头散发，大半夜跑出来敲村医的窗户；刘吉祥长大点了，要星星不给月亮，他们家里条件差，但刘吉祥顿顿都吃鸡腿，从来没穿过别人的旧衣裳，让他上学，给他课本，买游戏机，要啥给他买啥。唉！当妈当成这样，也真是够可以了。"

院子旁边有个小店铺，衡南抬眼扫过窄窄的门头上面拿黑笔写的"殡葬，五金，超市"，就停下来，旋身对盛君殊说："我想去逛逛。"

村支书热心地停下："买啥？我给你买。"

衡南黑黝黝的眼睛在他的脸上停留了片刻，直白地拒绝："不用。"

盛君殊耐心地跟村支书解释："她是好奇，让她自己进去转转。我们在外面等一会儿。"

他们看着衡南走进去。剩下两个男人，气氛好像松快些，村支书从内兜掏了根烟递给盛君殊。盛君殊平时不大沾烟酒。但见村支书一路说得口干舌燥，正在不自觉地来回清嗓子，目光在他熏得焦黄的手指上一扫，还是接过来，两个人一起点上。

盛君殊又拉着村支书，站到檐下说话，这样就不会被雨淋到。

从这殡葬用品、五金、日用百货三合一的小门进去，里面别有洞天。屋里全是货架，货架上满当当地塞了各种货品。卖烟酒的玻璃柜台后面，老板耳朵上夹着根烟，跷着腿斜坐着，正在点零钞，嘴里默念着："六十五，七十……"

超市的后门敞开，后门直通后院，亮光洒进来。一个年轻女人坐在小板凳上，戴着碎花套袖，在后院里低头扎纸人。

衡南打量一周，收回目光。

数钱的老板也无意中瞥见了她，一看就是个生面孔，愣了一下问道："要啥？"

衡南直直地看着他，一对瞳仁像猫似的，鼻梁翘，嘴唇又红，让人移不开眼："灯笼。"

"灯笼……"老板把钱放下，"我们这儿早就没人用灯笼了。"他取了三四只纸盒子摆在柜台上，"灯泡行不？LED 的。"

灯笼和灯泡有一个共同的字，衡南想了想，点点头："行吧。"

老板松了口气，又听见她说："要最大的。"

老板从柜子底下翻找陈年旧货，吹了一下灰："给你拿个十二瓦的。"

衡南沉默地掏钱，又沉默地离开，老板还奇怪地看着她。

"她要灯笼，我会扎灯笼……"一回头，原来是院子里扎纸人的那个女人摘下套袖走出来了，她焦急地往外瞅着，"你咋不拦着？"

"哎呀，你掺和啥呀？"老板嫌麻烦，"又是城里人来景区玩的，路过而已。你扎一上午灯笼，活还干不干了？"

看着衡南的背影，女人的脸色却忽然变得严肃起来，她喃喃说着："这一天终究来了吗？我在她身上看见了天书。"

老板吓得毛骨悚然："燕子，什么天书啊？神神道道的……"

燕子不说话，一脸严肃地回到了院子里，把压在一个大罐子上的大石块搬开，心事重重地站了片刻。

一根烟的工夫，村支书将拘谨扔到脑后，痛心疾首地同盛君殊道："孩子嘛，生来就是白眼狼，就不能对他们太好了。我们哥儿几个让爹妈打着骂着长大了，这不是好好的，刘吉祥不成器，那就是被洪小莲给惯的。"

盛君殊吸烟的姿势称得上是矜持，简直就像是电视上的许文强："古语有云，慈母多败儿。"

"谁说不是呢。"村支书弹了弹烟灰，"刘吉祥长到一把年纪了，衣服袜子都不会自己洗，穿脏了翻个面，再脏了，脱下来丢在地上，洪小莲捡起来替他洗。他在家里，躺下睡觉，起来就吃饭，再没别的了。"

盛君殊见衡南出来，问她："买什么了？"

衡南将一个硬邦邦的纸盒子撑在他的胸口："送你。"

盛君殊低头一看，是个十二瓦的电灯泡。盛君殊握着灯泡沉默了半天，不解其意："你喜欢这个？回去把房间的灯换下来？"

衡南直直地看着他，神色很认真地道："不，给你。"

盛君殊又看了两眼，实在摸不着头脑，还是把灯泡珍重地收起来放在车上。

做完这件事，衡南看起来轻松很多。她步伐轻快地走在路上，还拿手摸了黄杨上攀爬的喇叭花，在盛君殊伸手阻拦之前，敏捷地摘了一朵，捏在手上玩。

盛君殊要开口，村支书忙说："没事，摘吧，都是野花。"

有人替她开解，衡南蓦然仰头冲对方一笑，女孩子笑起来又妩媚又纯真，特别热情，可把村支书笑得摇了摇头，觉得不好意思了。所以后来衡南揪了人家八里村两朵牵牛花，还把细长的花蕊抽出来倒挂在耳朵上，一晃一晃地当耳坠子，他也目不斜视，全当作没看到。

洪小莲家的院门已经打开，一个穿着宽松的裤衩、趿拉着拖鞋的年轻女人出来扔垃圾："得多久啊？"

"看看就好，不动你家的东西。"

女人点点头，拢了拢头发，打量他们几眼，退到一边儿去。

洪小莲死后，刘吉祥离开家，只剩下刘大富独居。为了还赌债，他住回了土坯老屋，把这栋新盖的三层小楼租给一对新婚夫妇。

屋里的陈设没变，一层是客厅，水泥地面，花布沙发对面是开了静音的电视机。

玻璃茶几上堆满杂物，屋里混杂着地瓜干和熟透香蕉的味道，热烘烘的，很有生活气。侧边一座落了灰的木头楼梯，通往楼上。

盛君殊问："刘吉祥上学了吗？"

村支书冷笑一声："刘吉祥可是洪小莲和刘大富的宝贝疙瘩，还能不让他上学？"

六岁不到，刘吉祥就被洪小莲送到小学去了。洪小莲小时候家里穷，自己是小学文化，内心却非常向往知识。从她的第一任丈夫选择一个小学老师就可见一斑。

洪小莲觉得刘吉祥开口叫妈早，一定很聪明，希望他可以一直上学，以后离开村子，出人头地，到时候她和刘大富就能跟着刘吉祥一起享福。

为了这个愿景，尽管刘吉祥贪玩，她还是起早贪黑地挣钱，给刘吉祥攒学费、书本费，供他上到了初中。

这时候，刘大富和洪小莲产生了分歧。

刘大富觉得，刘吉祥的学习成绩一般，送他上学，这钱就像是打了水漂。村里条件好的都盖了新瓦房，只有他们家还挤在土坯房里面，钱应该攒着早点盖房，预备给刘吉祥娶媳妇用才是正道。

洪小莲却不肯，为了多赚钱，她甚至说动刘大富和她一起进城，夫妻双双进了艾诗橡胶厂。

艾诗橡胶厂的老板人厚道，给员工的福利很好，洪小莲踏踏实实地待了两年，荷包鼓了，眼界也宽了。她跟工友聊过，想多攒点钱，到时候把儿子转到城里的小学，就挤在厂子提供的员工宿舍里和她一起住，一直供到高中、大学，一家人就算在城里扎下了根，熬出了头。

"洪小莲想得美啊，哪知道她在家的时候把她儿子惯得她走以后没人压得住。洪小莲的婆婆才不敢管他，刘吉祥在学校里欺负同学，回家就吼他的爷爷奶奶。"村支书皱着眉抽了口烟，"刘吉祥整天跟一群小混混到网吧打游戏，等他们反应过来，刘吉祥已经自己把学退了，打死都不愿意回去上学了。"

村支书苦笑一声："洪小莲也急啊，也说他啊，晚了，刘吉祥就躺在家里用被子把脸一蒙，谁说都不理。后来洪小莲终于接受了这个事实，他反正是不上学了。但不上学，也不能浪着，洪小莲把积蓄拿出来，狠狠心给他盘了个水果铺子。"

虽说刘吉祥卖水果每个月都亏，好歹有了个正经营生，洪小莲认命，不再渴盼梦里的高中、大学，母慈子孝，眼仁里面像是蒙了一层灰。

一天上工时，机器不长眼，让洪小莲废了一只眼睛。

在医院里，刘大富蹲在拐角吧嗒吧嗒地抽着烟，觉得晦气透了。

当班的不是洪小莲，操作失误的也不是她，开厂子的也不是她爸爸，她就是手欠得慌，非要管闲事，哪有机器过来，人不知道躲闪的？这下好，本来就笨，还折进去一只眼睛，以后还能干活不了？

直到一拨一拨衣着光鲜的人提着果篮，抱着鲜花来医院看洪小莲，她从普通病房转到加护病房再转到VIP特护病房，刘大富才知道，事情并不像他想的那样。

工厂认定的赔款和老板私人的奖励款都进了存折，刘大富瞪大了眼睛，数了数后面的零。

二十万啊。

倒霉就这样变成天降横财，怎么样分配成了个问题……

人脆弱的时候，都会想自己最爱的人。而对失去一只眼睛、在鬼门关前走了一遭的洪小莲来说，她的父母已经去世，让她牵挂的只剩下刘吉祥。

洪小莲躺在病床上，老是看见小时候的吉祥胖乎乎地坐在她的臂弯里，咯咯咯地拍着手笑着叫妈妈。她一只手颠着吉祥，一只手拄着锄，站在艳阳下的稻田里，远处的青山叠影，碧空如洗，像动画片一样，她不觉得热和累。

寂静的深夜里，刘大富穿着泥鞋，躺在陪护床上鼾声如雷。

洪小莲闭上眼睛，眼泪就顺着眼角淌在枕套上。她不想再打工了，就是因为贪这两分钱,她离开了吉祥,他才会学坏。她决定以后一家人待在一起,就算贫穷也快乐。

"后来他俩就回村了,直接拿赔偿款盖了栋房子。"

玄关的右手边是个小厨房,门把手掉了,锁孔里拴了根棉线绳。村支书拽住棉线绳一拉。

入眼的是个深红色的L形橱柜,断了一半的柜把手上挂了只岔了毛的刷子。因为年代久远,橱柜的红色显得越发沉滞。上面摆了一口铁锅、一堆瓶瓶罐罐,窗户上贴了窗花,凝着油渍,屋里有点暗。

衡南进了这间厨房里,感觉心头上像压住了什么,感到有些憋闷。

村支书见衡南直直地盯着橱柜,笑了笑:"别看款式旧,当年这可是我们村第一个定制橱柜的,上门的时候好多人围着看。"

衡南话都没听完,觉得有点反胃,掉头退了出去:"我想去洗手间。"

"这边,这边。"楼梯下就是洗手间,窄长的,因为没窗户,也没贴瓷片,都是青色的水泥,关上门就有股森森的冷气,从墙壁里直沁到了背心。

反胃的感觉越来越重,衡南两臂撑着马桶,干呕了几下。

"咯咯……咯咯……"一阵清脆的孩童笑声回荡着。

衡南睁大眼睛,倏地回头。

密闭的卫生间里空空荡荡的,门外还隐约传来村支书的说话声,但那个声音,也像是远在天边,朦朦胧胧的。

"后来没过多久,刘吉祥的水果铺子不开了,说要买车跑业务……合计了一下,只能又去打工……去纺织城……没多久,又回来了。"

"咯咯……"清脆的笑声夹在其中。

"不闹,不闹妈妈,妈妈刷厕所,清臭臭,啊。"女人哄着,"啧"了一声,"又尿裤子了? 脱下来妈妈给洗。"

衡南额头上滚落冷汗,咬着嘴唇拧住门把手。不知道怎么回事,一到这栋房子里,她又产生幻觉了,她想快点缩到阳炎体的怀里。

"妈,妈,看。"小孩子拍拍她的肩。

衡南的心头有一股强烈的预感,往右看,往右看,往右看……她慢慢地转过头去。鸡皮疙瘩从颈后一路蔓延到后背。

右面的水泥墙上,什么都没有,没有鬼脸,没有鲜血。

墙面上斑驳的污渍之下，只是拿白色的粉笔，歪歪扭扭地画了个大火柴人，拉着小火柴人。

门开了，盛君殊一把架住踉跄几步扑出来的衡南。

衡南的头发遮住了半边脸，脸色苍白，右手抚着心口，浑身冰凉凉的，不自觉地牙齿打战。盛君殊像抱小孩一样，将她抱在怀里，一下一下地顺她的后背："怎么了？哪儿不舒服，跟师兄说。"

下一刻，他的手被她引着，不由分说，一把贴在胸口："疼。"

盛君殊骤然触到柔软的起伏，头皮一跳，不自然地停顿了一下。

但也只是一下，因为衡南咬着牙，冷汗都流下来了，神情不似作伪，焦急立刻压倒了一切："怎么回……"他的话停住了，眼神有些奇怪。因为他感觉到隔着皮肤，似乎有一股无底洞般的力量，像冰窟一样，如饥似渴地吞噬由他的掌心传来的热度。这股力量太强，几乎让他应激性地产生了敌意。

但与此同时，衡南在他的怀里慢慢地安定下来，肩膀放松下来。

盛君殊立即把手松开。那个位置不太好。但是……他沉默地看看自己的掌心，心里划过一系列疑问，那是什么东西？会是天书吗？天书可能在人体内吗？就是它让衡南的胸口频频疼痛，却查不出原因吗？

"要紧不？"村支书担心地问，"是……屋里太闷了？"

衡南摇摇头，脸色还是发白："我想出去。"她说着往外面走，"太吵了，总有小孩在笑。"

盛君殊回头去看村支书，村支书扶着墙，脸色变得比衡南还白，说话都变得磕磕绊绊："这、这、这夫妻俩，还没、没生小孩……"

"没事，没事。"盛君殊扯了扯嘴角，安抚性地说了一句，"她开玩笑的，我送她回去，下午我再来一趟。"

盛君殊扶着衡南坐进车里，还把她掉下来的喇叭花耳坠捡起来握在手心，没注意村口聚拢了一堆人，围在一处，不知道看什么。

村支书见他俩走得慢，赶紧选了另一条道，拨开人群挤进去："都干啥呢？咋回事？"

黑笔写着"殡葬、五金、超市"的招牌下面不平的砖石路上，跪着个弓着背号啕大哭的男人，怀里抱着个直挺挺地躺着的女人。

"燕子啊，我家燕子没了……"

女人的胳膊耷拉着垂在地上，黑色的碎花套袖沾上了碎石灰砾，脸色青紫，嘴唇发黑，已经没了气，而且好像一下子干瘪了很多。

村支书看得头皮一跳，随即开始发愁。

八里村仅这一家殡葬超市。张小燕家，听说世世代代扎纸人、叠元宝、卖棺材，张小燕没了，这个店就开不下去了。

"好端端的咋就没了呢？"

"唉！之前也没见有啥病啊。"

"大郭走的时候让燕子看了五分钟店，看见一个穿皮外套的男的过来买烟，回来人就躺这儿了。"

"那肯定是那个男的。"

"说顶啥用啊，报警吧？"

"报警报警……"

有人看见一团浅浅的黑气从后院的大罐子中飘出来，像是只动物一样，飘远了。

"出这么大事，店里咋还有人抽烟呢……"

嘟囔声埋没在嘈杂里。

第四章
天书合一

未央小区的梧桐树底下，王娟拿手遮着脸，仰头看着别墅的窗户。

如果没有意外，公安的人现在应该去赌场抓季东城了，怕就怕在房间里季哥的狗腿子有了预感，狗急跳墙，伤害李梦梦。

几个小时里，别墅的窗户紧闭，大中午的，窗帘也没有拉开。

王娟身负掌门的期待，决不允许任何意外发生。她越想越觉得心慌，一跺脚，把发簪摘下来，袖口放下，去超市买了塑料桶和抹布，提着上了楼。

"谁啊？"有人窥视，猫眼处传来窸窸窣窣的声音。

王娟清了清嗓子，低眉顺眼地道："家政。"

门开了，王娟提着桶低着头进去。

每周这家人会叫家政做两次大扫除。这个礼拜，家政还没上门，她直接取而代之。

因为不开窗，憋闷的酸腐味道扑面而来，混杂其中的是两个"大花臂"身上的烟臭酒臭，他们显而易见地心情不好，嘴里还叼着一根烟，屋里仿佛云雾缭绕。

沙发上的保姆已经不见了。电视关着，客厅冷冷清清的。

王娟边打量边拖地。做了千年的扫地僧，她的体格健壮，动作利落。"大花臂"盯着她看了两眼，没有怀疑，便自顾自地坐在餐桌边，把脚跷在桌子上打游戏。

王娟拖完了客厅，看着紧闭的房门，随手擦了擦汗："屋里打扫吗？"

"大花臂"的脸上露出更加烦躁的神色："扫，废什么话！"

王娟点点头，拎着挂水的拖把，拧开了房间的门锁。刚一开门，床上传来响动，似乎有人挣扎着想立即起身，王娟立即拿食指竖在唇边："嘘。"

李梦梦头发散乱，脸色惨白，脸和脖子上都是汗，就维持着爬起来的姿势，拥在被褥里眼巴巴地看着她。她认识对方，几天前在小区里，她看见过乔装打扮的王娟，她大概猜到那是警方的人。

　　"救我，救救我，救我出去……我好怕啊。"李梦梦说，"是不是季哥被抓了？阿姨，告诉我……"

　　王娟本来很讨厌李梦梦，觉得李梦梦活该，所以眉头皱着，听得很不耐烦。可李梦梦喊她"阿姨"，就是因为这个女孩在最无助的时候，喊的两声阿姨，王娟一把钳住李梦梦的手，僵硬地说："别怕，阿姨在这儿保护你，你马上就安全了。"

　　李梦梦把脸埋在王娟粗糙的大掌中，双肩轻轻颤抖着。这双手掌粗硬厚重，很像她父亲的手。小时候，他的父亲就这样轻轻地拍过她的脑瓜顶。心中的委屈涌上来，她不禁泪如泉涌。

　　她虽然没有受到任何伤害，可是心理压力快将她折磨得不成人形。在这栋别墅里被困的几天，就像几个世纪一样漫长。

　　手机里的彩铃歌声悠扬地响起，李梦梦被吓了一跳。王娟慢慢地把可以当砖头的老人机掏出来，放在耳朵边，电话那头传来肖子烈压低的声音："王姨，准备破门了。你们藏好，别吓着。"

　　王娟的眼神变得坚定。

　　几乎是同一时间，客厅里传来了花臂男的大骂声，警方破门而入："不许动！"

　　房间的门猛地被踹开，另一个保镖冲进来，想挟持李梦梦，王娟早跳起来，两手拿起手中的拖把，像长枪一样将他戳倒。

　　两个保镖都被按在了地上。

　　王娟抓住李梦梦的手，不忘第一时间给盛君殊打电话："掌门，李梦梦没事了！我这就送她回去。"

　　清河派出所来了个四五十岁的男人，清瘦，上身的深蓝色短袖衫被汗水浸透了，一只手拎着超市的磨了绒的无纺布袋子，另一只手的手心里捏着张皱巴巴的名片，拘谨地朝一张桌子走去，微微躬身："同志，我找你们这儿姓蒋的民警。"

　　他说话很慢，下唇微微颤抖，还未张口时，眼圈已经红了，慌忙拿手背拭了拭。

男人让人引到了肖子烈那间空着的、玻璃隔出来的办公室里。

男人心事重重地垂着脑袋,蒋胜则瞟了他好几眼:"你就是李梦梦的父亲?"

这二人实在不太像父女。在他的印象里,李梦梦打扮入时,是个敢在医院里对着盛君殊大喊大叫的女孩,她父亲却衣着简朴,显得老实巴交。

"哎。"男人立即坐直了身子,眼圈还是通红,"我们家梦梦,三四个月没给家里打电话了,我担心她,但我又不敢打扰她学习。学校给我打电话,说她已经十九天没去学校了。我也联系不上她,吓坏了,连夜来了。她……"

"没事。"蒋胜的声音也变得温和,"我们的人已经去接她了,一会儿让你们见面。她……"斟酌了一下用词,"就是年纪小,被人骗了。老哥哥,事情都有解决的办法。一会儿见了孩子,别骂她。"

"我哪儿敢骂她?"男人不住地用手背擦拭眼泪,胸口起伏着,似乎是将数月的忧心全凝聚在这克制的喜极而泣中,"只要她好好的,就是不上学,不工作,我也养得起她,只要她好好的。"

"老蒋,那小子死活不招啊。"门口探出个脑袋来,"咣咣"敲了两下门。

蒋胜只得起身,在李梦梦父亲的肩膀上拍了两下:"等我一下。"

蒋胜转到隔壁的审讯室,一屁股坐下:"刘路,你这是跟我们玩拉锯战啊。"

铁栅栏背后,被手铐束缚,头发乱七八糟的,脸色憔悴地歪坐着的,正是李梦梦的男朋友刘路。

青年破罐子破摔地打了个长长的哈欠,仰头看天花板,抖着腿不说话。

刘路被审了一宿了,神色疲倦,木着脸:"你们把我抓了也好,我正好不用还债了。"

"刘路,你们家不是特别有钱吗?"蒋胜笑着道,"怎么沦落到这一步啊?"

"花光了呗,人总有周转不开的。"

"呵呵,周转,这时候还鬼话连篇。你跟你的女朋友李梦梦是怎么认识的?"蒋胜说,"听说你们是在网上认识的,你拿你的社交账号关注了她,然后经常给她打赏,有没有这回事?"

刘路的眼中闪过一丝心虚。

"刘路,再给你讲个好玩的,我今天接了个电话。"蒋胜说,"来电话的人说他叫刘路,对,那个富家公子刘路。他说他人在国外,社交媒体的账号是他的,但他两年前没有私自联系过'网红'李梦梦,给她任何联系方式,他也不认识李梦梦。他的账号和密码以前给过传媒公司的员工，应该是被盗用了。"

刘路听到这话，腿也不抖了，眼睛睁大，脸色瞬间变得又青又白。

一个民警进来，附在蒋胜跟前耳语几句："银行……"

蒋胜的神色有些讶异，半晌，他看着手中的新资料，表情慢慢变得凝重。

"今年三月、五月，你去银行提过十万块以上的款？"

刘路的头低着："是啊。"

"花完了就去取一点，填补你的花销。"他抬眼看向刘路，语气发沉，目光变得锐利，"今年三月，你去银行提出来的那五万，是你妈赔偿金的最后一笔，那个账户一分钱都不剩了，还记得吗？今年五月，你没钱花，想起来你妈死之前最后一个月的工资还没取出来，想不起来密码，还很有耐心地去银行和柜台员工交涉，才取出来两千四百零九毛，不够花几天的。"蒋胜猛地一巴掌拍在桌子上，重重的回音在审讯室里回荡，"跟吃人一样啊，先吃肉，再剔骨，连骨髓都吸干净，连点骨头渣子都不剩下。是吗，刘吉祥？"

吉祥，这个名字骤然被人唤起，就好像掩埋的过去让人一应起底，立刻扬起漫天沙尘。

刘路染成褐色的泰迪卷发式慢慢变成了推子推出来的寸头，细腻的皮肤恢复了青春期的黝黑粗糙，他仿佛变成了八里村泥池塘里的一个小孩子。年幼的伙伴嬉笑："刘吉祥，又玩泥巴，小心被你妈揍你屁股。"

隐约可见，刘路的下巴在抖。那不是悲伤，过长的杂乱的头发盖住了一双慌张、恐惧的眼睛。他剥去装饰，无所遁形。

"当初给你开的铺子、盖的房子，知道那钱是怎么来的吗？是拿一只左眼球换来的。"蒋胜的指头好像要把那张桌子戳出个洞来，"她的眼睛上还蒙着纱布，她就又跑去打工，为什么啊？"

蒋胜扶着桌子，把身子倾向他，脸几乎贴在了栏杆上："因为你吹嘘说，你和一个模特谈了女朋友，她想着你要花钱！"

"我又没花别人的钱。"刘路抬起头，眼里通红，都是血丝，反驳道，"那是我妈的，我妈养我不是应该的吗？我是她的儿子啊，那是我们家的合法收入。"

"好。"蒋胜笑了，"你要买车，你们家'合法收入'不够，怎么办呢？你妈只能'不小心'折掉自己一只左胳膊。左手嘛，没关系，右手还可以拿筷子，还可以扫地、洗衣服、干活，是不是？你是你们那群朋友里第一个开上小车的，那辆新车你让她坐过一天吗？你和朋友合伙做烟酒生意，欠了一屁股债，你拍拍屁股跑了,还不了钱,结不了婚,生不了孩子,你装着割腕子、抹脖子、喝药,你想没想过她那样的农村妇女到哪儿给你凑钱?"

"一次护厂英雄是英雄,两次护厂英雄……"蒋胜转过来,冷笑着看着他,"工伤赔偿作不了假,第二家厂已经是出于人道主义,睁一只眼闭一只眼没告她,但不会再有任何企业录用她了。她再断胳膊断腿,断任何一个部分,都不会产生任何价值,还会被刑拘,因为这是骗人。你说,她该怎么办?"

刘路咬住牙,脸色发青,后背发凉,眼神涣散:"你……胡说,我妈……那、那是意外。"

他模糊地记得,他染上赌博的恶习,被债主逼得在外面东躲西藏的时候,有一天他妈打电话来,让他回家。

天上簇拥着灰云,空中飘着绵绵细雨。门开着,他妈坏掉的左胳膊放在桌上,端着饺子皮,另一只手操着筷子,慢而安静地在包饺子,饺子包得鼓鼓囊囊的,在簸箕上一个挨一个。

他妈包饺子老是这个样,包得馅儿都快溢出来了,生怕不够他吃。

他忽然发现,她的头发已经掺了半数银丝,驼背耸肩的她竟像个六七十岁的老妪。

"吉祥?"她侧过脸,忙用那只完好的眼睛惊喜地看着他,"快来,妈给你包你小时候最爱的莲菜肉饺。"

他问:"爸呢?"

他妈神色平静,只是给他满满地把饺子拨到碗里,轻声说:"只给你吃。"然后她坐在一边,一口不动,静静看着他吃。

"妈。"他狼吞虎咽地吃热腾腾的饺子,被烫得吸气,"我错了,我以后再也不惹你生气了,我长大以后孝顺你,对你好。"

他妈只是低着头,没有如往常一样喜上眉梢。她静静地看着桌面,一动不动,过了好半天,勉强地笑了笑:"好啊。"

那天晚上,没有什么异常,可等他再见到他妈,她就被装进警戒线下的黄色裹尸袋里。

楼下停着四五辆警车,很多人,灯光红蓝相间,不停地闪烁着。围观的人说,那个清洁工是擦玻璃的时候不小心掉下来的。

"没人知道她到底咋掉下来的。"蒋胜将长命锁"当啷"一声丢在桌上,对泪流满面的刘路说,"只有她自己心里知道。"

"刘路"本是刘吉祥，在一次网络兼职中，他"借用"富家子刘路的社交媒体账号私联李梦梦，骗到了他一直喜欢的"网红"的联系方式。

　　因为刘路低调，没有任何自拍出现在网上。李梦梦完全不知道，她加的联系方式其实是另一个人的。刘吉祥买了一张假身份证，开始以刘路的名义活动，而母亲留下的钱，还够他挥霍一阵子。

　　两个人有一搭没一搭地聊了两年，慢慢地相识相知，李梦梦对刘路的身份深信不疑，甚至在季东城去往外地后和他见面，又和他发展成了男女朋友。

　　事情到这里，已经几乎水落石出。

　　洗漱完毕，衡南披着外套坐在柔软的大床上，一条腿搭在盛君殊的膝盖上。他的手贴着她的脚踝，热源从掌心慢慢渡出来，蒸桑拿似的，随之而来的是骨头上尖锐的灼烧般的疼痛感。她按在床上的手将被子默不作声地揪成一个旋。

　　盛君殊知道她不情愿，眼角的余光看她噘着嘴的表情也看得出来。但他并没有因此松手，淡淡地说："断掉的骨头必须正好，不然会落下病根。"

　　盛君殊给她正骨，不是一次性地推回去，而是每天晚上推一点点，为了让她的身体适应，不至于太痛。但其实这一点痛对她来说，根本不算什么。

　　她感到烦躁的是，这种感觉有点奇怪。说不上来哪里奇怪，但就是让人的心里觉得烦躁，所以她的嘴抿着，一句话也不说。

　　"衡南，"盛君殊侧眼打量她走神，就跟她说话，这是当年师父教的，他说转移一下注意力，人就察觉不到痛，"你能描述一下今天在洪小莲家厨房和卫生间看到的幻觉吗？"

　　衡南的描述和李梦梦的噩梦别无二致。

　　"画面里的母亲是洪小莲，孩子应该是儿时的刘吉祥。"盛君殊说，"洪小莲半年前去世。她对儿子的眷恋和不舍，还有对这段母子关系的不甘造成她的执念，也是因为这样的执念，她被怨恶之气吸取利用，形成了神秘能量。至于李梦梦，可能因为她是刘吉祥的女朋友而受到了牵连，受到了影响。"

　　衡南想了想，问："我和他们无关，为什么我也会看到这些？"

　　"这叫'通感'。"盛殊说，"这是我们垚山派的秘术之一，在精神能量波动的影响下通感，仿佛亲历了死者的部分人生。"

　　衡南蓦然想起梦中那段师父的教导，她说："我记得这个秘术。师父说，我们阳炎体和通感无缘。"

　　"你现在不是阳炎体，是至阴体质，所以更容易'通感'，可要像你体会得那么清楚,也并不容易。"

衡南想到什么:"师父说,垚山派有天书,天书是通感的宝物。"

盛君殊垂下眼睛,随后问了个不相干的问题:"你还记得,芭蕾舞会演那天,谁把你从升降台上拽下来的吗?"

衡南最怕提到这段回忆,脚从他的手心脱出,一脚蹬在枕头上,雪白的脚尖将枕头摁得凹陷进去,像是可以累积伤害值一样,蹽跶了好半天才松开它,似乎也没有那么在意了:"一个男的。"

等她踹完,盛君殊又把她的脚拉过来,摆在腿上:"男的?"

"嗯。"

"多大年龄?"

"没看清。"

"长相呢?"

"也没看清。"衡南无聊地摇晃着另一只脚。

那是全校师生期待已久的独舞,艺术老师专门给衡南定做了一条裙子,白色的裙摆很挺,就像炸开的梦幻玻璃纸,胸前还有蓬松的羽毛。她对这条裙子很满意,穿上之后深呼吸了好几下,吹得羽毛尖乱拂。冷白的追光灯之下,升降台带着主角缓缓往上,和伴舞的分开。

她的鞋是穿惯了的旧舞蹈鞋,鞋尖微秃,不会打滑;因为心里紧张,她比平时跳得都凝神专注。直到她猝不及防地被一只冰凉枯瘦的手抓住了脚踝。

即使是出了这样的意外情况,在无数尖叫声中,她还是下意识地蜷缩抱团,脊背重重地落地。升降台一米五,说高不高,她打了几个滚缓冲,在剧痛中滚到了黑暗的台下。

这时候,有一只手朝她胸口袭来。她忘不了被冰凉的手掌触过全身的感觉,冷冰冰的,毫无生命气息的触碰,甚至像是用匕首的冷刃粗糙地刮过皮肤。

那个人大概也没想到,她细细的胳膊、腿和腰,能有这么顽强的性子。因为剧痛,她的鬓角浸泡在冷汗里,惊惧忙乱中被活活地掰断了一只腿,她却还是将双手死死地护在胸前,不让那只手摸到她的胸口。

灯影乱晃,脚步杂乱,老师和同学们大喊大叫着冲下来,有人把她拦腰抱起来,慌乱地抬上担架,送到医院。

她侧着头看,黑暗中没有人,也没有手。隐约有一团黑气,迅速聚拢起来,溜到拐角后，走得很快，甚至险些散在了空气里。

她后知后觉地意识到，刚才那个人并不是企图侵犯她，而是在她身上急切地搜寻什么东西，并且没能得逞。

等她说完，盛君殊定定看着她："黑气？"

这么多年来，盛君殊的性子早磨炼得沉稳，遇事不慌，看人的眼神总是淡定的。此刻，他的目光却罕见地有些飘忽，似乎回忆起某些事，又好像有什么深层的情绪，快要压制不住。

衡南看了看他："也许真的是舞台效果。"

"不是。"盛君殊短而笃定地摇了下头，"确实有这个人存在。他也的确像你说的，这样对你，可能想从你的身上找到什么。"

"是谁？"

"是我们的仇人。"他简单而晦涩地概括，衡南听不懂，也很快失去了兴趣。

"是师兄没保护好你，以后不会了。"盛君殊再定神时，神色又变得从容。把她的腿放下，"好了，推回去了。"

衡南正想要离开，盛君殊扯住她："站起来走走，看正了没有。"

衡南看他的眼神，简直跟看着把新衣套在娃娃身上，还非要让娃娃转两圈的父母没什么区别。

她在原地敷衍地踩了两下，转身拉开被子往里钻："正了。"

还没钻进去，又被盛君殊拽着胳膊拖出来："你不是觉得自己弱吗？"他的声音十分严肃，又很有耐心，"想变强，首先腿骨不能是歪的。"

半分钟后，衡南头发蓬乱、气呼呼地赤脚站在地上。

盛君殊如愿以偿地看着她用正步走过去，高抬腿走回来，走着走着，她自己走神了，手指卷着头发丝，玉刻般的足尖踩在浅灰色的长毛地毯上，轻盈地一踮脚，另一条腿屈起，戏耍似的，做了个不成型的转圈。

只这一下，睡裙如花瓣般温柔地旋起，又很快落下。

盛君殊的目光停顿了片刻，他忘了自己想说什么。

等他觉察自己走神，衡南已经变了脸色，捂着肚子跑到了卫生间。

"怎么了？"

反锁的洗手间里，衡南黑着脸撕纸，从脚踝往上擦拭。

正骨揉了这么几天，阳炎体的热量灌入，把她因气血不足而缺席了三个月的"大姨妈"都给揉来了。

衡南一手捂着肚子，弯腰一个接一个地拉开抽屉，果然里面要么是空的，要么只有一些未拆封的牙膏和男士剃须膏。

"我今天回自己的房间睡。"

衡南出来的时候，走路的姿势有点古怪。

"腿有什么问题？"盛君殊心底一沉，伸手扶她，却被衡南抵触地躲过去。

她绕开他，快速地拉住一只熊胳膊，整个大熊极其可怜地被她拖在身后。

盛君殊疑惑地看着她不想理会自己，只是着急地拽着熊，一拐一拐地出门。走廊对面响起"嘭"的一声关门声。

盛君殊坐着反思自己的言行，反思了一会儿，毫无头绪，忍不住去洗手间洗了把脸。

水珠滚下，隐约间好像闻到什么味道。

他们这些刀尖舔血的人，对这种铁锈味再敏感不过。盛君殊条件反射般地绷直身体，快速观察四周隐蔽的角落。四周无人，仅看见了几个拉得匆忙，没来得及合拢的抽屉，还有……纸篓里多出一倍的卫生纸。

盛君殊靠着墙，一丝薄红，不太自然地晕染上耳郭。

郁百合上楼时碰见了系着腕扣匆匆下楼的盛君殊，大为震惊："老板，晚上还要出去啊？"

盛君殊"嗯"了一声："太太睡了吗？"

"睡下了，要我去……"

"不用。"盛君殊急忙打断，"让她好好休息吧。给太太煮点红糖水。"

郁百合的眼神顿时变得玩味，还没来得及挑眉，盛君殊已经俯身，靠在她的耳边低声嘱咐了什么。

她的笑容愈发变得诡异，肩膀都耸起来了："哎呀，是我不周到，早应该在老板的房间里也准备一点的……"

盛君殊见郁百合的嘴巴几乎咧到了耳朵根，奇怪地看了她一眼，匆匆下楼。

还没出大门，王娟的电话慌里慌张地打进来，带着颤音："盛哥儿……我，我犯错了……"

城市华灯初上，清河派出所的审讯室一灯如豆，刘路正抓着头发抽泣，断断续续地交代。

一墙之隔，瘦弱的中年男人面前的热水，早已凉透。

他回头看着玻璃外渐渐笼罩下来的夜色,脸色由不安,变作焦躁,再到恐惧。

"李梦梦跑了。"王娟说,"我把她从未央小区带出来,她问我去哪儿,我说'先去见你爸',当时她愣了一下,低着头没说话,我就应该注意,她可能是不想见她爸。

"她说她的肚子饿,想吃个饭团垫垫,才进超市没多久,她就说屋里闷,要出去透透气。我热个饭团的工夫,出来就没见人了!我在附近的巷口都找过了……"

盛君殊的车子迅速发动,飞驰在街道上。他握着方向盘思索半晌:"她身上没有钱,是不是回她和刘路以前住的房子了?房子虽然退了,可这么短的时间不一定找得到新的租客,可能也来不及换锁,她有钥匙。"

"有可能,有可能。"王娟转身,穿着布鞋的大脚大步往长海小区迈去。

警局里,几个民警都没拦住瘦弱的中年男人,他的眼睛赤红,手里握着一个捏扁的纸杯,情绪已经失控:"同志,我家梦梦不是下午来吗?她到底怎么了?她真的没事吗?我要去见她,你们让我见她……"

王娟将手机握在手里,几乎狂奔起来。

长海小区是神秘能量的大本营,神秘能量的来源是刘路妈妈的精神执念被吸取利用了,李梦梦的肚子里怀着别人的种,就敢往那儿跑,要是落在她的手里……

王娟咬咬牙,一头冲进黑暗的楼道。

红绿灯路口,盛君殊一个急刹车,车蹭着马路牙子停下,路边站着挥手的几个男人都向后退了一步。

后面传来车子的鸣笛声和辱骂声,过了半晌,游鱼一般绕开它继续前行。

车窗降下来,盛君殊紧绷下颌,指尖略显焦躁地轻轻敲着方向盘,克制地催促:"上车。"

"老板,一会儿车开、开稳当点,陈总都七十五了。"张森满脸无奈,把车门拉开,顾不得解释,把三个老头一个接一个塞进车里,自己也坐上来。

还没关上副驾门,车子就飞起来,一大股风扑进来,甚至掀起了盛君殊的衣领。

七十五岁的陈总没忍住"啊"地惊叫了一声,其他两个人赶忙给他的胸口顺气。陈总的手颤抖着,哆哆嗦嗦地从裤子口袋里掏出了药瓶,倒出几颗药塞进嘴里。

　　"实在不好意思,诸位。"盛君殊用眼角的余光看着仪表盘上的指针一点点往右偏,淡淡地道,"今天的情况有点紧急。"

　　窗外的树影、亮起的隧道还没成形,就呼啸而过,后座上的三个男人挤在一起,鸦雀无声地拉着车顶把手,揪着前座的真皮座位套,耳膜微微鼓起。

　　谁都没坐过开得这么不要命的车,因此盛君殊说了什么,他们也没能听进耳里。

　　陈总先缓过来,摆摆手:"没事。没事。事情的根在我这里,我老头子活不了几年了,死之前也给我儿子、孙子积点德。"

　　三个人里,最为年长的是七十五岁的陈总,最年轻的是个不停地转着珠子的胖子。约莫五十岁的胖子正飞快地拿手绢擦脖子上的汗:"盛总。"他说话又急又快,"洪小莲的事情,我应该没责任的吧?那个绳子,我们找人看过,是那个女工自己割断绳子伪装成事故现场的,本来不该我赔钱的,我还赔了五十万,我这是人道主义精神啊。我们做楼盘的,最怕最怕遇到这种事情……"

　　"盛总,我这自愿过来了,我劝劝她,求求她。"胖子又不安地追问,"你看,我们'都市骊山'三期还没建成呢……这、这,她应该没道理再跟我们过不去吧?"

　　剩下的一位先前没吭声的,自然是洪小莲的第二个下家——轻工纺织城曾经的负责人洪总,他当年也是怜悯洪小莲的遭遇,放过她一马的,此时宽慰道:"冤有头债有主,应该不会。"

　　盛君殊沉默着,直到刺耳的铃声响在车内,王娟的声音近乎惊恐:"盛哥儿!怎么办?灯亮着,门开着,但李梦梦不在屋里!"

　　盛君殊沉着脸,并未太意外,刚刚减速一点的车子再度"嗡"的一声加速,几乎飘起来:"通知蒋胜和肖子烈,把刘路带来。"

　　"不好意思了,翁总。"盛君殊猛打方向,轿车急转弯,"我们现在得去你的'都市骊山'。"

　　胖子张开嘴,无比绝望地发出了一声:"啊?"

　　夜里十一点,天空飘着小雨。

原本应该紧锣密鼓、加快施工的"都市骊山"三期工程，因为附近居民投诉施工噪声而暂时停工。绿纱网笼罩的脚手架寂静地矗立在夜空之下，宛如被蛛丝重重缠绕、死去已久的大型动物。

路灯黯淡无光，宛如妖冶的橘色米粒。在这里，城市的车声、鸟雀的叫声都像是被看不见的屏障隔绝在外。风"呜呜"地吹过脚手架，听起来像是笑声，又像哭声。

几个人的耳朵"嗡"地一阵耳鸣，七十五岁的陈总首先"哎哟"一声，再次捂住了心口。

胖子直直地盯着不远处的脚手架，串珠也不拨了，脸色难看得就快哭出来。盛君殊解开安全带，开始脱外套："翁总，你这个楼盘投了多少钱？"

胖子："啊？"

盛君殊把外套丢给张森，又去扯领带，耐心地同他闲聊："楼盘，多少钱。"

胖子真的没忍住哭了："五、五千万。"他拿手掌擦眼泪，"妈呀，投了我五千万啊。"

盛君殊拉开车门，回头安抚他："我尽量给你保下来，剩下的，找清河派出所要。"

车门"嘭"的一声关上了，整个车子震动了一下。

风声吹成一线，呜咽声、低诉声，混杂成怨怼的利剑。天空好似闷不透风的大网，盛君殊走向脚手架，仰头看向顶端。

有一道白色的身影若隐若现。

李梦梦！盛君殊转眼凌空，手臂肌肉突出，吊挂在脚手架深处的钢管上，竟然几下爬了上去。他牙根咬紧，向上一撑，翻身立在了脚手架的顶端。

风吹动他的发丝。裁剪得体的西装只适合参加一些比较绅士的活动，此刻他裤脚和皮鞋上已经蹭上灰尘、沙砾。他不悦地弯腰拍了拍，抬眼时，眸色深沉："出来，不要等我找你。"

对盛君殊来说，动手的事情从来不难，难的是费尽心思地调查、牵线、抽丝剥茧。师父曾说，他们的职责，不是用暴力消灭怨恶之气，而是解开人世间这些爱恨情仇之中的死结。

年少的时候，他对此缺乏耐心，阳炎体性格暴躁，他整个人身上笼着一团极其尖锐的杀气，比如今的肖子烈嚣张得多，他不喜欢解结，只喜欢用暴力解决问题。

可是等垚山派三百外门弟子都做了刀下亡魂，他无论如何努力也找不回师妹，他在日复一日的恐惧、焦灼、屈辱和无奈中这么蹉跎到今日，竟然也生出了师父这样的禅心。

洪小莲本来情有可原，车里的三个有恻隐之心的老板都是度她的人。可是她的执念不肯消散，还在伤害无辜的人，不愿意做能被解开的结。

话音落下片刻，一阵有气无力的低泣靠近。

盛君殊睁开眼睛。

李梦梦穿着一条单薄的夏裙，泪流满面地站在他的面前。

盛君殊伸出手，李梦梦又恐惧地快速后退，一双细腿踉踉跄跄地踩在脚手架上，令人捏了把汗。

这种情况是最棘手的，当事人在神秘能量波动的干扰下精神崩溃，失去求生的本能，将自己置于险境。

盛君殊急忙追过去，两个人一前一后，快速在钢筋和纱网中穿进穿出。尖厉的风声与沉闷的脚步声交叠，夹杂着李梦梦歇斯底里的崩溃喊叫。

"啪"的一声，一只铁锚钉在了钢筋上。

一道灵巧的身影拽着绳子，咬牙爬上来，轻巧地一跃而起，眼里的兴奋难抑："师兄，打架怎么不带我？"

肖子烈站定，拿起桃弓，射出三道光箭。

三道纤细的光，三分为九，九又劈成二十七，密密匝匝，游鱼一般在空中迅速编织起来，像烟花一样笼罩在空中。

李梦梦看见这些绚丽的烟花，像被吸引一样，停住了。

也许是这次的神秘能量太强，也许是李梦梦因为过分的共情而精神恍惚。她已经分不清自己是谁，她用洪小莲的口吻说："我把她带上来，是因为她对不起吉祥。"

盛君殊说："他们还没有结婚，只是男女朋友而已。"

李梦梦："她怀了别人的种。对不起我儿子，我杀了她。"

"洪小莲，你是听不懂人话吗？"肖子烈掏了掏耳朵，突然一勾唇，"我忘了，你就是听不懂人话，你又不是人，只是一缕被吸取利用的精神，什么都不是。"

"子烈。"盛君殊皱了下眉。他想速战速决，觉得逗一时口快，只会平白给自己找麻烦。

"世间到底还有什么值得你放不下的？"肖子烈好说歹说，"你儿子你都管不着，何况是跟你没有半毛钱关系的李梦梦。"

低温之下，李梦梦散乱的头发贴在脸上，只剩一抽一抽地哽咽，咳嗽起来，几乎昏厥过去。李梦梦接着道："她答应过。她说要和吉祥结婚。她怀别人的孩子，我就要教训她。她得给我家吉祥生孩子，她不能给别人生。"

"咯咯……"说得太着急，太咬牙切齿，李梦梦再次被夜风呛到，几乎窒息。

遥遥相对的盛君殊和肖子烈交换了一下眼神。

"现在把李梦梦放下，你能得个善果，所有人都能好了，包括你儿子。"盛君殊活动下指节，轻微的"咔嗒"响起，"再纠缠不休，神散形散，永无出头之日，刘吉祥也会受到牵连。"

"我不是跟你谈条件。"他几乎被快速流转的灵火笼罩，声音也似乎降低了几度，"我是在告知你。"

这些话似乎对被控制的精神执念起到了作用。李梦梦闻言，慢慢地瘫软在地上，脸上恢复了血色。

她恢复了一点神智，想站起来，往安全的地方跑，可是两腿酸软，疯了一样地打战，根本站不起来。她只好快速地往盛君殊的方向爬。

整座大楼，忽然间轻微地震动了一下，变故就在此刻发生。

"梦梦！"一声撕心裂肺的喊声传上来。

一个瘦弱的人影正顺着脚手架，一点一点艰难地上爬："梦梦，闺女！"

蒋胜几乎气疯了，手脚并用地爬上去，一把捉住他的脚，却被他迅速蹬开，那股力气令人咋舌。蒋胜落回地上，仰头吼："李峰，你干吗？"

这么一个瘦弱文气的老人，孤零零地攀在半空中的脚手架上，好像风一吹就能飘零而下的落叶。他还在向上攀援，用尽全身力气，仿佛退化成森林里头上长满青苔的泥猴，迟缓而偏执地往上攀援："我就……这一个孩子啊。她妈死得早，我一人把她拉扯大。我只有一个梦梦，我把她送到清河上学……我就得……把她带回家。"

"爸爸？"李梦梦听到父亲的声音，神情呆滞地向下探头看去。那真的是从来不敢和人还嘴的，从来都吃亏的，老实巴交的爸爸吗？真的是临别时送她到火车站，连拿一个二十四寸的皮箱子都要两只手，累得胸腔起伏，扶着膝半天缓不过来的爸爸吗？

他正吊爬在栏杆上，一点点缓慢地朝她靠近，下面是万丈高空。

"爸！求你了！别上来！"李梦梦趴在地上哭叫起来，"你下去等我好不好，危险。"

"爸爸没事。"李峰也哭了,"你别担心爸爸,你别乱动,爸爸马上就来。"

盛君殊趁李梦梦撑起身子的工夫,甩出准备好的绳子,用全力缠住李梦梦的腰,李梦梦踢打着,被他迅速拽到眼前。

拽到一半,李梦梦陡然翻过身,用手死死地拽住绳子,眼睛也瞪着盛君殊,那股突然变大的力量令盛君殊感觉不妙。

"不好了,它受刺激了。"肖子烈喃喃着道。

不知道是不是李梦梦父亲的举动刺激了同样为人母的"洪小莲",在这短短一分钟内,这种懊悔、不甘,还有坠楼而死的那个瞬间的痛楚和怨恨,使它的能量扩大了百倍,肖子烈和盛君殊肩上的命火被冲得向后伏倒。

李梦梦再次失去意识,拿手胡乱解开了腰上的绳子,一骨碌站起来,跟跟跄跄地躲进了脚手架中,闪身就不见了。

盛君殊迅速将绳子缠到肖子烈的身上,把他送到下一层:"把底下那个爬楼的带回去。"

肖子烈暗骂一句,飞扑而下,张开双臂稳稳地抱住李梦梦的父亲,两个人同时扑进了空洞洞的楼层里,激起四溢的灰尘。

这一边,盛君殊一步一步地走在脚手架最高处,如同提着气行走在屋脊。他的脸色平和,手里不知何时已经拖着一根酸枣树的枝条。枝条黑得泛光,上面还有几根突出的刺,一端在地上划拉着,生得有些歪瓜裂枣的样子。

他的手腕轻轻一抖,酸枣树枝条刹那间化成一把大刀,刀柄上一圈圈地缠着褐色的布条,十分简朴,大刀上锈迹斑斑,但刀刃极为锋利,甚至每走一步都反射出寒光。

盛君殊天生皮肤白,眼仁黑,身材适中,生的是个钟灵毓秀的矜贵样貌。拜师的时候,师父绕着他走了三圈,捏他的脸,摸他的肩膀,也说他用剑一定好看,玉树临风,会吸引万千少女。

但是轮到他选法器的时候,他偏偏就挑中了这把落尘已久的牡棘刀,他觉得莫名其妙,他吸引少女干什么?他只要选最暴力、最厉害的武器。

这把牡棘刀数千年来无人挑选,一来是因为长得丑陋,使上去像杀猪刀,实在没有美感;二来是因为实在沉重,稍微体弱一点的弟子,掂都掂不动,何况抡起来砍人?

但刀到了盛君殊手里,仿佛天生为他打造的。也没有人再说牡棘刀丑,因为盛君殊用刀，几招就能拿下战局，只见风、见血，而不见刀。盛君殊就是靠这把刀，用暴力碾压了当时所有内门弟子，升格成为大师兄。

盛君殊不愿废话，抡刀挥来。钢筋混凝土建筑的表皮像是饼干的碎屑，"哗啦啦"地如雨滚落，神秘能量被大大削弱，丛丛桁架阴影中传出了李梦梦细弱的哭声，令盛君殊终于找到了她。

车里肥胖的翁总两手捧脸，哭得几乎背过气去，张森抚着他的背，宽慰道："老板不、不是说了吗，不会伤害你的楼。"

七十五岁的老人陈总眼看事情发展到现在，似乎有些难受，打开车门："我、我下去透口气。"

老人仰头，出神地望着那栋尚未建成的楼。

楼顶上，盛君殊的大刀时而砍在钢架上，火星在黑暗中闪烁分明。盛君殊向前走，左手伸出去，试图揽住李梦梦。普通人承受不了过强的威压，要不是投鼠忌器，事情未必有这么棘手。

即便如此缓慢出招，对方毕竟只是一缕执念，它在盛君殊的攻击下也不可能坚持太久，眼看慢慢地要消散了。

"听着，我想见见我儿子。"躲在阴影中的李梦梦忽然阴沉沉地开口，"我要见吉祥。见他一面，我就放李梦梦走。"

灯火通明的别墅也笼罩在这样细密的雨幕中，像梦境一样朦胧。

睡梦之中，衡南的眉头蹙起，额头上冒出细密的冷汗。

窗外漆黑一片。房间里有了"窸窸窣窣"的声音，这个声音像是有什么东西揉着塑料袋。片刻后，床下快速爬出一只黑黑的、触须伸长的蟑螂样的昆虫，悄无声息地停驻在地板上。

过了片刻，从窗缝中爬进来一只"蟑螂"，两只，三只……无数只"蟑螂"默不作声地聚集在地板上，停止了爬动，慢慢地融合化作一团黑气。这团黑气聚拢，凝成一对黑靴，再向上，勾勒出一个模糊的、穿着长袍的顾长人影。男人的脚步无声，慢慢地向床边靠近。

"多亏小燕放我出来，还用秘法为我指路，不然，还真的找不到你了。原来是被垚山派的人先一步找到了。"

衡南仍在梦魇中，双手抓紧被子，冷汗顺着鼻尖滚落下来，眉头蹙紧。

"我要见吉祥。""李梦梦"再次要求道。

"刘路。"盛君殊低头喊了一声,真气将声音送下来,没得到任何回应。

"你看,我喊他了,他不敢来。"盛君殊回头,刀挢在手上。

李梦梦瘦弱的身影孤零零地站在楼顶上,笑了笑,却好像在哭。

"你为什么生气?"盛君殊淡淡地问道,"刘吉祥是你的孩子,可是李梦梦也是她爸爸的宝贝,换作是我的女儿遇险,我也会往上爬。可怜天下父母心,你的生气没有道理。"

李梦梦哽咽着道:"为什么?为什么这样对我?"这句话,洪小莲想问刘吉祥,也想问老天。

"我知道你为什么听不懂人话了。"肖子烈轻笑起来,盛君殊皱眉,看着拍着屁股后面的灰尘、又爬上来凑热闹的肖子烈。

"还房贷的叫房奴,还信用卡的叫卡奴,还子女债的叫什么?叫儿奴。你都死了,还操心刘吉祥的事情,甚至把手伸到了他还没过门的女朋友那里。你问别人为什么这样对你,那是因为你当一辈子儿奴,你从没当过人,又怎么让别人把你当人?"

"小洪!"风送来了颤巍巍的喊声,几个人一怔,向下看去。

楼底下站着七十五岁的陈总。他的手背青筋暴起,拢在嘴边当成喇叭:"十多年没见你了,还记得我吗?"

老人皱着眉,他年事已高,每喊一句话,都要抚着胸口缓很久:"小洪,我是你的厂长。"

风吹动李梦梦的裙角,她眼里的泪流了下来。

厂长啊,洪小莲一生中唯一赞的一句由衷的"好人"和她感激的泪水,在离开艾诗橡胶厂时,送给了时年六十多岁的陈厂长。

洪小莲这一生中最快乐的两段时光,一段是跟作为小学老师的丈夫新婚的那三天,另一段,就是在艾诗橡胶厂当女工时。那时,她不用下地干活,不用伺候公公,不用在土坯屋里打转,给难以忍受的丈夫做饭洗碗。她住在干净的宿舍里,窗户外能看见一楼碧绿的爬山虎,正如一簇绿油油的希望。

白天,她跟着师傅学习操作机器,下班和其他女工手挽手逛商城,不买,就只是看看那些琳琅满目的货品也足够快乐。世上还有这么多没见过的新奇玩意儿、漂亮的衣裳,柜员用几支眉笔,可以把小姑娘打扮得俊俏无比,像仙女一样。

有一次，她和室友逛到商场负一层，走得脚痛了，鬼使神差地排队，合买了一杯最流行的奶茶。

温热甜腻的奶茶吸进嘴里的时候，洪小莲忽然间被愧疚击中。

她感觉自己好像短暂地忘记了在家里的吉祥，忘记了瘫痪的公公和土地，甚至忘记了她嫁了人，只顾着自己享受。但这怎么可以呢？

她好像突然从一场罪恶的美梦中惊醒，只喝了一口，便不再喝了。

那时候，她怀着无限的干劲和无限的憧憬。

儿时她割不完麦子，父亲会拿皮带抽她的背，母亲会打她的脑袋，可是在艾诗橡胶厂，同她的父亲一般年纪的厂长会和蔼地微笑着回答女工的问题，会在女工患上感冒的时候给她们批假，会在大会上点着她的名字表扬她，鼓励她好好干。

如果不是那场意外伤了眼睛，她永远都不想离开艾诗橡胶厂。

"小洪，你是个好孩子。"陈厂长抚着胸口道，"人啊，都会做错事。"

"那场意外，我看出来了，我真的真的不怪你。"这时说话的是纺织城的负责人，他正皱着眉抽烟，"你有难处。"

"是啊，是啊。"下车的是脸上还挂着泪痕的翁总，虽然他接受不了事情发生在自己开发的楼盘，但此时此景，两个老头不顾心脏病和高血压站在底下喊话，凭空让他感觉到有点热血上头。他仿佛脱去了满脑肥肠和虚与委蛇的应酬，变成了儿时看过的武侠小说里济世的英雄："没个难处，谁跟自己的命过不去？你连命都不要了，还有什么实现不了的。"

李梦梦泪流满面，从她的胸腔中传出一阵阵的呜咽，不知道是她在哭，还是风在哭。

"看到了吗？"肖子烈说，"你就从底下这些人的身上压榨出钱，交给现在都不敢出来见你的刘吉祥和刘大富，就让他们在没你的地方去嫖，去赌，去快活！"

"不是想知道你错在哪儿了吗？"肖子烈句句如刀，"寡妇就非得结婚？就非要生一个孩子？就非得把一生都奉献给孩子才算恩养？说了要做你的儿媳，就是欠了你儿子的？就算是你的儿媳，非得活得跟你一样，一辈子当个儿奴？"

"李梦梦曾通感过你的遭遇，困在了有孩子的厨房和厕所。"盛君殊注视着

"李梦梦","你从来不敢承认。孩子、厨房、厕所,就是你一生不甘不平的心魔。"

风忽而拔高,似乎传来一声呜咽,往盛君殊刀上撞去!刹那之间,风也消,雨也散,树叶"哗哗"抖动,夜幕瞬间明朗。蓦然变大的雨帘,淅淅沥沥地顺着楼梯流下去。李梦梦不哭了,像是被释放的猎物,脱了力,缓缓地倒在了桁架之间。

然而下一刻,她脚下的桁架断裂了。

"梦梦!"

"妈!"楼下的呼喊尖叫骤然爆开。盛君殊的身形一动,衬衣转瞬御着呼呼的冷风,急速向下,一把捞住了下坠的李梦梦!

右手的牡棘刀"咔啦啦"一路在脚手架上摩擦出蓝色的火花,最终,他们堪堪悬停在大楼中央的位置。

忙乱中,盛君殊的身上掉出一块小小的玉石,"叮咚"一声跌落楼下。

还没来得及喘口气,一股热流浸透了他的袖子。

盛君殊低头,李梦梦面色如纸,流出的血染了他一身。

房间里的灯频频闪动,发出"刺啦刺啦"的电流声。

被黑气笼罩的男人缓缓俯身,歪着头不疾不徐地打量片刻床上躺着的人,拽着她的被子,一点点拉下,手指钩住睡裙的肩带,向下一挑,两边肩膀同平直的锁骨露出来。

他并未着急动手,因为这个无知无觉又半遮半掩的模样勾起了他一点别的方面的兴趣。

男人的手待要再向下,衡南却被惊醒,眼睛蓦然睁开。她正在做跌落台下的噩梦。睁眼时,噩梦就在眼前。是当时那个把她拉下高台的男人!

她的眼中流露着恐惧和怨恨,但她并没来得及弹起来,因为他的手立刻扣住了她的咽喉,逐渐收紧,没有让她问出一句话。

一双眼睛睁大,脸色因为缺氧而涨红。

电光石火间,她下意识地将双手护在胸前,浮现出一种极其冰冷的预感,当初没找到的东西,他终于回来找了。等他拿走那样东西,她会被贯穿胸口,残暴地杀死,然后抛尸。

男人的五官和四肢都在黑云里,隐约可见尖细的下巴,趋向于未长开的少年。虽然看不清脸,也一言未发,可对她的反应似乎有点扫兴,因为他的手劲骤然加大。

衡南的脖子几乎被他提起,头向后仰,嗓子里发出了"咕噜"的细弱哀鸣,脚蹬在床褥上的频率越来越缓慢,大脑昏昏沉沉的,仿佛有水灌进耳朵里,又有波浪将她整个托起来。

原来濒死并不是一件非常难受的事情。她的意识甚至飘出去,大片陌生的场景一股脑地灌进脑海。混沌之间,她在如梦似幻的场景中行走。

走不完的廊道、无数变幻的侧影、秋天的银杏铺就的金色道路、杂草丛生的艰难山路、沿街叫卖的繁华市镇、冷寂华贵的琉璃宫殿、砖石堆砌的青色庭院,她的前面,一直有一道追不上的身影。

"师兄!"

"师兄……"

"师兄。"衡南的声音里,带着克制不住的雀跃和欢喜,她小心翼翼地藏匿着情绪,拎起裙子奔跑着追上去。他会等她的。盛师兄听到她的声音,总是会停住脚步,虽然他的脸上并没有什么多余的表情。

穿过热热闹闹的集市,踩在竹竿上的是社火,摇头摆尾吐火的是魔术狮子,挂彩色灯笼的是有头牌姑娘的新酒馆,人间的新年即将来临。

摊位上摆了一排花花绿绿的面具,有着红眼睛的白色小兔儿,两只毛茸茸的长耳朵,最是滑稽。

摊主笑嘻嘻地递过来,她手足无措地接住,挡在脸上,鬼使神差地戳了戳师兄的肩膀。

面具前的两个窟窿眼是她的屏障,是她藏身的山洞。她终于敢既安心又放心地躲在山洞里,直直地注视着他的眼睛。在她的眼里,一定充满了丑恶自私的贪婪和占有。不过还好,师兄看不到。

前面的人终于回过头来,目光在她的脸上停了片刻,眨了眨眼睛:"好看。"

她躲在兔儿面具背后,低头羞涩地笑了。这样真好,他永永远远只看见一只滑稽无害的小兔儿。

丝丝甜蜜,夹杂着一股无法承受的悲怆涌入心口,竟然化成一股强大的力量,将她从幻觉中一把推回现实。

"师兄……"泡沫般的安适退去,颈上沉重的压迫感和窒息再度袭来,出现在眼前的,是她房间里白色的日光灯,圆而亮的一个灯盘。她得求生,她要活下去，这个意念漫上了心头。

"喀喀喀……"衡南的手指微动，向下攥住了戴在脖颈上的灵犀，指腹还能摸索到玉石上冰凉的、被小心黏合留下的缝隙，"师、师兄……"

灵犀微微发光，那个男人像是被灼烧了一样，陡然松开手，跌在了一旁。

"一，二，三，四，五。"肖子烈数了数手上的碎玉，拍着大腿笑，"师兄，法器到了你手上，就是道生一，一生二，二生三，三生万物。用一块，生N块。"

盛君殊抿着嘴唇看着窗外，没搭理他。前半夜雨越下越大，把他的头发都沾湿了，没了发胶固定的黑发散落在额头上，显得年轻而温柔。

警车顶上闪着警灯，一路风驰电掣。蒋胜开着车，忍不住道："专员，你就别气你师兄了，好好的救个人还掉个法器，这什么事儿啊。待会儿有便利店，我给你停车去买点胶水啊。"

盛君殊还是没吭声，沉默地看着车窗外掠过的城市夜景，神色倦怠。

好在他的车上还有一套参加酒会用的备用套装，能让他把被鲜血浸染的衣服换下来。燕尾服他没取，只拿了衬衣，就这么随意地一套，扣子都没扣紧。

他那辆轿车的车钥匙扔给了张森，让他带着李梦梦和她父亲去了附近的医院。临走之前，他把风挡玻璃前衡南送的灯泡拿了下来。

三个老头和哭得站不起来的刘路也被其他警车一一送走。

一切尘埃落定。盛君殊坐在蒋胜的警车上，感到一丝前所未有的疲倦。疲倦的表现就是沉默地放空。

他头一次觉得自己其实同其他公务员、白领，甚至在工地上搬砖的工人没有任何区别，挨了一天终于下班之后，只想快点回到温暖舒适的家里，见一见家里的人。无论是郁百合，还是此刻应该正安静地睡着的衡南。

他转头看了看掌心里的灯泡，又往外看："前面停一下。"

"咦？去便利店啊？"蒋胜把车停在路边。

这个点，一条街上只有这一家网红蛋糕店营业，可爱的星星挂灯闪烁着。柜员本来趴在柜台后打瞌睡，见有人进来，立即揉揉眼睛起身。

灯光照亮的玻璃柜里摆着小动物形状的纸杯蛋糕，十二生肖系列，还剩下一只老虎，一只兔子，一只奶牛，一只绵羊。

盛君殊俯身，隔着玻璃柜仔细看过去，点了点兔子："这个。"

店员笑眯眯地帮他包起来："送一个蜡烛，也是小兔子形状的哟。"

盛君殊拎着盒子回到别墅时，已经过了凌晨一点钟。

客厅里一片寂静，他的脚步放得极轻，临上楼时，忽然想起来，衡南今天不睡他那里。

他默然地转身把蛋糕放进冰箱里。

"老板回来这么晚啊。"

郁百合睡眼惺忪地迎过来："哎哟，头发都湿了，快点冲个热水澡吧，别感冒啦，我去煮姜汤。"

盛君殊说不用，独自上楼，本来也不是多么大的雨。

他向自己的房间走去，本没有打扰衡南的打算。但路过衡南的房间时，忽然感受到了一种非同寻常的气压。

单是衡南一人，尤其是毫无修为的今生的衡南，绝不可能发出这种威慑的力量。

盛君殊的目光陡然一变，他一把将门推开。

床前浓浓的黑云轰地向外扑散。

盛君殊双肩的命火大盛，酸枣枝一抖，牡棘刀带着凛冽的杀意，劈砍而去，"扑哧"一声，滚下一截血肉模糊的白森森的食指。

那一团黑云如狼烟一般从窗口冲出去，刀没收好，"当啷"一声掉落在地上。

"衡南？"盛君殊呼吸紊乱，一把将床上的人揽起来。

衡南躺在他的怀里，睡衣已经滑落至肩下，露出肩膀，丝绒般的黑发垂下。雪白的脖颈上留下两点骇人的青紫色掐痕，手指还僵硬地紧紧地攥着灵犀。她睁着漂亮的、漆黑的眼睛，目光空洞无神。

盛君殊几乎傻了，一把扣住她的手腕，指尖颤抖得太厉害，摸了半天，才摸出一点微弱的脉搏。肩膀微沉，背后的冷汗这一刻才汹涌而出。

盛君殊看着这双眼睛，见她这副模样，感到自己的颈动脉连带着头上的血管，正在一下一下突突地跳动，浑身的血液逐渐结冰。

他抿着嘴唇，飞快地检查她有没有受伤，幸好没事。他一言不发地将她的衣服整理好，指腹极轻地抚摸了一下衡南脖颈上的掐痕。

她像个仿真人偶似的睫毛动了动，没有做出任何表情，仿佛毫不知痛。

盛君殊意识到，他这三个月来一点点引出来的，会打人踹人、对他笑、送他灯泡的衡南，又变回去了。他不在的时候，有人掐住他师妹的脖子，逼着她再次缩进了一开始那副与世隔绝的、无法跟旁人交流的壳子里。

更让他受不了的是，师妹的手上还捏着灵犀。刚才她肯定呼救了，想想衡南那么无助、那么害怕的时候，他优哉游哉地往回走，甚至一点也不知道……

盛君殊眼眸沉沉，指节猛然攥紧。

窗外暴雨拍窗，电闪雷鸣，忽明忽暗。

不知道有多少年，他未曾生出如此凛冽的杀气。他以指结印，悬浮空中，中指在刀刃上一擦，以带血的指快速连接八方星宿。每引至一星，血红的星光便亮起。

盛君殊同时伸手轻轻遮住衡南的双耳。

最后一星点亮，天边传来凤鸣。

凤鸣并不悦耳，听起来像放大了数倍的耳鸣，如果啼叫不休，普通人初时头晕目眩，不久双耳会嗡鸣出血，普通玻璃能在数秒钟内炸开蛛丝网裂纹。

凤鸣三声即停，窗外猛然大亮，金色的光芒将别墅之外映得如同白昼。

硕大的火凤幻影，赤红色，笼罩在城市上空。

火凤展翅，如梦似幻的长长尾翎，留下成片瑰丽的火烧云，火凤之后，出现一驾华贵无匹的马车。

车身镶金嵌玉，刻有朱雀玄武，镂雕卷曲花叶，高高挑起的车篷为赤色云锦，隐约晃动的车帘为串起的白色东珠。马车头顶彤色霞光，底踩银白海波，晃晃悠悠穿云而过。

屋内的日光灯被衬得暗淡，盛君殊的脸上落满光华，他抬眼注视着天上的车，像是看着普通的烟花。

垚山派的秘术"祈神"，其原理在于吸收方圆五百里的天地灵气与精华，令它们汇聚成同一种力量。在普通人眼里，相当于放了一簇烟花。在垚山派弟子的眼中，这些力量会幻化成三驾马车的模样，也是垚山派最强的一种秘术，可以用来清除一定范围内的秽物。师父去世之后，盛君殊是唯一一个只靠自己就能唤出"三驾车"的人，也因此，顺理成章地成为垚山派掌门。

他用这股力量追杀刚才逃走的那团黑气。可这一回，云头才出了第一辆马车，盛君殊怀里的衡南突然直挺挺地坐了起来。

"衡南？"

衡南的喉咙里咯咯作响，语不成句。

盛君殊将她的脸扳向自己，赫然发现衡南的双眼睁着，瞳孔内隐隐有光，宛如精心打磨的一双宝石玉珠，粲然生辉，映得她整张苍白的面孔都显得轻飘飘的。她脖子上的掐痕也像被擦除了一般慢慢消失。

"衡南，衡南？"任盛君殊捧着她的脸呼唤，那对金瞳还是古井无波。

盛君殊抬头望向云层，火凤已经淡得几乎消失，第二辆、第三辆马车依然没有出现。

衡南为什么会突然受到感应？

盛君殊盯着衡南，她的眼神死寂，肩膀却在小幅度地颤抖，嘴唇也没什么血色，似乎是承受不住的模样。

盛君殊立即结束了这个秘法。

八星湮灭，火凤和马车便如放完的烟花，一点点散在了云头，窗外慢慢暗下去。一道惊雷劈过，暴雨又仿佛什么事情也没发生一样，倾盆而下。

与此同时，衡南闭上眼睛，像是被抽取了筋骨，身子瘫软，昏倒在了盛君殊的肩上。

盛君殊心乱如麻地抱着衡南，一动不动地坐了很久，心里闪过一个极其不好的猜测。

"什么意思？你是说师姐和天书合体了？天书就在师姐的体内？"

"八九不离十。"

肖子烈双手交叉，没正形地窝躺在布沙发上，听见盛君殊说的话，坐直身子，目光复杂地落在衡南身上："那，那现在这个是师姐还是天书？"

清晨的光从白色纱帘内透出，洒在衡南垂下的睫毛上。盛君殊坐在床边，把搭在她额头上的湿毛巾翻了个面，言语里夹杂着叹息："是衡南，也是天书。"

"你知道，洗了髓的阳炎体，一旦重伤身死，是无法苏醒的。要是能苏醒，白雪和子竹早就醒了。"盛君殊说，"苏醒的，只有衡南一个，这都是仰仗天书的力量。"

天书，到底是个什么玩意儿？

无论是盛君殊还是肖子烈，甚至是盛君殊的师父，都很难做出确切的解释。

武侠小说中的每个门派都有镇派之宝，只知道它的意义非凡，并且门派内的每个人都要用心守护，至于它的渊源，多半未知，非常神秘。

盛君殊听到的最靠谱的版本是这样的：天书也许是某件神器的碎片，它是从上古时代传下来的，能感应世间的悲欢离合，因此成为垚山派弟子的指路明灯和办案利器。

天书被置于垚山三十六峰天书藏洞内，世世代代的弟子，入门先拜大道，拜天书。正因为它太有用了，才会被其他的门派觊觎。

对于盛君殊来说，天书充其量就是一种象征，甚至没有手上砍人的牡棘刀有真实感。所以当姽丘派以朝廷的军队为刀，攻上山来抢夺天书时，他的想法是"先保住师弟师妹的命，天书没了就算了，先休养生息，大不了以后再抢回来"。

所以当他看见衡南跳入天书藏洞，与天书双双湮灭时，整个人愣了一下，非常难以接受。

不幸的同时是大幸。天书陨灭后散落在自然中的碎片自动聚拢、凝结，同时，令衡南捡回一条性命，再度苏醒。

"这就可以解释，衡南原本是阳炎体，为什么苏醒之后成了至阴体质。"盛君殊说，"天书至阴，能通感世间精神执念。"

可是，衡南与天书纠结在一处，是大幸，也是不幸。

盛君殊："那天我行祈神秘法，可能令衡南体内的天书兴奋了，进而影响了她的身体……"

肖子烈罕见地露出严肃的表情，皱着眉去把衡南的脉。

那天以后，衡南无病无灾，但一天有二十个小时都在昏睡，小脸苍白，一看就是虚耗过多。

肖子烈服了："天书至阴，原来我们在山上，那么多阳炎体的弟子才镇得住它。现在它不动弹，光逮着师姐一个人吸，你还刺激天书，她是一个普通人啊，怎么能受得了？"

盛君殊抿唇不语。他已经后悔好几天了。本来，衡南的至阴体质，晚上抱一抱他，还勉强能保持平衡。谁能想到他好心办坏事。

"已经失控了，"肖子烈抓着衡南的手，那点阳炎之气打进她的血脉，就像是泥牛入海，片刻间让她身体里的怪兽吞噬干净。

肖子烈冷着脸，把衡南细瘦的手腕举起来展示，"你看你看，师姐这样，早晚得被拖死。现在怎么办？准备准备用房中术帮助师姐吧。"

盛君殊用一对黑眼珠看着他，表情丝毫没变，肖子烈却仿佛听到师兄脑子里有什么东西"啪嗒"一声绷断了。

"你那是什么表情啊？"肖子烈咆哮着，"救命的事，你还有什么不情愿……"

"你别说话。"盛君殊仓促打断他，面色如常地扭头看着窗外，"让我安静一下。"

没人说话，两个人就这么尴尬地僵持了十分钟。

"想明白没有啊？"肖子烈打破沉默，"你在想什么？"

"我在想，那天的黑气怪物死透没有。"

"废话，你'三驾车'都用了，它敢不死吗？那天晚上虫子的哀号弄得我头昏了一天。"

肖子烈觉得他肯定不是在想这个："你这么肯定那个黑气是姽丘派的怪物？"

盛君殊露出一抹冷笑："黑气，化形，白指骨，是个等级很高的怪物……看身量，还有点像我们的故人。"他低下头，目光锋利了一瞬间。故人对衡南动手，就是不念旧情，他也不会留情。

肖子烈意味不明地笑了一声："看来天书在师姐的身上，他们比我们早知道，还一直想从师姐身上把它抢走。师兄，你准备怎么办？"

盛君殊："以后我会寸步不离地看着衡南。"

"说到做到？"

"嗯。"

躺在床上的衡南蹙着眉动了动，肖子烈脸上的笑立即化为谨慎和凝重，他俯下身将耳朵贴近衡南的唇："师姐？"

衡南的眉头拧着，很不舒服的模样，嘴唇微启："师兄……"

这一声"师兄"，娇气而嘶哑，叫得真是委屈之至，委屈得话音未落，泪珠子扑簌簌滚下，顺带着直接抽泣起来。

肖子烈目瞪口呆地回头看向盛君殊，满脸都写着"你到底对师姐干了什么"。

盛君殊又不聋，僵在原地，心里不可谓不震动。

衡南苏醒后不识得他，从来都是"你"啊"你"啊的，没个正经称呼。这一句亲切的"师兄"，还是隔了上千年，头一次听到她喊。

衡南再一哭，更加深了他已经自责了好几个日夜的、让师妹遇险的愧疚。

盛君殊俯身，肖子烈的屁股连忙往旁边挪，给他腾出位置，盛君殊拿纸巾小心地给她擦了擦眼泪："师兄不好，对不起！"

面巾纸是浓郁的薰衣草香型，顺着气管呛进去，衡南的泪珠子还挂在睫毛上，就皱着眉别开脸。

方才她做梦，梦得情真意切，这会儿清醒了，一丝委屈也没了，只剩下一点空荡荡的迷茫。

盛君殊发现师妹黑漆漆的眼睛直勾勾地盯着他看，眼神复杂且陌生，似乎想要在他的脸上印证些什么。然后她抿着嘴，细眉拧得更深。非要形容一下的话，"一言难尽"可以概括。

盛君殊问询地注视着她，衡南仓促别开眼，往肖子烈那边靠了靠，又蹭了蹭，把头埋在肖子烈的胳膊上。

肖子烈搂着衡南的脑袋，崩溃了："你就是对师姐做过什么了吧？"

盛君殊无语。

肖子烈扶衡南坐起来，把床头柜上加了葡萄糖的热水递给她："师姐，渴不渴？喝点水？"

衡南就着肖子烈的手"咕咚咕咚"地喝了水，肖子烈又轻声细语地问她要不要下来吃东西，衡南点点头。

盛君殊看不过去，扯住肖子烈肩膀的衣裳，向后轻轻一带："说话就说话，离那么近干什么？"

这两个人凑一块儿，用"窃窃私语"形容不为过，再近一点，他都能直接亲上衡南的脸了。

"哟，师兄，你还在乎这个呢。"肖子烈"哼"了一声，阴阳怪气地说，"你们俩不是有名无实的假夫妻吗？提个'房中术'，您的表情都跟即将失去贞操的少女一样，太勉为其难不是。"

这三个字像魔咒，盛君殊抚着额角，头开始痛。

郁百合把折叠餐桌搬上来，三个人盘着腿坐在地毯上，就窝在盛君殊的豪华房间凑合着吃了顿午饭。肖子烈和衡南肩并肩坐在一边，盛君殊抿着嘴唇，表情微妙地坐在对面。

"师姐，吃完饭打游戏吗？"肖子烈嘴里叼着牛角包，还疯狂地给衡南碗里拆鸭肉。

郁百合想着太太"大病初愈"，给她准备的是煮烂的白粥。但是白粥怎么能填饱肚子？衡南饿得发虚，忍不住趴在桌上，一直夹盘子里的盐水鸭，反正盛君殊也不动筷子。最后摆在肖子烈那边的半只鸭都被她小口小口地吃掉了。

"好。"衡南的目光停留在肖子烈卷得乱七八糟的头发上，她把手放在肖子烈的脑袋上，压了压，"你的头发……"

肖子烈也低下脑袋，温驯地给她抚摸。师姐的声音清冷，目光果然一如往昔地忧郁和温柔。

"好像泰迪啊。"

盛君殊被茶呛了一下,睫毛颤抖着,拳抵在唇边,即刻止住。

"哈哈……"肖子烈笑得前仰后合,反复捶腿,"师姐好可爱啊!哈哈……"

盛君殊怀疑肖子烈的大脑没发育好,但他没作声。

衡南也连忙把手放下来,意识到了自己的不礼貌,埋着头继续吃饭。

"师姐,你会跳舞?"阳光把地毯映得丝丝发光,肖子烈还凑在她的身边问个不停。

"会一点。"衡南的筷子放缓了。

"好厉害,我就不会。"

"你练练也就会了。"

"一会儿咱们玩冒险屋还是星际战争?"

"哪个好玩?"

肖子烈有点为难地想了一下:"一个是恐怖类的,一个是动作类的,我觉得都很好。"

衡南说:"我都不太会。"

"没关系啊,我带你,不会让你输的。"

衡南放心地点了一下头:"那就都玩。"

"好啊好啊,都玩。"

盛君殊心情复杂地看着肖子烈笑得像月牙一样的眼睛,那眼睛里是挡不住的火热的依恋和崇拜,就好像面前是一个巨大的发光体。

发光体——衡南,皮肤光滑白皙,乌黑的头发半垂,表情平静,只有凝着光的睫毛偶尔扇动一下,小口地吃着鸭肉,依稀可见旧时优雅的仪态。

他大约知道一点。衡南曾经是门派上下许多弟子的梦里人。

这样一个师妹却总是放下身段,安静地跟在他的身后。夜色里看不见她的脸,只见一盏莹莹的灯。

外门弟子就不说了,放眼内门几个师兄弟,楚君兮形貌昳丽,简子竹清雅温润,个个都是和衡南一样的发光体,可他始终想不出来自己有什么特殊的魅力,能让衡南如此卑微地跟在他身后。

千年后回头看这一段,盛君殊的胸口弥漫一种浅淡的酸涩。

这一下午，房间里回荡着"突突突""卡拉卡拉""轰隆"的喧闹声，还有肖子烈上蹿下跳的声音。

"打打打！"

"啊，师姐别怕，我帮你打他！"

"打得好，对对对对！瞄准，狙他！"

在三百六十度立体声环绕下，盛君殊在窗台边支着腿，阳光落在笔记本电脑的外壳上。无论是邮件抄送还是密密麻麻的报表，看起来都相当无趣。但是他一行行看了进去，觉得这种氛围令他很安适，安适得近乎放松。

师弟师妹喜欢在一块玩，衡南不会无聊，他很放心。

"师姐，师姐？"肖子烈的声音越来越低，语气也越来越沉。

"唔。"回答他的是一声恐慌的呜咽，手柄开始往下滑落，打出去的子弹全部跑偏，打在墙上、柱子上。

对面响起骂人的声音，衡南越是用力，手臂越是精疲力竭，手指麻痹。在这之前，衡南本来很兴奋的。手臂失去控制，浑身脱力，再一联想这几天胸口每天都痛，昏昏沉沉的，控制不住，衡南怀疑自己得了绝症，马上就要死了，越想越慌，眼泪立刻"吧嗒吧嗒"地落下来："我拿不住手柄了。"

手柄掉落下去，没掉在地毯上，一只手从底下托起它来，给她塞回了指尖。

那只手没松开，就势握着她的手，手指压着她的手指，带着她把屏幕上的枪口扳正。

盛君殊耐心地单腿跪在她背后，贴住了她，肩膀支撑住了她向后软倒的身体。他的下巴无意间触碰她的发顶，声音就悬在耳朵尖，让她整个头皮都觉得发麻："想狙哪个？"

衡南打了个冷战，盛君殊的双眼盯着屏幕，催促："嗯？"

心跳奇异地慢慢平和下去，似乎连恐惧也一并消散。她伸出左手的指头，点了点中间那个红衣牧师。刚才子弹打偏了，牧师骂她是菜鸟。

"嘭"的一声，冷酷短促，牧师仰面倒地。

"还有呢？"

衡南的指尖挪过去，点向旁边穿黄衣的目瞪口呆的店老板。

"嘭"的一声，店老板的眉心出现了一个圆圆的红点，瞪大眼睛倒在摊子上。

"再来。"

"嘭、嘭、嘭。"

又倒了仨，其余的人见势不对，作鸟兽散，往不同的方向狂奔。

枪头缺乏耐心地转了一周，硝烟不断，倒在集装箱上的，坠进桥下河里的，血红遍地，对方全部被撂倒。

衡南冰凉的手在盛君殊的掌心里挣扎着，好不容易挣脱出来，回头就给他一掌。盛君殊没防备，险些被她推个侧翻。好在他的反应敏捷，撑了一下地，有些愕然地对上她的眼睛。

衡南居高临下，意味深长地看他："你把我们的队友也杀光了。"

"哧……"肖子烈把头埋进膝弯里，双肩耸动，几乎笑出眼泪来。

盛君殊想解释一句，衡南的身子忽然摇摆一下，向下倒去。他下意识地伸手，衡南双眼紧闭，栽进他的怀里。

"唉！她被天书影响，没力气了。"肖子烈长叹一声，睨着盛君殊的眼神既带着同情又像是带着嘲笑，"师兄，房中术的事，你可务必考虑一下。除了把阴气引到你的身体里，真的没有别的办法可以稳住天书了。"

盛君殊真的在考虑这件事情。

哪怕现在正坐在香熏环绕、雾气朦胧的浴室里，手里展开的是《清河日报》，他也分了些神，在心里翻来覆去地考虑这件事。

面前蚂蚁似的小小铅字在浮动的雾气中有些看不清楚。但他还是会从头到尾地默读一遍，四个版面读完，衡南差不多也就该洗完澡了。

翻阅报纸有"哗啦哗啦"的声音，既表现出旁边有人，又表现出正在专注地阅读，无暇他顾，这样她既不会害怕，也不会有太多的心理负担。

衡南时常梦魇，大汗淋漓，夜晚必须留盏灯，哪怕起夜，也要先把走廊的灯打开，才敢走出去。

盛君殊承诺的"寸步不离"也说到做到，除了她上洗手间以外，就连洗澡他都是陪着的。其实这也不费什么工夫，不过就是换个地方坐着，浏览一遍今日新闻。

一阵雨点打击声，面前的铅字迅速扭曲，融化，滑落成了几道。与此同时，尖锐又柔软的水柱冲击他的后脖颈，热水全顺着衣领灌进去，盛君殊的思绪被打断，条件反射般地绷直身子，顺手一摸。

温热的水柱就冲在他的手背上。

这是又搞什么？

"衡南？"他僵硬地背对着她，不敢回头，只是拿手仓促地挡着。

身后的人一言不发，花洒故意往上挪了挪，轻而易举地躲开他的手，冲在他后脑的头发上，很快，凳子腿底下一片水漫金山，他的后背和裤子全湿透了，衣服沉沉地贴在身上。

报纸被浇得化成一团之前，盛君殊狠狠地将它揉成一团，立即站了起来，但裤子贴在大腿上，冰凉凉的。

总归已经这样了，他拎了拎湿淋淋的裤脚，顺势坐回去："别闹了。"

背后突然传来了一声忍耐不住的、恶劣的轻笑。

盛君殊反应了两秒钟，顿悟似的回过头一看，衡南一手拿着花洒，一手拎着裙子，站在漂浮着泡沫的浴缸里，根本连衣服都没脱。

盛君殊沉着脸，大步朝她走过去，衡南眼里的笑滞了一下，见他来势汹汹，赶紧往后躲。但浴缸砌在墙边，背后就是冰凉的瓷片，惊慌之下，她直接将花洒当枪，竖在胸前攻击"敌人"。

冷不丁让水滋了一脸的盛君殊："……"

他闭了一下眼睛，偏过头抹了把脸，走过去一把夺下了衡南手里的花洒。

衡南睁开眼睛，正看见他贴得很近的胸口。

他是穿衣显瘦的类型，胸口的衬衣并不紧绷，但背后的水渍正在蔓延，露出若隐若现的腰身，湿热的空气混杂着他身上淡淡的气息，便莫名染上些暧昧。

衡南仰头一看，盛君殊正仰头伸臂，把金属格挡向上推了几格，然后把花洒挂在了最高的格挡上。

她站在浴缸里，比平时还高一点儿，踮脚伸了伸指尖，还是够不着。

盛君殊仿佛预料到她的动作，低头意味深长地瞥了她一眼："好好洗。"

没有报纸了，他拎了一下湿透的裤脚，再次背对着她坐回湿淋淋的板凳上，手搭在膝盖上，沉着脸呼了一口气："我再坐十分钟就走。"

衡南立刻开始洗澡了。她怕盛君殊走了，因此顾不上说话，洗得飞快，泡沫飞溅，水发出"哗啦哗啦"的响声。转过脸时，她的眉眼漆黑，睫毛上坠着细小的水珠，脸色微微晕红，是蒸汽烘的。

"你为什么不生气？"她是真的想不通，所以问得很疑惑。她好像从没见过盛君殊冲她发脾气，那为什么面对他的时候，她会那么胆怯、恐惧，恨不得钻进地洞里般惶恐而卑微？

盛君殊本来正百无聊赖地看手表，让她这么一问，觉得啼笑皆非。这话说得,谁会跟自己的师妹计较?浇点水而已,又不是砍他一刀。

　　盛君殊的语气平和,还带着安抚:"慢慢洗,不着急。"

第五章
丹境幻象

张森夹着公文包上门时，就看见盛君殊的房间里多了张宽大的橡木桌子。

桌子旁边是书柜，里面零零落落地塞着文件夹，电脑屏幕亮着，旁边放着一盆耷拉着脑袋的千叶吊兰。

灿烂的阳光洒在双人大床上，衡南刚梦魇过，额头上都是冷汗，蜷缩在被子里，只露出脑袋和散落一枕头的短发。盛君殊把头发拢了拢，观察了一会儿，看她不再有什么不妥，才从床上起身。

"老板，您这个月真、真不去公司了？"这是把办公室搬到家里了啊。

盛君殊坐在桌子旁喝了口茶，轻描淡写地道："不是让你找职业经理人吗，找到了吗？"

"张经理已经上、上班了啊。"张森为难地挠了挠头，发蜡固定好的头发都让他挠下来两绺，"不是这个问题，"也不是一年一千五百万元支出的问题，"您以前管、管得那么严，现在突然撒手了，就怕那些老、老家伙们不习惯。"

好不容易做到这么大的事业，盛君殊原来每天加班到晚上七点，看起来殚精竭虑的，他都习惯了这种工作机器模式，他不信盛君殊能说不管就不管。

"你就说我结婚之后回归家庭了。"

盛君殊觉得莫名其妙，不被老板拿鞭子抽着赶着，难道不应该开心吗？他已经完全容忍可能的业绩下滑，员工还不习惯，都得了斯德哥尔摩综合征不成？

张森自顾自地叹了一口气，看向衡南："小二姐好、好些了吗？"

盛君殊犹自看着窗外想事情："这样，安排人在经理办公室换新的摄像头，动作大点。"

"啊，您要看吗？"张森觉得迷惑了，这切分屏也看不过来啊。

"我看他们干什么？"盛君殊拿茶杯给千叶吊兰浇了点水，"不是喜欢被我盯着加班吗？盯得更变态一点好。"

张森哪里知道，媒体报纸里一口一个"野心家"地夸赞，但经营圣星对盛君殊来说，跟当初在垚山派抓妖怪没什么区别，都只是找个营生做做，好负担师门的开销，真谈不上有多大的开疆拓土的野心。况且，这次动用秘术，一次耗费太多精神，在家养精蓄锐一段时间是必要的，顺便还能看着衡南。

"那、那过段时间呢？"张森小心地问，"就，等小二姐好些了……"

盛君殊的目光稍深："我把衡南丢下两回了，事不过三。"人生选择，有所取舍，当断则断。从年少时期开始，他就是一个对自己要求过分严苛的人。师父指出的功法上的错误，他可以挥刀反复练整整一宿。背错的口诀，他可以惩罚自己写满厚厚一沓。同样的错误，他不会允许自己犯第二遍。

"李梦梦怎么样了？"

盛君殊已经低眉垂眸，刚才瞬间严峻的脸色似乎是张森的错觉。

"转到普通病房，下个月出、出院，和她爸回家了。"

因为受惊过度，李梦梦最终还是流产了，但这对她来说不算一件坏事。无论是刘路还是季哥都已经认罪伏法，李梦梦还如此年轻，她未来的人生还有很多可能，应该和种种混乱的往事做了个断。

"哦，对，老板。"张森掏出记事本，盯着仔细地看了看，"还、还有件事，那个星、星桥的老板出手，买了很多我们公司的产品和文玩纪念品，一直想请您赏光喝、喝茶。"

盛君殊的表情就有些微妙了。他标价五个九的文玩摆件，说是能带来好运，几乎没有实质的作用，只是心理安慰，现在的人也都知道，所以销量一直很低。这个老板买了这么多，实际上是花十万块钱向他示好，事情就难办了。

大家都是当老板的，如果不是对他本人非常感兴趣，几次三番如此低姿态，怕是真的遇到性命攸关的麻烦了。

盛君殊摊开记事本："他叫什么？"

"黎向巍。"

盛君殊停顿了一下，愕然看向张森。黎向巍？几个儿子争百亿家产，整天闹得上新闻的那个餐饮巨富黎向巍？

"跟他约时间，机票。"盛君殊叹了口气："两张。"

事情堆在一处。洗手间的镜子前面，盛君殊盘算着各种事宜，刚给下巴上涂满剃须膏，眼角的余光就见门口有一个探头探脑的影子。

"衡南？"他转过头，"怎么了？"

衡南慢慢地走进来，仰着头，目不转睛地钻研了一下他下巴上的泡沫，似乎十分入迷："我能不能试一下？"

衡南瞥了一眼他的表情，两手揣在口袋里，垂着眼，识趣地准备往外走。

"可以。"盛君殊立刻说。他不想让师妹误会，他刚才那个瞬间的眼神确实有些微妙，但是这种微妙并不是因为师妹提了什么过分的要求，只是他觉得自己满脸泡沫的样子稍微有点滑稽。以这种滑稽的面目示人，让他不太习惯，仅此而已。

"开关这里，第一挡。"盛君殊把剃须刀塞进她手里，还迁就地往下俯了个身。她就是没用过，所以好奇。他不觉得衡南能用一个剃须刀把他搞得血溅三尺，让她玩一下也无妨，最差的结果，无非是他一会儿得自己重新修一遍，费不了几分钟工夫。

两双眼睛在空中相对，相顾无言，很快剃须刀的"嗡嗡"声打破了寂静，衡南略微冰凉的食指轻轻挑起他的下巴，看了看"嗡嗡"转动的刀头，忽然把剃须刀关掉，搁在了一边。

一只手挑着他的下巴，另一只手在巨大的洗手池化妆镜前的抽屉内翻找，满意地找到了一枚锋利的刀片，拈在指尖，灵巧地转了个向。

盛君殊瞥见全过程，稍稍觉得惊异："你还会用这个？"

衡南手里的刀片已经贴上来了，冰凉凉的，略微有些痒。她仰着头，细微的呼吸落在他的脖颈上，一双猫瞳异常专注，声音也若有若无的，跟刀片一样凉："别说话。"

盛君殊不说话了，心跳得更甚，不久，他开始后悔由着师妹用刀片玩。他并不觉得一个薄薄的刀片能让他血溅三尺。问题在于，剃须刀一分钟能解决的事情，用刀片就得十分钟，尤其是衡南使用刀片的手法并不是很熟练，所以速度就更慢。

而且因为不熟练，她的手法横冲直撞，总多用一分力气，但这力道，距离割破他的皮肤又少一分。痒得钻心的痛，宛如凌迟，又像挑衅，激起了他反击的血性。

他按捺着自己夺过刀片、扑倒、反剪、割喉的一系列反射动作的冲动，阖上眼睛，不动声色地深呼吸，强迫自己默念"兄友弟恭""手足情深""热爱生活"等词汇，一点一点地调整心态。调节了没一会儿，盛君殊的眼睛忍不住睁开。

衡南一手挑着他的下颌，迫使他弯腰朝向自己，另一手的刀却迟迟没落下来。他眼角的余光瞥向镜子，镜子里的泡沫只消去了一半。她把刀片握在手心，打量着他的脸，眼睛微微无神。

她竟然，开始走神了。

衡南不发一言。

刚才她仔细地观察过盛君殊的脸，从眉骨，鼻骨，到嘴唇，称不上是天工造物，但也相当精致。最明显的就是极其英气的鬓角，还有离得近也难以看出瑕疵的罕见好皮肤，睫毛和牙齿一样，都很规整。他像块精心雕琢的玉，乍看温暾，但充满了可延展和可鉴赏的细节。

原来她喜欢这种类型的。

在她意料之外，但确实……还可以接受。

之前很多异性曾为她着迷，走在路上很多人和她搭讪。但她没有对他们其中的任何一个动过心。那里面也有品貌兼优的男生，但是她总是感觉缺乏点什么，其中一个同学，因为她的冷淡和拒绝还大闹了一场。从此以后，她个性冷淡的声名远播。但是她知道自己不是。

她曾经喜欢过一个男明星。无意中在书店看到他的海报，就开始听他并不好听的专辑，收集关于他的杂志，关注他的动态。她缺少朋友，没有与任何人分享过这种心情，一个人在床边安静地贴上他的海报。

那天夜里，她眼神迷蒙，脸色潮红地醒来。四肢瘫软，心跳不休，她就知道，被埋葬的少女时期的秘密启封，衡南抬眼，福至心灵地扫了一眼眼前的面孔。这张脸，果然和那个男明星有七分相似，看过这张脸以后，那个男明星的面容变得模糊、遥远，黯然失色。

原来，她真正喜欢的是这张脸。

"衡南。"盛君殊弯腰弯得腰酸，忍不住轻轻提醒。

"累了。"衡南忽然把刀片往他的手里一塞，洗洗手，毫无预兆地转身走了。

盛君殊捏着刀片，哭笑不得。

晚上，两个床头柜都留着开最低挡的台灯，散发着昏黄的光。衡南搂着盛君殊，一呼一吸，睡得很熟。盛君殊睁着眼睛看天花板，久久无法入眠。他已经失眠好些日子了。

放在床头的手机振动起来,他立刻接起来。肖子烈的声音传出来,调子拖长:"师兄……"

"我知道,我会跟她商量的。"盛君殊的声音压得很低,回答得急促。即使如此,也能听出他绷得很紧的神经。

肖子烈了解他师兄的性子,这一千年来,他身边连朵花都没有,就是一直工作、练功,他不想逼得师兄过于痛苦:"好吧。那个……别拖太久了。"

"其实这不是什么大事,你们已经结婚了啊。"肖子烈挠了挠头,甚至破天荒地带上了些劝说的意味,"师姐肯定是不讨厌你,才同意结婚的,你好好跟她说说。"

盛君殊无声地挂断电话,低头看去,衡南依偎在他的胸口,睡得特别踏实。让他愈发感到歉疚。

第二天吃早饭的时候,盛君殊给衡南大致讲了一下事情经过以及一起修行的必要性。讲的时候,他斟酌语气,咽喉发痛,头皮发紧,金属叉子硌在手心。

但令他意外的是,衡南没有哭,也没有喊,更没有被牛奶呛到,只是沉默了一下,淡然地点了一下头:"好啊。"

这对衡南来说,的确不是什么惊世骇俗的事。

一个已经二十一岁的成年女性,有个性生活有什么大不了,何况对象还是一个户口本上的丈夫。

况且她对盛君殊也并不讨厌,她大概知道,盛君殊的人品比她自己好上千百倍,在她精神恍惚的时候,他都没有占她一丝便宜。如果不是迫不得已,怎么会主动提出睡她?

前段时间她一直以为自己得了绝症,她知道盛君殊不缺钱,可以让她得到充分的治疗,但据说化疗非常痛苦,她实在有点害怕,怕得几天睡不着觉。

现在猛然被人告知,原来只是睡一觉就可以解决的问题,那真是太好了,真的。

但是盛君殊显然并没有她这么随意。他拿了笔,铺开一张日历,强行把她摁在桌子前,苦苦回想自己的生理期,最后圈了一个良辰吉日,还是安全期。

做完这一切,他的脸色凝重,无声地吐了口气。

肖子烈来别墅串门,盛君殊在书房看一本老旧的线装书。但他的表情沉重,眸光略飘,看上去又好像心事重重。

等肖子烈凑过去看清了书上的内容,满脸一言难尽的表情:"师兄,你怎么了,房中术不是三大基础术法之一吗?"

盛君殊当然知道这是三大基础术法之一,他入了门,十一岁就开始背,背了这些年,和其他基础术法的口诀一起,每个步骤、做法、功效,早就背得面不改色,烂熟于心,闭着眼睛倒背如流。但是……

"你别说话,让我再看一遍。"他仓促地打断。

肖子烈愕然地立在书桌边。他觉得他的师兄就好像一个明明每次都考第一名,还要在进考场前争分夺秒、捧着书不撒手猛看一遍的变态学霸。

盛君殊真的又把书从头到尾看了三遍。他放下书,阖上双眼,靠向椅背。

别墅巨大的落地窗外,一片瑰丽的晚霞。

十一岁那个时候,男孩子似懂非懂,正是调皮的时候。修习房中术理论时,挤眉弄眼有之,调侃嬉闹有之,打开书本,读出里面的字句,心跳如擂鼓有之。女孩子们则内敛许多,只是低头不语,把红彤彤的脸埋进书本里。

盛君殊不太记得衡南修习基础术法时是什么反应,总之他自己没想太多,一门心思把它当成正课好好学习,上课做笔记,下课及时复习,考试还要考第一名。

师父点人回答问题,师弟、师妹都答得支支吾吾、七零八碎,他听得暗暗着急,怎么这么简单的题都不会呢?

他大方地报出答案来,背后猛然传来一片窸窸窣窣的、古怪的窃笑,他才意识到什么。但到底是什么,他十一岁的时候,想破脑袋也没能想清楚。

垚山派的房中术就像生理卫生课一样,就是科普,未知的时候好奇,等孩子们过了那个年纪,见多识广了,自然见怪不怪,不再觉得别扭。

但盛君殊好像完全反着来了。当时没有反应过来的混乱、复杂的感受,蛰伏了一千年岁月,毫无征兆地全部冲撞到了脑海。

衡南握着筷子,看着桌上的"满汉全席"发愣。

酒红色的桌布是新换的,桌子中间放了只雕刻成哥特式尖顶城堡的银色造型蜡烛,蜡泪流淌,像海浪一样,逐渐淹没了城堡的大门。

今天做菜的主要也不是郁百合。当然,郁百合也是做了一点的,做了她最爱的水晶虾饺和烤乳鸽。

这两道菜,已经被其他摆盘精致、大大小小的清蒸河豚、法式鹅肝和各种刺身挤到了餐桌边缘。而穿着燕尾服、戴白手套的混血侍者还在不断地从餐车上面取餐,他把盘子在长条餐桌上摆成一条龙,然后深鞠一躬:"请慢用。"

衡南住进别墅这么久,从来没吃过这么奢靡的晚餐。她慢慢地低头看向自己与城堡场景格格不入的、带着褶皱的小熊的棉质睡裙。

哎呀,头发好像也没有梳。

她用手指胡乱地捋了两下,不安地转向坐在一旁的盛君殊,刚张开口,盛君殊反应迅速,立即从容地拿起筷子:"够不着吗?师兄帮你夹。"

不要这样好不好。

搞得像吃断头饭一样,弄得她也很紧张。前两天那样强迫着她在书房背书,书摊开的时候,她都看见上面他用白纸贴住的插图了,不是很直白痛快吗?

衡南默默地扭回去,低着头,默默地往嘴里扒饭。

盛君殊看她好像有点低落,黑眸微转,心思愈重。他知道女生珍而重之,只此一次,所以必须很有仪式感。按从前的规矩他应该凤冠霞帔把人迎进门,龙凤喜烛过半,才是个好的洞房之夜。可现在连婚礼都没有办,竟然是在这种情况下,仓促地赶鸭子上架,实在亏欠衡南。

衡南端着碗站了起来,回头试探地瞥他的神色。

盛君殊默许。

因为菜比较多,她没什么规矩地端着碗沿着饭桌走,每道菜吃一筷子,遇到好吃的,就停下来多扒两口,走了两圈,吃了六分饱。这是她跳舞多年的习惯。

衡南摸摸小肚子,像老佛爷一样靠着椅背坐下,挑了根乳鸽腿收尾,望着如梦似幻的宫殿形状的蜡烛安静地啃着。

"味道怎么样?"居然还要她点评一句。

衡南转过脸来,放下乳鸽,漆黑的眼睛凉凉地看着他:"第一次的饭,特别香。"

盛君殊立刻呛到了,咳了几下之后,椅子"嘎吱"一响,他狼狈地走开。

盛君殊开始洗澡。

越临近红笔圈出的这一夜,焦虑积累得越多,洁癖就升级得更严重,到了几乎苛刻的地步,脊背不小心碰一下瓷砖他都觉得又脏了。

他觉得师妹没准备好,当然,他自己也没太准备好。但他是师兄,他不能逃避,他甚至也觉得速战速决比较好,再这么拖下去,他也快熬不住了。

盛君殊深呼吸,拿毛巾随便擦了下头发,套上衣服出门。

衡南坐在床上,见他一出来,就脱下外套往浴室冲,让他伸臂拦住:"怎么了？"

衡南说："我洗澡。"

"你刚才不是洗过了吗？"盛君殊头发上的水珠滑落进了衣领，他稍微有点疑惑。

"你不是洗了两遍吗？"衡南也捉摸不透地抬眼看他，"我以为每个人要沐浴三遍。"

"不用，没这个规矩。"盛君殊的心事被骤然点破，仓促地绕过她，耳尖稍红地坐在了床上，呼吸有些不稳，"没事，别紧张。"

衡南心想，到底是谁在紧张？她慢慢地走过去，指尖按在墙壁的开关上，"啪"的一声，屋里黑了。

衡南看见台灯下盛君殊骤然扭过来的脸，还有他的眼神，也有些无措："不应该……"关灯吗？

盛君殊没有反驳，只是在黑暗中看了她一会儿，叫她过去。

两个人并肩坐在床沿上，半晌无言。

阳炎体的热度传过来，因为他半天没说话，也不知道从哪一步开始。衡南也无端地有些恐惧，但她恐惧的不是这件事本身，而是空白和未知。

"我会怀孕吗？"

"不会。"盛君殊答得非常肯定。

第一，日子在安全期内，第二……他又耐心地解释了一下他们二人这种非同常人的体质，在使用房中术的时候，为什么没办法做普通意义上的措施。

衡南听得似懂非懂，但见他这么笃定，也就不再问，扭过头，看了看他的侧脸："跟打针比起来，哪个更痛？"

这让盛君殊怎么回答。

他没有经历过，他不是女孩，关键是，他也没有打过针。

两件事没有一个他熟悉的，只好硬着头皮猜测："也许差不多？"

衡南觉得可以接受："那我就当打了一针吧。"

盛君殊沉默了一下，又转过来："衡南，之前让你背的心法，再背一遍我听听。"

背书啊。衡南的记性极好，册子上面密密麻麻的小字，什么"丹田""元丹""先天炁""后天气"一类，看了几遍也就背住了。

更主要的原因是，那个册子上面分了乾坤两法，乾法有整整三大页，非常复杂。而坤法就两行，动作也没有，总结起来就两个字"躺着"，全靠队友带着入丹境，所以她记得比较牢。

干巴巴地背完之后，她没忍住打了个哈欠，揉了揉眼睛。已经到了她平时睡觉的点儿，生物钟提醒来了。

盛君殊似乎叹了口气，然后他把一个圆圆的金属盒子搁在桌上，起身离去："你自己准备一下……我一会儿过来。"

衡南扭开盒子，里面是透明的膏状物，指头戳了戳，像糨糊，放在鼻子底下闻，一点淡淡的兰香味。

她也是看过一点动漫、电影的，知道这样的东西大致的作用，想了想，沿着盒子铁皮，刮了一大半出来。

"我好了。"

衡南一见他进屋，双手交叠开始往上拽衣服，已经蒙住了脑袋。盛君殊赶紧拽着衣服给她拉下来："不用。"

"不脱吗？"衡南的头发被蹭得略有凌乱，看了看他穿得整整齐齐的衣服，垂眼，抿唇，"好吧。"

盛君殊揽起她往下一带，朦胧中衡南感觉到他的手很轻地摸了摸她的头发，似乎意在安抚。他未发一言，然后台灯灭了，阳炎体灵火的温度压倒性地倾覆下来。黑暗中，呼吸交织在一处。

盛君殊的精神过于紧绷，就像一边做俯卧撑，一边在脑子里计算高难度数学题，哪边都顾不上，整个人的感官麻木，像飘在半空中。入了丹境，衡南开始还安静，然后哽咽了一下，眼泪掉出来，开始抽抽搭搭的。

盛君殊停顿了一下。大概是丹境诡谲，让人不太舒服。衡南日常喜欢哭，吃饭咬到嘴，都要哭一场。缺乏这种经验，受不了哭出来是正常的，不能停下。

他在前面开道，初始走得稳妥谨慎，丹境也正常、稳定。不知道在丹境走了多久，他恍然意识到耳边的声音不太对了，丹境迅速如万花筒旋转，逐渐脱离预测，他正挥刀遁地，猛然间地裂海现，凿穿一口泉，浇了他一身。

盛君殊紧锣密鼓背心法，结果念错了……

衡南本来是在好好地背那个拗口的心法的。按她之前的想象，走完整个丹境，大概是一边挨打一边背书……为了活命，也勉强能接受。

但是背着背着，不知道哪里冲出来的河水，冷不丁地淹没了腿，她就有点蒙了。再然后，她像是水中泡发的种子，洪水越卷越高，沉沉地压迫着心脏，一种极其危险的预感袭来，她停住了，整个儿将心法抛到脑后。

她发誓她不是不背，只是想先停一停，好奇地想看它能涨到哪儿，谁知道刚一停，浪花"咕噜"一下子涌没了头顶。她没有背书的机会了，她被淹死在丹境里了。

衡南这一死，盛君殊就一个人被困在凶险变幻的丹境中。越是焦急万分，越是头脑一片空白，想不起来刚才背到哪里，好不容易接上前面的，背诵的速度立刻快了几个等级，他想速战速决，赶紧退出丹境。

不想这一快便坏事了，幻境四面空间不稳，倾倒压合，将他挤在中间；天边现了云层幻景，大团灰色的云头，云头上隐约有怒目金刚、凶兽雄狮，朝他森森狞笑，耳边的声音却更加清晰，几度打破空间稳定，他恍惚之下，下意识地低头查看。

入丹境受心念影响巨大，犹如高处走钢丝的人本来心境平稳，低头一看下面是万丈深渊，这还得了？

他低头一看，潋滟山水晕成一团，视角如醉酒一般紊乱，陌生而勾魂，再然后，快意凝成的灰色云头立即千百倍扩大，汹涌而来，瞬间将他压倒淹没，蚕食鲸吞。

丹境结束的瞬间，两个人四目相对，衡南头一次看见盛君殊沉静的眼睛里出现难以置信、惊慌和狼狈混杂的情绪。

但衡南的大脑已经转不动了，容不得思考发生了什么，眼睛一闭便沉入梦境。

半夜，衡南又被盛君殊叫醒，他脸色异常凝重，端了杯热水，轻柔地哄她喝药。她浑浑噩噩，半梦半醒，想到他那么笃定地说"不会怀孕"，原来是这个不会，她吞下胶囊，滑进被子里继续睡。

手机"嗡嗡"振动起来，男人的手立刻将它拿起来，熟悉的声音传来："师兄……丹境成了吗，师兄？"

"没有。"

"没有？"

"算成了吧。"

肖子烈疯了："到底成没成啊？你能不能好好说话？"

盛君殊沉默，沉默了好半天，无比艰难地说了一句："责任在我。"

"喂？"

电话挂断了，他把手放在额头上，闭眼。

盛君殊觉得自闭了。他给师妹打包票承诺"不会怀孕"，是因为按垚山派术法，入丹境讲求的是"行而不出"，阳炎灵火是通过阴跷脉升华还补于丹田，呼吸吐纳，完全脱离普通的过程。结果呢？他行了，他也出了……修了那么长时间的"渐法"，一直以为他的控制力相当不错，就算出问题也是衡南那边出问题。没想到第一次实践入丹境，他自己出了这么严重的纰漏，对象还是什么也不知道的可怜师妹。

他不敢回想重大失误的过程，简直是一场灾难。

衡南一觉睡到第二天中午十二点，拿过闹钟一看，直接下楼吃午饭。

醒来时，盛君殊早就走了，从床单到地毯全部换过一遍，窗户大敞着，别墅外的风把纱帘吹得鼓起来。新鲜空气对流，屋里只剩阳光和风。

站在这样清朗的环境里，凶险的丹境完全成了一场梦。

她倒没有什么过特别不适的感觉，反而下楼时路过镜子，偏头看了一眼，发现双颊已经带上血色，肩膀和后背暖意萦绕，倒有了身体底子很好的错觉。

吃午饭时，平时一惊一乍的郁百合，低着头边盛汤边同她轻声细语地说话，看上去好像一无所知。

衡南突然生出一种微妙的感觉。她低头，心脏怦怦地跳动着，不断地搅着碗里的桂花圆子。

她和盛君殊有了一个共同的秘密。这样想着，开始对共犯者的去向产生好奇："师兄呢？"

"老板吗？"郁百合说，"他说去公司处理点急事，让太太好好休息一天。"

"太太想去外面吗？"郁百合不放心地盯着他，"老板嘱咐过，去哪里我都陪着太太一起。"

衡南搅着圆子汤，人有点分神，还琢磨着上一句话："有急事？"

"对哦，不知道什么事情。上午还打包了一些行李搬到车库，好像过几天要出差去星桥。"

衡南被不安全感笼罩，瞳孔收紧，好像畏光的小动物骤然被强光照了一下。

郁百合仍然在说："太太这两天休息好了，找个时间，我们也收拾下东西。"

衡南感到有些意外："我也要去星桥？"

奇怪，刚才那股强烈的带着恨意的心慌、恐惧从何而来？

"咦？老板没告诉太太？"郁百合见她的脸红扑扑的，眸里带着水光，看起来比昨天可爱，开玩笑道，"出差加蜜月哦。"

衡南吃饭的动作放缓，矜持优雅："我想去圣星转转。"

她想见到盛君殊。

今天上午，李梦梦和李父专程到圣星给盛君殊送锦旗。

盛君殊之前推辞过这份好意，这一趟本来可去可不去，但早上起来，衡南还睡着，他终究存了点逃避的心思。

坐在了办公室里，又有点心神不定，担心只留郁百合一个人看着，又出什么岔子。

会客茶几上摆了两个果篮，一个装锦旗的盒子。李梦梦只化了淡妆，头发剪到了耳朵底下。住院的日子，她清瘦很多，细胳膊从外套里伸出来，挽着父亲的手臂，显得特别青涩，像个女高中生。

盛君殊关心地问道："毕业证拿到了吗？"

"参加了补考，已经拿到了。"李梦梦有些不好意思地看了他一眼，斟酌语句，"谢谢……"

她知道那天是盛君殊把她从楼上救下来的，看着这张年轻的脸，想叫得亲近些，但男人身上的气势又很沉，西装华服，距离感强，让人觉得有点儿胆怯，她低下了头："谢谢叔叔。"

他记得李梦梦今年好像已经二十一岁了吧？跟衡南一样大。

但盛君殊面上没表现什么，停顿片刻，接着问："以后怎么打算的？"

"我在老家找了份工作，签了合同，马上就要上班了。"李梦梦回头看着父亲，笑着道，"想离我爸近一点。"

李梦梦的父亲闻言，红着眼圈羞赧地笑了笑，半是欣慰半是忧愁。欣慰的是她在家乡脚踏实地，健健康康的，忧愁的是这段经历终究浇灭了李梦梦对于步入新阶层的全部热情和渴望。

"刘路被判了四年。"李梦梦轻轻地说，"因为他……没有家属，我还去给他送过棉被，他看起来，跟以前不太一样了。"

盛君殊："没有家属？刘大富呢？"

"过世了，上个月的事情。"

刘大富死得很突然。

刘大富早年生活习惯不好，从年轻的时候就烟酒不离手，使得他在结婚时已经患有脂肪肝。拿了洪小莲的赔偿款独居以后，他更是放纵，大吃大喝，等发现右腹隐痛，去医院查看的时候，已经发展成肝癌晚期。

刘大富听说肝癌的扩散迅猛，心态先垮了，约好第二天住院，头一天租客听见土坯屋里传来阵阵声嘶力竭的哭声。第二天一早再看，刘大富直挺挺地躺在床上，双眼瞪圆，身体都硬了。

"生死无常。"盛君殊只好淡淡地接了一句。

刘路在第三监狱服刑，被迫剃成光头。李梦梦接到电话给他送棉被的时候，他正穿着囚服跑圈，满头汗水，嘴唇里呼出团团白气，看到她，愣了一下。

刘路这一辈子，被洪小莲呵护得太好了，导致他的心里只有自己，没有别人。他进了监狱，才发现原来饭盒不刷，只会发霉；床铺不叠，就永远凌乱；脏衣服不会自己变干净，洗净的苹果和温水也不会忽然出现他的床头。

一直以来，他活得太舒坦了，都是因为他的母亲跟在他身边没离开过，他发现自己不是气运之子了，洪小莲已经不在了。最后一面，他还因为胆怯错失机会。

噩梦惊醒，龋齿发炎，靠夏被过不了冬，过得非常痛苦的时候，他总有一些状态想要别人知道，但除了他的母亲，谁又肯耐心地去理会？他想倾诉给母亲，但她在这世间所有的痕迹都被抹去，好像从未来过。

烧掉的黄纸、墓碑前的冬青，可以寄托所有人的哀思，但唯独寄托不了他的。

他从此独活于世间。

土坯屋厕所的墙壁上有幅简笔画，是他三岁的时候，用不知道从哪儿捡到的半截粉笔画的。

他的母亲没骂他，只是觉得他才拉了裤子又拉，有些烦恼，急急忙忙地弯着腰给他洗裤子。他就光着腚乱画一气，画一个母亲，再画一个他，画完之后，拉拉母亲的衣角，请她看自己的大作。

洪小莲有些着急，回过头来皱着眉，待看清楚墙上是一个歪歪扭扭的大火柴人拉着一个小火柴人，听他说那个大的火柴人是"妈妈"，她眉头舒展，"扑哧"一声笑了，拍着腿笑得前仰后合。那幅涂鸦，她没擦，留在卫生间的墙壁上，不知道现在还有没有。

李梦梦把冬天盖的被子从窗口递过来，两个人都低着头。他没打算给她打电话，他们都贪，和自己虚荣的幻想谈了场恋爱，分手时也没有太多伤感。

但是这个世界上，他实在不知道还能联系谁，狱警打电话过去，她还真的来了。

两个人静静地坐着，等到了时间，李梦梦放下电话，转身走了。

"对不起！"刘路对她的背影说。

人生荒唐。许多人的最后一面，竟是沉甸甸的，无话可说。

李梦梦和她爸爸要赶火车，强硬地把果篮留下。盛君殊也没有推拒，只是起身："电梯要刷卡，我送你们下去吧。"

他们推辞着，但最终还是三个人一起下楼。

李梦梦走之前，回头看了一眼圣星一层吊顶上繁复华贵的水晶吊灯。

在清河当"网红"的生活，华丽诱人得就像一个梦。正如她在寝室里第一次遇到穿着一身名牌、戴着墨镜拍 vlog（视频博客）的徐小凤。徐小凤的头发是栗色的，柔软整齐，手腕散发淡淡的香水味，耳坠也闪闪发光。她轻启红唇，冲她露齿一笑，一下子就把她迷住了。

徐小凤和她背后的世界，像糖果裹着一层精致的玻璃纸揭开一角，吸引她头破血流地往里钻。她成了徐小凤的跟班，却也迷失了自我。

现在李梦梦离开清河，和她来时一个样，一个包，一只小箱子。

说不失落是假的，但她保住的是一条命，又有什么比活着更重要呢？

张森听见门外的脚步声，以为盛君殊落下什么，匆匆迎出去："老板……"

他险些和慢吞吞走进来的女生相撞，女生穿了条低腰牛仔裤，棒球外套敞开着，露出一截细腰，头发随意地披散在肩膀。

他吓得往后跳了一步："小二姐？"

他还是第一次见到衡南这么正常地站在自己面前，这反倒让人觉得很诧异。他不禁往她的身后打量："一、一个人来的？"

衡南的黑眸却定在他的脸上，仔细瞅了一会儿，启唇问道："小狐狸？"

"什么？"张森盯着衡南，脸色以肉眼可见的速度迅速涨红，随后他猛然背过身，肩膀耸动，努力深呼吸，"对、对不起，失态了。"

衡南不解，再一错眼，年轻人的头上现出两个褐色的毛茸茸的尖耳朵，顶散了发胶打好的头发，正随着呼吸微微耸动。

不是狐狸吗？记错了？

她屏息走近一步，想近距离观察观察那双耳朵："你怎么了？"

"呜呜，小二姐真、真的太好了……"张森用双手紧紧地捂着眼睛，眼泪还是从指缝里流出来。

整整一千年来，所有见过他的人，不看别的，单看他这双往下耷的三角眼，都会亲切地问一句："我知道，你是黄鼠狼吧？"

毕竟，很少有狐狸的五官能长成这个模样……因此他离群索居，自己捡点吃的，瞎混混日子。

连垚山派内门的弟子，第一次抓到他偷鸡时都认错了，拽着他的尾巴把他倒吊起来，团团围住："黄先生、黄爷爷，怎么不放屁呀？"

久而久之，别的垚山派弟子朝他一伸手："你不是凡人吧，你是——"

"黄鼠狼。"他顶着三白眼，自暴自弃地道，"叫我黄、黄先生就好。"

"哦……好，黄黄先生。"但是衡南就与众不同。从前小二姐端庄，师弟师妹捉弄他，她从不参与，不过以袖掩口，眉眼稍弯；现在的小二姐都忘了前尘往事，居然还能一眼认出他是狐狸，而且还是可爱亲昵的"小狐狸"。

人与人之间的差距。

"小二姐坐、坐一下，我去倒水。"张森把她摁在会客的沙发上。

衡南双手交叠，坐得端庄。

郁百合去找微波炉热午饭了。这次带饭来还是她出的主意，说太太给老板送爱心午饭，使他措手不及，盛君殊一定感动得痛哭流涕。

痛哭流涕倒也不必。衡南冷冷地打量了一下空荡荡的总裁办公室，阳炎体留下的余热还未散去，似乎是刚才仓促离开的。

衡南端庄地坐了一会儿，没人回来，一个人有些无聊，起身，猫在了总裁的办公椅上，开始打蜘蛛纸牌。

"盛哥儿，今天我可做了红烧排……"提着食盒的脚步靠近，王娟带着笑意的声音戛然而止。

衡南抬头，四目相对，两鬓斑白的妇人看她的眼神略显怪异。

衡南确定她们从前认识，至少这个妇人肯定单方面认识她，即使她立刻慌乱地低下头去，她瞳孔中闪过的恐惧、敌意、防备，是掩藏不掉的。

"小二姐，您怎么来了？"王娟的身体僵硬了一半，她知道这是个全然无辜的衡南，但骤然见到，生理上的抵触总无法避免，"身体……好些了吗？"

"有点不舒服。"衡南的声音轻轻的，就像青涩的女大学生，跟生人说话很紧张,"我来找盛君殊,阿姨,请问您知道他在哪儿吗?"

王娟抬头,略微诧异地看向衡南的发顶。

阿姨?她容色怪异,真的……完全变了个人吗?

"老板大概是……有事出去了。"王娟闭了闭眼,脸色变了几番,有点认命了,她抬起头来,面色复杂地说,"小二姐,您跟我来一下。"

衡南瞥了她一眼,乖乖地跟在她的身后,办公室的中央空调使温度适宜,她把棒球服外套脱下来,随手扔在椅背上。

圣星顶层的"总裁专属"楼层里有一个很大的厨房,厨房外是个七八十平方米的休息室,还有液晶电视、沙发、书柜和床,像个精装的卧室。这是专门给王娟设置的,让她在等饭做熟时可以打发时间。

衡南扫视一周,跟着王娟进入厨房。

厨房内还有橱柜,窗明几净,烤箱、微波炉、蒸锅、煮锅、炒锅,饭店后厨一样的全面配备,但用过的却很少。

"小二姐……"王娟下定决心从今天开始,把现在的衡南和从前的小二姐划清界限,这种分开,先从改口开始,"您会做饭吗?"

"不会。"衡南说,她垂着眼,又不安地补充,"一学就会了。"

王娟忍不住看了她一眼。

女孩低着头,脸上素净,垂下的睫毛弯弯,寡言,怯生,是最招长辈疼爱的类型,但愿这一辈子一直这样,别想起过去才好。

王娟说话的语气便越发柔和:"那,我先教你煮一个老板喜欢的汤,可以吗?"

衡南点头。

水"咕嘟咕嘟"地沸腾起,大手抓了一把绿豆撒进去:"我们盛哥儿最喜欢喝绿豆百合汤,天天喝都不腻的。你学会了,以后可以做给他喝。"

衡南静静地看着绿豆浮动,不知道在想什么。

"盛哥儿的脾气最好了,没那么多规矩,你也能舒坦点。他在外面忙,你在家里就要多操持点,让他少为家里操心。他忙起来,就不知道照顾自己,所以你要好好照顾他。他熬夜,你不许他熬夜;晚上饿了,给他煮个夜宵。"

衡南没有作声,看上去像在发呆,王娟怕她左耳进右耳出了,于是喊了衡南一声。

衡南忽然挡住了她的手臂,王娟低头看了看,她手里捏着勺,勺里有半勺白糖，笑着解释："我给汤里放糖。"

"不用放糖。"衡南执拗地把她的手挪开。

"这么大一锅汤，怎么能不放糖呢？"王娟觉得她在胡闹。

"绿豆汤不用放糖。"衡南猛然抬眼看她，瞳仁里带着股偏执的傲气，"百合会是甜的。"

这一眼，看得王娟心头一冷，差点把勺子掉了。毛骨悚然的感觉再度席卷而来，她的眼神中不自知地露出了恐惧之色："小二姐……"

衡南没注意到，迅速接了一瓢水"哗"地加进锅里，改小火。不知道眼前这人连个汤也不会烧，怎么还没被辞退："都快烧干了。"

王娟向后退了一步。

如是外人眼中的衡南，嫁给盛君殊，自然觉得是金童玉女一对。

如果她没有看见盛君殊门外阴影里站着的衡南，看见衡南的眼神和手上的血，她是打死也不可能不祝福老祖赐下的这桩姻缘的。

那是小五哥简子竹头一次"出秋"的夜晚，路上捉到几只害人的精怪，拿锁链拴成一串牵回来，关进桃阵里，准备第二天再审。

他的手法不熟练，半夜，一只狐狸精挣脱枷锁跑了出来，也不知怎么，就走到了盛君殊门外。

简子竹"出秋"是盛君殊带的，舟车劳顿外加操心，盛君殊早早歇下，此刻屋门紧闭。

月光之下，露出一道扶着墙、弓着身子的娉婷的影子。

狐妖化成人身，称得上绝色美人。她走到盛君殊的房门前，若有所思地停了下来。

盛君殊处理精怪已经相当老练，不会让它们吃太多苦头，一路上称得上多加照拂。这只狐狸精就动了旁的心思，她想要魅惑这个看似温柔的大师兄，给这个门派一点儿教训。

狐妖借着月色扭了扭腰身，大氅消融，露出里面薄薄的一层衣衫，微卷的长发蜿蜒散落，更衬得肌肤如雪。她攀爬至屋顶，将屋顶瓦片掀开，准备跳进盛君殊的房间。

但她不知道，房间设有禁制，屋顶一破，阳炎之气爆出，将她灼烧得尖叫一声，向后倒去，直直地撞在了一个人的腿上。

屋脊之上，一轮圆月。

王娟初时没认出来那是衡南，大概是因为衡南平时总是穿青色、驼色之类素雅的衣衫，她的头发挽成发髻，发髻上横一根浅色的木簪，那才是温柔婉约的衡南。

那天晚上，衡南可能正为祀山鬼做准备，身上是件没来得及换下的枫叶红的广袖舞裙。

墨黑束腰画满烫金麒麟，束得那么紧，前片短裙下是一双苍白、修长的腿。她赤足站立，长长火红的垂袖如褶起的纸扇，拖到脚边。

衡南的头发也没梳起。原来她的头发并不长，发梢平齐，堪堪垂到肩头。黑如冷矿的头发、款式诡异的红裙、雪白的足、硬的屋脊、冷色的月盘。

屋脊上，黑发被风吹乱，衡南没有笑，带着一股陌生而邪恶的、迷乱的艳。

狐狸精一时眼拙，竟然将她认成了同类，冲她吐了一道寒烟。寒烟还未接近，就让她身上阳炎灵火倏地一下蒸干，狐狸精吃了一惊。

垚山派师门规定，没有作恶的精怪不能滥杀。此时衡南应该警告她、捉住她送回桃阵，或者叫人来抓她，任何一种，王娟都能理解，可是衡南并没有这么做。

她的目光安静地顺着眼前青白的脸，慢慢地向下打量，落到了盛君殊屋顶的那个被凿开的洞上。眸色好像深不见底的黑水潭。

她拖着广袖，在屋脊上迈了一步，狐狸精便退一步，一进一退，到了屋脊边缘，狐狸精忍无可忍，指爪伸开，利甲暴涨，向她挖去。

衡南一把抓住了她的手腕。从下面看上去，一红一白两个美人，像是紧紧相拥一般。

但是红色的那个存在感太强，她的背后是夜色，身上、眼里也是夜色，她如墨锭入水，压迫下来。狐狸精慌不择路，开始尖叫，辱骂她。可无论狐狸精如何辱骂，衡南始终不发一言，半垂着眼，像是黑蛇安静地收紧身和尾。

淅淅沥沥的黑血从她玉白的指缝渗落，一半融入她的衣裙，一半顺着小腿流下，几滴黑血像梅花，一朵一朵，绽放在她雪白的脚背上。

狐狸精让衡南穿心，化作了一颗萤火虫大小的魂元。衡南伸出手，一把捏碎了。她的身上染满狐狸精的黑血，她慢慢地将发丝别在耳后，手蹭过去，将脸颊上的血渍也给匀开了。

笤帚倒在落叶中，王娟双手掩口。

风仍在吹，衡南满脸是血，眼神冷漠，镇定得令人毛骨悚然，这在王娟看来，只能有一个原因——她违规滥杀妖精，已经不是第一回了。

衡南低头，看到溅在瓦片上的点点血珠，才有些松动，右手伸到背后，将束腰背后的结带解下来，裙下雪白的腿屈起，黑猫似的无声地蹲在屋脊上，仔仔细细地擦了半个时辰的屋顶。

擦到了翘起的瓦片，瓦片下面，还露出一丝暖光。

按道理说，她若不想让人发觉，将瓦片快点挂回去便好，可她直直地盯着瓦片，看了一会儿，却伸手揭开了更多的瓦片，将屋顶掏出个洞来，然后自己跳了进去，从盛君殊的房间里取了一只灯笼出来，跑掉了。

"太太！"

叫声在耳边炸开，让王娟回了神。

睁眼一看，郁百合怒气冲冲地夺过了衡南手里的瓢，一把将她推离了煤气灶旁边："哎哟，动这个干什么呀？我到处找不到你，怎么跑到这里来啦？"

衡南让她喊得一愣，回头朝王娟一指："阿姨叫我来做菜。"

"阿姨，哪个阿姨啊？"郁百合就像个迅速膨胀起来的气球，抬眼看向穿着布衣布鞋的王娟，"做菜，您是哪位啊？这是董事长的太太啊！你让她做菜？"

王娟不大高兴地清了清嗓子："我是盛总的……私厨。"

郁百合侧立着，把她从头打量到脚，又从脚打量到头，笑了一声："厨房里面连烤箱都是新的，五个锅就用过一个，还是私厨啊，你这是打我们私厨的脸。"

"你！"王娟解释，"我跟小二姐好好说话，我是在教她为人妇的道理。"

"我们太太用你教，你是她爹还是她妈呀？给人家当老婆还要教道理？"郁百合把饭盒往桌上一跩，"我们老板给太太买了一个亿的保险，她切一根手指头，你赔到倾家荡产！"

衡南忍不住看了郁百合一眼。

王娟的脸色发青："我……五十岁的人了，你跟我说话，有点教养。"

"不好意思啊，阿姨。"郁百合冲她冷笑一下，"我今年虚岁也五十岁了，没看出来啊，你怎么老得像我阿姨。"郁百合骂人带着吃喝的调，"倚老卖老哎。"

"你说谁倚老卖老呢？"王娟中气十足，一巴掌拍在案板上，她的手劲大，案板"啪嚓"一声绽开一道裂纹。

"说你啊，阿姨。"郁百合瞥着案板都裂了，一把挽起袖子，"不要吓唬我，老娘没啥怕的。你那张脸老得跟老黄瓜似的，还有脸刁难年轻漂亮的小姑娘，你当你是容嬷嬷呀？"

王娟脸色铁青，眼睛冒火，指着她的鼻子："你，你给我再说一遍。"

"容嬷嬷，容嬷嬷，容嬷嬷！"

王娟："打不死你！"

郁百合："来呀，我倒要看看你这根老黄瓜厉不厉害……"

衡南一看，她俩竟然已经推搡起来。左顾右盼，没插进话，赶紧扭头跑进总裁办公室。

刚进门，一头撞进一个人的怀里。

盛君殊从办公室出来，下意识地扶住她的肩膀，将她挪开，待看清是谁，尴尬里带着惊异："衡南？"

衡南跑得气喘吁吁，一只冰凉的手拉住他的手掌，仰头看她，好像很着急："快，有……有人打小百合。"

盛君殊愣了一下，立刻反应过来。他让郁百合看着衡南，一定是遇到了危险，郁百合让她先跑了。他面色一冷，马上拉着衡南出门："在哪儿？"

话音未落，他就看见两个抱在一起的身影，"咣当"一声，压在了办公室的门板上。

两个人手臂互相抓着，郁百合抓破了王娟的脸，头发被撕得乱七八糟的王娟正扯着郁百合的头发，穷凶极恶地喊："看我不打死你！"

"……王姨！"

盛君殊坐在办公桌前，手捂着半边俊脸，按着太阳穴。

办公室里鸦雀无声，郁百合叉着腰，喘着气，手上按着被扯得大了一圈的领子。王娟头发乱得像疯婆子，脸上还有几道血印，只穿着一只鞋一只袜子，一只手拎着脱下来的布鞋。

两个人就像被叫到老师办公室里的小学生一样，垂着脑袋。

衡南安适地坐在老板椅的扶手上，嘴里叼的酸奶喝到了底，吸管骤然发出"吱噜"的一声，泄露了她的幸灾乐祸。她立即心虚地看向盛君殊。

盛君殊看她一眼，没说话，冷着脸把她手上的酸奶盒子拿走，又从抽屉里拿了一小包饼干递过来。他递得那么自然，衡南摸不清他想干什么，停了停，接过来吃。

盛君殊开始断家务事。他先看向郁百合，郁百合捂着领子："老板，她先刁难太太，让太太给她干活，我看不过眼。"

"什么叫刁难？我好好地正跟小二姐说话呢，"王娟说，"她先动的手。"

"行了。"盛君殊表情复杂地打断她们，"你们两个，我真是没办法说……"

两个人闭上嘴，低下头。

"王姨。"盛君殊转向王娟，"你也是活了……几十岁的人了，还打架，你跟她计较什么呀？"

王娟的脸几乎惭愧地埋进胸口："对不起，盛哥儿。"她知道盛君殊哽住的那一下原本是想说什么，他活了那么久了，郁百合跟她比起来，是小辈中的小辈，她居然不顾形象地跟人家厮打，真是丢人。

"衡南不用做饭。"盛君殊又看了她一眼，缓缓地说，"家里有专门的阿姨，衡南要是什么都做了，还要阿姨和我这个师兄干什么？"

盛君殊心里明白，王娟虽然一口一个"掌门"地叫着，但这么多年来相依为命，更像是把他当亲生儿子疼的。

但他打小离家独立，拜入师门就是大师兄。经年累月以长辈姿态对师弟师妹们的照顾和管束，使他不大适应这种来自别人的感情和关怀，总觉得别人将他当成个少年，或是当成个孩子，很奇怪……也是时候让她收回这些好意了。

王娟听他的语气认真，生怕他顺着郁百合，误会她刁难衡南，忙道："是我不好，是我着急了。"

"行了。"盛君殊不想过多纠缠，只想着以后不能让这俩冤家再见面，"相互道个歉，这事儿就算过去了。"

两个阿姨大眼瞪小眼，都冷哼着别过头去。

"对不起。"

"不好意思。"

尴尬的气氛略微缓解，王娟穿好了鞋，整理好头发，小心翼翼地笑："盛哥儿，消消气，我这就给你做午饭去。"

"不吃。"盛君殊让她们这么一闹，哪有心情？

王娟的面色登时变得难看，郁百合便得意，想到刚才老板只说王娟，没多怪她，立刻笑得合不拢嘴："那，那老板吃别墅带的便当吧，都热好了，我这就端去！"

盛君殊正在批文件,笔尖压得"吱吱"作响,冷笑一声:"你们俩做的饭,今天我都不吃。"

郁百合的笑容也僵住,换王娟嘴角挑起,还没挑两秒钟,只听一个小小的声音说:"可我想吃。"

几道目光立刻汇聚到衡南身上,盛君殊的目光尤其复杂。

衡南正在吃饼干,突然被注视了,缓慢而无辜地舔了一下沾在下唇上的饼干屑。衡南的外套是刚才让他逼着才披在肩膀上的,里面是件弹力长袖,袖子长,下摆短,露肚脐。她以前也没这么穿过,盛君殊有点别扭地移开视线。露着肚子还嫌热……丹境的效果是真的好。

"太太想吃对不对?"郁百合快压不住窃喜的表情了,还要叹气,"这可怎么办,唉!太太想吃我做的烤乳鸽……"

盛君殊沉默了好半天,用力合上文件,额角露着青筋:"吃。"

盛君殊只在圣星待了半天,下午就回别墅工作。

吃完晚饭后,衡南就跟郁百合凑在一起,迟迟没有上楼来。他没太注意,只是在处理邮件的时候,分了一缕神想:师妹是不是也不太自在,所以干脆避出去了?如果真是这样,不知道晚上还乐不乐意睡这个房间。

床倒是挺大的,中间隔一排浮标,或者,房间里再摆一张小床,拿帐子隔开?

他又不知道怎么想起清晨处理"案发现场",把衡南从床上挪到沙发上时,尴尬地弄了他一袖子,拿纸巾大概帮她擦了擦腿,她也没醒。然后他以最快的速度把床单换下来,发现床单底下的床垫居然也湿了。

他看得别扭至极,不知道到底是怎么做到的,要换也不想让郁百合看见,只好拿了个吹风机,狼狈地蹲在地上吹了半个小时,把床垫吹干。

他正混乱地想着,衡南用膝盖顶开门,门"嘭"的一声撞在了墙上。他愕然地抬头,只见衡南没什么表情,慢吞吞地端了个托盘进来。

一只小瓷碗搁在他面前的桌子上:"给,绿豆百合汤。"

盛君殊愣住:"你想起来了?"

"什么?"衡南瞥他一眼。虽然王娟只教了十分钟,但她学得很快,别墅里有原料,转眼就能做出一模一样的。

"没事。"盛君殊垂下眼,端起碗抿了一口,心头掠过一阵奇异的感觉,像下雨前膨胀的潮气。

师妹从房间里端出来给他喝的绿豆百合汤,是什么味道,当时他喝得太快,时间又太久，只留了个"很好喝"的印象。

他应该早就遗忘了真正的味道，这一千年来，他喝过无数不同的绿豆百合汤，甜的、不甜的、绵密的、粗糙的，可是他再尝一次时，竟然还能认出来，那就是一模一样的味道。

盛君殊抬头，瞥见衡南正无聊地用手指绕着头发，盯着他看，似乎在等待一个答复，连忙回答："很好喝。"

衡南忽然自负地笑了一下，好像专门在等他这一句："不放糖的。"

"不放糖。"盛君殊不解其意，"不用放糖，这样就很好。"

出乎他的意料，衡南没有离开，拖了把椅子坐在他的对面，懒洋洋地趴在书桌上，一双眼睛盯着他的脸看。

盛君殊让她盯得有些不自在时，她才开口："小百合说，你给我买了一个亿的保险？"

盛君殊立刻被水呛住了："赔款好像最多一百万。"停顿了一下，又补充道，"你想要保险？想要……"

"不想。"衡南垂着眼，抠开笔盒，没什么耐心地结束对话。

盛君殊见她铺开速写本，便把台灯的脖子扭了扭，让光均匀地照到她那边。她睫毛的影子拉长，落在白纸上，似乎颤动了一下。

初时，盛君殊的目光总能扫到对面的衡南，有些不太适应，尤其是她坐没坐相，枕着手臂侧趴着写写画画，半干的头发散一半搭在手臂上，一半搭在桌面上，飘出湿漉漉的香味。

但等盛君殊看过十个方案、做过五个计划，就以强大的调整能力，迅速适应了办公桌对面多出来的一个活物。

他从容地卡在十点半关闭电脑，喝了口茶，起身绕到衡南的背后，看她做了什么。

衡南画了三幅画稿。

她这二十一年来过的是一个女孩子的正常人生，上了大学，学的是服装设计，多少有点手绘基础。第一张，在人体模特上拿彩铅画了条黑色的裙子，鱼尾摆曳，画得很认真。后面两张就完全是在胡乱画，涂黑的无数圈圈、波浪线、火柴人，但盛君殊还是一眼在其中找到了惊人的部分。他的指尖落在由上至下三个重重涂黑的圆点上："这个……"

衡南立刻把本子从他的手指下抽出来，死死地抱在怀里，不肯给他看了：

"胡乱画的。"

盛君殊沉默了片刻："既然闲着无聊,我教你垚山派秘术吧。"

衡南扭过头,盛君殊已经伸出双手,他的指甲修剪得圆润整齐。

他回头,见衡南目不转睛地盯着他看,略感欣慰,翻动手掌做出几个手势,最后在空中虚点三下："不同宗派有不同秘术,这是我们垚山派的基础秘术。"

衡南看着他沉默了好久,莫名其妙地觉得心口沉沉的,有点难受："以前,也是你教我秘术的?"

盛君殊从书架上取书,随口道:"是啊。你们的基础秘术,都是我教的。"

其实也不全如此。是衡南比较好学,下课后还常跑来问他问题,他顺带着把一天的内容给她回顾一遍,权当温习。衡南很客气,总是回赠点心、剑穗,乃至束发的玉冠。他也说过不用送东西,给师妹讲题还要什么回礼?但师妹十分固执,他只好收下。

衡南垂着眼半天不作声,好像有点丧气。但他不觉得有什么,忘记了再教一遍就好。

他把画好的白纸摆在旁边："你试试?"

"不想学这个。"衡南不动弹,"有没有打人的?"

盛君殊绷不住笑,"你祈福的都不学,就想学攻击向的?"

"真的有用吗?"

"当然没用了。"盛君殊说,"就是求个心安罢了。你想攻击,比如,攻击你最害怕的虫子,还不如用法器。要不然我们拿着法器去外面杀虫?"

衡南惊恐地看向他,瞬间怕成纸老虎。

"我带着你。"盛君殊看见她的眼睛里泛着泪光,笑着鼓励她,"你都学会秘术了,还怕虫?"

衡南坐在椅子上焦虑地抠手指,脸色变来变去,做了十分钟心理建设,才说:"走吧。"

盛君殊仓促地拽着她的手腕:"不走那边。"

大半夜的下楼出门,郁百合又要问。

衡南眼看着盛君殊穿好鞋,稍微活动了一下肩胛,手一撑,利落地翻到了窗户外面。

房间在别墅二层。衡南吞咽着口水,蹭着地过去,盛君殊就立在一层的空调室外机上,如履平地,低头简单整理了一下衣服上的褶皱,张开手臂,仰头看她，眼睛和身后的夜色一般黑："快来，师兄接着。"

窗户外风大，衡南跨过膝盖高的窗棂，腿一软，被绊了一下，凉风过耳，直接扑进一个沾染夜露的怀里。

阳炎体的气息浓郁，衡南的心"怦怦"直跳，她的眼睛还没睁开，感觉到一只手扣紧她的腰，失重感陡然袭来。

大约是袖扣不住地撞在金属管道的声音，风声呼啸，脚底一软，已经踩实地面，踩碎了一枚枯叶。

盛君殊稍微弯腰，拽着她从地面入口掠下地库。直到被塞进车里，被安全带扣在座位上，车窗外的路灯化作无数光点向后掠过，车窗缝隙里的风撩动头发，衡南才有了点真实感："怎么还要坐车？"

"坐车比较方便。"盛君殊盯着前路，左手碰了下唇，稍微有点赧然，上次动用垚山派秘术，把附近的虫豸都消灭了，要想找个练手的地方，很麻烦。

直接跨了三个区，开到了清河郊外。衡南蜷在车上睡了一觉，被叫醒的时候车门打开，盛君殊撑着车门俯身看她，神色稍微有点犹豫："困不困？困了回去。"

衡南用手背擦擦嘴角，用力摇头，一把推开他下车。

然而刚走两步，她就被呜咽的冷风吹得掉头折返，撞在盛君殊胸口。

"怎么了？"

郊外行人少，温度低，四面都是荒草，黑漆漆的一片，衡南一站进荒草中，就感觉冷风在她耳边呜呜哭泣，吓得牙齿打战："没……什么。"

"冷不冷？"盛君殊让风一吹，也有点后悔，走得太急，忘记让她多穿点衣服，立刻把外套脱下来，将衡南一裹，睫毛动了动，"好点了吗？"

荒草摇摆，面前一道阶梯向上，白色的临时路灯。衡南知道这是哪儿了，是清河郊外最大的墓园。

走到最后，衡南脸色青白地裹着盛君殊的外套，紧紧地抱着盛君殊的手臂，几乎是让他提上去的。

"还能走吗？"盛君殊开始反思自己是不是做错了，他感觉到师妹颤抖得太厉害了。关键是他把阳炎之气都刻意收敛了，还是没等到一只虫。

衡南瑟瑟发抖着说："能！"

盛君殊叹了口气，扶着她的腰，把她提溜上了最后几级台阶。

四周是高高低低的墓碑，棱角上挂着清冷的月光，影影绰绰的是墓碑两侧的松柏。

　　盛君殊把自己的刀拿出来，交到衡南的手上："你可以用我的法器试试。"
　　风吹松树晃动，腿上痒痒的，一只蜈蚣缓缓地爬上了衡南的小腿。
　　衡南觉得脑中一片空白，一甩腿，拿刀便砍。
　　盛君殊还没反应过来，就看见他的刀带着光华劈下来，气波荡开，四周的小松树都被荡得疯狂摇摆，落了一地松针，他一回头，地上有一个虫形的印记。
　　盛君殊吃了一惊，旋即大喜："你刚才一个人把它消灭了？衡南，好勇……"
　　话音未落，"咣当"一声，落叶四散。
　　半个小时后，盛君殊拦腰抱着当场吓昏过去的师妹走下山路，擦了擦汗，抬头看了一眼旅馆红通通的招牌。

第二卷 興旺

第六章
黎家怪案

.

"身份证。"

盛君殊把衡南抵在柜台,艰难地用指尖把身份证从裤子口袋里钩出来,递到了柜台前。

"你跟她什么关系?"阿姨的目光从报纸上移开,打量了一下男人怀里西装盖着的女孩。

"她是我太太。"

"她的身份证呢?我看一下。"阿姨盯着他看,"结婚证也可以。"

这附近有个酒吧,每年毕业季总有人出事,像这种衣冠楚楚的,多半不是好人。

盛君殊觉得太阳穴处很疼:"工作证行吗?"

"要不你们换个地方。"阿姨的目光复杂,"出事我担不起。"

其实衡南已经醒了。她刚才考虑过要不要下来,但是盛君殊一路抱着她走,走得热,阳炎体的能量更盛,裹着她很暖和,想到下来还要顶着冷风走路,她有点不太想走,要是能找个地方快点躺下,那当然更好。

听到这里,她一个鲤鱼打挺,把盖在脸上的西装外套掀起来:"我自愿的。"说完倒回去,捂着脸,继续躺尸。

盛君殊用胳膊肘开灯,把衡南放在床上,锁好门,没跟她算账,倒先去洗澡。走这么久的路,他也出了一身的汗,有洁癖的人受不了。

衡南在别墅的作息规律,已经是凌晨,等他洗好澡出来,衡南果然已经抱着他的外套睡熟了。

这是个简陋的标间，两张床，盛君殊帮她把被子盖好，扭灭台灯。在另一张床上躺下，辗转反侧，半天没睡着。街上的路灯从拉不紧的窗帘里映进来，他摸了下脖子，感觉空空的。冷不丁没人搂着抱着，倒感觉有点不太习惯。

盛君殊闭上眼睛，运气，努力调整。才刚进入浅眠，就感觉有什么东西压了上来。

衡南抱着枕头半梦半醒地站在他面前，她爬上来的时候，枕头掉在一边，在她的眼中是看不到的。她循着阳炎体的吸引直接爬到了盛君殊的身上，脑袋埋在他的肩膀和脖颈之间嗅了嗅，手脚摊开，皱起的眉头舒展开来，进入深度睡眠。

盛君殊因为呼吸不畅醒来。

窗帘缝儿里的阳光刺眼。盛君殊被电话铃声惊醒，是郁百合带着哭腔的声音："我，我没有做梦吧，老板……"

"没有，我们真的不在家。"他看了眼手表，竟然已经睡到了十一点，赶紧冷静地说，"我们去外面住了。"

"可是，你们什么时候出门的？我怎么完全不知道呀？"

"你可能睡得太熟了，没听到。"盛君殊面不改色地扯谎。

"啊，是吗？"郁百合怀疑自己得了阿尔茨海默病，忧愁地沉默了好半天，"那明天早上的飞机……"

"你让张森先把行李搬过去……"他把衡南糊了他一脸的头发一根根挑起来，把她的脑袋稍微往下压了压，衡南很凶地"哼"了一声。

郁百合听到声音，赶紧挂了电话。

盛君殊现在觉得，自己一时脑袋发热带衡南出来就是个错误。

第二天就要离开清河，衡南被催着收拾行李，郁百合看她还是慢吞吞的样子，急得跪在地上帮她一起收拾，结果收拾了一个下午，半个箱子都没装满："就带这些吗？"

"少带点行李。"盛君殊提醒，"都可以在那边买。"

衡南本来也没带什么行李。衣服只带了两套短袖、一套长袖、几件内衣，都是基本款。她不像一般的阔太太，对衣服很看重，剩了半个箱子，她选择把那个一人高的熊折起来塞进去，塞得满头大汗。塞进去之后，她趴在箱子上气喘吁吁的，眼里满是兴奋。

这是衡南头一次坐飞机。所以坐在机舱里时，即使她扭着头目不转睛地看窗外广阔的停机坪，另一只手还是紧紧地捏着盛君殊的袖子。

盛君殊的膝盖上放着一只小巧玲珑的黑箱子，很像港片里装枪的那种，所以他拎着上来时，空乘一路行注目礼。

直到他坐在座位上，打开箱子，露出里面分门别类、排得整整齐齐的各种法器，他们才松了口气。

卖纪念品的，就爱搞这行为艺术。

盛君殊检查了一遍，"咔嗒"一声，合上箱子。

衡南的电话响了，刚接起来，就看见穿酒红色制服的空乘目光一闪，露着八颗牙齿朝她走来，走得气势汹汹。她本能地有种不好的预感，把手机一把塞给了盛君殊。

盛君殊只感觉到一个滚烫的物件猛地贴在了耳朵边，下意识地伸手一接，耳边传来一道咆哮的女声："衡南，半个学期不上专业课，想干什么？就你这样子能毕业，我的姓倒过来写！要退学趁早退学，别占着茅坑不拉屎……"

与此同时，空乘微笑着站在他的面前："先生，听得到我说话吗，先生，飞机马上要起飞，麻烦关闭手机，请您配合。先生？"

四周响起窸窸窣窣的声音。商务舱安静宽敞，不能说坐的都是成功人士，起码有点经济基础，无数道目光汇集在盛君殊的身上，想看看是哪个暴发户在飞机上煲电话粥。

"衡南，说话啊，你的道理不是很多吗？"

"抱歉。"盛君殊的喉结滚动，把电话换了个边，"衡南实在跟不上贵校的进度，念书是念不了了，她只能转学了，再见。"

空乘沉默地微笑着，又仿佛没忍住，向上勾起了嘴角。

四目相对，盛君殊也敷衍地一笑。

空乘转身，四周唏嘘声一片，乘客都扭过头，看报纸的看报纸，听歌的听歌，四周鸦雀无声。

衡南的手颤巍巍地伸出来，掌心向上，伸了片刻没人理，忍不住心虚地看向盛君殊。

他敛着眉眼，愤怒地把她的手机关机，揣进自己的口袋："师兄帮你拿着，下飞机还给你。"

衡南后半程就在无聊和惶恐中歪在他的肩膀上睡了一觉。

星桥位于南部边陲,临海,下了飞机,扑面而来的是带着水汽的风和一点海水味的咸腥。星桥机场占地面积大约是清河机场的三倍,有将近二十个出入口,不同肤色的人拖着行李在机场大厅往来穿梭,机场出口外面大大小小的接机牌子上都是不同的语言。

盛君殊取了托运的箱子,拉着衡南轻巧地穿过摇摇晃晃的牌子和呼唤声,沿着一个方向一直走,走到了酒店旋转门的门口。

芭蕉阴影下停了辆加长林肯,车顶上落着斑块状的阳光,似乎在等待。

林肯两边的车门立即打开,戴着白手套的司机把行李搬上去,副驾走下来一个两鬓斑白的中年男人,气质儒雅,声音也温柔:"盛总,还有盛太太,我是姜行。舟车劳顿,辛苦了。"

姜行是跟了黎向巍将近三十年的秘书,黎向巍近来身体欠佳,派姜行来接人,已经表现出了十足的诚意。

司机还想接过盛君殊手里的黑色箱子,他婉拒,姜行打手势让司机上车,和蔼地一笑,眼角纹很深:"咱们先去别墅?"

衡南看向窗外。星桥城中有大量异国风格建筑,天气很好,湛蓝的天空上云朵低垂,路上的行人摩肩接踵,栏杆上拴着一只粉红色的氢气球,广告、招牌和电子屏,组成了一个零碎又繁华的星桥。

旧教堂高耸的尖顶对面是小巷,小巷内依然有成排的紧挨在一起的小饭店,饭店的招牌是老式霓虹灯,店主坐在店外的板凳上看报,孩子们跑来跑去。

当年,黎向巍就是把这样的小饭店做成了二层楼的大饭店,又变成了金碧辉煌的五星级酒店。最后,他坐在办公大楼内,掌控布满星桥的无数连锁大酒店、大商场和娱乐城,他的公司成为星桥餐饮娱乐行业的龙头。

姜行待人接物很有一套,一直回过头来同盛君殊搭话,介绍星桥的历史趣闻,他讲话不疾不徐,显得温和又很有涵养。

盛君殊的身边放着黑箱子,他听得多,说得少,略有些公事公办的敷衍。

姜行客气地递过一回烟,被他婉拒了,盛君殊不喜欢在车上留下味道;半路上又给了一回红包,盛君殊捏了一下厚度,推辞得更加坚决了。

也不知道有钱人怎么想的,没事总想往外撒点钱。

姜行微微一笑,不生气,扭过头,转而给衡南递了一根棒棒糖:"盛太太,也是第一次来星桥?"

"谢谢。"衡南发现这位秘书的瞳孔是浅褐色的,眼窝深,眼角的皱纹却比同龄人多，应该混有欧洲血统。西方人的相貌特征使他上了年纪时有点莫辨男女，说话时像一个优雅的老太太。

坐在车上无聊，她开始剥糖，觉得糖柄有些硌手，仔细一瞧，上面金光璀璨，镶满了细小的水钻，再剥开一看，呆住了。

这颗糖果呈乳白色，毫无杂质，光滑冷硬，这哪里是糖，分明是一大颗和田玉珠。

衡南感觉自己受到了欺骗。

姜行接了个电话，语气听上去很是高兴："听说老板感觉好多了，已经恢复工作，我们这会儿直接去公司见老板，您看……"

盛君殊无所谓地道："可以，看你们方便。"

星桥中心是整个城市金融的核心，标志性建筑就是耸入云霄的几幢超高层建筑。建的时间比较早，楼宇设计得中规中矩，但胜在体量庞大，走到楼下时，仰视整栋建筑，如泰山压顶一般，遮天蔽日，使人凭空生出拜服感。

黎向巍的总裁办公室就在其中一栋楼的核心部分，里面带了会客厅、餐厅、花园乃至露天泳池，这份奢靡不是拿金砖银瓦堆砌的，而是拿石头、光影、植物和流水虚构了一个帝国。高跟鞋踩在瓷砖上，整个中庭都会有空灵的回响。

姜行在门上叩了三下，一群簇拥在沙发前的盛装男女纷纷回过头来，露出坐在沙发上、戴着氧气面罩吸氧的老人。

叫他"老人"似乎并不准确，因为已经五十七岁的黎向巍不是一个标准意义上的老人。他被发胶固定好的头发染得不见一根白色，西装外套敞开，不羁地仰靠在沙发上，皮肤是古铜色，常年健身的体格壮硕。浓眉，双眼睁开，神色威严。

除了在吸氧以外，他看上去其实更像一个有攻击性的中年人。

黎向巍把氧气面罩拿开，上下打量着面前并肩站着的两个人，眼里似乎有一束光："盛总，终于肯来赏光喝茶了？"

盛君殊把衡南往自己身边拽了半步："黎总。"

黎向巍不顾身旁人的阻拦，坚持撑着沙发站起身："盛总的圣星是做厨房家居的龙头，黎某人早就想和盛总合作了。"

盛君殊和他握手，心里暗笑，这话吹出来也不打草稿。

大家都是当老板的，只是当的不是同一个级别的老板。

整个圣星在清河还算排得上号，但在黎向巍这种动辄影响星桥经济运行的富豪面前，就是个卖锅铲的家庭小作坊，还龙头？

黎向巍让大家都坐，汇聚在他身边的男女就分散坐在摆了一圈的柔软沙发上。

一个年轻人凑在黎向巍跟前，半弓着身子听他小声叮嘱，不知道是经理还是秘书。

盛君殊的目光不经意掠过对面的两个年轻男人。

左边的男人脊背挺直，坐姿板正，戴一副金边眼镜，不苟言笑，目光落在膝上的手机，这是黎向巍的大儿子黎江。右边稍年轻一些，跷着二郎腿，坐姿放松，笑意盈盈地冲他点头致意的，是黎向巍的二儿子黎浚。

盛君殊感觉衣服角被衡南拽了一下，侧过头去。黎浚见夫妻俩头挨着头私语，将带着笑意的视线移开。

衡南小声说："师兄，对面那个人好像不是很喜欢我们。"

"黎江受的是西方教育。"盛君殊贴着她的耳朵安抚，"据说他初中时就被送到外国念书，所以以为我们这样的人都是骗子。"

衡南沉默了一下。盛君殊又说："你看右边那个呢？"他指的是黎浚，毕竟黎浚在笑。

衡南掰着手指，不耐烦地摇摇头："笑面虎。"

盛君殊揉揉她的头发，勾起唇，目光微深。笑容又能说明什么呢？黎浚和黎江都是黎向巍的原配金耀兰的儿子，兄弟俩只差六岁，性格截然不同。

黎浚在本地土生土长，人情世故学得老练，跟各方势力的关系都很好，见谁都十分热情，面带笑容。黎江学业优异，业务能力强，但回国后水土不服，孤傲寡言。黎浚能力一般，但极擅长与人打交道，得到各大金主股东的拥戴，似乎也很适合做董事长。传说兄弟二人为了接班人的位置，已经明争暗斗了三年之久。

衡南没再同盛君殊说话，目光被中间茶盘上的干冰云雾吸引。

柔软的云雾如烟一般卷曲升腾，隐约露出仰靠在沙发上的黎向巍。弯腰同他说话的秘书侧颜严肃，似乎一时半刻没能理解他的意思，尴尬地抓了抓头发。

黎向巍又解释一遍，佯怒，拿笔在他的脑袋上不轻不重地敲了一下，眼里微微含笑，秘书这才恍然大悟，匆匆离去，敞开的西装被风掀开一角。衡南的目光一路跟着他，直至他消失在门口。连她爸都没有拿笔敲过她的脑袋。上司和下属之间关系这么好，挺少见的。

"爸，感觉好些了吗？"黎浚倾身问道，面带担忧之色，黎江不知何时也收起了手机，镜片后的目光严肃而不失关切，"早晨还好好的，怎么突然不舒服了？"

黎向巍捏着眉心，摆摆手："身体跟年轻的时候比不了。"他觉得头痛、失眠、血压飙升，在家里休养了一个礼拜才重新上班。就在盛君殊带着衡南进来的前十分钟，忽然又感到呼吸困难，这才临时吸氧。

黎浚又说："要不爸先回去休息吧，我和哥在公司就好。"

这些年黎江远在外国，都是黎浚陪在黎向巍的身边，说话更加亲昵。黎江瞥了他一眼，镜片遮住神色。

黎向巍笑笑，显出皱纹，却不回答。目光转向盛君殊这边，打量了一下衡南，却跟盛君殊讲话："盛总，我们的耀兰城今天开业，带你太太去玩玩逛逛？"

盛君殊把衡南的手在掌心握了握，冰凉，他不知道为什么上来一个人都要盯着衡南看看，语气稍冷："不用客气，我们订了两周后的机票。"

言下之意，他们只会处理工作，对其他的事情没什么兴趣。

黎向巍没为这份狂傲生气，反倒笑出声。

黎浚察言观色，马上顺着父亲的心意，接过话头："盛总别客气，后天是家父的生日，家里办生日宴，你们肯定推辞不掉。礼服都没带着吧？那肯定要买一点了。"说罢，看着衡南和善地笑了笑。

盛君殊顺着他的目光看向衡南。衡南短发齐肩，牛仔裤、帆布鞋，都是她自己选的，他没太注意，只是建议她把露脐吊带衫换下来。衡南不高兴地套了一件薄薄的红色的连帽卫衣，脸上只有防晒霜，学生气很重。

他忽然意识到，衡南这个年纪在校园里穿成这样再正常不过，但是坐在这里其实并不合适。他自己穿戴的是几万块钱的西装、手表，却把太太打扮成朴素的学生模样，难怪每个人都盯着衡南看，怕不是在看他的笑话。

一时间，盛君殊感到如芒在背。

"小浚说得对。"黎向巍的兴致很高，"后天鄙人过五十八岁生日，五个发啊，大办的好机会。盛总一定要来我的生日宴会，什么事情过完生日再说。"

中国人对过生日很看重。既然是过寿的大日子，盛君殊没再说什么。

一直插不上话的黎江伺机递出一张购物卡，僵硬地笑起来："刚好，我这里有一张耀兰城的礼宾卡用不上，就当是给盛总和太太的见面礼了，请别见外。"

他推了推眼镜，细节显示出他并不擅长跟弟弟争抢这种通过巴结父亲的客人进而讨好父亲的事，可他还是努力做了。

盛君殊的目光无声地掠过对面，他收下礼宾卡，道谢。黎江似乎舒了口气。

黎向巍看了看手表，笑道："那我们明天早上别墅见。"

黎氏集团豪掷三十亿英镑的耀兰城，是星桥中心最大的娱乐综合体。黎氏给衡南留下的印象是"大"。无论是办公室，还是眼前这三个巨型异形建筑连成的庞然大物，都大得失去了本该有的尺度。

无数复杂的回廊、平台和空中花园穿插，游客变成小人儿，畅游在梦幻国度。一座耀兰城，就集中了五星级酒店、博物馆、购物商城。

星桥是座旅游城。在娱乐之都用力地玩，沉湎于繁花似锦的乌托邦，就是酒店商人的阴谋。

衡南的手上拿着在街边买的巨大的粉红色的棉花糖，撕得云边朦胧，转身塞给盛君殊："吃不下了。"

盛君殊捏着棉花糖把它拿开，防止蹭到自己的外套上："师兄先帮你拿着……"后半句化作一声叹息，他知道衡南肯定不会再吃了。

盛君殊不喜欢铺张浪费。半个小时前，他一口气喝完了衡南只喝了两口的椰子水，一只手摸着肚子，刚把椰子丢进垃圾桶，衡南就抱着一大桶爆米花朝他走过来。她只在爆米花山尖儿上抓了一把塞进嘴里，腮帮子动动，黑眸潋滟，神色有点茫然："好像买错了，我要的是草莓味。"

盛君殊单手解开外套，把皮带扣往外松一格，开始吃爆米花。一只手撑着电线杆，终于吃到底，发现衡南不见了，一回头，师妹捧着比她脑袋大三倍的心形棉花糖步履轻盈地跑来。

下午五点多，天色已经渐渐变暗，路上车水马龙。盛君殊抓着棉花糖往下挪，露出正在熟练地舔着拇指的衡南。

"甜吗？"盛君殊脸色复杂地问。

衡南抬眼，路灯投射进眼睛的一瞬间，黑如宝珠，把棉花糖朝他的方向一倾，意思是让他自己尝："甜啊。"

盛君殊拿出打火机，把剩余的粉红色棉花糖烤化，凝成个桃红的小球。他把小球扔进嘴里，擦净手指，挣扎着吸了口气，被甜得半晌没说出话。

耀兰城中庭灯火璀璨，种了成排的棕榈树，墙上木质装饰条组成巨幅装饰版画。版画上是个英气的女人，对镜梳妆，长卷发，烈焰红唇，背景是阁楼的镂花窗子，风格复古。

进来的游客很少有人能意识到这幅作品上的女人是谁，纵使左下角的签名已经说明了她的身份——这是黎向巍的发妻金耀兰。金耀兰出身财阀世家，与黎向巍生了两子一女，感情甚笃。

金耀兰因病过世后，以她的名字命名的教学楼如雨后春笋，就连黎向巍潜心筹备多年的娱乐城，也以"耀兰"命名，可见黎向巍对亡妻的感情之深。

商场内灯火通明，衡南大概瞟一眼橱窗，步子不停。盛君殊跟着她，沿着扶梯一层一层地向上，衡南的指尖茫然地敲打着传送带，眼看坐到了顶层，衡南忽然叹了口气。

盛君殊问她："怎么了？"

衡南："好累啊。"她没说错，耀兰城也就是个大点的商场而已，从外面走到里面，光走路就消磨了她所有的好奇心和耐心。

盛君殊仔细看了看师妹开始放空的状态，她的眼角上挑，苹果肌白嫩，是水灵灵的二十岁的小姑娘没错啊。

他以前在圣星的某个电梯里听到过女员工闲聊，什么逛商场走到脚磨破还不肯停下，男朋友等的时间太长受不了要分手，听到的女生眼里光芒闪烁，握着手，说"对啊，对啊，买买买就可以了，要什么男人"……

"要不，咱们还是找个地方睡觉吧。"衡南小心地看了他一眼。

盛君殊觉得师妹太可怜了，不但可怜，还严重缺乏锻炼，他把她拽进了电梯正对面最近的门店里："先买，买完了咱们住酒店。"

听到住酒店，衡南进去了。盛君殊的方法很直接，他和衡南进去各自挑，挑好了交换，可以就付款，速战速决，顶多二十分钟完事，让衡南可以快点到达酒店。

这是个小众奢侈品牌，偏法式风格，带点小性感的复古浪漫。营业员捏住衡南的手臂，细声细气地一通夸赞，还没说完，衡南默默地绕开她。

营业员也是第一次见到一对男女全程无交流，上来就开始快速选东西的，不知何方神圣，营业员擦了擦汗，微笑僵在脸上。看那个男的，挑裙子怎么用的是超市买菜的眼神。

十分钟后，两个人接头，盛君殊手里拿着白色的裙子，纯洁的经典女神款，衡南自己试了三件，她撩了撩头发，一件抹胸，一件露背，一件侧开衩。

盛君殊瞥着镜子中师妹裙摆下若隐若现的雪白、修长的腿，衡南则从镜子反射里嫌弃地瞥着他手里的裙子，双双无言。

营业员尴尬地转向盛君殊："呃，其实这位女士的身材完全可以尝试一下大胆突破的……"

盛君殊面无表情地从钱包掏出卡递给她："结账吧。"

"这是什么？"盛君殊看见导购往撑开的纸袋里丢了个香包大小的布袋进去，那个瞬间，他肩膀上灵火似乎跃动了一下。

"这个啊。"导购员将东西掏出来给他看，是个挂着流苏的刺绣香囊，看上去很廉价，十块钱批发一百个的那种，"是我们店的赠品，放在袋子里面很好闻的。"

盛君殊翻时尚手册的手停了停，抬眼看过去："你们家是叫宝乐丽？"

"对，是法国品牌，有一百多年历史了。"导购微笑。

国际奢侈品牌送这种奇怪的赠品？盛君殊没再说什么，把册子放下，接过四个袋子。

有人好心地提醒："先生，女士从西区电梯下去咯，底下应该打烊了。"

走廊里果然空荡荡的，早已没了客人，对面店内的导购正在弯腰整理成堆的衣服。

盛君殊看了一眼手表，才七点十分。

"这么早就打烊吗？"

"耀兰城的商场是七点闭店。"导购笑笑，"为的是便于管理吧。"

乘坐直梯的时候，衡南一扫来时的没精打采，看着电梯内的广告，显得很雀跃。

盛君殊露出若有所思的表情。买几件露肩露背露大腿的裙子，果然这么高兴，还没想完，衡南拽了拽他，眼里兴奋难掩："我们是住顶上这个酒店吗？"

"可以。"

耀兰城里的五星级酒店是黎氏酒店中最奢华的一个。盛君殊想，自从和衡南结婚后，地方没去几个，酒店倒住了不少。

"好。"衡南把挎包卸下来，转移了话题，"师兄，我想上厕所。"

盛君殊沉默了片刻："你要不然忍一……"

"现在就想。"

盛君殊立刻按下最近的楼层，拖着她出门。

还好，商场打烊，灯没关，卫生间也还没关。谢天谢地。耀兰城商场的洗手间都比寻常商场的洗手间大一些，整面挡墙的灰色石纹如云雾一般有飘浮的感觉。

衡南把包交给盛君殊，绕过挡墙背后。

女洗手间被垫高，进门要上三个台阶，不知道怎么设计的，台阶的尺度略陡，衡南抬脚时按住大腿借力，觉得脚酸。

一盏盏明亮的橘色壁灯发出炫目的光芒，一个瘦削的女人正在洗手台前弯腰洗手，黑色羊毛长裙下是一双皮靴，肩膀上斜披着紫红色流苏披风，垂下的流苏和黑色卷发混杂在一起。

衡南推第一个隔间门，推不开，旁边第二个，好像也有人。连推了三个，把手上的绿色标志明明显示"无人"，门却打不开。侧头看过去，这一排厕所的门全部紧闭。

不是打烊了？怎么这么多人？

衡南略有疑惑，蹲下身，刚准备从底下的门缝往里探看，忽然心口一凉，她一个趔趄扶住门，冷汗冒出来，另一只手按在剧痛的胸口。

与此同时，四周变得寂静，耳边"哒，哗——"的水声机械地、持续地重复响起，格外清晰。常见的红外感应水龙头，为了省水，感到手以后会发出"哒"的一声，二十秒的出水时间，时间到了自动关闭，再次感应到手，则会再次喷水。

从她进来到现在，这个女人洗手的时间未免也太长了。

衡南扶着门站起身，向左边看去。女人背对她站立，仍然在安静地弯腰洗手，镜子好像蒙了一层浮动的水雾，她的五官模糊成一片。

又出现幻觉了。衡南闭了闭眼，忍着胸口的剧痛，控制着害怕得瘫软的身体，缓缓地倒退出门。

模糊的余光之内，镜子中的脸不知道何时抬起，惨白、红和黑，她看不清细节，但是她感觉到两个黑色的孔洞正在目不转睛地盯着她看。

刚进去没两分钟，衡南就从洗手间快步走出。

盛君殊："这么快？"

"女厕所都有人。"衡南一把抓住盛君殊的手臂，气喘吁吁地扭过头，"师兄，我想……"

盛君殊顺着她的目光看过去，表情复杂："不行，这是男卫生间……"

衡南做出了夹腿的动作。

盛君殊背后一凉，立刻推着她进了男卫生间，随便拉开一个门把衡南塞进去："师兄帮你看着，好了叫我。"

这会儿商场打烊。左边数十个空荡荡的小便池排成一排，在橘色的灯光下孤独地闪着洁净的光。

盛君殊站在窗边思量衡南的话："女厕所里都有人"，能有多少人？哪来的人？

"衡南。"他不大放心。

"嗯？"她的声音从隔间背后传出，因为尴尬而压低，有些模糊。

"你跟师兄说着话，别停。"

衡南捏着衣角，细眉蹙紧："我没办法边尿边说话，你能吗？"

盛君殊捏着眉心："那好吧，别说了。"

人声由远及近，盛君殊立即警惕地看向门口。

进来的是个年轻男性，摇摇摆摆地一叉腿，左手拿电话，右手拉裤链，无意间回头，与盛君殊四目相对，男人震惊了一下："啊。"他尴尬地看着盛君殊，对着电话说，"没事，我这上厕所，看到个人……挂了。"

衡南敛声闭气，盛君殊转头看向窗外。

水声响起。

有男人清嗓子的声音，也有男人拉裤链的声音。

过了一会儿。

"兄弟……"盛君殊猛地转身，将那个人吓得后退半步，把搭在他肩膀上的手移开，只见年轻男人笑着道，"吓我一跳。"

盛君殊瞥向他："手洗了吗？"

"洗了，洗过了。"陌生男人被他逗笑了，见他的一只手揣在口袋里，另一只手拎着四个纸袋，"那个，有火吗？我借一个。"

盛君殊不抽烟，但随身带着打火机，顺手摸出来给他。

"谢谢啊。"男人感激地点烟，"下班怎么一个人在这儿站着？"目光往下看，落到他手里的纸袋上，"宝乐丽啊。"

盛君殊默然。那个人吞云吐雾："以前金耀兰在，还能带带货，现在不行了。"

"什么意思？"盛君殊看了眼袋子，"黎夫人也喜欢这个牌子？"

"那不是御用的吗？每次都穿这个牌子，还当过几次亚洲代言人。"男人感慨道,"牌子跟人一样,流行过去了就是过去了。你看原来星桥多少家宝乐丽门店,现在就剩楼上这一家,我看卖得也不是很好。"

脚步声远去,衡南从隔间出来。

盛君殊正把袋子里柜员赠送的小香包一点点撕开,把里面的东西掏出来,双肩的灵火一阵摇动,是一张折成八卦形状的金纸。

盛君殊捏着金纸出门,看向数层之上正对着扶梯的宝乐丽店门,再看耀兰城中庭内奢华的巨幅肖像。

真是有意思。

耀兰城附带的中岛大酒店,应该是衡南迄今为止住过的最豪华的酒店。房间带挑空阳台,可以俯瞰星火璀璨的城市夜景。

盛君殊洗完澡出来,看了眼手表,叠好第二天要穿的衣服,拉开厚重的被子在床上躺平。漆黑的眼睛看向天花板,神情放空。已经十点多了,衡南的生物钟坚持不了多久。果然,不到两分钟,一个人钻进被子里,快速拱到他跟前,头钻了出来。

盛君殊习以为常,伸手准备关灯。

"师兄。"盛君殊回头一看,衡南并没躺下,而是向前俯身,两臂撑在床上,双眸闪烁,"这个酒店楼上有一个游泳池。"

盛君殊沉默了数秒,试探着问:"你是不是不知道,我们别墅的屋顶上也有一个泳池?"

盛君殊没用过那个泳池,衡南住进来这么久,一次都没去游过,他以为衡南也不喜欢游泳,就让人把泳池填成个花圃,改种树。

衡南很坚决:"这个泳池不一样。"

中岛酒店的屋顶泳池,是建在数百米高空的,可以边游泳边俯瞰整座星桥城,多刺激。

衡南看他不说话,抿了抿唇,进一步补充:"我刚才在网上查过,今天晚上没有人包场。"

盛君殊坐起来:"你的意思是你想游泳。"

衡南点头。

盛君殊想了想,拎起宾馆床头柜上的座机,还没拨号,又回过头确认:"你自己游?"

衡南卷着头发的动作变得焦灼，她呼吸起伏，六神无主，然后又拿那双漆黑的眼睛看向他。泳池、水、一个人，好可怕。

"师兄就在边上看着你。"盛君殊承诺，"就坐在泳池边上。"

盛君殊会凫水。但是……四角泳裤完全露出大腿和上半身，和同样打扮的师妹在水里嬉戏，那个画面挑战难度系数太高，他有点不敢想。

"好。"衡南点头。

盛君殊把电话拨了出去。

粼粼波光闪动，池底的壁灯将池水辉映得盈蓝，泳池是个被推出建筑边缘的方盒子，半截陷入漆黑的夜空，半截支撑在屋顶上。屋顶的立灯纤细，但泳池旁铺的地板是雪白的PVC材质，整个空间就被反射得莹莹亮了起来。

衡南的脚踩在白色的地板上，玲珑的脚趾收紧，发梢坠下的水珠不断滴落在脚边。她抱紧双臂，湿得打卷的头发向两肩归拢，露出修长的脖颈，背后蝴蝶骨凸出，被室外的风吹得有点打战。

衡南的泳衣是从清河带来的。鲜艳的糖果彩碎花宽肩带，桃红裙子垂下荷叶边，两边自然翘起，比百褶裙还短一截，堪堪掩住莹白的腿。

盛君殊下意识地将视线移开，过了片刻，又觉不必如此。无论包场，还是身份，似乎都说明他可以光明正大地看下去。

他强行将视线光明正大地扳了回来，但不知道为什么看到的也是支离破碎的细节，透着光的树叶摇动，衡南头发上的水珠静谧地落下，在她的皮肤上滚动，晶莹发亮。

衡南喜欢露腰，因为她的腰线的确漂亮。她弯下腰，拉了拉双腿。其实她不知道到底该做什么热身，看盛君殊的样子，他肯定也不知道，就象征性地做了两下，走到池边，对着满眼梦幻的蓝色波光深吸一口气。

盛君殊坐在池边的座椅上，欣慰地看着师妹像条鱼一样灵巧地跃进水中。

溅起的白色水花渐平，恢复安静，安静了一秒、两秒、三秒……

盛君殊撂下杂志："衡南？"

"哗啦……"一只胳膊一浮一沉，水花溅开扑腾。

盛君殊颤抖着指尖摘掉手表跳进去。

水下，衡南感觉到有温热的手臂夹住了她的腰，强大的力量迅速收拢，向上拽去，"哗啦"一声露出了头，顶灯白得刺眼，湿润的新鲜空气涌入鼻腔。

盛君殊把衡南托起来，到了池边，衡南咳得泪流满面，向旁边倒去，又让他拽起来，捏着脖颈猛拍脊背吐水。

他的半个身子还浸在水里，湿透的衬衣全部贴在身上，脸色严厉而不失关切："刚才怎么回事？脚抽筋了？"

衡南摇头，理了理脸上的湿发，低头看他："我是第一次游泳，不太会。"

盛君殊皱眉。衡南感觉到师兄的怒火正在"嗖嗖"地往外冒。衡南的嘴唇在不自觉地哆嗦："你不觉得，游泳池的水看上去很诱人吗？"

盛君殊觉得自己出现幻觉了。师妹歪头看他，瞳孔大而黑，眼里好像万花筒变幻，她一点都不后怕，反而兴奋得战栗着。

盛君殊抿唇扬手，衡南下意识地闭眼，但那道风落在她的脸颊上，只是轻轻拍了一下，他呵斥道："不知深浅！"

盛君殊沉着脸上岸。

衡南的睫毛颤动着，她摸了摸脸，想挣扎着爬起来，却脚下打滑："师兄，你别走……"

"没走。"盛君殊背对着她，低头弯腰，怒气冲冲地道，"我找手表。"

"是不是这个……"衡南感觉有东西硌着自己，伸手从屁股底下一摸，摸出一块手表。盛君殊接过来一看，表盘都碎成蜘蛛网了。

他阴沉沉的目光往蜘蛛网上瞥，衡南正看着他："表这么贵，肯定防水的，你刚才不该摘。你看，坏了吧。"

盛君殊觉得无语。

衡南接住他扔过来的浴巾，把自己裹住，追着他的背影往回走。

走到了另一个蓝色的方形泳池跟前，盛君殊忽然停住脚步，想了一会儿，将她身上的浴巾拽了下来，冷冷地道："下去。"

衡南："啊？"

"下去。"

衡南不敢惹他，抱着臂哆哆嗦嗦地沿着台阶下水，下到池底，发现水才到腰际。

这是个儿童泳池。

衡南索性坐下去，把下巴抵在水里。他说不知深浅，就是那个池子深，这个池子浅。所以他的意思是，她游错泳池了？

忽然有人搂住了她，一阵阳炎热气靠拢，盛君殊不知何时也下了水，把她抱起来翻了个个儿,展开手脚,手掌托着她的肚子:"吸气。"

她抬头,盛君殊没什么表情地把她的脑袋压回去:"看什么?下水憋气,上水换气。"

衡南开始莫名其妙地学习游泳。

盛君殊托着她的肚皮往前,但他的手刚一离开,她就呈U形逐渐沉底,头和腿在水上,肚皮像千斤秤砣一样贴住浅水池底的瓷砖。

沉了几次之后,衡南死死地抱住他的手不放:"我不学了!"

"这不应该啊。"盛君殊抹了一把脸上的水,怀疑人生,"按理说,把猪扔进河里,猪也能漂起来……嗞。"

他把手从师妹的嘴里往外拽:"师兄不是这个意思,师兄、师兄是说人和猪,身体里的脂肪比水轻……再咬就破了。"

"扑通"一声,巨大的水花忽然爆溅在二人中间。

先从水里冒出来的是一只毛皮光滑的褐色动物,尖腮,方脸,小黑豆般的眼睛,"啪啪"地抖动一下蓬松的尾巴,利剑似的水珠甩了衡南一脸。

衡南皱着眉头向后躲避,接着从水里"哗啦"一下冒出来,肖子烈将她整个拦腰抱起来,腾空转了个圈:"哈哈,师姐,惊不惊喜!"

"惊喜个头。"

让盛君殊提溜着尾巴丢到岸边的张森打了个滚,化作人形,抖抖头上的水:"老板听、听我解释,我、我、我冤枉,我没想打扰您和小、小二姐,是被小六哥丢、丢进来的。"

盛君殊回头,衡南正揪着肖子烈的头发,把他的脑袋暴力按进水里三次。

肖子烈满脸通红,不知道是憋的还是乐的,还在没心没肺地拍着水大笑:"师姐,你好凶啊。"

衡南丢下他,慢吞吞地爬上岸。

二十分钟后,湿淋淋的三个人坐在了套房里,一人裹着一条大浴巾。

盛君殊套上干净衣服,没好气地问道:"吃饭了吗?"

"没有,点外卖呗。"肖子烈毫不见外地靠在柜子上啃着苹果。

张森连脑袋一起裹在浴巾里,带着大浴巾一起憧憬地瑟瑟发抖:"好啊,点、点鸡吧。"

肖子烈:"吃个头!"

刚说完就让盛君殊在脑壳上敲了一下。肖子烈双手捂着脑袋,抬眼,眼里闪过一抹兴奋："师兄,你知不知道,男人的脑袋是不可以随便打的。"

盛君殊撑着膝盖俯身,与他的视线平齐,淡淡地道："是吗?"

"是啊!"肖子烈弓起脊背,像头狼一样猛然窜出,将盛君殊扑倒,两个人抱在地毯上滚了几圈。盛君殊偏头躲开肖子烈的拳头,翻身撑起："别胡闹,想练练?"

"看师兄最近功夫生疏了没。"肖子烈伸腿将他绊倒,两个人又滚成一团,盛君殊挽起袖子,肖子烈屈膝,跳到柜子上,惯性巨大,险些将柜子倾倒。

盛君殊一把扶住,只听里面的茶杯碰撞的声响,头疼地说："快点下来。"

盛君殊知道,年轻人火气大,久不舒展,筋骨憋得慌,遇到机会哪肯放。肖子烈从柜子飞掠而下,让盛君殊一把拽住领子拐了个弯,丢出窗外,自己也跟着跳了出去。

张森顶着浴巾,默默地听着窗外的声音,默默地把手机递给衡南："小、小二姐。"

衡南一看,购物车里已经有了一件商品——大盘鸡,衡南翻了翻菜单,加了四瓶啤酒。

"四、四瓶是不是太多了?"张森惊呆了。

衡南恹恹的,浴巾耷拉下来盖住眼睛,只露出浅粉色的唇瓣,冷淡地道："一人一瓶。"

肖子烈穿的还是嘻哈风的长袖,浸足了水,让盛君殊拽住衣角拖回来打,一怒之下兜头脱下,一扔,挂在松树的树梢上颤了颤。

赤着上半身的肖子烈斜立在雨水管上,战斗力陡增,肌肉鼓起,上面凝出细小的汗珠,揪着盛君殊的领子气喘吁吁地道："师兄,你行不行啊?"

盛君殊也喘息着,做了个扩胸运动,衬衣发出"咔咔"的开线声,冷笑着解开纽扣："你以为就你一个人会脱。"

盛君殊外表含蓄,却有着实实在在的宽肩窄腰,肌肉线条匀称,轻易不外露。

盛君殊的肤色很白,肋下一道极长的狰狞刀疤,如同蜈蚣展脚,横亘整块腹肌。这伤当年必定深入骨血,几乎将整块美玉剖开破坏,使得这副清冷内敛的面孔添上几分出格的邪性。

"师兄……"原本兴奋的肖子烈像是被浇了一盆冷水,神色变得格外复杂,让盛君殊抓住机会抓住手腕一扭,翻个身按着暴捶了一顿。

肖子烈像死鱼一样不挣扎,让盛君殊打得很没意思,揪起领子一看,他别过头,竟然在哽咽。

"你哭什么?"盛君殊不可思议地道,"你挑事,你还哭。"打疼了吗?他根本还没用力啊。

"谁哭了!"肖子烈大吼,挣脱开,跑掉了。

盛君殊从窗口跃入,背后的晚风拂去背上的汗珠,一阵凉意,正对上衡南转过来,眼里稍微带着震惊。

盛君殊低头,身上的疤痕映入眼帘。他感到后背、脖子、前胸发烫发烧,好像被剥光衣服站在大庭广众之下。久违的惊慌感。他迅速捡起衣服穿上,心仍在跳。他的喉结滚动,竟然好半天才鼓起勇气看向衡南,幸好衡南已经转过头去。

肖子烈回来,"啪"的一下把大袋子扔下,取出饭盒里的大盘鸡,将四瓶酒摆上桌。

"谁点的酒?"盛君殊严厉地回头。

张森指了指蒙在浴巾里一脸无辜的衡南,伸出指头,做了个"一人一瓶"的口型,盛君殊的脸色一滞。

"师姐你忘啦,师兄不喝酒的。"肖子烈"扑哧"一声笑了,徒手开了瓶盖,酒沫窸窸窣窣地浮上来。他转眼喝了一瓶,"我替他走一个……唔,是冰的,好爽。"

衡南的手心往酒瓶上一贴,带着冰碴子的水雾果然透心凉,她刚拿起来,就被一双手制止,盛君殊压抑着怒气:"衡南。"

不是他不喝酒,而是喝酒误事不得多饮,这是师父定下的规矩,整个垚山派禁酒,这么多年,他未曾破例。就算是喝……就算是喝,那也是下山背着师父稍稍尝一点儿,哪有这么大摇大摆过。何况,师妹是女孩子,上来就说喝一瓶,也不知打哪儿学的。

衡南:"我就喝一口。"

盛君殊心想,她只是好奇,面色稍霁:"就一口。"

衡南看着酒瓶不动。

盛君殊:"怎么了?"

"打不开。"

盛君殊叹了一口气,打开瓶盖,落在桌上:"喝。"

衡南的手抓着瓶子,他握着衡南的手,喝多少还不是他说了算?手腕稍稍一倾，衡南的下巴微抬，脸往瓶口上凑。

"喝到了吗？"他低头去看液体表面。

"没。"衡南皱眉，用力地摇头。

盛君殊又小心地倾斜了一点点，为了把握这个度，手都在颤抖，说时迟那时快，衡南搬起他的胳膊肘猛地一抬，"咕咚咕咚"倒进嘴里大半瓶。

"好冰啊。"衡南打了个嗝，抹了抹嘴，爬到肖子烈的身后。

盛君殊额头上的青筋暴起来。

张森见势不好："老板，快吃鸡吧，要凉、凉了。"

衡南："吃什么吃。"

肖子烈笑了，立即憋住，没多久，两个人笑成一团。

盛君殊面无表情地道："王姨呢？"

"她的脚程慢，我们没等她。"

"好，等到齐了。"盛君殊破罐子破摔地喝了口酒，"今年让师父好好看看，他这最满意的一届内门弟子，都长成了什么德行。"

这一年，距离垚山派崩损、老祖陨灭，整整千年。黎向巍过生日，师父……过祭日。

盛君殊怀疑黎家的这片地有古怪。

衡南明明在耀兰城玩得兴高采烈、得意忘形，一踏进这栋豪华别墅的门，就好像霜打的茄子，黏在他的身边，做个寡言、自闭、没见过世面的女学生太太。

屋子里的气氛，也总是令人莫名觉得压抑。

坐在黎家的西式长条餐桌前，他侧过头看，衡南拿着勺子有一搭没一搭地喝粥，左手把垂下来的蕾丝桌布扭成了个团。

"怎么了？不开心？"他附在耳边小声问。

"你工作的时候会开心吗？"衡南捏着勺子反问。

盛君殊竟然觉得她说得有道理，拉了拉外套坐直。

黎向巍正在侧头询问长子黎江生日宴事宜。

黎江问："请柬一个礼拜前就发出去了，您看看菜单是否有需要添加的？"

餐厅外面就是花园，阳光从玻璃窗透进来，柔和地给餐桌上的三叉烛台镀了个边。黎向巍眯眼看着菜单，笑着道："有点看不清。"

星桥的气候很好，秋高气爽，但黎家别墅是洛可可风格，繁复赘余的装饰古旧，连带屋里的光线也莫名变得昏暗下来。

他把菜单递给旁边的年轻人："姜瑞，你给我念念。"

这个叫姜瑞的年轻人显得有些局促，衡南见过他。他是那天弯着腰和黎向巍说话，还被他拿笔敲了的秘书。姜瑞拿着菜单，脸色涨红，似乎不知道该怎么办，把菜单递给了旁边的姜行："爸……"

原来他是姜行的儿子。老秘书生了儿子，做个小秘书，都得黎向巍的器重。

黎浚笑意盈盈的，表情里半是妒忌，半是嘲讽。

黎向巍大笑："这孩子。"

姜行稳重地微笑，他的瞳仁颜色浅，笑起来总有种温存的韵味："黎总让你念，你就大胆地念，又不是让你选，你怕什么？"

"哦。清蒸鳜鱼一份，澳大利亚三头鲍一份……"

"吃什么大鱼大肉，你爸的血脂高，你还不知道？"衡南忽然听见一个女人的声音呵斥道，"还有你，小浚，能不能向你哥学学，高中都毕不了业，看你以后怎么办！"

这个声音和姜瑞念菜单的声音完全重合在一起，似乎谁也听不见谁。

衡南悚然放下筷子，回头看。

女人的声音像雾一样消失了。

衡南右手边的确坐着一个女孩，不过脸上的婴儿肥还未退去，看上去才十六七岁，身上穿着高中的校服，正低着头安静地吃饭，完全不参与讨论。这是黎向巍的小女儿，黎沅。与其说她是害羞，不若说她性格内向，沉默寡言，刚才不可能是她在说话。

幻觉，又是幻觉。

姜瑞念完，在黎向巍的示意下增添了几个菜，有些走神，眼神悄悄瞥过来，掠过了衡南，却往衡南的旁边看。

黎沅坐在椅子上埋头吃饭，没有看见他。姜瑞有些失落地把视线移开。

不一会儿，黎沅放下碗："爸爸，我吃好了。"

"吃好了就去玩吧。"黎向巍同黎沅说话时带着宠溺。但不知是怎么回事，黎沅只是规矩地低着头，跳下椅子，打开阳台的门去了花园，阳光给黎沅小腿上的皮肤涂抹了一层光晕。

黎向巍上年纪后，虽然喜好热闹，但也疲于应付大场面。这次生日宴定在翌日下午四点钟，地点就在这栋别墅。他年轻时孤身一人来星桥闯荡，家里人早已不在，收到请柬的只有几个生意上的密友，还有金耀兰的两个妹妹。

衡南清楚，她和盛君殊也在受邀之列，是因为黎向巍需要他们"镇场子"，防止宴会出现意料之外的事。

吃过饭后，盛君殊毫不废话地取下那个黑箱子，黎向巍心领神会，揽着他的后背在别墅里走动，参观各个房间。

"衡南，跟着师兄。"盛君殊叫她，衡南回过头。

刚才她看到小秘书姜瑞行色匆匆地走向花园，被打断后再看，窗外的一大丛娇艳欲滴的蔷薇挡住了视线。

这栋别墅很大，坐落于郊区，从前曾是一对英国夫妇的住房，三十年前被黎向巍夫妇接手。

黎向巍边走边说："年龄大了，公司的事务我已经不大管了，去了也是做些重大的决策，精力不行了。"

"身体怎么样？"

"除了血压不稳定，血脂高，没大问题。"黎向巍叹气道，"不过总是浑身难受，觉得身上特别沉，好像有人拉着一样，胳膊和腿往地里陷。听人说，身上沉，就是离死不远了……"

"听谁说的？"盛君殊看他的脸色有些恍惚，赶紧打断，"估计只是睡不够，让医生开点安定吃吃。平时调整作息，保持心情放松，多运动。"

黎向巍不再说话了，沿着楼梯向上走，最上层是个阁楼，门上挂了把锁。

阁楼的天花板是倾斜的坡顶面，最矮处人直不起腰。在贫穷年代，没钱的人会选择租住阁楼。

他停住脚步，站在楼上喊他的小女儿："黎沉，带哥哥姐姐上阁楼看看。"

黎沉慌张地跑上楼，脸色有些发红。

衡南先进门。这间阁楼宽敞干净，风吹起白色的纱帘，里面的家具都被白布覆盖着，没什么人气。她看见了窗帘后镂花的窗户，窗前摆着棕色的梳妆台，妆台上已经空无一物。

衡南对这个花窗、妆台有印象，对应的是耀兰城中庭挂的版画，画里金耀兰侧脸靠着床，正对着镜子梳头。

"这间阁楼是我太太在住。"黎向巍苦笑着道，"我们在楼下有房间，但她爱住这里。她出嫁前就住在阁楼，喜欢阁楼的天窗，说聂耳住阁楼把身子探出去拉琴，她也预备把身子探出去拉琴，结果个子太矮，够不着，哈哈。"

黎向巍身形矫健，头发染得漆黑，唯独笑的时候，眼角露出细碎的皱纹，显出几分温柔和老态。

　　"冒昧地问一下，尊夫人是什么病过世的？"盛君殊问。

　　黎向巍的神情立刻大变，瞥过来的眼神不自知地带着几分责怪。盛君殊顺着他的眼神看去，小姑娘黎沅正坐在白布覆盖的床上，低着眉眼玩手机。

　　盛君殊揽住黎向巍的背，退到门外。

　　"阿兰四十二岁患上妄想症。"黎向巍在走廊里压低声音解释，"抱歉，盛总，不想在孩子们面前旧事重提。"

　　盛君殊摆摆手，心里思忖，官方报道中金耀兰因病过世，没想到病死前还有精神问题。

　　"越来越严重，就只好住院，五年前病情好转，就把她接回家来，回到家没两天……"他指指胸口，"心梗，去世。"

　　"哦。"盛君殊应了一声，心道，倒还真是因病过世。

　　"盛总怎么突然问起这个？"

　　盛君殊觉得十分惊奇："你请我来难道不是为了解决你太太的问题……"

　　黎向巍似乎觉得把"解决你太太"这种话直接放在台面上说太过无情，因而极力地掩藏："我们的感情很好的。"

　　"那不一定。"盛君殊给他宽心，"尽管不是逝者的本意，人的执念也可能被怨恶之气吸收利用，形成神秘能量，残留一段时间后会影响活着的人。"说着拍了拍他的肩膀，"黎总不要有什么包袱，你都大老远地请我来了，不是吗？应该有过自己的考虑吧。"

　　黎向巍六神无主，似乎还是没做好准备："先过生日，过完生日再谈吧。"

　　衡南走到妆台前坐下。

　　妆台之上，雕了卷曲花叶的橡木镜架，框出圆形的镜子。镜角绘有掉了半面漆的竹叶，偏白的弱光下，镜面上落满了粉尘。

　　镜子里映出半个床角，床上坐了个穿着蓝色镶金旗袍的女人，细腰，胳膊修长，肌肉顺着骨骼凹进去，低眉侧头，看不清脸，一下一下地顺着湿漉漉的头发。

　　心口宛如有人用重锤猛敲一下，衡南颤抖一下，再看镜子中，坐在床上的是穿着鸦青制服裙的黎沅，小姑娘叉开伸长双脚，还无趣地打了个哈欠。

　　在黎家的别墅，幻觉频频出现，衡南站起身，烦闷地拨开窗帘，往窗外看。

外面飘了小雨，空气湿润。微纱的雾气中，能俯瞰黎家的花园。花园里有一排柿树，墨绿色的叶片下星星点点地挂了橘黄色的果实。

一个中年男人披着黑色雨衣，手里拿着喷壶，给小树一棵一棵地驱虫，拈着叶子来回翻看，动作小心，每一棵树都要看好半天，像对待自己的儿女。

挟着雨的风吹来，将他雨衣的帽子向后掀开，打了发蜡的头发不一会儿沾满雨水，塌陷下去。

衡南认出了这个人："……姜行？"

"是姜秘书。"黎沉不知何时走到了衡南的身边，抱着手臂，没什么表情地往下看，"他真的很喜欢那几棵树。"

衡南扭头看着黎沉稚气未脱的脸。

衡南的瞳孔很黑，看人的眼光很直，又带着一些陌生。黎沉顺着衡南的目光往下，看到了自己锁骨上的一小块红痕，立刻慌乱地拿领结遮住。

像被窥破秘密似的，她也迅速地向衡南脖子上看，脖颈玉白，毫无瑕疵。

黎沉脸色涨红，报复性地问："跟有钱男人结婚是什么感觉？"

"特别爽。"衡南把手揣在口袋里下楼。

第二天，黎向巍的生日宴如期举行。

在这之前，黎江看着保姆将客厅和餐厅的每个角落打扫干净。他有点强迫症，完全废弃的壁炉和水晶堆砌的灯座也必须擦拭一遍。

傍晚，小型乐队调试提琴。

黎江推了下镜架，面色微沉地从他们身边快步走过，揽住厨师的肩膀拍了拍，在他的耳边叮嘱。

黎浚站在门口，嘴角挑起意味不明的笑，别墅的门口挂着的彩灯闪烁。

为了晚宴，姜行的头发梳得整齐后贴，他耐心地躬身，颤抖着手指，为仰起脖颈的黎向巍系好领结。

客房里，盛君殊拨起衡南的头发，将裙子背后的拉链拉到了顶："好了。"他抬起头，落地穿衣镜中的师妹正垂着眼，漫不经心地涂口红，身穿黑裙，衬托出雪白的皮肤以及艳丽如血的红唇。他不熟悉衡南这样的神态，莫名觉得有点慌乱，仿佛有什么东西脱出他的掌控："衡南？"

"嗯？"她抬起头，熟悉的黑眸同他对上，那种古怪的心慌才迅速消弭。

衡南轻轻把他推开，郁闷地拎着一只鞋开始单脚蹦："快，鞋找不到了。"

盛君殊弯腰看了一眼床下，叹气，伸长手臂把倒在床底的另外一只高跟鞋拖出来。

鞋子拿在手里，让盛君殊震惊了一下，鞋跟很细，差不多七八厘米，像踩高跷一样。

衡南夺过去，扔在地上穿，穿得摇摇晃晃，自然地一把抓住他当扶手，盛君殊反手握住她的手臂，掌心温热。

衡南试图用金鸡独立的姿势穿鞋，抬了下脚又放弃，又弯腰，按住臀后翘起的很短的裙摆，盛君殊喝止："别蹲了，站好。"

他提了提裤脚，蹲下去给衡南扣这个难搞的搭扣。

衡南从这个角度只看得见他漆黑的发顶和两肩正装的褶皱，阳炎灵火安静地燃烧。

盛君殊没系过这种搭扣，低头研究了半天。手指摩挲过脚踝，痒意顺着衡南的尾椎骨爬上去，衡南条件反射地向后一抽脚，绊住，慌乱之下猛扶住盛君殊的脑袋，好在他一把抱住了她的腿，扶住了她。

两个人分开，盛君殊含着怒意，扣搭扣的动作重了很多。真的，如果师妹不是女的，他刚才绝对拎着腿倒吊起来暴揍一顿。

衡南沉默了半天，俯身把他被按掉的那一绺头发小心翼翼地搭回发胶的造型上，弱弱地解释："是你弄得我太痒了啊。"

这句话说得半是含糊，半是胆怯，后半句的语调坠下去成了气声，弄得盛君殊的身上也痒得打了个哆嗦。

盛君殊站起来，衡南正仰起下巴看他，绒绒的黑头发向后面散落："怎么还没你高？"

盛君殊蓦然笑了，垂眼看她："你多高？"

"一米七一。"

"正常，你踩十厘米的高跷都够不上。"

衡南"哼"了一声，撂下他走了，开始在屋里踩高跷，边走边对着镜子欣赏自己侧开衩下露出的大腿。

盛君殊理解不了她的爱好，迅速整理领口、袖口，打好领带，衡南又踩回到他的眼前，扬起下巴："师兄，你这个领带像卖保险的。"

"来，你选一个。"盛君殊把带来的领带摊开给她看，不太自然地把脖子上那根领带抽出来，"选个不像卖保险的。"

衡南选了一条，开始给他打领带。盛君殊觉得她可能不太会，两手捏着领带迟疑半天。

"从这儿穿过去，对，再从这儿绕过来，很好。"他不动声色提醒。

衡南在他的指导下学会了打领带，看着镜子里的他发了会儿呆："师兄，你平时怎么不打领带？"

盛君殊仰头，松了松领结，她弄得太紧了："太勒了，老感觉被人掐着脖子。"

"可是你打领带很好看。"

盛君殊不习惯被人这么直白地夸赞，想了半天，没想出话来接，推着她的背出门："快出去吧。"

窗外夜色深沉，彩灯闪动，欢快的弦乐已经回荡在客厅。

黎浚正拥着两个穿长裙、披皮草的女人进来。两个人一路和黎浚说话，捏紧手袋，其中一个女人回头热络地道："也就带了块表，没什么新东西给你爸爸。"

另一个女人整理着发梢："我倒是比二姐还不如，拎了瓶酒，都忘了你爸爸早就戒酒了。"

黎浚把她们的手袋接过来，把人让在座位上："酒不喝，还可以送人嘛。都是一家人，要什么礼物，能来就是最好。"

两个女人都笑："小浚长大了，真懂事，我要是你妈妈，做梦都能笑出来。"

黎浚低着头，笑笑不语。

金家已经落魄，金耀兰的两个妹妹都是下嫁，这些年过得不如意，都是靠姐姐、姐夫接济。为了过得好一点，和黎向巍维持着相当亲密的关系。

"姐夫。"

"姐夫。"

"来啦，我的两个小姨子。"黎向巍坐在主位和伙伴攀谈，回头点点她们，众人相互打招呼，一阵喧哗。

黎向巍今天身穿特别设计的主题西装，半只刺绣金龙盘踞在胸口，龙须摆开，栩栩如生，让人众人捧月地围在中央，头转来转去，话说不过来。

黎江端着烛台过来，烛火的两朵火焰跳动在他的玻璃镜片上，见了盛君殊挽着衡南艰难地下楼，淡淡地笑了一下，将他们让到席上，俯身安静地将蜡烛摆上桌。

位置略偏，盛君殊替衡南拉开椅子，旁边坐的是低头发呆的姜瑞。姜瑞惴惴不安地回头看了一眼，骤然见到个肤白唇红的女人，一时忘记挪开视线。

衡南瞥了他一眼，落座，目光落在旁边的空位上："这儿坐谁？"

姜瑞看见了盛君殊，后知后觉地认出这两个人是谁，意识到盯着的是别人的太太，涨红着脸别过头："是黎沅。"

座位和姜瑞、黎沅这些小辈排在一起，比较自在。

那边热闹，这边冷清，衡南开始无趣地吃花生，纤长的食指捻破皮，一颗一颗地往艳红的嘴里送，眼神闪烁。

盛君殊看了看她那冷艳的侧脸，倒有点欣赏师妹这股安之若素的气质。

第七章
豪门秘事

小提琴手侧枕琴托，拉完一曲欢快的柴可夫斯基《D大调小提琴协奏曲》。掌声顿时响起，热烈的气氛达到高点。

厨师开始忙碌，开胃小点上桌。黎浚托着修长的红酒瓶，毫无架子地从人群中穿梭，挨桌加酒，左右逢源。

黎江在倒酒的清脆响声中征询了黎向巍的意见，拍了拍手，餐车上推出了一大块老人最喜欢的八仙寿桃蛋糕，单是一颗艳红的仙桃就有碗大，看上去十分喜气，蛋糕上还写了"福如东海"四个字。

黎向巍新奇地看了黎江一眼，与身旁的姜行对视，再"啧啧"称奇，与远处的客人交换眼神，眼里带着笑，似乎在无声地与众人惊叹"这孩子还能有这份心意"。

黎江规矩地站着，头稍低，面露谦虚，不露喜色。

蛋糕上插了细细的蜡烛，烛泪已经流淌，小小的烛火被风吹得四下摇曳，在灯下不显。

黎向巍笑呵呵地转过头："这个，关灯看吧？"

众人附和寿星："好，好，关灯许个愿。"

富丽堂皇的水晶吊灯次第熄灭，桌中央的餐烛闪烁着，照亮客人胸前的一小块衣襟。

远远能看见蛋糕上几点抖动的烛光，宛如飞越森林的萤火虫。

几声"嘘"之后，大家都安静下来，黎向巍的声音传出来："今天，真是感谢各位能参加鄙人的生日宴会……"

衡南向椅背靠去，左手紧紧地抓住盛君殊温热的拇指，右手臂搭在了右边的空座位上，心里微微疑惑。难道他们都没有一个人发现……

"黎某在这里许愿……"

"呀！"一个女人的尖叫声划破黑暗。

黎浚手里的红酒瓶"哗啦"一声碎在地上，玻璃片和冰凉的液体四处飞溅，又引起了新一轮的尖叫。

凳子刮擦地板的刺耳声音、瓷盘破碎的炸响、刀叉坠落的脆响，似乎什么笨重的东西"扑通"一声倒地。仿佛从空调出来的风呼啸而来，瞬间将蛋糕的蜡烛全部吹灭。

一阵荒腔走板、断断续续的微弱的小提琴声，隐隐从天花板的方向传来。

四周是伸手不见五指的黑暗，窗外的月色惨白，慌乱的、颤抖的喘息和咽口水声中，似乎听到另外一种刺耳的声音。

高跟鞋跟撞在楼梯上，从上往下，声音钝而笨重，不像是走路，倒像是跳，像是拿刀一下一下、毫无感情地剁碎案上的大骨。

"开灯，开灯啊……"有人小声哀求。

"怎么回事……"

"快开灯！"

"开灯呀！"

一片黑暗中，嘈杂的声音随着那个脚步声越来越近，这嘈杂声就越来越迫切，越来越高亢，好像把灯光当作了唯一的指望。

男声女声混杂在一起，被一道惶恐的声音压下："谁把电闸拉了？"这个声音是黎江的，扭曲得几乎听不出了。

短暂的安静之后，更大的嘈杂声发出，大约有人想往门外冲，在一片黑暗中撞上了桌子腿，又或者踩到地上的碎片失去平衡，重重地跌在地上。

冰凉的红酒飞溅在衡南的小腿上，她下意识地往旁边靠去，有人反手抓住她，黑暗里陡然亮起了一束光。

惨白的光线向下探去，照出摔倒在地上的男人痛苦拧起的眉、地上破碎的玻璃片和流淌的红酒、在光柱中飞舞的尘埃。盛君殊举着打开了电筒的手机："扶他一下。"

慌乱中，没有人注意这道指令。

有这道光亮起，大家似乎才想起有手机可以用，片刻间无数道光亮起，但都照在自己的脚下，只有盛君殊手里的光一转，直直地照向楼梯。

餐厅距离客厅的楼梯还有一段距离。没有灯光的别墅显得死气沉沉的，手机电筒的光很快散开，像是被黑洞吞噬的光，到了楼梯前，只照出一个若有似无的轮廓。

楼梯上的确有个东西。它静止不动，因为脚步声已经消失，但天花板上的小提琴声还在继续，旋律熟悉，是首走调的、节奏欢快的圣诞歌。

别墅内的手机信号消失，没有无线网络。众人在手机屏幕的映衬下显得脸色惨白，仰头愕然听着这诡异的曲调。然后，音乐声戛然而止。

过了半晌，传来一声叹息，好像演奏结束的喘息，"嗞嗞"的电流声频频传来，稍有些失真，倒好像是在听收音机的感觉，收音机里女人的声音幽幽地响起："阿巍，生日快乐。"

楼梯上的那个东西动了，就好像音乐盒上的芭蕾舞娃娃，一格一格、一颤一颤地旋转过来。

靛蓝色的旗袍，浸湿半面黑血。

衡南身边传出一声女人的尖叫，险些将她的耳膜震破。

"是大姐！"

一声尖叫变成了两声，两声又变成很多声，有人的椅子倒地，有人踩在地上男人的手臂和肩膀上，终于有人想起别墅的大门在哪儿，于是人们像蝙蝠一样"呼啦啦"地往外涌。

有人摔倒了，咕咚一声跌在地板上，可很快爬了出去。

"老板，老板！"姜行嘶哑的叫声埋没在嘈杂的脚步声中，盛君殊刚把地上的男人拽起来，靠在自己的肩膀上，听到喊声，电筒照过去，只见姜行瘫坐在地上，怀里搂着不住颤抖的黎向巍。

"爸爸？"黎江爬过来，他似乎被扎伤了手臂，右手捂在胳膊上。

黎向巍西装上的金龙仍然张牙舞爪，莹莹闪亮，他本人却面如金纸，只剩出气，没有进气，瞪大眼睛看向虚空，嘴一张一合，没人知道他要说什么。他的身体颤抖着，左手摊在地上，五指痉挛地收缩。

盛君殊俯身，迅速翻了一下黎向巍的眼睑："赶快送医院。"

"爸、爸怎么了？"黎浚从另一端爬过来，他呆若木鸡地抬头，视线一路跟随姜行拖起黎向巍，似乎还没反应过来发生了什么。

姜行咬着牙托着黎向巍的两肋把他抱起来，颤抖着大喊一声："姜瑞！"他的两腿微屈，喘着粗气，拖着黎向巍就往门外跑，半路从抱着变成了背着，后面跟着的被他叫来的姜瑞语不成调:"我、我去开车……"

"爸、爸!"黎江追到了门口。黎浚也爬起来追到了门口,他失魂落魄、气喘吁吁地看着父子二人把黎向巍放在车上。

姜行在院子里摔了一个跟头,不过他很快扶着腰爬起来,一瘸一拐地拉开车门坐上去。

那辆车开得东倒西歪,险些撞上路灯杆子,排气管轰出白色的热气,冲出院落。

黎浚把踩在门槛上的脚收了回去,后槽牙咬得"吱吱"作响,呼吸渐渐平静下来,似乎总算找回些神志,回头看向黎江。

黎江斜靠在门框上,依然捂着左臂,血顺着他的指缝滴下。他一言未发,镜片挡住脸上的神情,觉察到弟弟的眼神,他也慢慢地回过头来。

兄弟二人短暂地对视,谁也不知道对方心中所想。

黎浚喘着气道:"哥,好好的,怎么会断电呢?"

黎江:"我也不知道。"他捂着胳膊,略微低下头,似乎有些失神,"我先去修电闸。"

黎浚看着他擦肩而过,咬咬牙,从鞋底拔出一枚染血的玻璃片,仰起头,骂了一句,无声地龇龇牙。

被光照着,盛君殊将男人扶到座位上。他的背后像刺猬似的扎满了破碎的酒瓶碎片,鲜血染红了盛君殊的一只手,看上去相当恐怖。

这个男人已经昏过去,礼帽掉落,头向一边歪去,倒不是摔的,而是吓的,和刚才的黎向巍一样。盛君殊将他扶正,叫身边的人:"衡南?"

"嗯?"衡南靠近,手机亮起来,给他加了一束光。不过没凑得很近,她不是很喜欢血腥味。

确认师妹在身边,盛君殊略微放心,扯起一根系蛋糕礼盒的红绸带,麻利地绕了椅子几圈,绸带紧绷,发出"嘎吱嘎吱"的声音,将人绑在了椅子上。他嘱咐衡南:"在这儿坐着,别乱跑,师兄马上回来。"

他将这个人连人带椅子扛起来,交给外面的助理。

衡南等他一走,就站起身来。站起来的刹那,头顶再次传来小提琴走调的圣诞歌声。

衡南向上看,刚要迈步,被人抓住手臂。

黎浚气喘吁吁地拉着她不放："不要乱跑，危险。你先生不是交代了吗，你就待在这里，好吗？"他的语气与其说是安抚，不如说是央求。衡南拿光照向他的脸，黎浚尴尬地别过头去，额头的汗珠细细密密，他控制着喘息，手都在微微发抖。他紧紧地抓着衡南的手臂，控制着视线，不敢往楼梯的方向看一眼。

"你比我还怕？危险是假，你想要人陪伴才是真吧。"衡南的声音轻而冷，她拿电筒带着恶意地照了他一下，照得黎浚拿手去挡，她便笑了，把他的手拨下去，"别拉我，我有老公的。"

衡南举着电筒，在音乐声中一步一步地往楼梯的方向走。

酸枣树枝条在地上投出扭曲荆棘的影，另一端握在盛君殊的手里。他本来不想召牡棘刀。可这把刀有灵，又有点儿傻，感觉他的手上沾了血，不管谁的血，都兴奋地自动往外跳，拦都拦不住。

盛君殊送完伤者，总觉得哪里不对，三两步从室外的楼梯上了楼，站在阁楼门口，在他的位置，小提琴的声音放大了数倍，拉琴的声音就是从眼前这个阁楼传出来的。

盛君殊站定片刻，一脚踹开门，门"嘭"的一声撞在墙上。屋里空空荡荡，只有清晰的音乐声。床上的白布扭成一团，似乎被人动过。天窗开着，冷月如霜，铺在床上。

盛君殊向上看，目光专注而探究，月光落在他漆黑的瞳孔里，半明半暗，勾勒出他的下颌和鬓角。

牡棘刀向梁上一钩，"啪嗒"一声，一个黑盒子落下来，砸在地板上，所有的声音也跟着坠下来。

盛君殊低头，地上躺着个老旧的复读机。

这会儿，提琴结束，"咝咝"的电流声传出来，发出一声喘息，传来愉快的声音："阿巍，生日快乐。"

楼下，黎浚跟着衡南走。

前面那道窈窕的身影越来越快，若不是高跟鞋在响，简直像在飘一样，黎浚跟着走得越来越快，汗一滴一滴地落在地上。

那悬在楼梯上染着血的半截旗袍越来越近，旗袍上精心绣出的鸾鸟泛着光的濡湿血迹也越来越明显。

黎浚觉得后背发凉，手脚僵硬，喉咙似乎肿大数倍，立刻停住脚步，伸手想抓她的肩膀:"别过去了!"

　　指尖距离衡南颈后飘摇的黑色系带差了一毫米,衡南挽起裙子踏上楼梯。她的身形窈窕,半明半暗中尤其美丽,细跟踩在楼梯上,跳舞一般,传来轻盈的脚步声。

　　衡南胸口起伏,无声地调整呼吸,手心汗出得过多,几乎握不住手机,光源随着她的手在微微颤抖。她仍在向上走,距离楼梯上的旗袍还有十步、五步……

　　带着腐臭的血腥味萦在鼻端,虽然极其厌恶,但她想确认一件事。

　　两步,到了。

　　楼梯上的女人陡然动了,黎浚吓得发出一声惨烈的号叫,向后瘫坐在地。

　　号叫声中,旗袍染血的一面转身,那个女人飞快地向上跑去,高跟鞋重重地踩在楼梯上,楼梯震动,灰尘飘舞,衡南紧随其后。

　　衡南居然追了上去。

　　脚步声越来越乱,喘息声纠缠在一处,脚下一绊,衡南失去平衡猛地向前扑倒。

　　那个瞬间,她伸出手臂,一把抓住了前面的人的脚踝,尖叫声中,两个人一起摔倒在楼梯上。

　　盛君殊将复读机夹在肘下,站在床上,仰头向上看。

　　阁楼顶上是斜坡屋顶对应的墙面,非承重梁,倾斜着降低。离他最近的横梁上有个浅浅的卡槽,刚才的复读机就是放在那个卡槽上。他的手掌抚过这个落了灰的卡槽,目光阴沉。好好的横梁上,怎么会有一个槽?

　　盛君殊轻盈地从床上跃下,回到走廊。他挪开垒起的箱子,打开电闸的塑料盖,用刀背将上面的双掷开关全部推了上去。

　　衡南趴在楼梯上,灰尘里夹杂的腥味充斥鼻腔,有人垫在她的下面,还好,摔得并不算痛。脚踝旋转,甩掉高跟鞋,高跟鞋从楼梯上滚落,发出沉重的回响。

　　她抓住前面人的裙摆,咬着牙向前爬了一步,就把那个人死死地压在下面,是一具温热的身体,气喘吁吁的,还在颤抖,乱七八糟的头发下,隐约传来了细弱的哭声。

　　衡南并不算讶异,这一次,她的心口一点都没痛。心口痛时,别人看不见的，她看得见，那是幻觉；别人看得见的，她也看得见的，只有一个可能，是人假扮的。

她的手往下猛地一拽，一顶长卷发的假发被拽了下来，露出一头黑亮的短发。

与此同时，"嗞嗞"的一声响，整间别墅顿时大亮。

黎浚用手遮住眼睛，适应了片刻，看清了趴在楼梯上的人，对方身上还穿着带血渍的旗袍，是个哭得双眼通红、熟悉的稚气面孔。

"是你？"衡南翻了个身，抱着膝盖坐在楼梯上，冷眼看着爬起来，战战兢兢地想要往后退的黎沅。

"你是不是有病？"黎浚额头上的青筋暴起，眼底发红，脱掉皮鞋上了楼，一把拽住黎沅的细胳膊将她拎了起来，一皮鞋抽在她的脸上。

黎沅惨叫一声，再次扑倒在楼梯上。

"贱人，白眼狼，你就跟你妈一样下贱！"

衡南用黑幽幽的眼睛盯着黎浚，猛然伸脚，一脚蹬在黎浚的膝盖处，他站立不稳，扶住扶手，向下踉跄着退了好几级台阶。

"小浚，你干什么？"一声断喝，黎江三步并做两步上了楼，推开黎浚，"你怎么打人？"

楼梯上转眼站了四个人，连空气都变得拥挤、沉重。

黎沅瘫在楼梯上，像黑豆一样的眼睛看过来，脸上红肿，有一道皮鞋印，泪痕斑驳，惊恐失语。

"哥！她……"黎浚辩驳的声音戛然而止，盯着黎江，目光变得有些飘忽："是你吧？"

"你说什么？"

"这件事是你安排的吧？"黎浚冷笑一声，扔掉皮鞋，皮鞋顺着楼梯滚落下去，"小丫头片子能有这么大的坏主意，在爸爸的生日扮鬼吓人？"

"二哥，不是大哥，是我。"黎沅捂着脸仰头看着他们，只是哭，还不敢哭得大声，抽抽噎噎的，吞咽着口水，"是、是我，我的主意……"

"哥，你真行。"黎浚掸了掸黎沅身上带血的旗袍，弯起嘴角，"你为了扳倒爸，连妈都能拉出来，还让这个野种穿妈的衣服，真厉害，还有什么你干不了的事？"

黎江的嘴角紧绷，牙齿咬得"咯咯"作响，似乎在控制情绪："不是的，我有我的考虑。"

"你有什么考虑？今天爸过生日啊，五十八岁生日，你策划了好久吧，羊羔还跪乳呢，你真会挑时间。"

黎江的目光扫过一旁的衡南，冷笑着道："你别在外人面前表现得道貌岸然。你羊羔跪乳，刚才你怎么不跟着去医院？你心里想什么，自己兜好，别说出来让人笑话。"

黎浚指着他的鼻子："再说一遍！"

黎江推了下眼镜，微笑着道："我至少表里如一。"

关节脆响，肌肉紧绷，二人像磁铁相碰，擦枪走火，立刻"嘭"地吸在一处。

"都干什么！"楼梯上方传来一声断喝。复读机摔在地上，打着转落到了脚边。两个人的动作一停。

盛君殊从楼上下来，目光沉沉地扫过两个人，低头扫了黎沅一眼："起来。"

黎沅用手背擦了擦眼泪，爬起来，看了黎浚一眼，胆怯地躲到了黎江的背后。

盛君殊又往下走了一步，突然看见了赤脚坐在台阶下，脊背贴着墙的另外一个人。衡南抱成一团坐着，手上、脸上蹭得都是血，黝黑的眼睛悄无声息地看着他，满眼无辜。

盛君殊愣了一下，随即火冒三丈，双眸黑得发亮，无法控制地舔了舔下嘴唇，又拿牙齿咬住，碍于外人在场，只看了她一会儿，把人拉了起来。

黎浚看着地上的复读机，半是生气，半是尴尬，眼圈都红了："不好意思，让盛总看了场笑话。"

盛君殊冷冷地弯唇："你们现在是让我看更多的笑话？"

两个人默然无语，硝烟味散尽，续不起来，各自分开。黎江带着黎沅下楼，盛君殊拍拍裤脚，弯腰捡起高跟鞋。他靠过来，衡南只感觉一道威压沉沉地扫过来，不敢抬头，接过鞋快速穿好。

楼梯上到处都是鸡血，无处落脚。盛君殊的手带着风过来，衡南下意识地一缩，发现他指尖夹着一张纸巾。

衡南看了盛君殊一眼，他倒没有横眉怒目，也没有瞪眼，只是盯着她看，似乎在思考着什么。

衡南对着前置摄像头擦拭脸颊，让他盯得毛骨悚然。

盛君殊真的对女人的胆量感到费解："你还敢追上来。被虫子吓昏过去的是谁？"

衡南愣了一下，眼里闪过一丝恼意："你不要老提这件事好不好。"

她把手伸出来。

"干什么？"

"没纸了。"

盛君殊一摸，口袋里餐巾纸恰好用光，抿抿嘴唇，左手按住衡南后脑勺往前一带，拿自己的袖子用力给她蹭了蹭，擦得她往后躲，脸都皱起来。

"你这回又不怕了？"

衡南怒气冲冲地挣脱出来："又不是真的，我怕个头。"就因为是演出来的，盛君殊一开始都没反应过来，一直坐到电闸拉了，"鬼"都嚣张得自己走下楼来了，他才疑惑地把手电筒打开，都这么明显了，还好意思说她。

盛君殊看师妹虽然强词夺理，但活蹦乱跳，精神尚可，从另一个角度感觉到了久违的欣慰。

盛君殊推推衡南的背，示意她下楼。黎浚留在楼梯上："盛总留步。"

"这个家里有些事情……"黎浚哽咽了一下，"如果您不介意的话，我想跟您聊聊。"

盛君殊看向衡南，衡南扫他一眼，眼里黑白分明。盛君殊好像还想说什么，她揪着他的衣领将他拽过来，两个人几乎额头贴着额头。她的睫毛垂着："师兄，我在这家里'看'到过金耀兰。"

这一句话，立刻将他劝服了。师妹因为天书的关系，有近乎强大的"通感"的能力，既然她在房里有了幻觉，那说明神秘能量确实存在，藏匿在某个角落，产生了能量波动。

盛君殊默然，片刻后，也附在她的耳边说："回房间，记得锁门。"

微凉的唇碰到耳郭，衡南好像被蜜蜂蜇了一样，捂住耳朵跑下楼。

衡南回到房间，踢掉鞋子，收到一条短信，低头一看：回房间，锁门。

这跟他刚才说的有什么区别吗？

衡南反手锁上门，挠挠脖颈，右手刚绕过肩摸到背后的拉链，又收到一条短信：拍照给我。

她叹了一口气，发了张门锁的特写。

盛君殊满意地按灭屏幕，收回看着桌下的视线。

黎浚的衣领翻出来，纽扣崩开，正一言不发地给高脚杯里倒酒。

二楼的开放式厨房，放置着三个酒柜，倾斜放置成排的红酒，外围一圈大理石吧台。

黎浚用手指夹着酒杯晃晃:"来,盛总干杯。"

盛君殊其实不太想跟他干杯,但衡南看见了幻象,就说明这一趟他们没白来。不知道表面的混乱下,还有什么埋得更深的内情。

盛君殊拿着酒杯沉吟:"你母亲……"

"干了再说,干了再说。"黎浚打断他,心情很不好地自顾自仰头喝闷酒。

盛君殊垂下眼睛,瞥了眼琉璃杯里深红色的液体。他是阳炎体,五毒不侵,倒也不怕别人下药,就是打破不喝酒的规矩让人有点为难。但他犹豫了一下,为了了解真相,还是喝了。干红尝不出什么酒香,入口非常涩,他皱了一下眉头。

"关于你妹妹……"他斟酌着换了个问题。

黎浚再次给他满上,嘴角露出一抹若有似无的笑:"妹妹……盛总听到我说的话了?"

"人人都说,我爸深爱我妈……你知道,家家有本难念的经。黎沅就是打破我们生活平衡的一个炸弹。"他五指张开,"boom(嘭)。"

"他出轨了?"

"不能算。"黎浚说,"那个女的在会所上班,我爸是那里的常客,就跟她熟悉起来。"黎浚发出一阵笑,"过了几年,她抱了一个小孩子上门,我妈震惊得把盘子都摔掉了。"

盛君殊有所耳闻,金耀兰出身名门,性格相当强势。这件事发生后,她大吵大闹,变得歇斯底里,因为在这之前,黎向巍每天都陪她在身边,温柔体贴。毫无觉察才是最大的难堪。

滑坡的信任使她崩溃、暴怒、出走、绝食,黎向巍每天跪在客厅请求原谅,说自己只是一时糊涂。这种极端的情形下,女主人爆发式的怒火持续了一个月。

"第二个月,我妈原谅我爸了,但她跟我爸说,那个女人不能存在,孩子要认她做妈,我就多了一个三妹。"

这并不难理解。当时黎氏集团正处于上升期,黎向巍是董事长,金耀兰担任总经理,夫妻企业,夫妻一体,花边新闻对任何人都没有好处。

"你是不是想问黎沅有没有受我妈的毒打、虐待?"黎浚笑了一声,"没有,我妈从来不理她,也不跟她讲话,好像当她是团空气,她就从不存在一样。"

但金耀兰从此性情大变,多疑,刻薄。别墅里一年内走了大半老员工,走不了的是养在身边的黎浚。

"我中学时学习成绩不好,没法像我哥一样去国外留学,我没有朋友……不敢有。我妈每天要我按时回家,迟一分钟她都会给我的老师打电话,回来再抽我巴掌,问我是不是也要背叛她。"

黎浚目光微深,下颌轻轻颤抖,青筋暴起,似乎在极力克制对某种事物的恐惧,一杯酒下肚,才有所缓解。

盛君殊同他碰杯,声音清脆。

黎浚的反应非常可信。备受娇宠长大的男孩,不可能养成这八面玲珑、极会看人脸色的本能。他更像是被控制欲极强的家长培养出来的乖孩子,活在高压之中。

"我当然也爱我妈,她好的时候真的非常、非常好。"两只空瓶错落摆在玉白色的台面上,黎浚仰头,在酒精的刺激下泛出泪花。

盛君殊握紧瓶口,软木塞"啵"的一声弹开:"但她死的时候,你感到很解脱。"

黎浚抿唇不语,过了良久,他一弯唇,笑容带着歉意又有点难堪:"这些,我哥不可能懂。"

黎江就站在二楼酒吧正下方的储藏室。

阴影落在他的半边脸上,他的脚边是正在抽抽搭搭的黎沅。

"大哥。"黎沅不住地用手背抹去脸上的泪珠,摇着头,"我不想做了,我真的害怕。"

黎江蹲下身,安抚地按住她的肩膀,轻声说:"我安排这场戏不是想害人。我只是想确认,妈妈的死到底和爸爸有没有关系。"

黎沅本能地感到有些害怕,因为如果黎江从始至终站在金耀兰一边,她的存在无疑是对金耀兰巨大的伤害,也是黎江仇恨簿上重重的一笔。这个家里,唯一与她有所关联的是黎向巍。失去了父亲,她就失去了最后的依靠。

"可是,你也是爸爸的儿子啊。妈妈已经死了,难道不该、难道不该对爸爸更好……"

"可是你看到爸爸的反应了吗?"黎江的声音依然很低,思绪却是混乱的,"要是爸爸真的心中无愧,他怎么会吓成那样呢?那天你在家的,对吗?妈妈是怎么死的?"

黎沅哭得更厉害,因为这句话他近乎神经质地重复问过她很多遍。

"我去学校了,很晚才放学,回来的时候,家里有很多人。"

几个保镖匆匆地抬着担架下楼,与她擦肩而过,担架上盖着白布,白布下垂下一只青白细瘦的、毫无生气的手臂,手指蜷缩,指甲是靓丽的酒红色。

她认出那是谁,心中大骇。可是以她的性格,金耀兰活着的时候她恨不得把头埋进沙坑里,即使看到这一幕,她也不敢去多问一句啊。她从来就没有过置喙的权利和地位。

黎江背靠墙壁,脱力地叹了口气:"明明本来一切都好好的啊。我在国外的时候,妈妈来看我,只为了专门请我吃一顿法式大餐,又坐飞机回去。她说太想我了,所以背着爸爸溜出来看我,塞给我好多零花钱。我真的很嫉妒小浚,可以一直待在家里,爸爸三次过生日我都错过了,他们分了蛋糕,还办了家庭音乐会。我打视频电话给他们,他们每次都说家里一切都好,让我拿个好成绩毕业,什么都不用管。可是呢?"

黎江是茫然的。他离家太久,见面的次数过少。所有的不堪与矛盾、裂隙与伤痕,全部被横跨地球的大山大洋一层层加上滤镜,跨越遥远的距离,从听筒中钻出来,来到他面前的时候,只剩下风平浪静和岁月静好,就像他离家时的小家庭一样。

母亲为父亲庆生,还自学了小提琴。那段录音就是从幸福温馨的录像中截取出来,放在今天却变成了妖魔鬼怪一般。

"我其实不想伤害爸爸。"黎江摘掉眼镜,缓慢地擦镜片,"我也不是非要跟小浚争这个继承人,我只是想不明白。"

母亲死前,家庭美满。可是她死后,小家庭里剩下的所有人,黎浚,甚至黎沅,都是潜在的怀疑对象,黎向巍的嫌疑最大。他变得不相信任何人。

手机铃声响起,黎江接了个电话,表情一点点变得冷硬。

电话挂断后,他戴上眼镜,这厚重的玻璃片仿若刀枪不入的盔甲,令黎沅感到害怕:"爸爸没事。"

这句话令黎沅感到更害怕。

"你会继续配合哥哥的吧?"黎江若无其事地问,见到黎沅在黑暗处摇头,手机转过来,给她展示上面的照片,"帮我查出来妈妈的死因,否则……"

照片上,花叶背后,年轻的男女正在忘情地接吻。

"跟他谈恋爱,爸爸不可能同意的,除非你想被赶出去。"

黎沅的眼泪从指缝中掉落,她发出了一声很轻的抽泣。

"我妈死的时候,我在、在毕业旅行。"黎浚的舌头已经被酒精麻痹,"当时她已经因为妄想症住了一段时间的医院,我才能去旅行,但我旅行的时候一直心神不宁,想快点回家看她。"

"嗯。"盛君殊应一声,只管给他倒酒,"来,干一杯。"

"结果回、回来之后,就只看到一个墓碑。"黎浚把手捂在脸上,呵呵地笑出声,皱着眉摇头,又哭起来,"……太快,这也太快。"

"所以你没看到过你母亲的尸体。"

"没有。"

"你母亲心脏病发作去世,你们家谁在现场?"

"没有人在现场,是我爸和姜秘书敛的尸,你知道,姜、姜秘书就是我爸的狗,我爸让他埋谁他就埋谁,所以不怪我哥怀疑我爸……"他指指自己,"连我,我都忍不住怀疑我爸。"

盛君殊又跟他干了一杯,黎浚开始喘气,咳嗽,一把扶住了瓶身:"不、不开了。"

盛君殊的心里有点得意,因为他从来没喝过这么多酒,但是他现在脸不红、心不跳,看字不散光,脑袋非常清晰。可见这件一直存在于禁令中的事物,对他来说也不构成任何威胁。这说明什么?说明他又不小心发掘出一份潜力。

衡南洗完澡,抱着熊往床上一倒。

黎家别墅的客房也是洛可可风格,连踢脚线都能做出几道花来,繁复的水晶灯在她眯起的眼睛里渐渐变成无数点星光。

这张床像蹦床一样松软,她躺在上面仿佛在棉花上弹了几弹。

辗转反侧一会儿,她的睫毛颤动,手机屏幕的光照在额头上,她发出去几张照片后,盛君殊回复了一个和蔼微笑脸的表情包。

这个人也太奇怪了。

衡南按压心口,睡衣前襟被头发弄得有点潮湿。闭上眼睛,被楼梯间的灰尘和鸡血混杂的味道萦绕,扑倒黎沅时,她的心跳几乎要挣脱胸膛,那种刺激感令她失神、战栗。

阳炎体不在,房间里很冷。她抱着熊钻进了被子里,把自己裹成个粽子。

门被敲响,衡南的心中一动,她跳下床,给盛君殊开门。

盛君殊垂眼,反手锁上门。

衡南嗅到一股浓郁的酒气，又凑过去在他的衣服上闻了闻："……你喝酒了？"

她震惊地仰头看过去，盛君殊面色如常，在她的腰上扶了一把。衡南瞬间弹开。

不是她反应过度，她的腰很敏感，毫无征兆地碰一下跟突然杀了她没区别。盛君殊似乎被她这种行为刺激到了，伸手一捞，抓着她的腰拖到眼前。衡南越挣扎越靠近，被金属皮带扣顶住了。

她急促地喘气，敌视地瞪着盛君殊，他还是扣着她不放，神情自若地注视着她："没有。"回答得缓慢而谨慎。

她看了一会儿，在他这对琉璃般的黑眼珠里看出了一丝游离的味道，眉头松动："你不会是——喝醉了吧？你真的喝醉了？"

"你在说什么？"盛君殊垂下眼，有点严厉地瞥她一眼，"我们垚山派禁酒。"

衡南挣扎不开，伸出的中指几乎给他戳出个酒窝，而盛君殊毫无反应。衡南往他的身上一倒，颓然放弃。

他突然一动，吓得衡南双手抱头，盛君殊只是把她放开，口气略微带着教训："师妹，男女有别，还没成婚，以后别这样了。"

然后，衡南挡在头上的手被他掰下来，握在手里，他的手心滚烫："衡南，来。"

"干什么？"她看盛君殊的眼神里充满了震惊和不信任。

盛君殊将她拉到书桌前，从容坐下："你上次问我的问题，我想出来了，师兄给你讲。"

他在空荡荡的桌面上仔细地翻了一页，衡南转身便跑，让他一把拽住裙摆，转过身，盛君殊正仰头看她，眼神澄澈，表情认真而稍有些茫然："我讲得不好？"

"不是！"衡南捋了捋头发，欲言又止，"你……讲吧，快讲。"

他还是那么看着她。

"快讲啊。"衡南替他着急。

盛君殊低下头去，声音缓慢，不疾不徐，竟然真的开始从"天地玄黄"开始讲起，引经据典，边讲边观察她的表情。

听了半个小时天书，衡南俯身趴在了桌面上，头发滑落至颊侧边。"师兄。"她绝望地说，"我可不可以拿把凳子坐？"

盛君殊歉疚地起身，四下回望。这是卧室，不是书房，书桌旁边就一把椅子。他说:"你来坐,我站着讲。"

衡南又捋了捋头发,试探着道:"咱们可不可以躺着讲?"

盛君殊顺着她的眼神看了一眼床,神色陡变,红至耳尖,训斥道:"别胡闹,快来坐。"

衡南摇头。盛君殊冷着脸坐下,沉默地坐了一会儿,又往旁边挪了挪:"你过来,这边条件不好,咱们挤一挤。"

衡南脸色涨红地坐在他旁边,盛君殊从背后握着她的手,阳炎体的余热将她完全笼罩,声音就悬在她头顶:"我带你写一遍。"

"师兄。"

"怎么了?"

"……你以前经常跟你的师妹们这么挤?"

盛君殊的脸色都变了。低头看看,这把椅子很宽,除了握着她的手,他完完全全没碰到衡南一个衣服角啊。这样猜测他也就算了,怎么还要加个"们"?

衡南半晌听不见回答,一抬头,迎来了一记栗暴,痛得她眼泪都要流出来了,抱着脑袋趴在桌上,又让盛君殊从后面扳着肩膀坐起来,顺着她的脊梁骨一敲:"坐姿不端。"

衡南木着脸让他带着写了十分钟,盛君殊松了口气,从椅子上站起来,俯身看着她:"懂了吗?"

衡南把头点得像捣蒜:"嗯。"

盛君殊茫然看着她,神色依然很平静,眼珠微微转动:"没听懂也没关系,心法本来就有些抽象,我再给你讲一————"

"我懂了,真的懂了,师兄!"

大约是末尾的那个"师兄"敲在盛君殊的心坎上,他的眼皮微微一动,认真地看过来:"听懂了,那你给我复述一遍心法演绎。"

衡南慢慢地看向空无一物的桌面。她沉默片刻开始背心法,中途顿了一下。

盛君殊点了下头,仍然鼓励地看着她。

衡南继续背下去。

盛君殊愣住,衡南的心提到嗓子眼,只见他注视着她,眼神中浮现出震惊、迷惑、怅惘等多种情绪:"你全都会了啊。"

衡南皱眉,咬住下唇。

盛君殊垂下眼睛,似乎在认真思考自己为什么还要讲一遍,沉思了一会儿,他抬起眼:"我送你回去吧。"

衡南:"不用……"

"不行。"盛君殊很坚持,将她从椅子上拽起来,"太晚了,我送你到门口。"

卧室就那么大,亦步亦趋,走到了床边,衡南反拽住他:"师兄,我到家了。"

盛君殊放开手,矜持地一点头:"好,早点休息。"

衡南刚爬上床,眼看他转身就往房间外走,一个飞扑,倾身一把抓住他的西装后摆:"你进来坐坐吧,师兄……"

"这不好。"

"这有什么不好?"衡南木着脸拽着他,"你讲得那么辛苦,难道不配让师妹给你倒杯茶吗?"

盛君殊叹气,师妹总是如此客气,老是要回礼,太过拘束也不好,就依言爬上了床。

衡南抱着熊看他。

盛君殊歪头盯着熊,神色逐渐变得冰冷:"他是谁?"

衡南愣住,低头看了一眼,没错,是熊啊。

还没说出口,熊就让盛君殊一把夺过去,远远地丢在了一边,语气严肃:"你让我进来,就是让我看这个?"

他往前爬了一步,衡南向后退了一步,盛君殊又向前爬了一步。

衡南的脊背贴住了墙壁,盛君殊撑着墙,居高临下地看着她,他的眼睫毛十分浓密,眉眼之间的寒意让衡南觉得陌生:"衡南,你要是不喜欢……"他说话倒还温和,"你要是不喜欢我,我去给师父讲。没必要为了同师兄赌气,把自己搭进去。"

话音未落,牡棘刀出手,软韧的酸枣树枝条猛然抵住熊的咽喉,把蝴蝶结上那一大颗水钻打碎:"我看他像妖族的。"

衡南揪住头发,我看你才像妖族的!

"别哭了。"盛君殊的手轻轻抚在她发顶。

衡南扒开头发,仰头瞪他:"看清楚,我没哭!"

四目相对,盛君殊总是一眼能将人看穿,眼神稍有些困惑,眉梢眼角现出青涩的少年气。

盛君殊伸手,把紧靠在墙上的师妹往自己的方向拽了拽,开始很轻地摸她的头发。

笼罩在阳炎体的温度中，被这样顺着头发，衡南觉得很舒服，停止挣扎，保持一动不动的姿势。

一片安静中，盛君殊垂着眼，非常专注地摸了一会儿，似乎是在安抚，带着薄茧的手指渐渐向下，掠过耳郭，很轻地摩挲了一下冰凉的耳垂。

衡南打了一个激灵。如果是几个月之前，被这样碰一下，她肯定视作挑衅，一口咬上去。但是经过了某些事情，这一下又激起了某种难以言说的感觉，还有混沌而锐利的预感。

衡南的脑子里一片混乱，她开始乱想：他是不是，想要睡我？

其实入丹境那次，回想起来，过程她全记不得了。痛苦没了实感，脑海里只剩下一点轻浅的、极其模糊的轮廓。但也因为想不起来，反倒使得掩埋的兴奋和好奇露出尾巴，似乎还叫嚣着再体会一次，重新清晰地体验那种感觉。

光是这样想，衡南已经觉得头晕目眩，心跳已乱。

盛君殊停顿了一下，顺着她的耳垂摸到了脸颊："脸怎么这么凉？"又从脸摸到了冰凉的脖颈，盛君殊疑惑地停下，握住她的手，十指相扣。

一扣不得了，盛君殊大骇："你怎么变成极阴体质了？"

"不怕，"盛君殊先一步安抚她，立即扣紧她的手，掌心相贴，"师兄帮你调。"

阳炎之气从掌心灌入，迅速流向她四肢百骸。

盛君殊握的是刀，指节上的茧稍多，掌心却很柔软，刺痒和柔软交错扣着手指，传来一股似痛非痛、似痒非痒的感觉。

阳炎之气周转全身，衡南眯起眼睛，贪恋这种感觉，就半推半就没挣开。

过了一会儿，她已经脸色发红，额头冒汗，他还在继续。

盛君殊现在没有意识，体内阳炎之气整个儿失控地暴涨，全往她的身体里灌，衡南开始抽手，让他紧紧地扣着抽不开："师兄，师兄……"

衡南感觉自己快被烫熟了，惊慌失措地尖叫起来："盛君殊！"

盛君殊这边也觉得奇怪呢，不管怎么灌阳炎之气，师妹还是那副阴气沉沉的样子，双肩的灵火就是点不起来，他正着急，师妹还乱动，一着急，一把将她压下："别动。"

"放开我，师兄……师兄，"衡南号啕大哭起来，"老公！老公！"

盛君殊撑起来，衡南立刻滚过去贴住墙降温，哭得差点背过气，好不容易平息下来，翻了个身，就看盛君殊定定地瞧着她，嘴唇微抿，眉宇间横着尖锐的戾气。

"怎么哭成这样?"他的眼神发冷,语气平淡,"谁是老公?指出来,师兄帮你打他。"

黎浚本来趴在酒吧的台子上烂醉如泥,是让楼上的声音惊醒的。他揉揉眼睛,东倒西歪地走着,就听见楼上有女生又哭又叫"老公",天花板上的吊灯出现了重影。

"真……够厉害的。"他满脸红晕,打了个酒嗝,原地打转,恍惚了好半天,才回忆起了醉倒之前的事情。

开了红酒,还开了俄罗斯烈酒混着喝,空瓶摆了一排。喝那么多瓶,盛君殊就是不醉,还一直条理清晰地边灌他酒边跟他聊天。

他当然也不是为了纯聊天,他知道盛君殊他们想要的信息,他就拿点儿信息做钩子,他有自己的打算,他十五岁开始赴酒局,这么多年星桥的应酬酒会上就没有能喝过他的,只要把人喝晕了,什么事都办妥了。

喝到一半,感觉这样不行,但又觉得收手可惜,趁着没醉,赶紧把支票掏出来:"我爸给你多少钱,我给你。你不是医生,治不好我爸的病,带着小女朋友玩一圈就回去,我们家的事情别再掺和。"

盛君殊好像是收下了,然后他放心地醉倒了。

收了吗?

黎浚东倒西歪地扶住柜子,低下头,在自己的衬衣口袋里拿出了一张支票。怎么回事?他没收……

"嘭"的一声,他把支票举在眼前,看了半天,彻底醉倒在地。

房间里,盛君殊的电话振动个不停。他已经仰躺在床上,双眼紧闭,毫无察觉。

衡南爬过来,艰难地拿他的拇指开了锁,肖子烈的信息出现在手机屏幕上,每隔五分钟一跳:师兄。

师兄师兄!

王姨到了,我们什么时候走?

师兄,你是不是忘记了什么?

手机被偷了?

衡南背靠着墙,木然地窝在床上回信息:他去不了了,你们先走吧。

师姐？

肖子烈一个视频电话打过来，衡南关闭了摄像头。

"师姐，你和师兄在一起吗？"肖子烈的背后是夜色，他应该在室外，哈着气在跺脚。

"嗯。"

"怎么回事？不是说好今天去看……"

衡南的语气十分冷淡："他醉了，走不了。"

肖子烈沉默了一秒钟，猛然笑出声："你逗我，你忘了师兄之前怎么说我们的？"他夸张地学了个盛君殊横眉怒目的表情，嗓音压低，"谁点的酒，说！"

"你等一下。"衡南把摄像头打开，对着盛君殊仰拍下去，指尖捏住他的下颔，对着摄像头全方位展示，"看到了吗？"

肖子烈像老花眼一样凑近镜头看了半天，猛地向后一退，好像被什么不该看的东西灼伤了眼睛，完全失语，露出了愕然、迷惑的神情。

"你们先去吧。"衡南说，"把小狐狸给我留下。"

肖子烈为难地回了下头，撒娇道："师姐，你难道让我和王姨单独一路？"

"她又不会吃了你。"衡南的眼皮一掀。

肖子烈气愤地挂了电话。他觉得师姐变了。从前的师姐十分友爱，自从嫁给师兄以后，她就被冷漠无情的师兄给腐蚀同化了。

衡南叹了口气，盛君殊的手机还在她手里，她退出对话框，忽然看到了什么。

微信列表很长，翻不到尽头，最上面是"南南"，不是他备注了"南南"，是衡南的微信昵称就叫"南南"，摆在那里，莫名地显得很亲密。

对话框里还留着那个黄澄澄的微笑表情，再往前翻，他们只有今天的聊天记录，他说：回房间，锁门。

下一句是：拍照给我。

衡南翻了一下别人的记录，看见他跟别人聊天也是这样，连一个"好"字，都要妥帖地跟上一个句号。

他的手机跟他的电脑桌面、办公桌面一样，乏善可陈，壁纸是系统自带纯色，所有的应用规规矩矩地分好类。所有的社交软件，包括信息，一个红色提示都没有。

没有推送，连个游戏也没有。

衡南下载了两个简单的小游戏。

实在太无聊了，她退出来，忽然又看见了备忘录。

她的好奇心被勾起来，她点进去，被突然涌出来的密密麻麻的待办事项晃花了眼，不过加载完毕后，最上面却是加粗置顶的"衡南"二字。

骤然看见自己的名字，衡南觉得心跳加速，点进去看，里面只有三行字：

定期喂。

不能丢。

有耐心。

"定期喂"后面加了一个星号。衡南上学做笔记的时候，喜欢给易错点后面标上星号，标了一次，大概是提醒自己一次。

如果是这样的话，"不能丢"后面加了两个，就是提醒自己两次？

那"有耐心"后面跟了七个，拉出了一整排的星号？

衡南将手机锁屏，扔到一边，翻了个身看向盛君殊。

黎家别墅的水晶吊灯璀璨，这样的光下，他的脸显得白皙光滑，嘴唇不干不润，泛着健康的浅粉色，根根睫毛规矩地排列着，像书柜里的书。

书里描述的大凶大恶之人，尖嘴猴腮，吊梢眼。盛君殊三庭五眼，一看就很正派，但又没有大侠方正堂堂的阔相，他就像一个……正派的女孩，精致、正派的大家闺秀。

他须得有一个端庄标致的母亲、一个文质彬彬的父亲、一个做命妇的奶奶、一个富贵的血统才会使他脸上每一个棱角都平和，每一寸皮肤都细腻，光线则模糊了他的面容。

衡南抚着额头细细看他，不知道自己为什么会有这种奇怪的联想。她不知不觉凑得极近，呼吸落在他的脸上。

这张脸的确不容易找到特质。她闭上眼睛，乍想到的总是他看过来的眼神。

意识到无人看到、无人管束，盛君殊也毫无反抗之力，衡南感到有点孤独。

在孤独、茫然中，一种难以压制的恶意爬升，她的血液像烧开的水逐渐沸腾。这模糊中分明有很多未揭示的好处，她知道，只有她全都知道，饥饿惶急地叫嚣，快点吞下去吃掉！

不要让任何其他人看见，她全部占有，妥帖地存放，一个人慢慢地、一点一点地欣赏，把属于他的每一个特质找出来，不要让任何人看见。

衡南的呼吸越来越乱，眼皮垂下来，她凑近他的唇。

两唇相碰，稍微有些凉，初时她难耐地摩挲，碰了许久，盛君殊的睫毛轻轻颤动,像是被逐渐挑起的火焰,本能地稍稍一动,柔软的唇碰到了她。

只回应了这一下,麻痹感顺着嘴唇蔓延开来,冻结至后脑,衡南陡然惊醒。

她迅速闪开,躲得太急,后脑勺"咣"的一声撞在墙壁上。

这下好,头剧痛,外加晕眩。

盛君殊还闭着眼睛,他醉得非常彻底,完全不主动、不负责。衡南快要失常的心跳主宰了她一会儿,六神无主演变成了恼怒。

她猛然坐起来,连带着床都颤抖了一下。她迅速抠开盛君殊的皮带扣,把皮带抽出来,一端握在他的手里卷了卷,然后把他的裤链拉到底,一气呵成,狠狠一卷被子,翻个身,面朝墙睡去。

宿醉是什么感觉?

盛君殊睁开眼睛的瞬间,牵拉出太阳穴、鼻骨、眉骨一起酸痛,后脑勺好像被人拿铁锹拍过,他的心底闪过两个字"糟了"。其实事情未必糟了,但对于一个每天按时醒来,睁眼就知道自己身处何地的人来说,这种颠倒错位的混沌感就是不妙的开始。

盛君殊立刻坐起来,起得太快,有点反胃的感觉,他按住腹部缓了一下。日光炫目,刺得他眯了一下眼睛。

他有点想起来了。昨天晚上,他和黎浚喝酒。他记得自己非常非常清醒,脚步稳重、神清气爽地回到房间。

所以这里是房间?

扭过头去,裹着被子,包成人形粽子的师妹只露出一张脸,静静地看着他,将他吓了一跳。

"衡南?"他试探着叫了一声,嗓音有点哑。

"干什么?"

她一开口,盛君殊愣住:"你……嗓子怎么了?"

衡南还是直直地看着他,继续嘶哑地说:"你干了什么?不记得了吗?"

盛君殊感觉挨了当头一棒。

他眨着眼睛,脑海中纷乱地闪过很多碎片,师父的一句"饮酒误事"在耳边回响数遍,想得脑袋都痛了,也没想起干了什么,倒是做了一个非常离谱的梦,梦到他给师妹讲题。

师妹非得让他进屋喝茶,他进去了,然后师妹抱着一个陌生的妖物挑衅地看着他。他一生气把那个妖物灭了，师妹伤心得大哭了一场，没了。

盛君殊晃了下头，把这个完全无关的梦甩到一边。看着衡南的眼睛，好像哭过，觉得又被人敲了一棍，舔了舔下唇，小心地问："我到底……"

衡南躲开他的手，向下看："就是你想的那样。"

顺着她的目光，盛君殊浑身冰冷地发现自己手里拿着卸下来的皮带。

衡南垂着眼，嘶哑的声音平板无波："昨天晚上，你把刀抽出来吓唬我，我不从，你就拿这个抽我的背，我怎么哭都没有用……"

说一句，盛君殊的脸白一分，说到最后，他都要当场厥过去了。他闭了下眼睛，觉得自己在做梦，但这件事情不可能是梦，地上就掉着被打碎领结的熊和他的牡棘刀，他的刀只有他能调出来，衡南根本召不出来。

"然后你把我捆住，然后你提起家伙就上！"

她停住了，在盛君殊听来，就像讲鬼故事一样。

紧要关头，他摸到自己的裤链是打开的，眼前一黑。

"衡南，"他头重脚轻，声音颤抖着说，"你听我讲，我……"

"没关系。"衡南轻盈地跳下床，一路溜到了浴室，背对着他翘起嘴角，语气还是轻飘飘的，"一回生，两回熟，习惯了。"

盛君殊抱住了头。他这一辈子，真的再也不想碰酒了。

衡南洗漱完毕，擦着手从洗手间走出来，盛君殊还一动不动地坐在床边。

"衡南，来。"

衡南走过去观察了一下，盛君殊的表情平静如常。这种淡然，应该是遭受过重大打击之后的破罐子破摔。

盛君殊漆黑的眼睛看向她："你伤了的地方严重吗？要不要处理一下？"

衡南："什么……哪里？"

盛君殊依然直视着她："你哪里疼，我说的就是哪里。"盛君殊觉得衡南说得没错，一回生，两回熟……不，不对。应该这样讲，这种话放在以前打死他都说不出口，但是经过两次这样的事之后，他的底线已经降到了……对，他没有底线。事情都已经发生了，逃避有用吗？只能尽力地去解决。

衡南梗了一下脖子："不用。"

盛君殊："别跟我犟。"

衡南怕他来真的，立刻警惕地躲出十几米远。

"开始是有一点，但其实，我，呃，嗯，挺……爽的。"衡南结结巴巴地说，尴尬地挑了下嘴角,"你也是。"

盛君殊冷笑了一声,还说瞎话骗他,他摸过床单,床单都是干的。

"我给你放桌上,你自己看着处理。"

她应该有阴影吧。

盛君殊顿了顿,直起脊梁走向浴室。

衡南看着师兄憔悴的背影,把熊捡起来,眨了下眼睛。

玩笑是不是开过了?

吃早餐的只有他们两个人。临时调派的保姆告诉他们,黎向巍已无大碍,暂时住进医院调养,黎江兄弟二人去看过他,又去了公司,现在黎沅和姜秘父子在医院陪护。

盛君殊问黎向巍住在哪家医院,保姆都摇头说不清楚。盛君殊说要去看他,打了黎江、黎浚和黎向巍本人的电话均被拦截,门口多了几个黑衣保镖。

兄弟俩的意思再明显不过。

他们远道而来住在主人家,吃人家的喝人家的,还让生日宴上见了"鬼",说到底是失职。盛君殊和衡南见了黎向巍,要撇清自己,就得抖出黎沅,黎沅的背后就是黎江,黎江当然不情愿,他还想要跟父亲维持正常的关系。

而对于黎浚来说,金耀兰或黎向巍都没有那么重要。让黎向巍知道这是一场演出来的戏,他的心病会不治而愈,说不定他会精神焕发重新理事,黎浚接任公司也将遥遥无期。

因此,在这件事上,兄弟二人默契非常。至少黎向巍住院休养的这段时间,神秘能量必须是真的,这口锅需要盛君殊背着。守在医院的黎沅说不定就是用来监控她父亲的,顺便渲染盛君殊无用论。

盛君殊承诺不再出门,开始吃早餐。把盘子里衡南挑给他的花椰菜又给她夹回去。

衡南开始瞪他,瞪得眼睛都痛了,他不为所动,语气平淡地道:"你每天必须吃一点蔬菜。"

必须?衡南忽然觉得盛君殊对她有点不一样了,仅存的不好意思和矜持客气都消失了。

等回了房间,盛君殊就站在了窗户边,十分钟后,他们从别墅二层翻窗逃窜。

盛君殊这次没用手臂夹着她,是结结实实地抱着她下来,落得也很慢,从跳楼的速度变成乘电梯的速度,衡南刚睁眼欣赏一下花园,地面陡然闪过一道人影。

盛君殊反应很快,立刻悬停,二人敛声闭气地贴在楼壁上。衡南低头,看着下面的人拿着水壶,翻动树叶,悉心地浇灌小树。近期降温,还用塑料布将树干小心地缠起来,防止冻坏。

是姜行。

老板都住院了,他还有闲心来浇花。

一壶水喷完,他匆匆提着水壶走回别墅。

二人落地。沉甸甸的、红灯笼似的柿子压弯枝头,柿子已经熟透了,再不摘就要掉在地里烂掉。

衡南拿手扭了一下,想试着摘一个,盛君殊把她的手一把拨开,拉着她就走:"喷杀虫药了,吃了会死。"

坐在飞驰的出租车里,盛君殊一直忙着接电话。

衡南现在特别感谢师父。因为盛君殊醉酒误事,直接错过了师父的忌日,他现在焦头烂额,心理崩溃,暂时忘记了对她的愧疚。

出租车停在路边,张森"啪"的一下关上门,搓搓手笑着回头:"老板,小、小二姐,好、好久不见。咱们去哪个海?"

盛君殊还没开口,先接到一个陌生电话。

很意外,是黎向巍:"盛总。"

盛君殊:"黎总,你好些了吗?"

"我没事。"黎向巍的语速很快,似乎是背着人打电话,"昨天的事情,听小沉说,你们已经出手了,但是……没抓住?我想确认一下。"

商人果然多诈,连自己女儿转达的话都不肯全盘信任。

"不好意思,昨天我们的反应太慢。"

盛君殊也有自己的考量。大佬和几个儿女之间的利益关系太复杂,与其在短时间内扰乱局势,倒不如老实背几天罪名。

黎向巍能打这个电话,说明他的心里更倾向于信任盛君殊。一点实实在在的恐惧,会让他更加依仗盛君殊,便于日后行事。

黎向巍听完,果然沉默下来,呼吸声杂乱而沉重。

"盛总,"他突然说,"我让姜行在帮我办理手续了,短期内,我可能会赴加拿大。"

"你要出国?"盛君殊觉得震惊了,"黎总,我理解你的心情,但短时间内不宜出境。难道你以为神秘能量能被国界拦住，到不了外国人的地盘？"

如果金耀兰的死真的同他有关，他贸然出境，表现出惹不起便躲的趋向，很可能会使得神秘能量的波动影响更大。简言之，越躲死得越早。

黎向巍果然变得焦灼起来："盛总，你可要帮帮我，价格……"

"我可以帮你。"盛君殊打断他的话，"但我需要你把所有隐瞒的事情原原本本告诉我。"

黎向巍那边没声音了，似乎有别的声音隐约传来，电话被仓促挂断。

盛君殊看了眼手机。

有钱有势的人，都最好不要生病。躺在了病床上被人看护，就丧失了很大程度的自由。

黎向巍同进来的护工说了两句话，护工又出了门。病房里剩他一个人，姜行、姜瑞都不在，黎沅削的半个苹果还摆在柜子上，人就不知道跑到了哪里去。

黎沅年纪小，心思也单纯，是不可能像她哥哥一样坐得住的。黎向巍从枕头下摸出手机，没再给盛君殊打电话，而是加紧联系了加拿大的人，他在温哥华有一处房产。

百叶窗避光，这是一家安静奢侈的私人医院，两栋建筑之间夹着个树影繁茂的中庭。

四季桂正在花期，风刮过来，桂子飘落如雨，一只手指小心地从女孩漆黑的发间摘出几枚滚落的甜桂。

姜瑞捧着桂花，好奇地放在鼻子下闻了闻："好香啊。"

黎沅坐在高花坛的边缘，脚一晃一晃的，一只脚的小腿袜有点脱落。她失落地看他："今天要回公司了吗？"

"最近很忙，还要帮我爸办出境的事。"姜瑞歉意地说，风吹乱他的头发，无人的庭院，舒适惬意，他揣着口袋，看向远方茂密的树顶，"好想一直待在这里啊。"

"我也是。"

姜瑞从口袋里掏出餐巾纸，里面包着两枚晶莹的车厘子："喏，水果给你。"他露出一口白牙，显得十分温柔。

黎沅接过来看了看，别过头笑了，日头转过来，发丝落下几缕金光，转过头时，姜瑞正俯身，两个人的嘴唇相碰。

衡南坐在半截防汛墙上，外套被风吹得猎猎作响。

海天一线，灰蓝，被迷蒙的雾气涂抹开来。云端飞翔的鸥鸟变成几个黑点，鸣叫着斜飞。潮水起起伏伏，数艘货船正在缓缓移动。

这是工业区，没有金黄色的沙滩和众多游客，满地都是碎石和垃圾。张森"嘎"的一下踩扁了空易拉罐，把小木舟拖到了岸边："走、走吧，小二姐。"

盛君殊拿秘术变出的独木舟窄而单薄，衡南摸了摸，真的是木头做的，不是纸糊的。

但她知道盛君殊很靠谱，所以他们扶她站上去的时候，她没有异议。

让她一踩，船受力移动，滑进远一点的地方，吃水变深，衡南一把抓住盛君殊，有一种毛骨悚然的感觉，觉得自己不是坐了艘船，是踩了个滑板。

盛君殊还没等她站稳，便反手抓住衡南，稍一借力跃了上来，船向下陡然一沉，眼看就要翻，衡南惊叫一声，像猴子上树一样往他的身上爬。

盛君殊先是被师妹"爬树"的速度震惊了一下，随即想起了衡南游泳时的惨状，难怪她这么害怕。他没有作声，还在她往下滑的时候顺势托了她一把。

衡南紧紧地闭着眼睛，感觉盛君殊摸了摸她后脑的头发，随后她感觉水并没有漫上来，咸腥的海风撞在脖子上，脚边有毛茸茸的东西在蹭——狐狸蜷成个小团，熟练地用油亮的大尾巴挡住脸，尾巴的皮毛上已经沾满了溅起的水珠。

衡南睁开眼睛，远处的船、海和天的边界线都看不到了。脚下的小舟向前飞奔，浪花被冲撞得泛出白沫。平静的海面波涛汹涌，无数漩涡旋转，海浪一点点昂起头，像是海啸袭来一样竖起一堵墙，四面都是这样旋转的浪，将小舟裹在中间。

浪花之内，瞬行万里。衡南颊边的发丝被掀起，惊异地回过头看。小舟已经减速，随海面起伏，面前的大雾中，隐约显出无数山峰的轮廓。

垚山并不是一座山，而是三十六群峰的统称，群峰之下是海，巨石嶙峋，鸥鸟环绕。

衡南看着越来越近的山腰上逐渐清晰的又红又绿的祠堂建筑，感到有点失望："这就是我们的师门吗……"

"这不是。"盛君殊说，"这是外峰现在开发的景点。"

再靠近岸边，衡南果然看见又红又绿的祠堂下面，还涌动着无数穿登山服的人，像蚂蚁似的在山腰一点点移动，无数自拍杆支出来，吵吵闹闹的，人头攒动。

这数座山在七、八、九月显现,其余的时间隐没在云雾中,被称为"海上仙山",为了配合"楼阁玲珑五云起"的想象,某市在上面建满色彩鲜艳的仿古建筑,便于游客吃海鲜,打卡,拍照。

但其实,这座最靠海的外峰是门脸,原本只有一道简简单单的"垚山"牌坊。

外峰向内,是飞天、登云、抱月三峰,是外门弟子的居住地,中间的重明、白泽、夔牛,是练习的校场和上课的教室。靠内的青鹿崖,也就是盛君殊办公室挂着的那座山,是内门弟子的居住地,其背后的蛑蟒天地,才是师父的居住地。最内是天书藏洞,其余皆是散峰。

群峰排布,正呈拱卫之势,师父的住所那么靠后,要开发也是先开发弟子住的地方。这非常尊敬师长。

抄近道拐进景点背后,大片未开发的山峰隐藏在薄雾中,青黑色的山、墨绿色的树,水墨画一般将日光吞噬。大石布满青苔,又被古泉日复一日腐蚀贯穿。

盛君殊操纵着小舟,顺着溪流七拐八弯,绕进漏水的洞穴,跳下舟来。小船缩小,化作一片湿透的纸,悠悠漂在水面上。

洞穴里没有灯,几不见物,盛君殊忽然感觉胳膊上的阻力变大,像挂了个秤砣。

他停下动作,把手机的电筒打开,塞进衡南手里:"害怕就拿着。"

"谢谢。"过了一会儿,耳边传来师妹委屈的声音。

"秤砣"握着一道光,这才肯让他挽着前行。

衡南感到脚边碰到了什么东西,向后跳了一步,手电筒照过去,是一小根蜡烛,还有一堆枯败的花瓣。

盛君殊看到这些,停了一下:"就这儿了。"

衡南看他跪下去,也跟着跪下。这里没有墓碑,没有牌子,只有花瓣和一根孤零零的小蜡烛。

衡南四下看看,前后都是路:"是这儿吗?"

"对,这是昨天子烈他们来的地方。"盛君殊跪着,拿了一把香,"咔嚓"一声点亮了打火机,正熟门熟路地斜着点香。

衡南把香扒过来,摸到了纸包装:"这是哪儿来的?"

"寺庙门口买的。"盛君殊把香拆开,递给她三根,明灭的火光中,隐约看到师妹怀疑的眼神,停顿了一下,"师父比较随性,心意到了就好。"

"真的。"四目相对,他眨了下眼睛,把香插在那堆花瓣里,叩了个头。

衡南等盛君殊的指示,可是他没再要求她什么,她只好也跟着叩了个头。成堆的腐朽的花瓣里,居然还有一点清香,低头时,流过鼻尖和眉眼。

"师父。"盛君殊低低的声音响在空旷的山洞里,忽然握住了她的手,他的手心温热,声音平淡,"师妹在我身边。"

衡南跪在洞里,听着他的声音在耳边回荡,忽然觉得有一种妥帖的安适感将她环绕着。

盛君殊话与话之间有几分钟的间隙,似乎在考虑这一年的进展,然后精简地说:"外门的师兄师姐都有补给。小雪和子竹的功德也做了。君兮……还是没有找到。"他沉默了几分钟,顿了顿,做了个总结,"弟子一切都好。"

盛君殊再次拜下。

衡南没反应过来,这一年一度的仪式,就这么结束了。

地上只余一地花瓣,一根小蜡烛,几根檀香。

蜉蝣天地的入口几乎被丛生杂草遮蔽,白色的姜花混杂着野草盛放。盛君殊顺着衡南的视线,看向星星点点的花朵,忽然道:"衡南,你摘一朵送给师父吧。"

衡南怀疑她听错了,她在野外摘任何东西,好像都被他训过。

盛君殊转过脸:"师父喜欢小姑娘送他花,最喜欢你送的。"他的表情和说话的语气都很平淡,看她的眼神却带着一点玩味。这是一种几乎习以为常的纵容,是看着珍爱之物的眼神。

衡南同他对视,心里却不舍得移开眼。洁白的小小的姜花,从她的指尖被风吹走,她才回过神,慌忙去抓,花被风吹进洞,飘落在那堆乱七八糟的花瓣的顶部。

衡南觉得非常圆满。

衡南跟着盛君殊返回,回头四顾,突然想起什么:"小狐狸呢?"

盛君殊用纸巾擦了擦香沾在指间的红:"应该去景区了。"他递给衡南一张纸,"白雪陨在外峰,牌坊下面。"

"白雪?"

"三师妹。"盛君殊回想了一下,"年岁不大,脾气挺大的。张森让她吊起来打得最狠,"他扯了扯嘴角,"每回还不忘祭她。"

衡南想起来了，她在梦中见过白雪，就是那个怕虫所以被她抱在怀里睡的小姑娘。

"那我们现在去找他们。"

天还没黑透，盛君殊有点走神。

因为今天比往年早很多。从前他要先去天书藏洞祭衡南，再去外峰和张森会合。

他无声地侧过头，衡南挽着他，正低着头，无聊地故意把地上的落叶踩得"咔嚓"作响。盛君殊将她拉紧了些。她似有所感，抬起头，却不是看向他。

顺着衡南的视线看去，远处的水杉林之间，立着一道背光的身影。

那个男人高瘦白皙，穿一身西装，面对他们，盛君殊看清他轮廓的刹那，气血上涌。

牡棘刀出手，带着劲风劈砍过去，那个男人的身形一动，从刀下钻出，烟气鬼魅一般迎面飞来，又像风一样"呼"地掠过衡南身侧，消失在远方。

从发现他到他消失，整个过程不到三秒钟。盛君殊"啪"地把刀收入手中，回头看着男人消失的方向。

"刚才那个人……"衡南颊边的发丝回落，"长得很像上次掐我脖子的那个。"没有黑气萦绕，他的面容变得更加清晰，更有实感，似曾相识。

盛君殊握刀的指节发白，忍了又忍："师门败类，以后跟你细讲。"

还想说什么，让一道强力手电筒照在脸上，被打断了。

为了游客安全，"海上仙山"五点钟关闭，工作人员上下巡查有没有落单的游客，没想到在主干道上撞见一对小情侣，还在手拉手慢悠悠地走，保安大吼："两小时前就闭山了！都听广播没？"

盛君殊和衡南毫无反应。两个人一起盯着他手里提着的一晃一晃的栗色的毛茸茸的动物。

这事说来话长。

游客在一处密闭的山洞里听到了诡异的哭声，似禽非禽，似兽非兽，保安冲进去一看，是只野生藏狐，不知道咋搞的，抓起来准备扔到山里。

张森被提着尾巴，拿两爪盖住了自己的脸，像死鱼一样。

"我们又不知道五点闭山，"衡南把眼神投向他的背后，理所当然地说，"那不是还有人在走吗？"

红袖标大叔诧异地一回头，衡南一把抢过狐狸，猛地拍一下盛君殊，转身一路狂奔："快跑。"

大叔："你们俩给我站住！"

从别墅跑出来整一天，盛君殊的电话几乎被那兄弟俩打爆。他淡定地把电话卡抽出来，扔到了一边，调整了一下后面的计划。

盛君殊带衡南前往金家旧址查证，肖子烈则去寻找黎向巍的出轨对象，黎沉的生母。

肖子烈冷笑道："都是我去，凭什么啊？师兄？"

盛君殊不太自在地看了看他："我要带着你师姐，不方便。"

"那让张森……"

"不了不了。"张森往盛君殊的背后躲，"我长、长得就像个秘书。"

金耀兰的祖籍就在星桥本市，需要坐半小时客轮。

古镇坐落在水上，黑瓦白墙，石板路裂开的缝隙里长满青苔。

小巷很窄，机动车过不去，只能靠走。两面都是双坡屋顶，青灰色的墙面开裂，还保留着从前的样貌。大部分是被废弃的房屋，少数还有人住。

院里的土狗嗅出生人的气味，冲出来狂吠，盛君殊立即将衡南换到了另一边。

衡南偏要越过他伸出手，在他阻拦之前，脏兮兮的狗张开血盆大口，"吧唧"舔了一下她的手心。

衡南的表情僵住，她缓慢地看了看沾满口水的掌心。

盛君殊条件反射般地开始掏纸巾，不过他晚了一步，衡南还是嫌弃地把手蹭在他的袖子上，他的巴掌也带着怒火准确地拍在了衡南的背后："衡南！"

衡南惊愕地看着盛君殊，连反应都忘记了。

盛君殊把西装脱下来，突然发现打了这一下之后，他一点都不生气了，心里平静了许多，果然还是要适当地管教一下。

"手擦干净了吗？"盛君殊平静地问，把擦过土狗口水的袖子翻了个面，把满脸木然的衡南的手抓起来，蹭了蹭她的手心，然后冷冷地把袖子打了个结，意思是回去重点清洗。

衡南仰着下巴，看上去非常冷漠。

但是她老老实实地走完后半程，没有招猫逗狗，盛君殊觉得自己还是给她带来了一些震慑。

金家的祖宅很好辨认，因为眼前的房屋阔气许多，二三层的小楼，瓦片齐整,并不像镇子里的其他房屋一样是独栋,而是四合院似的宅院。

原本这一大家子生活在一起,经营染布坊,为了与市场接轨,金家在十几年前从镇子里搬到星桥。后来子孙凋零,儿女四散,祖宅便空置。

火焰吞噬黄纸,热气中火焰腾起的烟雾将眼前的景物扭曲,盛君殊闭上眼睛感知。

屋脊上有斑驳的脊兽,飞檐上挂着生锈的铜铃,处处象征着主人家曾经的辉煌。衡南看见那些脊兽,忽然闭上眼睛,陷入"通感"中!

"马兰开花二十一,二五六,二五七,二八二九三十一……"女孩子们有节奏的声音响起。

斜阳照在青石板,三个女孩穿着厚重的布衫跳皮筋,年纪最小的那个女生的羊角小辫一跳一跳的:"二姐,你跳错了。"

"从头开始吧。"

"不玩了,我进屋看书了。"一个女孩走了。其余的女孩都发出了失落的声音。

"别理她,输不起。"年纪最大的女孩理了一下头发,她看上去十三四岁,正是出挑的时候,身材细瘦,眉眼英气,短发齐耳根,已经被汗打湿,"你们俩撑住,我跳个全的。"

点、迈、勾、挑、转,一双小皮鞋像是敲鼓的槌,眼花缭乱地点在地面上。

女孩的声音变得越来越高亢,速度也越来越快:"九五六、九五七、九八九九八十一!大姐,八十一了!"

她们将女孩簇拥在中间,跳着闹着抱成了一团。

"兰兰姑娘!"助理匆匆地追出来,"媒人为您来,您不去,老板要生气的。"

"您跟他说说,我不喜欢那个男的。"空气里飘着蒙蒙细雨,金耀兰将包顶在头上,手腕上戴着一串粗制滥造的晶石手链,"我坐船去星桥。"

"又到那家小饭馆吃饭去?"

"他家做得好吃。"

"是去见那个人吧。"助理叹着气,打量她身上天蓝色的连衣裙,"意大利的设计,那个小帮工能欣赏出什么来,白瞎了。"

"他很聪明的,他是个奇才。"金耀兰忍俊不禁,她烫了发尾,唇上涂了口红,再撑把遮阳伞,就能直接参加宴会,"我想把他介绍给爸爸。"

"你真敢提,小心老板把你的裙子都送给你二妹和三妹。"助理皱着眉,半是央求半是哄劝,"他不行啊——"

"那我就当卓文君,跟相如当垆卖酒去。"金耀兰爽朗地一笑,早已跑出数步,"记得跟爸爸说啊,我赶船!"

各式各样的旗袍,旗袍贴合身材,勾勒出女人的妩媚。她偏好孔雀蓝、桃红、带刺绣的、镶嵌亮片宝石的。指尖燃着一支薄荷香烟,烟身细细的,烟雾像小蛇一般。柳叶眉,细长的眼稍显硬气,带有一种攻击性的美。

妹妹摆弄匣子里的荔枝,粗糙的表皮湿漉漉的,剥开一个:"只吃新鲜的荔枝,只喝现磨的咖啡,大姐像杨贵妃一样。"

"杨贵妃可不喝咖啡。"女人轻轻"哼"了一声,夺过荔枝,塞进口中,"我用自己家里的钱买我喜欢的吃的、喜欢的穿的,这有什么错?"

"遇到喜欢的男人呢?肯不肯放弃这样的日子?"

女人想到什么愉快的事,轻轻地笑:"那要看是什么样的男人。"

当然,柜子里也不只有旗袍,还有各式各样的西装。她梳背头,穿西装,可以跳熟练的男步,拿着手杖,挑挑眉,可以跳风流的爵士。

名媛们掩口而笑,她指尖晃动着高脚杯,媚眼如丝:"我梦想的日子是可以和我爱的人创造一个帝国。"

"嫁给张先生,也许还能做这种梦。"有人说,"耀兰,嫁鸡随鸡,嫁狗随狗。现在怕不行了。"

她轻轻嗤笑:"我老公很厉害的。"

"不是开小饭馆的吗?"女人们都笑成一片。

金耀兰的颊上酡红,她握着杯子晃一晃:"时人不识凌云木,直待凌云始道高。"

老人的脸色阴郁。

这里又是室内,狭小的圆桌,吊扇在旋转。

塑料的桌布,苍蝇落在盘子边缘。

年轻夫妻坐在对面,男的剑眉星目,头却低着,表情为难,女的穿一件宽大的衬衫,袖子挽到肩膀,脖子上搭着条发黄的毛巾,没有画过的眉毛断了半截,好似把缺点无所畏惧地暴露于人前。脸上脂粉不施,她随意地用毛巾挥开盘子边上的苍蝇。

"爸爸,你说我不可能做到的事情,我也做到了。"她慢慢地嚼着米饭,"我们要开第二家分店了。"

老人摔了筷子，拂袖而去。风扇仍然在转，眼泪掉在米饭里。

"耀兰。"有人放下筷子，搂住她的肩膀，使她的头靠在宽厚温暖的、带着轻微汗味的胸膛里。

剪彩。鞭炮声刺耳，人声鼎沸。

男人送了她一枝花，是从宾客送的花篮里面悉心挑选的名品绿牡丹，两个人相视一笑，她将花梗掰断，斜插在发间，马上忙着站在柜台前点钞，人头攒动。

黑色大理石的柜台，无数递过来的手，钞票上沾着油腻，油腻又沾上拇指，但她很高兴。

"哇，老板娘头上戴花了啊，好漂亮！"

"谢谢。"她笑得像个小孩。

宾客离开，吊灯下杯盘狼藉。

有人拖地，背后的肌肉不断地被拉动，濡湿后背。男主人走过来："阿行，别忙了。"

拖地的男人正当壮年，总是沉默地微笑着，一双浅色的眼睛像海。他什么也没说，只是垂下眼，指了指柜台。

老板娘趴在柜台后，握着酒瓶，喝得半醉。

有人把她抱回去。

"我们赚了很多的钱。"她手舞足蹈地说。

"嗯。"男主人帮她盖上被子，扭灭台灯。

半夜里，模糊地睁开眼睛，他坐在床头，在帮她按摩酸痛的小腿："耀兰，你受委屈了。"他大概以为她睡着了，语气平淡而满怀心事，更像自言自语，"我们以后会有更多的钱。"

男主人的预言成真。

越来越多的剪彩、欢呼、热闹。

大理石的柜台，小小的二层楼，服务员跑上跑下。

握住的双手，饮下的香槟，锦衣华服的男女。

相拥而泣的父女，抚摸她后脑苍老的手，账户里多出的汇款。

璀璨的水晶吊灯，一整扇八开的玻璃旋转门，铺到门口的艳丽红毯。

镜子外圈雕刻着缠绕的花叶。丝绸睡衣下露出的锁骨依然美丽，描出柳眉，涂上口红，镜中人回归正轨，苦尽甘来。

外间的钢琴曲舒缓，高跟鞋踩着节拍，穿着名贵西装的人耐心地等在尽头，镜中人一步一步靠近，挽住他屈起的双臂，无数闪光灯雪片般亮起，迎接王与王后到来。

落下的绸带与彩纸片，宽敞温暖的轿车，保姆怀里安睡的男孩，明亮的商场，美容院护工柔软的掌心。快乐被定格，变成头版头条灰色的照片，"旺夫女"三个字旁是她高傲、愉悦的笑脸。

音乐声达到了高潮，渐渐低缓下去，故事的结尾，万物应沉醉在美梦里。乐手收梢，却多划拉一笔，"嗡"的一声，宛如魔咒响起。

黑得不见五指的夜晚。丹蔻抚上男人的肩膀，亲吻落在脖颈上，扣子一粒粒解开，无数炙热的爱意涌出。

他面对着墙，一动不动，好似已经睡熟。

更多急切的吻落下，手背却被疲倦万分的冰冷掌心压住。

戛然而止，冰冷的黑暗降临，如五指山兜头盖脸。

衡南好像被浇了一头冷水。同时她也意识到不对：她想起自己是谁，她是跟着盛君殊来查案的。这回的"通感"时间前所未有地长，体验从未有过地细致，几乎让她陷入其中，不能自拔，无法醒来。

耳畔"嗡嗡"作响，像堵了一团棉花，她终于听到隐约有人在叫："衡南，醒醒，衡南。"

是盛君殊的声音。

衡南满头冷汗，骤然抬头，满天青灰，铜铃正在疯狂地颤动。

她听不到铃响的声音，但这恐怖的震动引起了天书的共振，胸口传来一阵剧痛，有什么东西往喉咙上冲。她胆子很小，更加怕得发抖，一抖，骤然喷出一口血来。看见血，她整个人立刻就没了意识。

"衡南！"盛君殊的脸色都变了。

盛君殊看向疯狂抖动的铜铃，劲风如刀飞去，刹那间将铜铃打落，铃铛"叮咚"一下坠落在地上，滚落开，发出闷响。

盛君殊将晕倒的人拦腰抱起。

"你在哪里？"

衡南双眼紧闭，躺在急诊室的床上，左手被盛君殊握着。她嘴唇上的血被盛君殊擦拭过一遍，外表看不出异常。

"先做个心电图吧？"医生征求他的意见。

"好。"盛君殊握着电话冲她点点头，又问，"你们这里有没有比较好的心内科医生？"

"希尔顿博士刚从美国回来，本来要给后天下午预约的患者做手术准备的，现在应该有空。但是需要预约……"

盛君殊直接把黎向巍的名片递给她，医生停顿了一下："我现在联系他。"

"喂？师兄？怎么了？"肖子烈那边极其吵闹，隐约还有劲爆的音乐声。

"你那边什么情况？"

"有点麻烦。"肖子烈回头看了一眼卡座上抽泣不止的鬈发女人，走到了僻静的角落，"你知道她跟我说什么吗？"

金耀兰做事够狠。黎沅的母亲原本应该在一个相当高端的会所，但因为金耀兰的报复，肖子烈在一个地处偏远的破败店里找到了她。

女人穿了一身暴露的黑色吊带裙，脸上的妆容浓重，眼角的皱纹已经十分明显。想撬开她的嘴，费了一番功夫。

黎向巍以前的确常常去她那里。

那个女人回忆道："我精通英语、俄语、法语，懂一点经济学和法律，很多人都很喜欢我，他每个月也会来几次，他高大帅气，很有风度，对女人非常体贴，我一个眼神，他就知道我的意思，我就动了不该有的心思。可他每次来只是喝点酒，聊聊天，而且还带着秘书。就算开好房间，也是出去办自己的事，凌晨回来带给我早餐。办什么事，我不敢问，但我怕这样下去留不住他……我一时糊涂，在酒里加了料，那天晚上我们发生了关系……第二天早上起来，他很生气，我从没见他这样生气……"

从那以后，黎向巍再也没有找过她。

肖子烈问："孩子是那一次？"

女人停顿了一下："我不确定。"

"不确定？"肖子烈气笑了，"怎么可能不做亲子鉴定？"

"做了亲子鉴定。"她向下看去，嘴唇在酒精的刺激下颤抖着，声音忽高忽低，仿佛在讲鬼故事，"当时，我也只是想搏一搏。黎太太就在旁边盯着，她的脸色好可怕，不知道为什么，我看到黎总在桌子下面悄悄用自己的头发换掉了小沅的头发……"

"小沅就这样被接回黎家，我想，她一辈子荣华富贵，这就够了，具体怎么回事，我不必弄明白。所以我……我不该说这些。"

盛君殊捏着鼻梁叹了口气。

医生把衡南推出来，把打印出来的报告递给他："心电图没问题……"

盛君殊挂掉电话，开始看报告。报告上显示衡南的心电图正常。

护士倾身问他："盛先生，希尔顿医生明天下午三点会诊可以吗？"

"能麻烦他现在过来会诊吗？"盛君殊礼貌地看着她，"我太太现在昏迷。"

护士："好的。"

医生很想提醒他，这不叫昏迷，这就是普通意义上的昏睡而已。

半个小时后，头顶金色鬈发、长了一双蓝眼睛的希尔顿医生匆匆来到医院观察患者。

现场的气氛一点都不严肃。因为衡南醒过一次，让盛君殊喂了点水，扶着上过一次厕所，又睡过去。

这能有多大事呢？

希尔顿医生看了两眼病历，听了听衡南的心跳，表示一切"no problem（没问题）"，还宽慰地拍了拍盛君殊的肩膀。

"做个彩超。"盛君殊提议。

"Well（好吧）……"希尔顿医生拗不过患者的家属坚持，还是把人推进了彩超室。

盛君殊在外面等了好半天都没结果，忍不住推门进去。

衡南应该已经被检查过一遍，正毫无意识地躺在诊床上。两个大夫举着探头，坐在电脑屏幕前，面色惊恐，喘息不止。

"怎么了？"盛君殊有点生气地把衡南翘起来的衣服拉了拉。

更生气的是除医生外的人都闯进来了，这两个大夫居然毫无反应。

希尔顿医生从小房间走出来，不信邪地拍拍那两个人，亲自坐在显示屏的背后。

拉了拉衣服，衡南的胸口再次被探头扫过。盛君殊也迈步绕到希尔顿医生的背后看着屏幕。

"Well（好吧）……"希医生 Well（好吧）了半天，椅子忽然一倒，往后栽倒，盛君殊一把撑住他的肩。

他也在屏幕里看到了，衡南的心脏上有个巨大阴影，或者不能叫阴影，超声波根本探不到心脏的边界，胸腔里就是一大团毛线球一样的阴影，还在跳动。

希尔顿医生："我不知道……我希望你能理解，我没见过类似的情况，它超出我的专业知识范围。"

盛君殊："我理解，这确实……很惊人。"

"她真的活着吗？"

"对，我刚才扶她上过厕所……"

希尔顿医生开始摇头，剧烈地摇头："我不认为她能坚持到今天晚上。"然后他目瞪口呆地看见醒过来的衡南正挣扎着。

盛君殊跑过去扶住她："坚持一下，现在在做检查。"

她不太情愿地"哦"了一下，又躺下了。

希尔顿医生看衡南的眼神跟看丧尸没区别。

"你折腾那个外国医生干吗？"病房里，肖子烈大声教训盛君殊，"你还用彩超照天书？我真的服了你！"有时候他真的搞不清楚大师兄在想什么。

盛君殊无言以对："别吵。"他没觉得这有什么错，就算是传统门派，也应该跟随时代发展。网络、搜索引擎、面部识别，他运用一切科技手段降低办案的难度。

他本来确实是希望能通过外科手段——不说把天书剖离，至少减轻一点衡南的痛苦。

但是他失策了。

肖子烈坐在衡南的床边。她的袖子卷到肘部，苍白的手背上扎着针，因为无法诊断病情，所以护士给她吊的是葡萄糖。

"快点给师姐办出院。"肖子烈说，"我不想让师姐上国际新闻，然后你的身份被发现，造成社会恐慌，垚山派的阳炎体全体被送进实验室。"

"你电影看多了吧。"盛君殊没好气地打断，看了眼吊瓶，声音放轻，"这瓶打完就走。"

"你到底是怎么弄的？"肖子烈咄咄逼人地问道，"师兄，你以前学术法不是科科都满分吗？"

废话。盛君殊想，他什么课不满分？他连房中术都……

盛君殊叹了口气："那座房子很古老，上面有几个铜铃，都是千年前的古物，影响了天书。她好像在那个环境下触发了'通感',又无法自拔了。"

"你是不是故意的?"肖子烈表情古怪地问了一句,"上个案子你让垚山派的秘术影响天书,只能用房中术解决。这个案子你又让铜铃影响天书,你对房中术有什么执……"

"闭嘴。"盛君殊打断他,脸色很瘆人,他站起来看看吊瓶,喊护士拔针。

第八章
因果循环

斑马线上的伞顶像盛开的花一样移动,头上顶着公文包的行人正在弓着背小跑。

聚集的雨水将柿树丰腴的叶子压弯,汇入泥土,有柿子坠下,摔成泥。

黎沅将姜瑞推到了墙面上。皮包掉落,黎沅腿上的长袜已经湿透,鸦青色制服裙摆湿淋淋地贴在身上,两个人亲吻的姿态逐渐变得扭曲而失去控制。

"小沅。"姜瑞喘着气推开她,捧住她的脸。

被打湿的头发贴在脸上,黎沅的脸非常白皙,几乎在黑夜里发光,她眼里宛如燃烧着一团火,和往日大不相同。

这场雨仿佛带有了什么暗示的意味。

"我们可以……"姜瑞艰难地说,她用膝盖磨蹭他,两个人越来越近,他手中雨伞掉落,仰躺在水泊里,变成盛水的器皿,"我们可以等你毕业再……"

唇齿间的声音代替了未出口的话语,花园里的花草散发出强烈的芳香,他们热烈地纠缠在一起,女生忽然伸手抱住他的脖颈。

姜瑞抱着她,又低了一点头,她的手过于冰凉了,像一小块冰在后脖颈融化。

他感觉自己被她紧紧地搂着,越拉越低,像蛛丝凝结飞过的昆虫。怀里的人变得越来越冷,好像变成一块石头,他不解地睁开眼睛。雨令他有些恍惚,像做梦一样。

他好像看见散发着寒气的女人在笑,眼球从眼眶里凸出,恨意炸裂成无数道的血丝,她嘴里吐出来鲜红色的东西,缠着他的脖子的并不是一双手,而是……

"嘎吱"一声,他在叫出声之前,先一步听到自己骨骼碎裂的声音。

仰躺的伞中聚集了雨水。

男人面向地面，被疾驰而过的汽车碾过，口中流淌出的血液被杂草吸收。成熟的灯笼样的柿子砸在他的头上、背上，炸开黏稠的汁液，仿佛一场争先恐后的狂欢。

ICU（重症监护室）里又住了一个人。

姜瑞。

这是盛君殊回到黎家别墅之后得到的第一个消息。这个消息完全出乎意料。黎向巍本人被保镖日夜保护着，姜瑞却倒在了别墅的门口。

"姜瑞是姜秘书的儿子吧？"盛君殊忍不住确认。

黎江和黎浚兄弟二人坐在对面，同时点头。他们顾不上质问盛君殊为何翻窗逃跑，惊愕已经夺去了他们全部的言语。

"他的母亲呢？"

二人对视一眼，异口同声地道："没见过。"

姜瑞十八岁高中毕业后才开始频繁地出现在他们的生活里，在此前，他们对姜秘书的家庭和他的儿子知之甚少，姜行一年有三百天都陪在黎向巍的身边，他几乎从来不提他的家庭，更没有人见过他的太太。

"报警了吗？"盛君殊又问。

"没有。"黎江的嘴唇动了动，"这件事情警察管不了……"

"这么确定，"盛君殊抿了口茶，"不是不信我们吗？"

两个人都把头低下。装神弄鬼是场玩笑，谁也不愿意真的受到神秘能量的影响。

"监控录像中看到两个人正在亲吻，姜瑞忽然自己推开小沅，乱跑到马路上，才出了车祸。"黎浚说，"他那样子，好像看到的不是小沅，是什么可怕的东西，小沅死死地拉他都没拉住，她也被车擦伤了。"

姜瑞面朝下趴着，无数柿子掉下来砸碎在他身上，变成一堆番茄酱似的东西把他盖住，鲜红、黏稠的柿子汁四处流淌，像是一幅怪诞的画面。

黎沅昏过去，高烧不退，到现在还没醒过。

"这件事情我会处理到底的。"盛君殊言简意赅地道，"黎总和姜秘书知道这件事吗？"

黎江的表情很怪异："知道了。"

独子出事了，他们以为姜行会当场昏过去。但他只是呆呆地看着前方，瞳孔好像被打碎的琉璃珠子。反倒是黎向巍的呼吸急促，血压升高，不得已被打了一针。

"爸爸很喜欢姜瑞。他十八岁就进公司，爸爸手把手地教他做事。"

黎江擦了下眼镜，沉吟着道："可是这次爸爸也不让报警，这很奇怪。"他继续说，"黎沅一直在和小姜秘书谈恋爱。妈妈不喜欢小沅，但是爸爸对小沅非常宠爱，有求必应。唯独之前她和小姜秘书在一起玩，爸爸很不高兴，于是小沅不敢明面上和他来往。"

"很奇怪，不是吗？他喜欢姜瑞，也宠爱小沅，却禁止他喜欢的两个人走得太近。"

众人的心里掠过荒诞的猜想，因为过于荒诞，都心事重重，沉默蔓延开来。

盛君殊回房间前，被黎浚叫住。

"这是您之前要的耀兰城的设计稿。"他气喘吁吁地递上几张皱巴巴的纸，眉头拧着，表情复杂，"如果让我哥看到，他肯定会生疑，所以……"

透明的硫酸纸，上面是手绘的平面图。

顶层有什么呢？

盛君殊回想，除了金耀兰最喜欢的宝乐丽女装，那天他们走过那里，似乎还见到小型电影院、酒吧、西餐厅、台球厅、一个小博物馆，甚至还有汤浴、美容院。

说顶层是个精心打造、无所不包的微缩娱乐城也不为过。

如果是这样，耀兰城七点钟对外关门就得到了解释。

天黑以后，这里将会变成一个人专属的欢乐场，就是不知道那个"人"是否领情。

衡南躺在床上，若有似无的青色血管透出脆弱的意味。

盛君殊坐在她的床边看了她一会儿，走到桌子边使用秘术。

姜瑞出事那天，很巧地又是雨天，花园里的水泊是镜像，能让盛君殊看到姜瑞看到的幻象。盛君殊看着美人变身的惊悚场面，给希尔顿医生打电话。

对方大概以为"丧尸"又出了什么情况，立刻接起来。没想到盛君殊只是用一口优雅的英伦腔跟他聊天，问他"心梗致死的时候是什么表情"这种无聊的问题。

"不，不会瞪眼睛的。因为血流受阻，大约会流鼻血，或者鼓肚子。"

"伸舌头？不，你怎么会这么想？"他有些尴尬而不耐烦地打断盛君殊的描述，"您说的和我的专业领域不相干……我猜这个倒霉鬼应该是被活活勒死的，颈椎都断裂了……"

盛君殊看了看被挂断电话的手机，忽然想到了那天从阁楼梁上取下复读机时，摸到的那个浅浅的坎。当时他不知道那道坎是拿什么东西刻意压出来的痕迹。

如果是为了固定一根绳子，而绳子上又吊着一个人呢？

盛君殊立刻给黎向巍打电话，但没有接通。他转而给黎江发了短信：**让你爸爸不要离开那间病房。**

黎江很快回复：你放心，我会加派人手，守在他身边。

衡南还是没有醒来。

盛君殊在房间里踱步，心里稍微有些不安。

这种不安并不是风雨欲来，而是心里空虚。衡南刚搬进别墅的时候，他充满了担心，后来衡南一直给他找麻烦，让他时常处于无语、愤怒的状态，连多想的机会都没有。

他天生抗压力强，习以为常地将所有事情一条一条地捋顺，鸡飞狗跳的日子过得太久，像仗仪一样。和平骤然降临，战士拿着剑，反而不知所措。

盛君殊又坐回衡南的床边，不太习惯地摸了下她冰凉的脸，她一直没醒，床头的热水都放凉了。他发觉这半年来，他和师妹说过的话、生过的气，还有身体的接触，比过去加起来还要多得多，师妹原本应该是非常安静内敛的——真的是吗？

衡南洗髓的时候，他替师父看火。

那年他十五岁。洗髓的场景相当可怕，一人高的丹炉里沸腾着可以锈蚀骨骼的岩浆般的铁水，少男少女们需要在其中练功，才能锻炼出阳炎之躯。

师父让他用凤凰涅槃重生的典故激励大家，他觉得实在没必要，因为光是这种形同煮小孩的场景就让人胆战心惊了。他记得自己洗髓的那一年，同去的伙伴一进门，还没听完师父的励志故事就吐了一地，还有人尿在了裤子上，站都站不起来，在满地腥臊中爬着要回家。

他什么都没有讲，抱着剑沉默地转来转去。

毕竟能入了炉的，不是心怀壮志，对自己够狠，就是像他当年一样，心智未开，有点儿傻。

洗髓要七七四十九日，他的任务就是把受不了的小孩抱出来，洗洗澡换身衣服，变成外门弟子，或者有小孩痛昏过去坠入炉中，他把他们往上提一提，透口气。

房间里充满了稚嫩的鬼哭狼嚎，经历过的人都知道这种重塑金身的痛。小孩一般是不大能忍痛的，他们跌一跤都会哭。所以当时几乎所有人都在尖叫，哭也是缓解痛苦的方式。

他抱着刀转到角落里时，看到了衡南。那时盛君殊还不知道她的名字。她非常瘦小，不像十岁的女孩子，像只小猴子，小小的眼睛，睫毛就显得不协调地长，像蜘蛛的脚。她的脸色发青，头发已经被冷汗打湿。他一直凑得很近，也没听到她发出任何声音。

盛君殊慌了，他以为有人痛死在丹炉里，抓住她的肩膀一把将她提起来。蓦然离了水面，衡南本能地用细瘦的胳膊环抱住前胸，她的眼睛也睁开了。那是一双非常大的、漆黑的、照不进光的眸子，像是两个戳出来的黑窟窿。

她直直地看着他，似乎想说些什么。那时盛君殊看见她睁眼，心放下大半，又一下把她塞了回去。

衡南又做梦了，这次的梦很不一样。

屋里挂着艳色绫罗，瑞兽里飘出香雾。门外是一道走廊，脚步声零零落落的。她走路时，脚都在发抖，一脚一脚地踩在过长的裙摆上，一天只吃一顿饭，胃里酸得厉害。

"看我。"有人对她说。

女童仰着脸，小小的一张脸，一对眼睛出奇地大，像某种小兽。

筷子狠狠地抽在脖子上，她躲闪了一下。女人压住她的发顶向下按："规矩忘了，谁许你抬头了？"

头被压着，那双眼睛便向上瞟，她的睫毛很长，眼珠又黑，皮肤苍白。

女人说："笑一个我看。"

"小兽"快速地勾了下嘴角。

"是这样笑的吗？"

又被抽了一下，她捂着脖子，被筷子压着，低着头，眼里含着泪，细眉微蹙，倒有了楚楚可怜之态。

女人没再同她计较，只将她的手拿起来把玩，十指尖尖，如玉笋，掌心又很绵软："听说你抹骨牌抹得很好，双陆也打得不错。喜欢吗？"

女童眼里有了光，点了下头。

女人笑了一下，话里有股媚意："你的手很漂亮，摸着也很舒服，手技练得怎样？"

女童不说话了，抿着嘴唇低了低头。

"这可不行啊。"女人悠悠地说，"你记住，打双陆，练骨牌，还有绣那几条手绢，都是副项，白天助助兴也就罢了，夜里还得靠这双手干点主业。主业都修不好，副业就没用了。"

她将手臂伸到瘦弱的女童肋下，轻轻松松地将她抱上塌来，脱掉鞋袜："让我瞧瞧你的脚。"

脚丫握在掌心，也很绵软，但这脚板跟金莲儿比差远了："南南，你同房的几个丫头的都缠了，你什么时候缠？"

女童登时一惊，就要往后抽脚，让女人一把握紧："择日不如撞日，就今儿吧。"

掌心微一用力，她拼命地向后挣扎，尖叫起来，那声音又尖又厉，声嘶力竭，刺穿人的耳膜。

女人恼了，抽了她一巴掌："喊什么！"

门在这个时候被推开了。有人来嘱咐了几句，门外有道瘦高的影子，打了补丁的灰色长褂，很寒酸。然后她就被女人推下了塌，一脚踹到门口去："去，有人找你。"

她踉跄了几步才走到门口，那个男人瘦得可怕，长褂里空空的，留着道山羊胡子，双眼白翳，好像是个盲人，背着个灰扑扑的包裹。她也没好到哪去，一只脚上穿着鞋，另一只脚光着。

男人两眼发白，但好像不影响视力，拉过她的手，两袖飘然如风。

画舫的甲板是个说话的地方。她接过那双枯瘦的手递来的馒头，有点干，咽不下去，留在嘴里是发甜的腻。

她猜测过了今夜，她会被赶出画舫或者沉在江里，这是她的最后一夜，应当吃饱。

"你怎么一直低头？"男人趴在栏杆上，江风吹起他的宽袖。

"脚冷不冷？"

无人回话。

"唉！"他叹了一口气，"你慢点吃，我的包里还有好多。"

"你是卖馒头的吗？"她终于说了第一句话，敛着眉眼，是刻意训练出来的柔顺。

男人说："不是啊，我是斩妖除魔、救济天下的道人，你跟不跟我走？"

女童舔了舔手指，眉眼冷漠。

大约济人济世的目标太大，不好理解，他换了种说法："你可以大道长生，飞升成仙。"

"我不想成仙。"女童不大高兴地坐在甲板上，"我活到十五岁就够了。"

"为什么是十五岁？"

"因为我还有很多绸缎没穿，要等及笄才撑得起来，穿一下看看也就罢了。"

"就这个？"

"嗯。你能伤人吗？让他们痛个半死，永远记住这个教训的那种。"

男人吃了一惊："你想伤谁？"

两只黑洞一样的眼里射出冷静的光："我爹，我娘，印三娘，和我住一个屋的小碧。"

"你娘是大美人啊。"男人笑道，"你舍得伤她吗？"

"她都不知我爹是谁。"

男人又笑："你爹你又不知道是谁，伤他做什么？"

"没有他就没有我。"

"印三娘又是为什么？"

"她一天只给我吃一顿饭，还想掰断我的脚。"

"小碧呢？"

"她往我的床上撒尿，在我的饭里藏针，害得我吃不好、睡不好。"

"那你伤我吗？"

女童愣了一下，低声说："我不伤你。你给了我馒头。"

男人在夜空下哈哈大笑，笑声飘了很远，和画舫破水前行的声音混合在一起。江面上传来带着腥味的风，远处夜空飘飞无数孔明灯。

"我真喜欢你呀。"他用骨瘦如柴的手摸了摸她的头发，"做师父的内门弟子好不好？让外门大道成仙去，内门弟子都住在青鹿崖，无拘无束的，想干什么就干什么。"

衡南醒来喝药时,就对盛君殊讲:"我梦到了师父。"

盛君殊拿勺子的手颤抖了一下:"是吗?"

衡南也不太确定:"那个长得像僵尸的应该就是师父吧?"

盛君殊把勺子往碗里一搁,严厉地道:"什么僵尸,那叫清癯。"

那是个温柔得百无聊赖的黄昏。盛君殊的容忍度极高,他一口一口地喂衡南喝中药,好让衡南能腾出两只手来玩手机,或者抠着手指发呆。他喂得很慢,但一点儿也不急躁。他发现师妹一切正常的时候,他反而能静静地正常思考。这坚定了要将师妹快点调整好的想法,哪怕是再次使用房中术。

提到房中术治病,衡南并没有想象中那样抵触,只是说:"我有个要求。"

盛君殊:"你说。"

他想,哪怕她想要一个布置成粉红色 party(派对)的房间,铺满玫瑰花瓣的大床,或者让他刷卡再买一百套露肩露背的裙子当礼物,他都可以接受。

衡南专注的目光顺着他的下颌,一点下滑。盛君殊感觉被不锋利的刀片一路刮过,或者像有人在他的身上浇下黏稠的奶油浓汤。

"这次能不能全脱?"

"……可以。"他艰难地说。

晚餐是在房间里吃的。

盛君殊认为过于简陋,尤其是这种需要体力的时候,更应该……但衡南不想下楼,她说她连走到车库的力气都没有。她就想躺在床上不起来,在床上滚来滚去,在盛君殊左突右冲的抢夺中拿着手机坚持点完了外卖。

衡南心满意足地把手机扔在床上:"我就想吃炸鸡。"

盛君殊只能下楼告诉黎家的保姆他俩不吃晚饭了,然后沐浴在她们奇异的目光中,出门拎回一个红红的、鼓鼓的大袋子,一路用手遮挡着。

回房间一拆,光鸡翅就点了一个桶,一个翅桶里面是八对鸡翅,盛君殊下意识地抚住了皮带扣:"我们就两个人。"

衡南:"你吃一对,剩下的留给我。"

盛君殊惊诧地回头看她。

衡南也看着他:"怎么?你觉得少?那你二我六。"

盛君殊放弃和她交流。

"好久没吃过了。"衡南吸了一口可乐,小声地说,"好好吃。"她很想念郁百合做的饭,但这里没有。那就吃点垃圾食品,放纵一下,让自己高兴。

盛君殊眼看她把六对鸡翅风卷残云一般地消灭,又从袋子里拿出个盒子。衡南问:"这是什么?"

盛君殊沉默地拆开盒子上的丝带:"我在楼下买的。"

衡南看着他把小小一个草莓蛋糕小心地拆出来,推到她的面前,把刀叉整整齐齐地摆好。

她觉得盛君殊这个人不但包袱很重,还异常重视仪式感。

"你吃吧,我去洗澡。"

水流沿着肌肉的纹理滑落,在粗糙的疤痕处分成数股。盛君殊回忆了一下房中术的心法,低头看见这道疤痕,又稍微有点分心。等他反应过来,一手擦着头发,另一只手已经把纽扣扣到了顶。

扣它干什么呢?反正一会儿也是要解开……

算了,先这样吧。

衡南胡乱仰躺在床上,黑绒绒的头发全垂在床侧。盛君殊把她拽起来,让她背了一遍心法。

都这么久了,师妹的记性果然很好。

沉默中,灯熄灭了。

台灯外的白色灯罩笼着绣着亮片,漫出的光也带着星星似的亮点,散落在黑发里,构成银河。

衡南一言不发,睫毛颤动,有点飘忽。

盛君殊担心上次的失态给衡南留下阴影,所以这次的动作极其缓慢,几乎称得上小心翼翼。他握住了衡南的左手,她的手很凉,像一捧雪。灯光满溢在她锁骨里,黑色的肩带如同锋利的刀刃,切开细腻的肌肤。

盛君殊的视线每次掠过,都觉得眼睛像是被刮了一下,刮得心惊肉跳。几次之后,他别过眼去。

按她的特殊要求,刚才两个人背对背宽衣,但衡南出尔反尔,盛君殊当然不会逼她,自己解了扣子。

她的神情飘忽,冰凉的手指触摸那道疤痕。这样一道破坏肌理的伤疤并不美观,但在盛君殊身上,有种令她着迷的冲击力,仿佛能从这种令人扼腕的残忍破坏中窥见和自己天性相仿的部分，但她也同时觉得很惋惜。

"师门倾覆那天……子烈正在洗髓。"盛君殊声音缓慢地解释这道疤痕的来历，顺便转移注意力，缓解她的紧张，"才二十一天，但婼丘派已经上山，我把他从丹炉里捞出来……还没来得及捞他旁边的子竹，后面就来了一刀，我挡在子烈的身前，于是这刀就砍我身上了。"

"嗯。"她小声回应，带着很轻的鼻音，似乎还是在走神。

盛君殊不知道师妹是不是在专注地背心法，一时不敢再说话打扰她。师妹小心地触碰着他的伤疤，盛君殊感觉到微痒，冰凉，像融化的雪粒，由指尖丝丝缕缕地渗入墙缝。雪粒多了，融化成水。他的额头开始莫名地沁出薄汗。

衡南不敢停下。她知道背错是什么后果，丹境的河流会直接没过她的头顶，更多的是畏怯。仍有细微的风，钻进心法构筑的高墙，拂在她身上。

高墙缝隙里钻入的丝缕，间杂着细雨，风开始变得黏腻，渐渐地累积出混沌的云头。

衡南一直没出声，气息微弱，让盛君殊担忧之余，又想起很多年前的洗髓。当时她肯定是想说什么，他就应该引导她像别人一样哭，不应该直接把她塞回丹炉，把一切扼死在寂静里……然后盛君殊干了件蠢事，他安抚地摸过她的头发、脸颊和耳尖。

衡南背乱了心法。

那个猝不及防的瞬间，盛君殊的手臂被她掐出印子。

有上一次的经验，盛君殊立刻打起十二分精神，赶紧拖着她快速退出丹境，云头已经凝集，就在他们背后汹涌而至。

丹境结束，按理说应该高兴，他的神色却十分凝重。这种感觉不像是书里写的"大圆满"，反而像吞下了一把卷刃的刀，或者满头大汗地剥一个柚子，发现里面空心。

盛君殊额头上的汗让风吹去，他压下浑身的不快，低头一看，衡南的眼睛失焦，逐渐漫上了耻辱的委屈。师妹毕竟不像他那样练过多年的剑法，能坚持到过半已经很好了。

"没关系，别哭。"他赶紧把衡南的眼泪擦掉，轻声说，"已经成了，师兄把你带出去了。"

衡南用手捂住眼睛，抽泣着，还是小声哭了一场。

这让盛君殊特别有罪恶感，抓狂了一会儿，他把衡南抱了起来。

阳炎体身上还残留着炙热的温度和薄汗，他身上的气息浓郁，衡南蜷缩着靠在墙边，失控感被安抚，被抛弃的惶惑快速消失。

盛君殊听不见声音，低头一看，衡南闭着眼睛，竟然已经在他的臂弯里睡熟了。盛君殊黑眸闪动，不知道在想什么。

第二天清晨，出了件事。

黎向巍从医院失踪了，三个保镖都没看住。

盛君殊把衡南叫起来，才六点钟，衡南坐在床沿上，晃得像钟摆。

盛君殊摸了下她的发顶。他感到特别愧疚，但没办法，衡南必须得跟着他走。

黎江满脸惶恐："我联系不上他！爸能去哪儿呢？"

"他给我打过电话，说打算去加拿大，你可以查一下航班信息。"盛君殊打领带，语速飞快，"还有姜行的。"

黎江起初感到震惊，随后愕然地在手机上翻找起来："就是……明天早上。"

黎向巍的电话依然占线。

姜瑞遭受攻击，可能已经击溃了他的心理防线。他现在谁都不信任，做好孤注一掷的准备，把出国当作唯一的指望。

"去你们家靠近机场的酒店找。"盛君殊从地上捡起了一枚饱满的柿子，嗅了嗅，扬扬下巴，"让你弟弟找人把这里挖开。"

"什么？"黎江愕然。

连别墅内部装潢都是繁复的洛可可式，花园里种几棵观赏性不强的果树实在没有必要。一开始，盛君殊以为这是他们种来自己吃的，毕竟曾经也盛行过在花园里自种绿色水果的风潮。但姜行只管杀虫、施肥，任凭熟透的柿子落得满地都是。

盛君殊后退几步，隐约看出了小树排列的阵法，和真正的阵法差得太远。而且，黎向巍还选错了品种。

"挖出来的所有东西，全部销毁就好。"

黎江跳上汽车。

衡南靠着座位，盛君殊把手机塞给她，征求黎江的同意，把座位向后调整，让她在车上补补觉。

但衡南睡不着，在膝盖上放了一堆小瓶子，涂抹起来。

盛君殊打开笔记本电脑，给黎向巍的工作邮箱连发几封邮件。

第一封：我已经知道你太太的死因有异了。

第二封：你以为送一栋百货大楼就能消除执念吗？

第三封：我来帮你，把你的位置发到这个电话号码上。

他高价购入过一个病毒，这边点击一下，只要对方的电脑曾经登录过邮箱，邮件会自动弹出来，把文字和附件内容复制上一万条，在桌面反复出现，且关闭不完，除非把电脑砸了。

这个方法专门对待不回信息的客户。

黎江边开车边哭。

"你行不行？"盛君殊瞥了他一眼，又看飞过去的几个红灯，害怕他情绪不稳影响安全，"你不是很盼望你的父亲出点事吗？"

黎江不说话，咬着牙吸了下鼻涕。手机响了，他单手拿起来看，眼睛几乎粘在屏幕上。

黎浚发来了照片。柿树底下三尺，挖出一堆白茅，层层剥开，里面是个金镶玉的骨灰盒。

黎江崩溃了。

那边黎浚也崩溃了。

他把老旧的骨灰盒和满地的白茅全部搬到盛君殊指定的位置，按捺不住好奇心，单手掀开骨灰盒看了一眼。

盒子内部掉出本来应该贴在盒子外的头像，女人的黑白照片，鬈发，红唇，微笑着，目光如炬地看着他。

"真是我妈呀！"黎浚直接坐在了地上，看了看打火机上跳动的火焰。

"你看前面。"

盛君殊焦灼地等待回信的时候，衡南突然碰了碰他的手臂。

从风挡玻璃看过去，前车是辆出租车，后车窗三道黑杠，隐隐约约能看到后排两个靠在一起的后脑勺，似乎在商议什么，其中一个戴着毛毡帽。

"往前再开一点。"

两辆车越来越近，几乎要贴上，黎江突然破涕为笑："那是我爸的帽子！我亲自去商场挑的。"

为防止被发现，黎江又稍稍减速，拉开两车之间的距离。

衡南仍然盯着那两个脑袋，说了句什么。她的声音非常小，盛君殊不得不揽住她的肩，贴近她的脸："什么？"

"我说，那两个人有问题。"垂下眼，衡南的嘴唇几乎碰上他的耳朵，他竖着痒得出奇的耳朵听。

衡南的声音里带着恶作剧般的笑意："师兄，两个男人也会像我们这样说话吗？"

他们的姿势和前车两个人的姿势一样，盛君殊陡然一惊。他的确不喜欢和人离得太近，只因为是衡南才……如果是肖子烈敢这么小声说话让他费力地听，他早就一脚踹出去了。

"我'通感'时看到金耀兰遭遇的时候，"衡南接着说，"她总是被拒绝。"

盛君殊下意识地问："拒绝什么？"

"昨天晚上我们那样……"

"明白了。"盛君殊语速飞快，立刻捂住她的嘴。他看了看掌心的红，他刚才为什么要捂衡南的嘴？他又立刻心惊肉跳地想起，昨天垫在黎家床上的西装忘记收了，保姆会不会看到？

衡南很不高兴地对着镜子补妆："你把我的口红蹭掉了。"

盛君殊赶紧说："师兄再给你买新的。"

衡南停顿了一下，语气很沉："是你把我的口红抹到了高光区。"

"是吗？"盛君殊问得轻描淡写，垂下眼睛，单手按手机，迅速用手机在网上搜索"高光区"。他极聪明，很快懂了。就像练功一样，每个部分在整套功法中都有作用，把口红蹭到高光区，大概就是一个环节影响了另一个环节，紊乱了，两个部分都白化了。

他绞尽脑汁地想了一句回复："师兄再给你买一盒高光。"

衡南用力扣上了镜子，瞪着窗外，表情很凶。

前车的两颗挨在一起的脑袋分开。

几乎同时，盛君殊的手机上收到了一条酒店定位。

箱轮在大理石砖上滚动，身材高挑的服务生前来迎接两个人："黎总，房间已经布置好了。"

男人颔首。

这是一间平常的套房。布置的意思，是将柜子尖锐的边角用海绵包裹起来，房间内所有镜子全部用报纸挡住。

姜瑞遭遇意外的画面太过血腥，黎向巍害怕自己也因为幻觉而伤害自己，觉得这样更有安全感。

姜行坐在沙发上削着一个苹果，苹果皮旋转着降落。黎向巍看到水果刀，有些慌乱地说："阿行，把刀拿远一点，你非要现在削水果吗？"

姜行低着头，像没听到一样，这是一种无声的对抗。他第一次忤逆他的老板。

黎向巍的表情变了变，手带着复杂的情绪放在他的肩膀上："你是不是在怪我？这么多年，姜瑞都是你一个人养着。我知道你的心里不好受。"

姜行手上的苹果皮掉在桌子上。他的眼睛抬起，一如往日隐忍平和："给你，平安果。"

黎向巍将苹果放在一边："可事情已经发生了，你也不能失去了斗志。咱们只有先脱身，后面的事情才有转机……"

姜行不语。从年少时代的相识开始，他永远表现得温柔、忠诚，这还是第一次，两个人之间出现这样冰冷的氛围，又或许是多年的积怨终于爆发。

"是我错了，我对不起姜瑞。"姜行轻不可闻地说，"早知道如此，当初不该要他。"

黎向巍扶住他肩头的手加重："姜瑞是我的孩子，要说错也是我的错，你养他这么多年，供他上学，你哪里对不起他？他已经这样了，我只有你了。"

"他不是一个和我做伴的玩物，他是一个活生生的人。"姜行目光锐利地看向他，似乎满眼怨怼，这副神情非常陌生，"你没有养过孩子，你不理解，多少次孩子哭着问我要妈妈，我无法解释他的父亲和母亲究竟是怎么一回事！"他像疯了一样挣开黎向巍，解开自己的衬衣纽扣，露出被白布缠缚着的胸口，恶狠狠地盯着它，"他快死了。我的孩子快死了，我甚至没有喂过他一次。"

黎向巍愕然，又像受到刺激一样别过眼，不敢触碰，亦不敢看那副惨状："阿行，一定要这样吗？"

姜行垂着头，哭得像个孩子，在这短短几分钟内，他变成了她。

没错，她。

黎向巍的鼻子亦酸了，他想到自己的童年，想到最初，在异国他乡的那所福利院里，因为不会说西班牙语，幼小的他被院长怒斥、踢打。他说他的父母是偷渡过来的，现在已经坐船去了别的国家，他是被父母丢弃的孩子。

在哭声和骂声中，姜行从阴影中跑出来，拦在他的面前，用西班牙语哭着说"不要打他"。她是混血儿，因为父母意外亡故沦落到了福利院。在黎向巍出现之前，被欺负的一直是她。她穿着一件不合身的男装，头发被剪得像杂草一样，脸上全是泥灰，浅色的瞳孔在阳光下闪闪发光。

院长俯视着幼小的姜行，目光冷冷的，在她的哭声中将她拖走了。

关上的房门后，隐隐传来姜行的尖叫。黎向巍不知道哪来的力气，爬起来，拼了命地踹门，把小木屋的门板踹破了，事情以两个人都被打了个半死结束。

院长最终没有对姜行怎么样，但作为福利院中唯一的女孩，被占便宜是常有的事。黎向巍来了之后，每一次，他都会用自己的身体把姜行护在身后。在落满星光的小院中，两个人蹲在一起，姜行把衬衣领子立起来，脸上是麻木的神色。她用沙哑的声音说，她想做一个男孩，因为做男孩就不会被欺负。

黎向巍什么也没有说，只是像在家对自己的弟弟一样，伸手将她的肩膀揽住，用力地拍了拍。

姜行从此成了他的跟班。她对这个地方全无留恋，喜欢听黎向巍讲述他家里的事情，遥远的星桥的街市，热气腾腾的小食。

黎向巍还残存一点记忆，他的家里就是卖夜宵的，他很小的时候就帮忙洗菜、烧水、给鸡鸭刷酱汁。两个人逃出福利院，跟着货船偷渡回星桥的路上，他常用有限的食材给姜行煮吃的，若是没有吃的，就两个人抱在一起挨过饥饿的夜晚。

路上认识的朋友都夸黎向巍的手艺好，说以后要是开店，准能挣大钱。姜行就说，要是开店，她就去做帮工。她永远是那副全心全意相信他的神情，他们之间的感情既像相依为命的亲情，又是水乳交融的义气，黎向巍会像第一次那样，亲昵地揽住她拍一拍，表示喜爱，好像她真的是他的亲弟弟。

姜行喜欢让别人用"他"来形容自己，因为年少时的应激，她决意抛弃女孩的身份。常年奔忙，使黎向巍生有一副强健的体魄，也使得十七岁的姜行长得高大，面庞被晒得黝黑，她的头发仍然非常短，行为举止完全像一个男人。除了黎向巍，没有人知道她真实的身份。

黎向巍以为他们的关系能地久天长地保持下去，直到他们遇到了金耀兰。

没有人能拒绝金耀兰的热烈追求，黎向巍也不能自拔。姜行一开始很喜欢金耀兰，贫穷时三个人忙着开店，是同舟共济的伙伴，是亲密无间的战友。可日子越过越好后，事情发生了转变。

金耀兰会给黎向巍选衣打扮，挽他的手，不让他忙于工作。姜行终于在两个人的娇嗔和充满爱意的眼神中明白，他不再是离黎向巍最近的那个，而变成了一个局外人。

一直以来，姜行都与黎向巍相依为命，骤然变成了局外人，一时间竟然无处可去。

这么多年，姜行孑然一身。有无数次，黎向巍看到姜行注视着他们一家的眼神，那种失落和迷惘，深深地刺痛了他。姜行不爱财，也不爱其他，只是忠诚地依恋着他。他想过给姜行介绍对象，可是此举反而更深地刺激了姜行。

姜行说，她讨厌男人。这么多年的压抑和伪装，她已经习惯了现在的男人身份，她要用什么性别去恋爱呢？她是如此厌恶自己的第二性征，她也试着拆开缠住胸口的布条，觉得自己好像变成了一个怪物。

她从来没有想过和其他人在一起，在她对生活的简单憧憬中，只有她和黎向巍两个人，像小时候一样相依为命。可是黎向巍不再属于她，甚至不属于自己。金耀兰带给她的刺痛，让她终于梦醒。

姜行在一个雨夜找到了黎向巍，终于想好向他讨要的东西。黎向巍很高兴，他终于有办法补偿姜行。

那时黎江兄弟二人已经长大，嬉笑着在芭蕉叶下捉蜗牛，金耀兰在窗口看着他们，一脸无奈地笑着，脸上是恬然的幸福。

姜行对那幅幸福的画面又憧憬又嫉妒。她说，或许她想要一个孩子，寄托她的感情，陪伴她度过余生。

黎向巍建议她去领养一个孩子。

但姜行却回答："不，我想自己生。"

黎向巍哑口无言。同时还有一种无法言说的怆然和烦躁。他也无法接受姜行投奔他人，变成了他人的"妻子"，和别人有一个家。

好在，姜行的下一句话是，她不能接受世界上除黎向巍之外的所有的男人，她不愿意养育除黎向巍之外的任何人的孩子。

黎向巍闭上眼睛，听着纷乱的雨声。

和金耀兰的热恋慢慢淡去后，矛盾开始在柴米油盐中显出冰山一角。金耀兰性格刚烈、霸道、多疑，令黎向巍喘不过气。黎向巍开始走神，频频梦到小时候的事情，梦到姜行用西班牙语骂院长以保护他，梦到姜行褐色的眼睛流露出来的哀伤神色。醒来后他给姜行打电话，姜行总是在铃响三声以内接听。黎向巍闭着眼抽了支烟，对姜行的愧疚又加深了一层。

在厌倦时，他脑海中也会有罪恶的念头一闪而过，倘若当年没有被金耀兰的热烈追求冲昏头脑……他和姜行之间是过命的交情，相依相偎的情分，比世间任何的关系都要密切，也没有任何人能够替代。眼下，姜行向他提出了这样的要求。她把一生都奉献给他，满足她这个心愿，又有什么不可以呢？

随后，姜行以女友怀孕为理由请长假，通过人工授精，怀上黎向巍的孩子，给他起名姜瑞。

黎向巍以为让姜行获得孩子，是回报了她的付出。但事实总是向着自私而不可控的方向发展。自从有了姜瑞，姜行开始全身心投入在孩子身上，黎向巍却以姜瑞为纽带，开始对姜行迸发出迟到了二十多年的爱情。

金耀兰很快有所察觉。

当时，公司的发展蒸蒸日上，夫妻利益无法割裂，黎向巍无法承担阿兰的怀疑和怒火，他自私得像中了邪，为了保护姜行和姜瑞，用找上门来的"私生女"黎沅转移金耀兰的注意力，用无辜的孩子掩盖他的私心，无视妻子的痛苦和崩溃。

全都是他的错。他对金耀兰的冷血，连他自己都觉得可怕。

黎向巍颤抖着手，把姜行的衣服掩上，终究显现出冷漠而自私的商人本性："逝者已逝，既然活着就要好好地活。小瑞会没事的，你冷静冷静，我去洗个澡，咱们明天就出境。"

黎向巍走进浴室，打开旋钮，花洒里的热水却迟迟没有喷出来。有什么柔软的东西一下一下地触碰他的额头。

眼前悬挂着一截他洗澡前摘下的领带。领带挂得很高，下段在眉心摇晃。下意识地，他向上看去。

仰头的瞬间，惨白的灯光晃眼而过，他重重地撞在淋浴间的玻璃墙上，发出一声哀号。

悬在空中的领带陡然一动，打了个转，似小蛇一般迅速甩尾，层层缠上他的脖颈。

黎向巍双手扒着它，眼珠凸出，急促喘息，拼命地摇晃脖子，仍然感觉它越收越紧。

听到声音，姜行立刻扑到洗手间前："出什么事了？"

隔着磨砂玻璃，他看到黎向巍先是两手抱头，向后捏住了自己的短发，随后用脑袋撞墙，好像看到了什么令他痛苦的东西。最后，他将领带的一端甩上置物架，另一端勒住自己的脖颈，眼看要窒息了。

姜行的眼睛睁大，她使劲扭动门锁："不要，不要！"

在恍惚中，黎向巍感觉下腹一热，灵魂仿佛脱离躯壳，看到自己紫红色的脸和爆出血丝的眼珠。他恍然大悟，当时金耀兰也是这样的面貌。她躺在阁楼的床上不吃不喝。她不再像刚刚发现他的惊天秘密时那样精神崩溃、歇斯底里，三个月的住院生活让她安静了许多，但也萎靡不振下去。

两个人常年争吵，已经形同陌路，黎向巍没有把姜行的真实情形告诉她。金耀兰悉知的版本，就是姜行和黎向巍常年保持着地下感情，那个瞬间她就崩溃了，仿佛一夜间老了十岁，丰盈的两颊凹陷下去，曾经顺滑的头发变得枯黄，使人想起搁浅的鱼。

姜行不忍心她待在那里受折磨，还是坚持要黎向巍把她接回了家，即使医生告诉他患者有严重的暴力倾向和自残倾向。

"我爸死了，金家倒了，我已经没有利用价值了。"她声音沙哑，背对着他蜷缩着身体，"你们不用再惺惺作态。"

托盘是她最喜欢的复古木制托盘，托盘上的碗是结婚时一起挑选的小金鱼瓷碗。金鱼的半只尾巴脱落，再也无法在金黄色的雪梨汤中遨游。

"吃点东西吧，阿兰。"黎向巍说，"就算你不是我的太太，你也是小江和小浚的妈妈，我不能看着你……"

二十年的相濡以沫，即使没了感情，也还有亲情。

金耀兰蜷缩的姿态使她看起来只剩一把弱小的枯骨："我这辈子最后悔的事，就是把小江和小浚生出来。"

有些事情早有预警，譬如姜行看黎向巍的眼神。她早就该知道，这两个人之间，不是第三个人能插得进的关系。黎向巍在公司比在家的时间还多，却还要装作喜欢她的样子，让她自己去猜哪里不对。她飞蛾扑火的爱情陷入一场接一场的骗局，最终只会湮没成灰。

"你为什么不早点说？"金耀兰呜咽着道，"为什么要骗我？为什么要那样对待我？"

"我恨死你了。"她沙哑的嗓音像刀划过金属，仿佛嘴里含了一只哨子，半是尖锐半是破音，"我恨死你了。"

反复只说这一句。

他也听多了这样的谩骂，麻木地放下碗出门。未等到夜晚降临，保姆的尖叫划破长空，房间里一双脚在空中飘荡。

她生平高傲，为什么会选择这样的死法？修长的脖颈断裂，眼球凸出，她当着所有人的面吐出舌头，细心保养的皮肤鼓胀青紫，她生前迈脚步步生莲，死后地下却满是不堪入目的秽物。只有指甲上的丹蔻是熟悉的鲜红。他将阿兰抱下来，眼泪打湿她最钟爱的旗袍。

　　因果轮回，他应该也是如此面貌，毫无体面，只剩丑陋。

　　黎向巍慢慢地松了手，身子顺着玻璃墙下滑，后背擦出一道水渍。

　　门终于被撞开。

　　姜行冲进来，猛地拉住了领带的另一端。黎向巍仍然不可阻挡地滑坐在地上，嘴里还叫着金耀兰的名字。

　　姜行听到那个名字，神色灰败，没有企图拆解黎向巍脖子上缠绕的领带，而是将自己的脖子也绕进去："把我带走吧。"

　　"是我对不起太太。"她的面庞上滑落两滴泪，她又缠了两圈，眼神失焦，"杀了我吧。"

　　领带不能承受两个人的重量，自己崩断了，它坠落下来，像被人撒手丢弃。

　　黎向巍咳嗽着，大口喘息。姜行虚脱了，一把扶住了墙，热泪滚滚而下。

　　从埋下金耀兰尸骨的第一日起，姜行照料柿树，如对待亲儿女，她所有的愧疚、懊悔和难言的沉重，全部送给了柿树。

　　柿树仿佛能领会这份沉重的感情，结出了硕果，花朵吐蕊的时候，执念被春风吹散不少。但事情并没有那么简单地结束。

　　刚才被姜行砸过的玻璃门，绽出狰狞的蛛网，随即隔间倾塌，无数枚碎玻璃如雨砸下，姜行将黎向巍护在身下。

　　黑暗，阴冷，水声，血液的铁锈味。

　　姜行头昏脑涨，她的发间血肉模糊，脖颈上竖起一排尖刺，坐在地上的黎向巍猛然吐出一大口血。

　　姜行睁眼，颤抖着手去摸，变得越来越惊恐。虽然她帮黎向巍挡住了大半，但那些碎片还是落在了黎向巍的脑袋上，血流蜿蜒落下，他发出野兽一样含混的呜咽。

　　姜行额头上的青筋暴起，她在他的衣襟上摸到什么——刚才黎向巍吐血的同时，也吐出半截血肉模糊的舌头。

酒店的落地窗台上搭上一只黑色马丁靴。

细细的手指慢条斯理地将繁复的绑带系好，拉出一个蝴蝶结。

"衡南。"盛君殊立在一旁提醒，"差不多了，该走了。"

衡南跺了跺脚，换了一只鞋尖踩在窗台，继续系鞋带。

盛君殊知道她的心里想什么："垚山派弟子就是为除魔卫道而存在，救人，免除神秘能量对人的影响是一定的。不管那个人是好人还是坏人，做过好事还是坏事。只要他是活人，就是我们要守护的。这是师父设下的门规。"

衡南的双手揣在外套口袋，她看看他："门规是死的，人是活的。我只想凭良心，不想按规矩。你难道就没有破戒过吗？"

盛君殊没有说话，只是转而问道："你知道神秘能量为什么一定要被抹去吗？"

"为什么？"

"因为能量波动太大不仅影响当事人，还会牵涉无辜的人。"盛君殊大步将她提进房间，一脚踹开门，"别忘了，姜瑞的命也是命。"

黑暗、封闭的浴室内隐约传来人的呜咽声，门被推开的刹那，姜行脸上的血和泪在光下闪亮："盛总？快救救黎总！"

盛君殊忙去查看血肉模糊的黎向巍。

"刺啦"一声，衡南撕开洗手间镜子上贴着的报纸。浴室的灯好像坏掉了，内里昏暗无比，衡南点亮打火机，镜子中倒映出盛君殊的影子。

衡南的呼吸骤然一轻。在他的身边，站着一个窈窕的、穿蓝色旗袍的背影。天书在胸口震颤，令衡南能判断出，这个人是她产生的幻觉，也是在天书帮助下她"感应"到的神秘能量的全貌。

她旗袍下的皮肤呈现青色，像冻久的生猪肉。刺绣旗袍并不崭新，连胸前靠近腋下拧出的褶皱都活灵活现的，扑面而来的寒气却从布料的每一个缝隙钻出。

火焰一摇，盛君殊不禁回头看去，只见衡南对着空气僵立着："衡南，你感应到了？"

衡南"嗯"了一声。

心脏处传来的疼痛转移了心理上的恐惧。这是她第一次睁大眼睛，仔仔细细地盯着她的幻觉看。

除了是阿凡达的颜色，还翻着白眼，原来也不如她想象中的可怕。衡南的目光终究还是避开了瘆人的白眼："你放过姜瑞好不好？"

姜瑞才二十一岁，谈恋爱谈进ICU。他应该很想活。

"凭什么？"那道蓝色的身影发出冷冷的声音，"我的执念是恨，我要他们不好过，我要和他们关联的每个人都没有好下场。"

"那你的儿子呢？"衡南说，"他俩也算是和黎向巍关联的人，你希望他们也不好过吗？"

对方语塞。

门外忽然传来刷卡声与人声。仔细听，是黎江的声音。他的皮鞋蹭着地面，他虚弱地持着手机照明，声音愈来愈近："爸，你在里面吗？"

门开了。光亮照见浴室的红色，黎江骤然受惊，黏腻的血液被皮鞋划出一道印子。他失去平衡向前扑来，不慎撞掉衡南手上的打火机："爸！"

打火机远远地摔在地面上，四周变得一片漆黑。

盛君殊一把拉过衡南，确认她没事后，心里真的很想揍黎江一顿。

在天书的加持下，师妹不仅能感应到微弱的神秘能量，甚至能直接与之"对话"，这样的天赋属实惊人。如果能用三言两语就消除神秘能量的影响，可以说是办了件大事。

可惜沟通的机会被打断了，黎江的突然到来，差点儿将它撞在盛君殊肩上的命火上。那个瞬间，盛君殊甚至能听见忽然扑到耳边的风在嘶吼。

他点亮手机，重新照亮一室狼藉，衡南偏了偏头："感觉不到了。"

黎向巍发出一声呻吟后没了声息，他的伤很重，盛君殊心中一跳："快送医院，你再打个电话，把耀兰城封锁！"

黎江艰难地站起来，颤抖着手拨打救护车电话，医生很快抬着担架进来。

领带浸泡在血泊里。

桌上静静地摆放着一个萎缩的被氧化的苹果。

下午三点钟，本来应该充满了客人的耀兰城变得空空荡荡的，里面没有一点人声，连店员和清洁工都被紧急疏散了出去。

衡南踏足商场内，左右环顾，好像进入了一座诡异的空城。

从中庭向上看，是那幅巨幅的棕色版画，鬈发女人对镜梳妆，下面摆放着几盆棕榈。

蓦地，版画上的女人好像眨了一下眼睛，气氛诡异无比，衡南就像接受了无法承受的信号一样,闭上了眼睛。

盛君殊对过来处理商场事宜的黎浚解释:"神秘能量都有经常待的地方,这个地方通常是与逝者的执念有关联的场所。比如,咱们处理的上一个案件中,逝者最放心不下的是自己的儿子,死时又感到口渴,所以神秘能量在逝者儿子的居所外,又有水的地方。你母亲的执念也被怨恶之气吸取利用了,形成神秘能量,家庭给了她创伤,她不愿意回家,而这个商场象征着她的事业,又有她喜欢的宝格丽品牌。所以神秘能量遭到攻击后,会回到这里。"

黎浚转身看着空荡荡的商场,眼底含了一点泪:"商场突然歇业,对营业额倒是影响不大,但是没有合理的解释,就怕流言纷纷,影响到我们的股价。盛总,神秘能量是一定会造成安全隐患吗?"

"你要说它能造成什么样的破坏,那肯定不会。它就像一缕风,一段电波,什么也干不了,但可能会影响人的心情,特别是神经脆弱的人。"盛君殊说,"你也不能保证逛商场的人里面没有几个神经脆弱的吧,出了问题你也担不了。"

黎浚叹口气,一挥手:"封吧,先封半个月。"

"不用那么久。"盛君殊拿出酸枣枝条,"我们来了,最多两三天。"

他没有想到,正面对抗来得这么快。

在衡南的眼中,版画上女人的眼睛在持续地眨动,嘴角也微微翘起,如同某种信号,干扰着她的神经。汗珠从她僵直的脖子后纷纷滚下,她知道这是幻觉,就像误食毒蘑菇后的神经中枢中毒一样,她想扭开头,却无法控制自己的身体。

她发出一声短促的闷哼,忽然如离弦的箭一样,冲进最近的安全通道。

"衡南!"盛君殊心里一空,拔腿追上去,衡南跑步的速度是那么快,带着一种发疯般的急迫,盛君殊被钝重的防火门挡住,防火门竟然从里面锁住,无法推开。

"盛总,坐电梯!"黎浚说。

"你知道她要去哪一层吗?"盛君殊的眼底有些慌乱,他一面稳住心态,一面给肖子烈发消息,让他赶快过来。

"坐观光电梯,是透明的,能看见外面!"

"衡南,能听见我说话吗?"两个人坐上电梯,盛君殊试图通过灵犀联系衡南。

"师兄,我在三楼……"那边传来衡南有气无力的说话声,伴随着急促的喘息。

盛君殊一把截住黎浚摁"三"的手:"不行,换个数学说法。"

衡南马上会意，神秘能量听到了她说的，即刻促使她继续向上跑，阻止她被找到。它能听懂简单的话，却不能算算数。

"那我……我现在在三加二加一楼……"

两个人直奔六层。

衡南一把推开防火门，忽然可以控制自己的身体，失去阻拦向前扑倒，脑门撞在走廊边的玻璃栏板上。

好痛……

隔着玻璃，下面是悬空的中庭，楼板之间挂着弯垂的节日主题拉花，拉花上坠着"on sale（大减价）"的小广告牌。

衡南一转头就看见了一截宝蓝色的旗袍。那道身影直挺挺地杵着。她的背后是宝乐丽的玻璃橱窗，隐约可见人体模特的轮廓，但店里没有开灯。

"你要干什么？"衡南问。

幻觉中，影子伸出五指，朝她的脸抓过来，衡南躲避时，再度跌坐在商场的玻璃栏板上。尾椎骨卡在栏杆处，一阵剧痛传来，她的眼泪流出，脚趾蜷起。

再抬眼时，她黑漆漆的眼里生出戾气："我就不该问你，应该直接动手才是。"

"你看到了我的经历。"影子朝她走来，款款地。衡南仰头睨着她，从某种角度看，这二人有种共通处。比如习惯性地抬起的尖尖的下巴，还有嘴角讥诮的冷笑。

"我看到了，怎么，被人看到不堪的一面，感到耻辱吗？"

影子幻化成金耀兰的模样，迅速打在衡南背后的栏板上："你闭嘴。我要折磨他，让他慢慢死。"

"你做得很对。"衡南屏住呼吸，不去闻她身上的气息，闭着眼睛敷衍地称赞了一句。

枯瘦的手指力气极大，由抓变作了扼，衡南的脑袋再次撞在栏板上："真是个废物，没有学业，没有事业，每天待在大房子里无所事事。难道你一辈子都龟缩在男人背后，靠别人养着吗？好可怜。"

衡南知道，怨恶之气的能量干扰，会放大她心中消极的情绪，这话表面上是幻象对她说的，实际上是她自己对自己的疑惑。她用一只手捂着天书所在的位置，艰难地保持清醒，抵抗着幻觉："我觉得……我龟缩得……挺舒服的。"

虽然盛君殊平时管东管西，不许她摘野花野果，不许她光脚在地板上走，但她基本上是心想事成的。想买什么买什么，想去哪儿玩去哪儿玩，想不走路便往下一倒，甚至也可以被抱着不走路。

这会儿大楼里开着空调，冷气环绕，衡南突然有点想念在阳炎体身边的日子，至于这动不动就犯病的心脏，谁要给谁好了……

一支纤细如飞鱼的箭，擦着衡南的头发而过，幻觉顿时散去大半。

肖子烈站在对面向影子所幻化的金耀兰射箭。

风声尖厉的嘶叫响彻头顶，衡南就靠在玻璃栏板上。她眩晕着，没有察觉被她撞过多次，已经产生裂纹的玻璃栏板正在颤动，承受不住，"嘭"的一声，裂开了。

"师姐！"肖子烈惊恐的叫声从楼对面传来，衡南仰倒，随着玻璃碎片一同坠下楼去！

赶来的盛君殊来不及再坐电梯，抓着栏杆跳下数层，像一道黑色的影子跑到中庭，试图接住师妹。

坠下的瞬间，衡南一把拽住了挂在楼板上的拉花。在重力作用下，她如乘坐滑索般向前滑去，无数广告小吊牌从她掌心刮过，下雪般飘落。

盛君殊刚碰到她的衣角，脆弱的装饰拉花就承受不住下冲的力量，有一端掉落下来，衡南顺着坠下的一端，钟摆一样向相反的方向荡去。

盛君殊的呼吸变得急促，心脏都要停止跳动，此时散落的拉花被风吹着，朝着他的脸刮去，迷乱他的眼睛。

衡南拉着拉花，一头撞到立柱，脚向下踏住了钉在立柱上的秸秆箭，箭是肖子烈射出来的。他在远处喊道："师姐，踩稳啊，我马上来！"

衡南剧烈地喘息着。

她吊过舞台威亚，当时是扮演从天而降的独舞天鹅。这生死一线间，她忽然回想起了曾经的高光时刻。她现在和那时很相似。她飞快地旋转手臂，如同风筝收线，凭借着强大的意志，竟然自己一点点攀爬上去，四根手指搭上了三层的楼板边缘，随即是颤抖的手肘。

衡南的体育课成绩一直不及格，到这一步，力气已经用光了。脸被栏板挡住，她手臂发抖，没有力气支撑自己的身体。

盛君殊拂去飘在面前的拉花，闭着眼睛，凭感觉猛地将刀丢出去。罡风劈碎了三层玻璃栏板，打碎了衡南面前的全部阻碍。刀垫在她脚下，硬生生地将她托了上去。

衡南打了个滚,冷汗淋漓地瘫在地上。她安全了。

盛君殊翻越栏杆跳到三楼,蹲下将瘫在地上的衡南抱起来,检查了一下胳膊和腿。

师妹在空中荡了那么半天,居然奇迹般地没有外伤。

硕大的耀兰城内一片死寂,店铺关闭,满地玻璃碎片,应急灯一半幽幽地亮着,另一半已经损毁。

肖子烈坐在高高的栏杆上,额头上的汗水滑落进眼睛,薄唇微微抿起,下巴因为紧张而微微抖动。

箭搭在桃弓之上,他在等待机会。

隐约传来风铃的响声。

腥热的风不甘地嘶吼着。盛君殊的冷汗开始流,衡南的眼睛一直闭着,神秘能量对衡南的影响被最大化了。即便他抓着她的手,在身边叫她的名字,也无法使她清醒。

衡南已经眼花了,分辨不清幻觉与现实。她看见金耀兰的身体残缺不全,颈椎断裂,头颅挂在胸前,长长的卷发挡住了脸。

衡南吓得用力推开盛君殊,向后一躲,推动背后一面被鞋店摆在外面的旧立镜,早已碎掉的镜子掉落了半边,

这面破碎的镜子像猛犸竖起的尖牙,在衡南身后窥伺,尖锐的地方,甚至勾起她两绺漆黑的发丝。如果从盛君殊这个位置,从背后砍向神秘能量幻化出来的金耀兰,很可能会使衡南撞上那个尖角。

世间最难的不是战无敌手,而是如何完好地保护一枚鸡蛋。

盛君殊给肖子烈打了个手势,暂时制止住他射箭的动作,无声地屈膝站起。

幻觉却不肯放过衡南,金耀兰显示出极端的攻击性,毫无征兆地朝衡南扑过去。

衡南的脑袋后仰。

心脏仿佛被人猛地攥住,盛君殊险些站不住,浑身的血液冲上头顶,又落下来,好消息是镜子也被顺带推远,没伤到衡南。

衡南伸手一揽,向后握住那枚尖角。

"衡南,小心手!"盛君殊紧张地喊道,他以为她要借力站起来。但那绝对不是一个好的支撑,尖锐的碎片会割伤她的手,但衡南双眸漆黑,置若罔闻。

金耀兰说她是废物?

同样一根绳子,她在三秒钟内拽住它爬上楼板,金耀兰则用它勒断了修长的脖子。她不是废物,不是,她有爱的人,有存在的价值。

"你没资格和我比。"她的手慢慢用力,像掰板状巧克力一样掰下一块镜子,鲜血也如小溪般顺着手臂留下,"我会活着。"

不规则的小块镜面翻转,倒映出吊顶上的灯,微微一转,折射出一道光,光落在宝蓝旗袍之上,立刻灼出一个血洞。

衡南的手腕翻飞得更快,折射出的这道光越来越亮,一剑接一剑,毫不留情,一道道焦黑的血痕叠加在那道幻影上。

衡南想起来很多事情,她曾经也有属于自己的法器,是把桑剑。

盛君殊用的是牡棘刀,所以她专门挑了一把柔软的桑剑,为的就是从字面意思上与他相应。

桑为剑,贵在轻盈,但很脆弱,师门倾覆那天就被火烧掉了。

盛君殊惊愕地看着衡南用一块镜子就令神秘能量消散。

垚山派的典籍上记载,对付秽物,应该虚实配合攻击,光为剑,棘为刀,都是利器。他手上这把是棘刀。师妹手上那个,应当是光剑!

光剑的攻击是致命的,耀兰城内回荡的风慢慢变得紊乱、虚弱,溃不成军。令人意外的是,衡南没有对神秘能量赶尽杀绝,而是在它还剩最后一息时放下了镜子:"我'通感'时,也算与你共情。我想你应该想要听听真相。"

盛君殊去拉她,衡南退一步躲开,他三两步追上来,却不是强迫她消灭神秘能量,而是捏住她的手腕,让她丢掉镜子,仔细地查看她的伤势。

衡南心中一动,身子柔软下来。

伤口倒是不深。但是她可是打一下,别人的脸就能肿得很严重。这样想着,盛君殊把叠得整整齐齐的干净手帕从裤兜抽出来,为她处理伤口上的血。

衡南意外地看着他,这年头居然还有人随身带着手绢。

但下一秒钟衡南就被按得"啪嗒啪嗒"地掉眼泪,豆大的眼泪砸到羊毛裙上。

盛君殊没理会。

"师姐,你今天真的太酷啦……师姐,你的手怎么了?"肖子烈跑过来,还没看一眼就让盛君殊吼走:"开车去。"

"可是我没驾照啊,师兄……"

没人搭理他。肖子烈只好带着气捡秸秆,又飞上柱子用力拔出钉上去的那一根,擦一擦,吹一吹,小心地收进背后的黑丝绒袋子里。

这秸秆箭不是普通的秸秆,是师父开过光的超级秸秆,用一根少一根,要回收利用。

"能走吗?"盛君殊平静地问衡南。

衡南能走。但她有点累了,不想坚持,于是含着眼泪虚弱地摇了摇头:"脚崴了。"

"拿手按着。"盛君殊一只手揽着她的背,另一只手伸向膝下。但这个预示着舒服的公主抱的动作只做了个雏形,又收了回来,盛君殊抬头,很淡地看了她一眼。

衡南也含泪瞥着他,心提到嗓子眼里,疑心师兄看穿了她的假把式。

但她又猜错了。

盛君殊一把将她拥进怀里,抱着她很轻地摸了摸她的后脑勺。

阳炎体的怀里非常温暖,她感觉到他的心跳。

盛君殊双眼微阖,一言不发。这不是对师妹的安抚,这是他自己的片刻休整。他无法忍受再一次失去师妹的痛。

衡南听着他的心跳渐趋平稳,悄悄打量着手上的手帕。手帕是藏蓝色的,布料柔软,外面有一圈白色的细细双线边,边缘有毫不抢眼的复古刺绣,右下角绣着几个字母。

这不是她爷爷擤鼻涕重复利用的那种手帕。这原本应该是一个彰显高贵身份用的时尚手帕。

好,她原谅盛君殊了。

衡南被他抱了一会儿,嗅了嗅他身上的味道,一点淡淡的铁锈味藏在薰衣草洗衣液的气味中。星桥靠海,湿气深重,衬衣上永远带着没干似的干洗剂的气味。

衡南的鼻尖凑近他温热的皮肤,闻到他原本那股极淡的青松气息。这股气息很好闻,衡南嗅了嗅,嗅到他漆黑的鬓边,师兄白玉般的耳郭近在咫尺,不知道怎么想的,衡南对着他的耳朵吹了口气。

盛君殊立刻把她推开。他顿了顿,觉得自己这么一推,师妹万一误会他厌恶她就不好了,理应找个缓冲的理由。于是他深吸一口气:"饿了吧?我们去吃饭。"

衡南点点头,盛君殊拦腰抱起她出门。

焦躁地兜着圈的肖子烈大步迎来:"师兄,你可算来了。"

盛君殊憋了一肚子火："你怎么还在地库呢？"

"我没驾照啊！"肖子烈吼道，空气都在震动，"说了你又听不见！"

事情告一段落，却不算完全结束。盛君殊把回清河的机票退了。

当天，姜瑞脱离了危险，从 ICU 转入普通病房，黎向巍却被送进了 ICU。

他的舌头缝合了，但出血量太大，头上的玻璃取不干净，引起反复感染，浑身缠满绷带，痛苦不堪，至今只能靠医疗设备续命。

姜瑞醒来的第二天，姜行就出走了，走得很彻底，没有人知道她去了哪里。

两天后，黎江拿到了真正的鉴定报告。

这个十八岁以前都缺席在他们生活中的、自以为在单亲家庭长大的小秘书姜瑞才是黎向巍的亲生儿子。

若干年来在黎家小心翼翼、装聋作哑，在夹缝中艰难生存的黎沅却不是黎向巍的女儿。

与报告一同现世的，还有姜行多年以来压箱底的体检报告和私人医生的诊断证明。

黎浚不敢相信认识了二十多年的姜叔忽然变成了女的，他摁着自己的太阳穴，感觉一阵阵头晕："这件事情不能散播出去，会影响我们的股价吧。"

走到这一步，当年金耀兰病逝的原因，几乎已经明了。

传言黎向巍背叛婚姻，有私生女，只是捕风捉影，但要是他和相识于微时的秘书有染，秘书的性别成谜，两人甚至有一个孩子，事情就太过离谱了。

黎江面无表情地将这两份鉴定报告，还有那些纸质文件用打火机点燃，扔进垃圾堆里。

数份报告的灰烬混合在一起，难舍难分。

"就当什么也没看到，什么也不知道吧。"黎江点了一根烟，"这些事止于我们四个人。"

这个家由他做主，让上一代扭曲、错乱和充斥私心的关系就此斩断，不再蔓延。姜行还是黎向巍已经离职的秘书，姜瑞还做普通单亲家庭的孩子，黎沅还做他们的妹妹。

下一代要拥有正常的人生。

烟灰散去时，外面的柿树叶轻轻摇晃，所有人都闻到了窗外的缕缕花香，阴霾彻底消散。

"你们不知道为什么吗?"衡南看着兄弟二人怅然的脸,站在窗边说,"你妈妈重视自尊,爱恨都浓烈,她最恨的不是婚姻中途的走神,而是从头到尾的欺骗,所以黎沅的妈妈上门没有击垮她,看到姜行和黎向巍亲近,却让她崩溃,这两个人原本都是她信任的人,她以为黎向巍不喜欢自己。"

"现在性别报告单出来,她就能明白,即便后面感情变了,但最开始那个让她飞蛾扑火般的黎向巍,也是真的爱过她,而不是把她当成利用的工具。这样,她就可以当作那个她爱的人已经死了,明白自己的感情没有错付,就不会和自己过不去。固然知道人总会变,但人这辈子,就是想抓住一点真实。"衡南说完,看到盛君殊正在看着她,他的眼神中有一种说不出的怜惜。

黎江和黎浚都低下了头,说不出话,窗外树影下的光斑在他们脸上摇晃。

一切结束后,衡南想坐一次游轮,于是盛君殊把机票改成了船票。

盛君殊怀疑衡南只是为了在外面过夜。毕竟飞机当天就能落地清河,坐船却要两天。衡南对住各个地方的高级酒店有别样的热情。

游轮和其他五星级酒店没差别,也有室内泳池、KTV、健身房、棋牌室,她没兴趣去玩。盛君殊也不爱玩,于是两个人就在房间里待着,他打电话、回邮件,她披着湿淋淋的头发,趴在床上玩手机。

衡南的一只手还缠着厚重的绷带,所以是单手玩手机。

两张床中间的墙上伸出来一盏锥形的复古壁灯,壁灯下面是床头柜,床头柜上有座机、遥控器、插花,就是一个特别常规的宾馆房间,家里别墅的房间比这个还大呢,不知道为什么衡南这么喜欢。

"二五六,二五七,二八二九……"童谣突然响了起来。

"你这个短信铃声……"盛君殊皱起眉头,也不嫌瘆人。

衡南若无其事地将信息打开。黎沅发来一张自拍合照,头上缠满绷带的姜瑞和黎沅头靠头,姜瑞看起来精神不错,露齿笑着,比了胜利的手势。

姜瑞对自己为什么出车祸,为什么躺在医院完全忘却,黎沅也大病初愈,两颊的婴儿肥都瘦下去。两个年轻人正式谈起了恋爱。

我要期末考试了。黎沅附了这样的文字。

准备得怎么样?衡南用一根手指慢慢地打字。

还没有复习。黎沅说,我可能要留级了。

但我要好好学习的。黎沅回头看了一眼垂头剥着香蕉的年轻人。

……你有那个过吗？黎沅悄悄地问她，就是性生活。刚刚成年的小女孩，对"那个"真是好感兴趣。

你有吗？衡南的眼睫毛微微抖动，她斜眼看着坐在旁边的人十指翻飞地敲打键盘，也用包好的手掌将手机屏幕遮挡，又一个字一个字地删掉，没有。你想给我什么建议吗？

天啊，你们都结婚了还没有啊。黎沅惊叹，其实我也没有……但我在网上找了一些攻略，可以给你参考。

衡南冷漠地发了个勾手指的表情。

女生比较容易，那个。

什么意思？衡南发了一个问号给她。

可以试试。

怎么试？

衡南几乎把对话框盯穿，这输入法吞字吗？

"衡南……"盛君殊叫她，衡南的心差点跳出喉咙，立刻将手机屏幕朝下扣住。

盛君殊侧眼过去，往她死死按着的手机看了一眼："怎么了？"他问，"跟谁说话？"紧张成这样。

"你又不懂，你忙你的。"衡南镇定地说。

盛君殊又看了看衡南欲盖弥彰的神情，按捺住心里异样的情绪，平和地转过头去，平静地面对着电脑，满眼的报表，却有点看不进去。

衡南这个年纪喜欢新鲜，比较容易被网上聊天吸引，交点朋友应该是正常的。他立刻打断自己偏离的思路，这样胡乱揣测师妹真的很不好，说不定真的是和朋友在讨论一些专业上的问题，设计，或者舞蹈，他真的不懂。

这完全有可能。

问题是她之前不是一个朋友都没有吗？这是从哪里突然蹦出来的朋友？衡南被他打断之前是不是对着屏幕在笑？

想不起来了。他闭了一下眼睛，开始抄送邮件，细细地核对，冷静地按下发送。邮件"嗖"的一下发出去。

到底勾没勾嘴角？

衡南小心地将手机屏幕从被子上揭起来，斜着眼看，黎沅已经发了一大堆过来，然后又问：对了，你们为什么这么久都没有那个过？

衡南仔细想了想：他有点紧张。

紧张？是兴奋吗？

不，紧张。

如果这句话的主语是一个十几岁的高中生，黎沅还可以接受，但盛君殊在她心里是一个可以面不改色地拿大刀砍人的成熟男性。而且他很有钱，有钱的男人不应该都很会玩吗？

那你要小心！如果你都主动了，他还是没反应，或者表现得不自在、很紧张的话，你要小心！

衡南如遭重锤。衡南的脸色变得十分复杂，她迅速把提到盛君殊的几条消息全部删除，把手机放到一边，冷静了一下。过了一会儿，她坐起来问："师兄，你刚才叫我干什么？"

盛君殊立即转过来，这十分钟，他一直在心乱如麻地等衡南聊完天后叫他。终于等到了，他努力地保持神色平静："叫你喝水。"

两个人都一脸平静，目光在空中交会，似乎都隐藏着很多秘密。

盛君殊觉得眼前这双漆黑的猫儿瞳再次涌现出冰凉的戒备。这种表情让他有点不快。

怎么跟网友聊十分钟，就把他这么多天的陪伴都忘了？但他马上觉得自己很狭隘，做师兄的，对师妹好难道不是应该的吗？为什么非得求个回报？

衡南的心则一路下坠。盛君殊看着她的时候，不仅有点不耐烦，还有点隐约压抑的不高兴。没必要。她不喜欢当别人的包袱。想到此处，她猛地站起来，将盛君殊吓了一跳。然后他看着衡南气势汹汹地拉开箱子，开始翻衣服。

"衡南？"他有点蒙了，这就要离家出走了？

但他猜错了，衡南只是从箱子里找出了一件很厚的外套，套在睡裙上面，仰起脖子把拉链拉到了顶，然后坐回了床上。

盛君殊稍稍放下心："冷吗？这房间。"

"有点。"空调开得很足，衡南穿着带兔毛领子的外套，脸颊热得发红，躲开他的目光。

这个氛围够了吗？

空调的暖风吹着盛君殊的背，盛君殊紧张地看了她一眼，摸她的脑袋："是不是生病了？"

"师兄。"她直勾勾地看着他说，"我想要。"

盛君殊没摸到她发烧，稍稍放下心，倒是摸到一手汗，顺口道："要什么？"

他垂眼摸了摸她的头发，不过是反向摸的，把她的刘海全撸了起来，衡南愠怒地一把将他推倒在床上。

盛君殊还没反应过来，衡南就拽着他的领带跨坐在他的皮带扣上，双臂撑在床上，像猫一样窥视地睨着他："想要就是想要，装什么？你不懂吗？"

盛君殊看着她的表情好像定格了，空气仿佛也凝滞了。

衡南的脸逐渐涨红，她都已经这样了，还是没有反应。看他的表情，黎沅说的事情，十有八九是真的了。她的手掌紧紧地勒着他的领带，心里涌动的是一股恨，还有一点疼，血液里好像隐藏着无数刀片，将她切得体无完肤。

至于吗？理智上，衡南觉得有些迷惑。但这股刻在骨子里的恨马上像点着的汽油桶一样瞬间爆成烈火。不喜欢她，都可以做到这种程度吗？让他喜欢又会是什么样子呢……好恨他……恨不得杀了他。

在这之前，她先掐死染指他的人。

盛君殊定定地看着她，说话有点结巴："你、你是不是快到生理期了？"

想拿生理期做托词？衡南冷冷地看着他："还早着呢。"

"你生理期是什么时候？"

衡南想不起来。盛君殊开始自己拿手机翻备忘录，在日历上一算，离生理期刚好还有五天。

生理期前后七天，人的欲望会比较强烈。这个说法他有所耳闻。血气方刚的年轻人，有欲望很正常。盛君殊觉得事情有点麻烦，但他不能让师妹看出来。毕竟这么难以启齿的问题，她没有找别人，只跟他讲了。

盛君殊看了一眼衡南，她绯红的脸就藏在白色的毛绒领子背后，她现在心里一定很矛盾，很怕。他必须得帮她解决，而且要证明这不是问题。

衡南的眼泪"吧嗒吧嗒"地掉下来，她情绪低落地爬下去的时候，就被他严厉地喝止："你干什么？坐回去！"

衡南吓了一跳，保持了原来的动作。盛君殊把她放在床上："喝点水休息一下。"

然后他去了浴室。

衡南捧着水杯坐在床边，有点蒙。这算什么反应？又去洗澡了？每次都要洗个澡，这是强迫症吗？还是在做心理建设？

她喝了一口水，情绪稍稍平静一些。

但不到十分钟，盛君殊又出来了，衬衣的袖子挽到臂弯，甩了甩水，看起来只是洗了个手："外套脱了。"

包裹在毛茸茸的外套里的衡南扭头看他。

盛君殊也看着她："你想一会儿热死吗？"

盛君殊脊背挺直地坐在了沙发上："过来。"

衡南走过去。目光落在沙发上，酒店的沙发，一个人躺下都嫌窄，更显出他腿长的优势。

"来坐师兄腿上。"

衡南惊恐地退了半步，这是不是有点进展太快了……这么看，盛君殊好像真的是无辜的，她不该乱试的。

盛君殊的神色平静，袖子稍显随意地挽着，简直有一丝凛然不可侵犯的感觉。

这种情况下，衡南倒好奇地想看看他到底想干什么。于是她头一次坐在盛君殊的腿上。她不敢坐实，半扎马步。因为阳炎体很热，如果整个坐进他的怀里，感觉像被岩浆环绕的孤岛，让她有一种快要失控的恐惧感。

盛君殊伸出手臂，绕过她拿桌上的消毒棉片，仔细地把手指擦了擦。他的手指比寻常人稍长，指节分明，皮肤薄而透明，透出微凸的青色血管。这样一双劲瘦修长的手，脱离了少年的单薄，优雅得像艺术品，又藏匿着漫不经心的侵略性。

衡南看着他的手发呆，直到他将十根手指全都擦拭过一遍，她隐约意识到什么，倒吸了一口气："你这……干什么？"

盛君殊的心也狂跳起来，他坐立难安，甚至想立刻站起来，但准备这么半天，怎么能功亏一篑。他狠狠心，蹙眉拿胳膊肘轻轻夹住她："你别动。"

三十分钟后。

盛君殊立在阳台上看海，衬衣被压得有些褶皱。游轮客房，阳台就是甲板。船身亮着一盏白色的探照灯，照着茫茫水面。海风荡起他的发丝，将汗意全部拂去。盛君殊的手垂在身侧，有点走神。

原理和实操是两回事，这个道理他第一次丹境失败时就懂了。

盛君殊让风一吹，心里有点乱。他骨子里还是个非常君子的人，无论衡南是未婚妻还是师妹，他从来没想过让她受一丝委屈。他的兴奋就像是一种猎食者的傲慢，他不知道这样是不是轻薄了衡南。越想越头疼，他干脆关门退回房间。

衡南抱着膝盖坐在沙发一角，她特别喜欢蜷缩起来。她的睫毛还挂着小小的水滴，被眼泪洗过的眼睛里却写着挑衅，让人想起某种兽，都让人翻过来露出腹部还不肯认输，非要咬人一口。

盛君殊顺着她的目光看，桌子上丢下了之前让她包扎手上伤口的手帕，现在上面全是灰尘和血迹。

衡南的眼里带着报复的笑："怎么办？再买一条吧，或者我帮你洗一下？"

盛君殊扫了一眼她手上缠的绷带，一只手能洗才怪："别闹了。"

他捡起手帕，停顿了一下，揣回口袋，单手拎起外套，又看一眼表："几点了？快睡觉。"

衡南怔了怔，脖子通红地躺下。

盛君殊自己用香皂洗了手帕，水珠从他的手背滚落。

她说得对，他确实可以再买一条，但没必要啊。当初是开发商送的礼盒手帕，一条手帕的价格也不是小数目，够买好几个眼影盘了。

盛君殊利落地拧干手帕，从柜子里取了个衣架挂起来，仰头看了看。

她喜欢这个，那以后给她用好了。

衡南安分地睡了，侧躺着，被子描画出一个轮廓。盛君殊关灯之前想到什么，轻手轻脚地拿起她枕边的手机，点亮。

他见过衡南按密码的手势，很快就解锁，虽然偷看别人的手机不好，但是……他必须得排除一下让她有反常举动的人，万一有危险呢。

盛君殊扫了一眼对话列表，跟黎沅聊天，搞得那么紧张？

退出聊天对话框，衡南"南南"的这个账号的头像是一片白，加的人寥寥无几，她在现实中也几乎没有朋友。

他看见了自己的头像，备注却是个句号，翻了翻其他人，都没有修改备注。只有他有，但他是个句号？

这样有点隐患。虽然她现在的好友列表里没几个人，但以后万一加了更多的人，列表更长，假设遇险，她没法从右边的字母表里第一时间准确地找到他。

所以盛君殊果断地把句号置顶了，然后把定位和"附近的人""陌生人私信"功能全部关闭。做完这一切，他才熄灯躺下，冥思苦想"句号"的含义。结果思考又被打断，衡南转过来搂着他的脖子，头发散落了他一脸。

盛君殊忽然闻到一股香味，起先他以为是洗发液的味道，但他把她的发丝撩起来闻，好像不是。

从阳台照进来的月光切开黑暗,光明的那部分落在衡南白皙的脖颈上。

原来是衡南自己有股很软的香味。

番外

相逢如旧

盛君殊回了家,拆下领带,瞥见衡南坐在沙发上,专心致志地看一沓纸,时不时地翻一页,看得十分入神,连他回来都没有反应。

"在看什么?"他换了衣服,洗了洗手,刚凑过去,衡南的身子一扭,灵活地从他撑在沙发上的臂弯间钻了出去,捧着那沓纸走进了房间。

太反常了。

盛君殊站在原地思索了好一会儿,对这种冷遇很不习惯,还有什么比他更重要?难道他最近惹到衡南了?

他不禁跟进房间,衡南斜斜地靠着书桌,一动不动,看得如痴如醉。依靠好视力,盛君殊依稀辨认出那封面上写着"清平乐"三个字,排版不像报告,有点像打印出来的小说。

他慢慢靠近衡南身后,想要抽出她怀里的东西。衡南的反应也很快,她把那沓纸抓紧往怀里收,只叫他抽出了一页纸,凶狠地瞪着他。

盛君殊已经瞥了两眼那张纸,愣住了:"怎么是我们的名字?"

衡南有些难以启齿地说:"小百合在外面旅游的时候,碰到一个说书先生,说能根据两个人名编写一个关于古代的故事。"

盛君殊"哦"了一声,来了兴趣:"怎么说的?"

"不太准。"衡南含糊其词,可恨的是,关于他们的身世,这本书里写得居然极其精准,牵动了一些深埋的记忆。

盛君殊:"那等你看完了,给我看看。"

"不给。"没想到衡南竟然断然拒绝。

"为什么?"

为什么？自然是因为里面的内容让她有些害羞，虽然那些事也是她能做出来的。衡南答道："不为什么。"

盛君殊向她要了好几次，衡南都不肯让他看看册子上的内容，而且他一打开书房的门，就会收获一个回过头，警惕地看着他的师妹。偶尔有一段时间衡南离开，盛君殊进了书房，瞥见上了锁的抽屉，感到一阵无语。

他站在书桌边，把那天抢过来的一页纸拿出来看。虽然没头没尾，倒出乎他意料，写得很温情。

第二天，衡南自己来找他了："最后一页还给我。"

盛君殊说："那我们交换一下，我给你最后一页，你给我看看前面。"

衡南的眉梢眼角都冷冷的："不给。"

盛君殊已经习惯她这样不讲道理，但也没有妥协，当着她的面把那张纸折成四折，单手揣进西装的口袋，但看衡南阴郁的表情，又有些不忍："那一页是讲孩子，你不是不喜欢孩子吗？"

"我看书喜欢看完整。"衡南仰着头，她纤长的睫毛眨了两下，露出一副快要哭的样子，看盛君殊不为所动，脸一沉，双手插在口袋里，扭头就走，"行，我不看了。"

晚上，盛君殊照例在十一点冲澡。

浴室里弥漫着柔和的热气，蒸腾着他的脸颊。温热的水流从睫毛漫过时，他游神般想那个温柔的故事。

这时，门"咔嚓"一声响，冷气灌入，盛君殊万万没想到师妹能行为如此狂放，以迅雷不及掩耳之势拉上帘子。

衡南的目光掠过那晃动不止的帘子，她讥诮地笑了笑，垂眼捧起他脱下来的衬衣，小心地从口袋中掏出那页纸。

等盛君殊穿戴好追出来，已经晚了。衡南溜进书房，将门反锁，盛君殊站在门口，顿了顿，沉着脸敲了敲门。

衡南就靠在门上，后背能感觉到门板的颤动，她"哧哧"地笑着，盛君殊便不敲了。衡南已经展开最后一页读完了整个故事。

故事的番外是这样的：

福宝在金陵过了年，开春便不想待了，闹着要回来。祖母那里好吃好喝的不少，可是暮气沉沉的，一群大人守着一个小孩子，难免让这个孩子觉得无聊和压抑。他的外表和盛君殊小时候极像，乖巧沉默，又冰雪聪明，可是内里还是有一脉随了衡南，有一股叛逆不服管的天性，从他那双黑白分明的、定定地看着人的眼睛里就能看出他的"野"。他向往自由。

于是过了年，盛君殊与衡南跟老夫人、夫人拜别，回京都的时候便带了个小尾巴。福宝坐在车上，紧紧地贴着气息陌生的母亲，扭股糖似的抱着衡南的手臂。衡南挣也挣不开，挤也挤不走，气急败坏地跟盛君殊告状："你看他。"

盛君殊回头，见衡南出了一身汗，热得发丝全贴在脖子上，不胜怜惜，强忍住笑，正色道："福宝，坐直了。"

盛君殊做了父亲也未曾端起架子，训斥都是轻轻的。但福宝对父亲好似格外地敬重，听闻此言，便立刻乖巧地坐到靠父亲的一边。盛君殊摸摸他的脑袋。

过了半晌，福宝问："为什么我不能和娘坐在一块呀？"奶声奶气的，饱含着委屈。

盛君殊瞥了衡南一眼，哄道："你母亲不喜欢别人贴得太近。你要是喜欢她，就要了解她不喜欢的事。"

福宝抬起头问："那、那过年的时候，爹爹怎么能跟娘肩并肩地坐在一起呢？"

盛君殊一怔，还未和衡南交换一下眼神，隐在暗处的衡南直接道："因为我喜欢。"

说罢，似乎是害怕小儿的反应，剥好了金盘里的小橘子，迅速掰成几瓣，一股脑地喂进他嘴里："吃吧。"

福宝许久没回京都的大宅子，处处都觉得新鲜，眼睛亮亮地叫乳母领着走来走去。他正是好动的年纪，故而尤其喜欢后园，有假山让他爬上爬下，还有处很大的空地，可以让他玩蹴鞠。

一旁，衡南搬着把椅子，拿手遮着额头，恹恹地坐着，看着他玩。她当然不是自愿出现在这里的，出门的时候福宝便拉着她的衣摆百般烦缠："我想要娘陪我。我想要娘陪我。"偏偏他长了一双黑白分明的眼睛，仰头看人的时候像只小动物，显得可怜巴巴的，衡南心软了那么一刻，便每次都要坐在这里晒太阳受罪。

乳母和小厮一块弯着腰陪着福宝玩球，他们拍着手，引导他跑和跳。福宝玩得大汗淋漓，又叫又笑，和下人们哄他的声音混在一起。他像头小兽跑来跑去，追逐着球，头上的汗水在金灿灿的阳光下闪着亮光。

衡南看着他，想到自己像这么大的时候，可没有这般好动。别说蹴鞠了，就连在院子里面嬉戏玩耍都没有过。她的童年是静的、冷的、压抑的，那时的她是金牢笼里的雀儿，日复一日地在绫罗装点、暗香萦绕的室内闷着，闷得有些发沉、发霉了。

忽然一惊，是福宝已经带着热气扑在她膝上，摇晃她的手臂："娘，来嘛。"乳母和小厮赶忙一边一个劝他，他们知道府里这位唯一的姨娘不爱动，而且颇有些孤僻，不喜人扰她："咱们到那边玩去，那边有可好玩的东西了。"

可是福宝偏生不怕，他就用那双与衡南一脉相承的不懂避讳的眼睛，眨巴眨巴，直直看进她眼里，撒娇道："我想和娘一起嘛！"

拉扯了两次，衡南竟然起身了。她面无表情地被福宝欢欢喜喜地拽着，走到院子中去，心里想，主要是怕下人看了笑话。

等盛君殊下了朝一回来，便惊呆了。只见夕阳之下，衡南竟然带着福宝在院子里玩蹴鞠，看起来玩了好一会了，她气喘吁吁的，两鬓都湿了，脸颊也热得通红。她一脚将球踢过去，叫福宝咯咯笑着去捡，她自站在原地，趁机把松垮下来的发髻重新挽上去，一只手把贴在额头上的头发拨开，另一只手不大高兴地在脸前扇风。

小厮见了他，要去叫人，盛君殊一把将他拦了。他就站在栏杆前，微笑着道："我不过去了。见我一来，她又不动了。"

他站在原地看了一会儿，颇觉有趣，心道："平素叫她走两步，她都不愿意，再说就同我吵。现在是一物降一物，有的是人叫她劳心。"

这样玩了几日，衡南一回屋，就说身上疼。沐浴完躺在床上，翻身时，更是抱怨得厉害。

盛君殊道："哪里疼，我帮你看看？"说罢，从抽屉里拿出治关节痛的软膏。

衡南趴在床上，任他撩起衣摆，口里还恨恨地道："公子，你儿子真能折腾人。"

做了少年夫妻这些年，有时同他吵架，她还会阴阳怪气、尖牙利齿地叫他"公子"，那口吻却与当年没有一点儿变化，有股少女的娇气。她这么叫，他心里便软了。手指蘸了膏药，在她的腰上仔细地涂抹起来。

"这里好像是青了一块。"

衡南痛得深吸一口气，控诉道："因为你儿子非要玩捉迷藏，我起得太急，直接撞在桌角上。"

"你急什么。"盛君殊忍不住一面涂药一面好笑，"大不了，你让他捉住就是了。"

"我连你四岁的儿子都跑不过,叫人看了会被耻笑。"

盛君殊"扑哧"一声笑了:"怎么一口一个'你儿子',是我一个人的儿子?"

衡南便不吭气儿了。

屋里安静下来,摇曳的烛火也竖成了一线。盛君殊按在她的腰上、腿上,听得细细的喘息、夸张了的,尾音带钩。盛君殊听了两耳朵,便忍不住道:"你别闹我。"

衡南不理会他。只见得她漆黑的头发散落在枕上,也看不见她的脸,像话本里的鬼妖。

"不是身上疼吗?"盛君殊柔声道,"一会儿又碰着压着了,明天更疼。"

殊不知衡南对自己的顾忌,还不如他对衡南的怜惜。衡南绞着头发说:"公子,你不用管我。"

"……"盛君殊坚持涂完药膏,终于覆上去,轻轻吻在她的后颈上,刚搂住她瘦削的脊背,却见她的睫毛覆下来,呼吸缓和、均匀,已经睡得沉了。这是白日里陪福宝玩,累得很了。

"唉……"盛君殊有些好笑地吹熄了蜡烛,就这样算了。

念着盛家子弟一向开蒙早,福宝在京都便学写字、算术。都是衡南教。她教着教着就冷了脸,强行忍耐着紊乱的呼吸。丫鬟们忙给她打扇,劝道:"姨娘消消气,孩子是乖的。"

衡南深吸一口气:"你再算一遍。"

等盛君殊回来,便见得衡南气得脸都白了,兀自生闷气,旁边坐着可怜巴巴的福宝,眨巴着眼睛,敛声闭气地望着他。福宝坐在椅子上,两只脚还挨不到地面,悬在空中一荡一荡的。

"怎么了?"盛君殊问着,抄起桌上的宣纸看。

只见一个个斗大的字,歪歪扭扭写了一排,"天、地、人、神"。似曾相识,全是"造"的字:不是多一横。就是少一点。旁边还有不少漆黑的墨手印。

"就是最简单的算术,我头天教了他,他第二天什么也不记得!"衡南算是克制,在福宝面前一言不发,只在晚上,床笫之间,悄悄同盛君殊忧心忡忡地说:"咱们俩不会生了个傻子吧?"

其实,她是没有什么打紧。主要是担心这个孩子达不到盛家的要求,又该怪东怪西，怪罪于她。

盛君殊安抚道："他才四岁。"

"我四岁的时候，都能默写……"总归那淫词艳曲也没什么值得吹嘘的，衡南便闭了嘴。

盛君殊能说什么？他也是四岁开蒙，四岁时能把整册书倒背如流，不大知道寻常人家的孩子是个什么进度。

"孩子不是这样教的。"他叹口气道。"我明日休沐，我来教他。"

盛君殊待人极有耐心，福宝原本是坐不住的，在他的影响下，也坐得住了。盛君殊不吝惜夸奖，只要有一点进步，就夸他一句"甚好"，夸得孩子两颊都红扑扑的。一日下来，倒学会了不少生字，基本的算术，他也在触类旁通中学会了。

适逢盛君殊的姨母薛雪娇来家，一进内室，便见到一个小小的人儿，坐在书桌前悬腕写字。写完了生字，又扳着指头，一板一眼地算术。薛雪娇倒吸一口冷气，退出来便将盛君殊和衡南扯到一块，脸色极差："我看见福宝在写字。"

盛君殊忙道："我已按我儿时开蒙的顺序一一教他了，他不会落下太多。"

薛雪娇每逢来家，就是奉薛雪荣和老太太的命来视察的，回去以后，要将这边的事情事无巨细地讲给老太太听，以慰金陵老家人的思念之苦，所以盛君殊和她说的事一向很郑重。

他看向衡南，衡南也忙点了点头："我也在加紧教他了。"

"哎呀！教他什么呀你们教他！"薛雪娇大怒，"太早了，你见到这么小便成日里在屋里读书算术的没有？"

"哥儿，你开蒙早，那是你小时候有神通，大人的话你过目不忘，到了年岁，自己要求读书。你看看你那些堂兄弟，哪个不是五岁以后才开蒙的啊？福宝还那么小，你们就把他圈在家里，不叫他睡够，不叫他玩耍的，我看了都可怜……"说罢，竟然心疼地抹起泪来。

盛君殊和衡南对视一眼，都有些手足无措，慌忙劝道："姨母，我们知错了。"

自这天起，福宝的写字和算术被赦免了，他不知有多高兴。但自打衡南给他念了故事书，他便爱上听故事，虽说不开蒙了，却要每晚缠着衡南给他念故事。

盛君殊想，衡南并非不疼爱福宝的。

入了夏，他每逢回家，进了房间，便看见两个人坐在铺了竹席子的床上。福宝伏在衡南的腿上。已经睡熟了。衡南一手举着故事书，一手持扇子，一面恹恹地念，一面有一搭没一搭地帮他打扇。

她念得困倦，打个哈欠，低头一看，这崽子已经先一步睡了，便住了口，将手放在他的脑袋顶上，像摸着小动物的皮毛一样恶毒地揉了两下。她知道没有人看见，又轻轻地在他的头发上亲了一下。

福宝的头发又黑又浓密，是随了衡南的，自然也随了衡南那位美人娘亲。

这样的日子一直到了秋天。老太太到底舍不得重孙儿，自从他走了，总觉得心里空落落的，故而三番五次写信来，说想念福宝，叫他回去。又加上过了年福宝五岁了，便要开蒙，要商量着给他选伴读的事儿，福宝便在年关前，又给送回金陵去。

其实京都、金陵之间，隔得不远，车马一日可达。可小孩儿哪懂这些呢？福宝走的那日，哭得声嘶力竭，扒着马车喊"娘亲"。直以为是生离死别了。

盛君殊不忍，远远地招手道："不哭，去吧。过年时候便又见了。别哭了。"

待到那哭声远去，他才回头，见衡南站在门口，远远地深深地望着马车，欲言又止，竟像失魂落魄似的。

盛君殊叹口气道："你既然舍不得他，不如就带在身边。"

衡南回了神，垂下眼道："算了。有他在，折腾我，老得快。"可是才说完，眼泪便吧嗒吧嗒地掉下来了。

盛君殊一把将她抱进怀里。

衡南亦紧紧地抓住他后背的衣服，那是个依偎的姿态。他们许久没有这样紧地依偎着彼此了。

"凭什么啊？"衡南趴在他的肩头，咬紧了齿关，喃喃道，"我娘都没有给我念过故事，我娘都没有陪我玩蹴鞠，我娘没有教我写字，我娘甚至没有对我笑过……我却要做他的娘，我天生就会，凭什么啊？"

她的眼泪大颗大颗地向下落，她哭的时候总这样含着一股咬牙切齿的意味，直叫人心碎。盛君殊默然地抱着她，摸了摸她的发顶。衡南在他的掌心里感受到了一股深重的爱怜。

他们在风里站着，盛君殊的身量高，将风全挡住了，他的怀抱温暖，有一股淡淡的松香。衡南的眼泪便止住了，心里平静下来，方才那四个问句，仿佛一下子有了答案。

为人母的勇气原本是没有的。衡南生性凉薄，不曾习得这样的天性。是公子匀了她一点爱，后来生福宝难产的时候，那个女人坐在她的床头，紧紧地握着她的手，所以她便会了，所以她便行了。